AURÉLIE LUONG

QUAND VIENT LA HORDE

ScriNeo

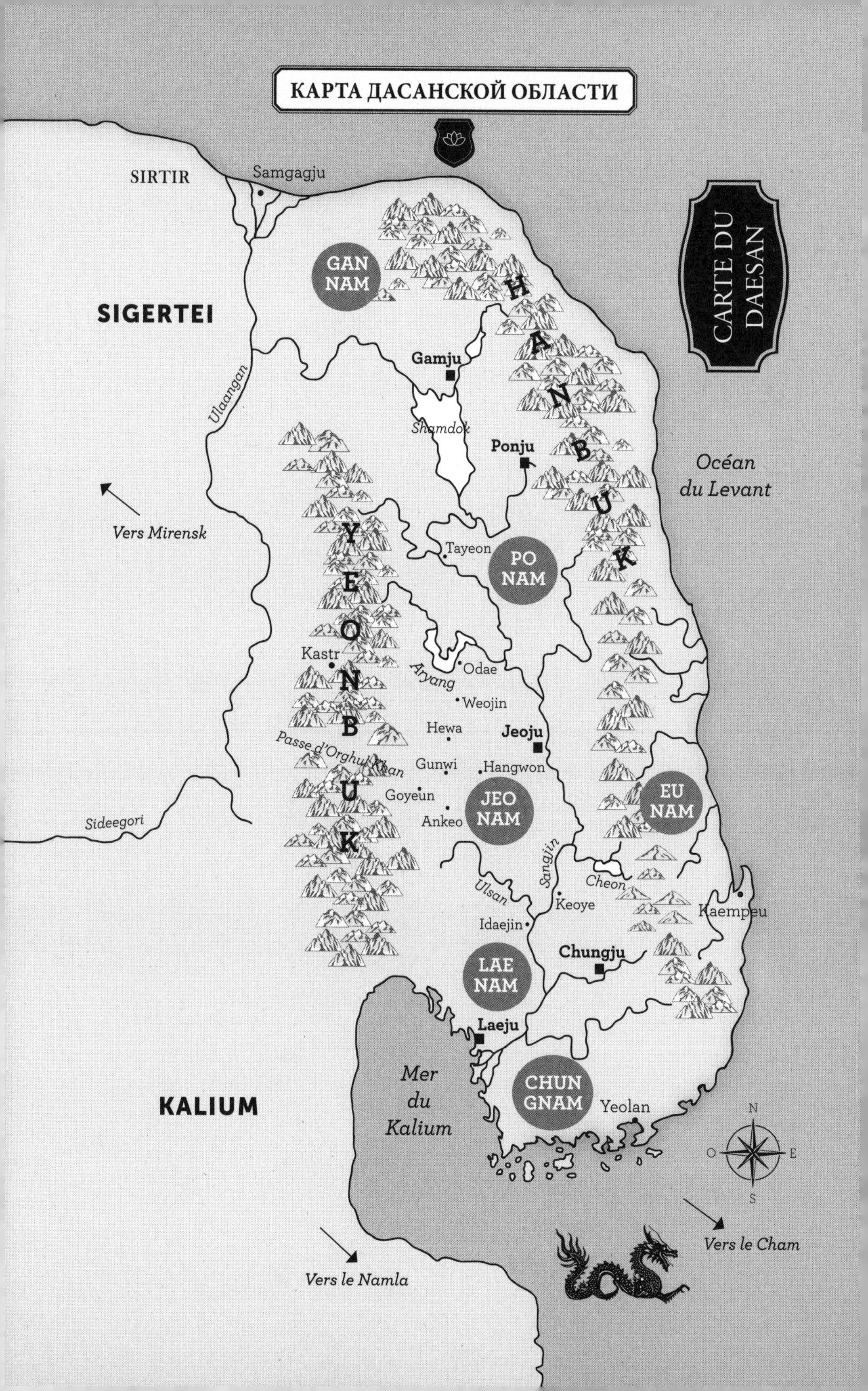
КАРТА ДАСАНСКОЙ ОБЛАСТИ
CARTE DU DAESAN
SIRTIR
Samgagju
SIGERTEI
GAN NAM
HANBUK
Gamju
Ulaangan
Shamdok
Ponju
Océan du Levant
Vers Mirensk
YEONBUK
Tayeon
PO NAM
Kastr
Odae
Aryang
Weojin
Hewa
Jeoju
Passe d'Orghul Khan
Gunwi
Hangwon
Goyeun
Ankeo
JEO NAM
EU NAM
Sideegori
Sangjin
Cheon
Ulsan
Keoye
Kaempeu
Idaejin
Chungju
LAE NAM
Laeju
Mer du Kalium
KALIUM
CHUN GNAM
Yeolan
N
O
E
S
Vers le Cham
Vers le Namla

Le Chien

— Alors c'est toi, le Chien ?

Le Chien toisa l'homme écroulé à ses pieds. Son visage, autrefois beau, était défiguré. Le dernier coup lui avait éclaté la pommette, tandis que son nez et ses lèvres suintaient en une charpie sanguinolente et qu'un crachat écarlate pissait le long de son menton. Au-dessus, un coquard sombre bouffait déjà l'un de ses yeux. L'homme lâcha un rire qui se noya dans une quinte de toux. Le Chien le saisit par le col de sa brigandine pour le redresser. Si léger... Dans le fond, Junsa n'était rien. Rien de plus qu'une illusion.

— On n'aurait jamais dû te prendre avec nous, lâcha l'homme à travers sa bouche brisée. Je l'ai su dès que je t'ai vu : tu n'es rien d'autre qu'un putain de clébard.

Les moments qu'ils avaient vécus ensemble déferlèrent dans l'esprit du Chien. Enragé, il plaqua sa victime contre le mur le plus proche, envoya sa tête heurter le bois avec un bruit sourd. Il tira son couteau de chasse et cloua l'un des bras à la paroi. Junsa hurla tandis que la lame traversait sa chair et ses muscles, tranchait les tendons et ripait contre les os.

Il prit la parole, haletant, le front plongeant vers l'avant :

— Tu vas faire quoi, maintenant ? Te venger ?

Sans un mot, le Chien dégaina le poignard glissé à la ceinture de Junsa et recommença avec le second bras. Cette fois, sa proie se contracta et n'émit qu'un râle sans force.

— Où est la Putain ? demanda le bourreau.

Les lèvres de l'homme s'étirèrent en une parodie de sourire. Plusieurs de ses dents branlèrent sous son souffle.

— C'est pour elle que tu nous poursuis depuis tout ce temps, hein ? Pour elle que t'as lardé tes amis ?

— Ne me parle pas d'amitié ! Vous n'avez fait que me manipuler, tous ! Alors ferme ton putain de clapet et dis-moi où elle est !

— Et tu feras quoi, quand tu la trouveras ? Tu comptes la baiser ? T'en crèves, hein ?

Le Chien balança son poing dans le ventre de Junsa qui cracha une nouvelle vague de sang tandis qu'il s'étouffait. Le choc contre les plaques d'acier de la brigandine calma un peu la hargne du bourreau et lui fit retrouver son sang-froid.

— Les autres n'ont pas mis bien longtemps à me dire où te trouver. Je les ai à peine taillés deux ou trois fois avant qu'ils te livrent à moi et qu'ils me supplient de les tuer. C'est ça, le genre d'amitié qui vous lie.

— Tu… crois… me faire peur ? chuchota l'homme entre deux respirations sifflantes. Je te connais… trop bien. Je t'ai menti… au début. Mais après… je t'aimais comme un frère.

Le visage détruit de l'ennemi fut un instant remplacé par celui, lumineux, du compagnon, empli par ce sourire qui n'appartenait qu'à lui, par la complicité rieuse de ses yeux bruns.

— Ton frère est mort, rétorqua le Chien. Tu l'as tué cette nuit-là.

Il sortit un petit poignard mal aiguisé de sa botte.

— Je ne… parlerai… pas.

— C'est ce qu'on verra.

Ivan

Courbé sous l'appentis adossé à sa maison, Ivan recouvrit le fourneau de cuisine en fonte : le feu s'éteindrait de lui-même, préservant les maigres réserves de bois. Les doigts gourds, il emmaillota deux bols de pierre chauffés à vif et émergea dans l'arrière-cour. L'hiver n'avait pas attendu longtemps après la tombée de la nuit pour emprisonner de givre les étroits logis qui se serraient autour de l'espace de terre battue.

Des rais de lumière filtraient à travers les portes et les volets clos. Derrière, des familles partageaient leur dîner autour d'une table basse. Les plus aisées jouissaient même du confort d'un sol chauffant. Ce n'était pas son cas ni celui de Saejin, sa fiancée, qui vivait dans la chambre mitoyenne à la sienne.

La petite fille – elle détestait qu'il continue à utiliser ce surnom – n'était toujours pas rentrée. Frigorifié, Ivan déposa l'un des bols devant la porte close puis se dirigea vers sa propre entrée. Il abandonna ses sabots de bambou devant le seuil et pénétra avec soulagement dans la pièce unique. Après avoir accroché son capuchon fourré et son vieux manteau de laine à une patère, il se laissa tomber sur la couche étalée près du mur arrière, au plus près du fourneau extérieur. La chaleur qui se diffusait à travers la paroi soulagea son dos en bouillie.

Pour les travailleurs journaliers comme lui, les mois d'hiver se résumaient à transporter récoltes d'été et matériaux de construction dans tous les coins d'Hewa. Un travail physique, ingrat, mais qu'Ivan ne pouvait se permettre de refuser.

Les paupières lourdes, il se pencha sur son repas. Dans le froid vif, le bouillon frémissant libérait une épaisse vapeur blanche. Un liquide trop clair, à la surface duquel flottaient toutefois quelques tranches de racine de lotus. Une vraie chance : plus tôt, une servante avait laissé échapper le tubercule sans s'en rendre compte ; Ivan avait sauté sur l'occasion. Tandis que le bol réchauffait ses mains et ses cuisses, il y plongea une boulette de riz préparée par Saejin la veille. Les grains, asséchés par l'hiver et l'absence d'algue pour les envelopper, résistèrent sous sa dent. Ivan mâcha avec lassitude. Il se sentait vide.

Pourtant, sa journée était loin d'être terminée : il devait encore étudier. Trois semaines... Plus que trois semaines de sacrifices avant de passer le concours public. Après ça, il deviendrait magistrat – il *devait* y parvenir – et réaliserait son rêve : influer sur les décrets et les lois. Il y avait tant de choses à faire ! Établir un impôt pour rééquilibrer les revenus, créer des droits pour les travailleurs, une école gratuite... La région du Jeonam connaissait son premier dirigeant progressiste depuis... depuis toujours ! C'était le moment où la société pouvait basculer. Pour le pays, pour lui, pour Saejin...

Des pas de course martelèrent le sol, une porte claqua tout près et soudain, un cri aigu tira Ivan de sa torpeur : cette voix, il ne la connaissait que trop bien. Nouveaux bruits de pas, nombreux cette fois, suivis d'un autre claquement. Des chiens, des voix d'hommes. Ivan se précipita dehors. Le froid mordant lui cingla le visage et les mains, mais c'était sans importance : la porte de Saejin, juste à côté de la sienne, était entrouverte. Son sang se mit à tambouriner à ses tempes, assourdissant. Il courut vers le battant de bois et l'écarta d'un geste brusque. Son cœur manqua un battement. Plongée dans la pénombre, son amie d'enfance était à terre, la veste de son hanbok déchirée à l'épaule, ses jupes bouffantes désordonnées autour d'elle. Des mèches de cheveux noirs s'échappaient de sa tresse et barraient son visage déformé par une haine farouche.

— Ivan ! s'exclama-t-elle dès qu'elle l'aperçut.

— T'es qui, toi ? aboya un homme.

Ivan arracha son regard de Saejin et le posa sur les trois intrus qui envahissaient la quasi-totalité de la pièce. Deux d'entre eux levaient ce qui ressemblait à des gourdins. Le troisième, le plus proche de sa fiancée, brandissait un couteau. Tous puaient la crasse et l'alcool.

— Ils ont mes gages ! dit Saejin d'une voix tendue.

L'homme au couteau tenait dans son poing gauche une rangée de pièces de cuivre liées par une corde. La paie de Saejin pour deux semaines. Le cœur d'Ivan battait la chamade. Il serra les poings à s'en faire blanchir les phalanges.

— Calme-toi, gamin, fit l'homme au couteau. On n'est pas là pour tuer...

— Je n'ai pas encore acheté mes remèdes, Ivan ! supplia Saejin.

— ... mais si tu nous forces..., continua le brigand en levant son arme.

Ivan reporta son attention sur Saejin. Elle tremblait, mais pas de peur. La colère embrasait son regard, fronçait violemment ses sourcils. Elle savait que sa force et son gabarit ne faisaient pas le poids face aux trois hommes et elle en bouillonnait de rage. Elle avait beau faire deux têtes de moins que lui, elle était bien plus courageuse. Elle l'avait toujours été.

— Partez, gronda-t-il entre ses dents.

— Non ! protesta Saejin.

Les intrus s'échangèrent des coups d'œil, indécis.

— Gardez ce que vous êtes venus chercher et partez d'ici.

L'homme au couteau acquiesça.

— Tu fais le bon choix. Allez, les gars, on se casse.

— Et la fille ? demanda un autre.

— Laisse.

Le sous-fifre grogna mais obéit. Dès qu'ils furent partis, Ivan verrouilla la porte et alluma la lampe à alcool. Sa fiancée avait la joue sombre et enflée. Son daenggi de soie rouge pendait au bout de sa tresse défaite. D'un geste rageur, elle arracha le ruban.

— Tu vas bien ?

— Non, ça ne va pas !

D'une claque violente, elle rejeta la main qu'il lui tendit et se releva seule. Son hanbok de coton était ruiné : l'une des manches de la veste béait sur son épaule, laissant apparaître le chanvre de son vêtement de dessous.

La jupe large tombait en désordre de sa poitrine jusqu'à ses pieds, froissée. Ivan reconnut le jaune et le blanc de son uniforme de chambrière. Pressée de rentrer, elle n'avait pas dû prendre le temps de se changer. Elle allait devoir repriser et repasser pendant la nuit si elle ne voulait pas être punie par sa maîtresse le lendemain.

— Petite fille…

— Arrête de m'appeler comme ça, par Bor* ! Je ne suis plus une gamine.

C'était vrai. Saejin n'avait que treize ans mais elle n'était plus une petite fille depuis longtemps. Plus depuis qu'elle survivait seule. Lui, de quatre ans son aîné, se sentait minuscule devant son courage.

— Je suis désolé pour tes gages. Mais…

— Mais quoi, Ivan ? *Mais* tu ne veux pas te mouiller ? *Mais* tu as peur de nous défendre ? Regarde-toi : tu faisais une tête de plus qu'eux ! Tu n'avais qu'à montrer les dents pour qu'ils déguerpissent.

— Ils étaient armés. Si ça avait mal tourné, on aurait fait quoi ?

Plus bas, il continua :

— On doit baisser la tête.

— Devant des loqueteux, maigres comme des brindilles ? Des ivrognes ? Tu as dix-sept ans, Ivan ! Cesse d'être un lâche !

La dureté des mots coupa le souffle d'Ivan. Dans la pénombre, à la seule lueur de la lampe, le visage de Saejin lui jetait tout son mépris.

Comment en étaient-ils arrivés là ? Ils avaient vécu toute leur vie l'un à côté de l'autre. Ils avaient joué et grandi ensemble, s'étaient soutenus funérailles après funérailles, s'étaient promis l'un à l'autre même si rien ne s'était jamais passé entre eux. Quelques années plus tôt, elle lui offrait des sourires si grands qu'il aurait étalé le monde à ses pieds. Aujourd'hui encore, lors de ses rares jours de repos, il lui arrivait de poser la tête sur les genoux d'Ivan et de lui demander de chanter pour elle. Alors pourquoi ce sentiment de gâchis, comme si un point de non-retour venait d'être franchi ?

---

* Voir glossaire, page 375.

Le jeune homme détourna le regard. Au fond de la pièce, la couche était encore soigneusement pliée. La table basse, habituellement placée au centre, avait été renversée. Le long du mur, l'autel dédié aux ancêtres était en désordre mais intact. À côté, le coffre patiemment ciselé par le père de Saejin avait été forcé, vomissant les maigres possessions de l'orpheline : une patate douce et un sac de riz éventré jonchaient le sol, à côté de son hanbok d'été en chanvre, de quelques vêtements de peau et d'une paire de bas en cours de montage. Un élan de panique saisit Ivan au cœur. Il souleva le battant supérieur du coffre et fouilla l'intérieur. Il soupira alors de soulagement : au fond reposait toujours le norigae de noces de la mère de Saejin. Malgré l'obscurité, les perles d'argent et de corail, entrelacées avec finesse dans un nœud de soie écarlate, renvoyaient la faible lueur de la lampe. Les brigands n'avaient pas eu le temps de trouver le bijou. Ivan referma le coffre et commença à rassembler le riz épars.

— Je t'apporterai mes gages de la semaine, dit-il.

— Je ne veux pas de ta charité.

Saejin attrapa sa besace et en tira deux chandelles qu'elle lui tendit sèchement.

— Prends-les et laisse-moi.

Qui faisait la charité à l'autre ? Une pointe de culpabilité vint remuer les entrailles d'Ivan mais il accepta le cadeau. Elle avait pris des risques pour voler sa maîtresse et lui en avait besoin. Il n'avait pas le choix. Soudain, Saejin se plia en deux, prise d'une toux grasse.

— Tu as pris tes remèdes ? demanda Ivan en faisant un pas vers elle.

— Va-t'en, Ivan. Fiche le camp.

Au-dehors, le froid le mordit à nouveau mais cela lui fit du bien. Un silence morne était retombé dans la rue déserte, les chiens s'étaient tus. Plus aucune lumière ne filtrait à travers les jointures des murs, à travers les volets mal ajustés. Le givre rampait sur la terre gelée, presque irisé sous la lueur de la lune. Petit à petit, sa respiration se calma et son cœur cessa de cogner. Il inspira une grande bouffée d'air glacial.

C'était la première fois que Saejin le regardait de cette façon. Aujourd'hui, il ne l'avait pas juste déçue, il lui avait failli. S'était-il trompé ? Aurait-il dû attaquer ? La petite fille disait vrai : les voleurs ne payaient pas de mine. Il aurait sans doute pu leur arracher un gourdin et s'en servir. Non, les deux autres lui seraient tombés dessus. Ils avaient le regard habité de ceux qui n'ont plus rien à perdre. Des hommes désespérés, armés d'un couteau, la situation aurait pu déraper. Il avait bien fait. Il avait bien fait, n'est-ce pas ?

Alors pourquoi n'arrivait-il pas à se départir de l'impression qu'il aurait dû agir ? Que Saejin avait attendu de lui autre chose ? Un bruit sec, étouffé, attira son attention. Il balaya la rue du regard. Des deux côtés de l'étroite bande de terre, les maisons de bois et de brique grise s'alignaient sous les faîtages recourbés des toits, accolées les unes aux autres comme si l'obscurité les effrayait. Il y avait peut-être un peu de ça : le cri de Saejin avait fendu le silence, alerté les chiens, mais personne d'autre n'était venu lui porter secours. Combien étaient en train de les épier dans le noir, l'œil collé à la porte, à prier Bor et tous les esprits domestiques pour que les brigands soient partis satisfaits ?

Ivan sentit la colère le gagner. C'était tellement plus facile, tellement plus agréable que la culpabilité. Il pouvait se laisser emporter par ce sentiment, étouffer ses doutes, arrêter de se poser des questions.

Il ne le ferait pas. Il assumerait ses responsabilités. Il inspira une nouvelle goulée d'air et écouta son sang se refroidir, son corps se calmer. Oui, comme ça… Cet incident serait le dernier. Il ne lui restait que trois semaines pour réussir le concours public. Une fois magistrat, il tirerait Saejin hors de ce trou fangeux et la petite fille retrouverait le sourire.

Ivan se tourna vers l'est, vers Jeoju, la capitale.

Il atteindrait son objectif, quoi qu'il lui en coûte.

Ivan

Ivan se réveilla en sursaut au milieu de la nuit. Il s'était endormi, le livre grand ouvert sur la table. Quelle bêtise ! Sa fatigue lui avait fait perdre un temps précieux. Malgré son agacement, il referma le volume relié de cuir – une rareté – avec précaution. Dans la pénombre, il en devina le titre qu'il connaissait par cœur : *Du nouvel ordre agricole*, du philosophe vastanyan Pyotr Toieski.

Cela faisait près d'un siècle que le Velikii Kniaz, l'empereur à la tête du Vastanya, avait perdu toute influence sur ses oblasts. Comme les autres oblasts de l'empire, le Daesan, où vivaient Saejin et Ivan, était autonome. Pourtant, son oligarchie et son administration restaient aux mains des anciennes familles vastanyanes. Pour s'élever, il fallait parler, lire, respirer vastanyan. Ivan serait sans doute l'un des rares Daesans à se présenter au concours public. L'un des rares Daesans... En vérité, issu de l'union d'un Vastanyan et d'une Daesane qu'il n'avait jamais connus, il ne pouvait se revendiquer ni d'un côté ni de l'autre. Il avait beau avoir grandi parmi les Daesans, ceux-ci lui avaient enfoncé dans le crâne – parfois littéralement – qu'il n'était pas des leurs. Son père adoptif, Lev Otolski, un ancien haut fonctionnaire qui s'était retiré pour développer ses propres théories politiques, et la famille de Saejin avaient été les seuls à ne jamais le traiter différemment à cause de sa peau plus claire et de ses yeux trop ronds. Quand il atteindrait les cercles de l'élite vastanyane, subirait-il le même ostracisme, cette fois parce que ses yeux seraient trop bridés, son teint trop mat ?

Tandis qu'il se levait pour ranger son livre, une étoffe bruissa. Ivan se figea. Les brigands ? Tous les sens en alerte, il fouilla la pièce du regard. Une silhouette fondit sur lui. Un choc le percuta sur le côté de la tête, l'envoyant rouler au sol. La douleur explosa, obscurcit sa vision.

— Putain, Baedung ! Si tu l'as tué…

— Vous rigolez, cap'taine ? répondit une voix nasillarde. Un gaillard pareil, c'est trois coups comme c'ui-là qu'y faut.

Vivant. Il était vivant et les intrus – pas les mêmes que ceux qui avaient attaqué Saejin, leurs voix différaient – le croyaient inconscient. C'était sa chance.

— C'quoi ?

— Un livre en vastanyan, pour le commandant.

— Oh, pas courant, ça. Ça y f'ra plaisir.

Sa vision était floue, le sang bourdonnait à sa tête mais sa pierre à encrer, massive, était juste là, posée sur sa table. Il pouvait les assommer, il n'avait qu'à tendre le bras.

— Baedung.

— Ah, v'voyez ? Un vrai gaillard.

Nouvelle explosion de douleur. Puis le noir complet.

La petite fille le regarde de ses yeux sombres. Depuis quand n'a-t-elle plus souri ? Ivan fait un pas vers elle. Tout va s'améliorer désormais. Elle n'aura plus à travailler et il engagera les meilleurs médecins de la capitale. Alors pourquoi ne sourit-elle pas ? Il s'approche d'elle quand la terre se met à trembler. Le sol se dérobe sous ses pieds.

Ivan sursauta. Aussitôt, la douleur lui vrilla le crâne. Son dos, ses épaules, ses cuisses… Son corps entier n'était que souffrance. Il essaya de remuer pour soulager ses muscles. Ce fut comme si on lui écartelait les articulations, tandis que la peau de ses poignets s'embrasait. Il ne pouvait plus bouger ! Et cette odeur fauve, partout… Que lui arrivait-il ? Soudain, le monde se mit à vaciller. Son estomac remonta dans sa gorge, avant de redescendre. En réalité, le sol n'avait de cesse de se dérober, comme dans son rêve. Un tremblement de terre ? Et pourquoi faisait-il aussi noir ?

— Il a r'mué, cap'taine.

Cette voix, ces syllabes bouffées par ce ton traînant, où les avait-il déjà entendues ?

— Ôte-lui son bandeau, qu'on puisse accélérer.

— Sûr ?

Ivan essaya de parler mais ne réussit qu'à émettre un râle qui lui arracha la gorge. Il toussa. Soudain, une étoffe glissa contre son front. La lumière du soleil lui creva les pupilles, la douleur dans sa tête explosa et il ferma les yeux. C'était comme si tout son sang s'était amassé là, juste derrière ses globes oculaires, prêt à les faire jaillir.

Même brièvement, il avait pu la voir. Pas de tremblement de terre mais une masse brune qui se mouvait sous lui. Ivan y pressa son visage et se raccrocha à l'odeur puissante, tangible. Une inspiration. Une autre, un peu plus longue. Encore une. Que faisait-il là ? Il avait visiblement été enlevé et on le traînait loin de chez lui. Pour aller où ? Et Saejin ? Pourquoi ne faisait-elle aucun bruit ? Était-elle ici aussi ?

Petit à petit, le bleu vif qui tapissait ses paupières s'estompa. Une dernière inspiration et il ouvrit les yeux. Sa vue était complètement bouchée par une forme. Une forme luisante, couverte de poils ras, qui ondulait… et qui empestait le cheval. Il voulut s'écarter mais la douleur fusa à nouveau dans ses poignets et dans ses cuisses. Il prit alors conscience de sa situation : il était étendu à califourchon sur une immense rosse, seul, les poignets attachés sous l'encolure de l'animal. Ses bras et le haut de son corps étaient tellement étirés qu'il pouvait à peine bouger la tête. À la périphérie de sa vision, le sol défilait, tressautant sans cesse. Encore un peu plus à gauche, il distingua une botte noire et les jambes d'un autre cheval.

— Saejin !

— Ferme-la, fit la première voix, agressive.

— Relâch…

À peine le son eut-il franchi ses lèvres qu'une main s'abattit sur sa joue. Le dos du cheval pressé contre son visage empêcha sa mâchoire de se décrocher mais le choc du gantelet en cuir l'ébranla jusqu'aux talons. Le feu qui envahit tout le côté de sa tête éclipsa la douleur qui lui étreignait l'intérieur du crâne. Un goût métallique emplit son palais. Fébrilement, il passa sa langue le long de ses dents. Tout semblait à sa place. Soudain, la monture qui le portait s'arrêta. Il entendit le cuir grincer, le métal tinter, puis une nouvelle paire de bottes pénétra son champ de vision.

— Je m'appelle Kisang. Lui, c'est Baedung. C'est très simple : bouge un cil et Baedung t'en colle une. Il a de l'endurance et il aime ça. Ce ne sera pas agréable pour toi mais pour lui, si.

— Relâchez Saejin ! Si vous êtes avec les brigands d'hier…

— Tu crois qu'y est sourd, cap'taine ?

— Peut-être.

Les bottes de Kisang s'éloignèrent, laissant la place au cheval de Baedung. Instinctivement, Ivan se contracta, prêt à ce que le gant de cuir s'abatte à nouveau. Le sang pulsait encore dans sa joue endolorie. Un deuxième coup fendrait sa peau comme un kaki. Mais les doigts lui saisirent les cheveux. D'une poigne surhumaine, ils le forcèrent à relever le menton. Aussitôt, la douleur fusa dans ses épaules étirées à l'extrême, dans ses poignets ficelés sous l'encolure, dans ses aines écartelées par le dos de l'animal. Une ombre se plaça devant ses yeux et Ivan contempla pour la première fois le visage de son ravisseur. Baedung avait la peau grêlée de celui qui a survécu à la petite vérole. Et il avait l'air en colère.

— Tu m'prends pour un con, l'pécore ?

Il ajouta, susurrant presque, son haleine celle d'une charogne :

— Les bâtardes aux grands yeux clairs comme toi, t'sais ce que j'ai envie d'leur faire ?

Le cœur d'Ivan se mit à tambouriner à ses oreilles, contre ses tempes, dans sa bouche en sang. Dans le noir de ses pupilles, le jeune homme le perçut : le grêlé était capable du pire et il l'avait déjà commis. Un tremblement incontrôlable se saisit de son corps mais Ivan comprit une partie de l'énigme : les hommes avaient vu son métissage. Les bâtards bénéficiaient souvent de l'appui financier de leur géniteur vastanyan, ce qui pouvait être avantageux pour une rançon.

— Je ne connais pas mon père ! Je n'ai pas d'argent !

— Toi… Tu me cherches ?

Le grêlé arma son bras vers l'arrière. Il ne retiendrait pas son coup.

— Baedung, claqua la voix de l'autre homme. On accélère.

Les lèvres du grêlé se fendirent d'un large sourire, révélant deux dents manquantes et le lustre brun des autres.

— Ah, ordre du chef !

Baedung s'approcha encore. Ivan serra les lèvres et ferma les yeux, comme si ce geste stupide pouvait le protéger de quoi que ce soit. Une langue humide et épaisse s'écrasa sur sa paupière. Les doigts relâchèrent alors leur prise et le visage d'Ivan retomba contre le poil moite de sa monture.

— Tu n'es pas là pour l'argent, Ivan Otolski, dit Kisang. Et rassure-toi : c'est bien toi la cible.

Une seconde plus tard, une claque résonna et le cheval s'élança au trot. Soudain, Ivan prit conscience que la douleur dans ses membres s'était retirée, dévorée tout entière par le vide ouvert dans son estomac. Un vide de pure terreur.

Cela ne dura pas : les sursauts de l'animal éventrèrent le vide. La souffrance le submergea comme une vague.

Ivan

Chaque pas de l'animal lui faisait vivre un calvaire. Ses épaules s'ankylosaient à force d'avoir les bras tendus vers l'avant ; la corde autour de ses poignets, imbibée de sang coagulé, lui arrachait les chairs ; son dos plié en deux le brûlait ; et surtout, ses cuisses écartelées lui déchiraient le bas-ventre. Son martyre le plongeait parfois dans une léthargie bénie, jusqu'à ce qu'un cahot plus violent que les autres le ramène brutalement à lui. Il alterna les états de conscience pendant ce qui lui sembla durer des jours.

En réalité, il ne dut pas s'écouler plus de quelques heures : le soleil était à peine à son zénith quand les deux hommes arrêtèrent le convoi. Le sang coagulé à ses poignets se déchira, lui arrachant un cri. On venait de lui ôter ses liens. L'air glacial sur ses chairs à vif lui fit l'effet d'un fer chauffé à blanc.

— Allez, l'pécore, on descend.

Lentement, Ivan se redressa. Son corps tout entier lui faisait un mal de chien mais il avait enfin une chance d'en apprendre plus. Il observa fébrilement autour de lui. Ils étaient arrêtés sur une route de montagne peu entretenue qu'Ivan ne reconnaissait pas, malgré les heures passées dans les collines à glaner de quoi manger. Des camphriers, des chênes et des charmes étalaient leurs feuillages d'hiver et leurs branches nues depuis de modestes sommets, jusqu'à un ruisseau quelques pas en contrebas. Le ciel était bas et arbres et reliefs se perdaient dans ses brumes lourdes.

Kisang attacha sa monture à une branche. En dehors d'eux trois, la route était déserte. Pas de quatrième cheval. Pas de Saejin. Les brigands n'en avaient-ils qu'après lui ? Sa fiancée était-elle restée à Hewa ?

Ivan adressa des dizaines de prières aux esprits de la montagne. Qu'elle soit saine et sauve !

— Bouge-toi ! gronda Baedung.

Ivan essaya de démonter mais ses jambes refusèrent de lui obéir. Tout ce qu'il réussit à faire fut de verser de la selle. Son ravisseur le rattrapa de justesse et lui évita de s'écrouler au sol.

— Pute borgne, pourquoi fallait qu'ça tombe sur moi ?

Alors que les jambes d'Ivan ne le portaient plus, le grêlé se glissa sous le bras du jeune homme. Celui-ci hurla de douleur. C'était comme s'il lui arrachait l'épaule. Indifférent, Baedung le traîna à l'écart et le laissa tomber sur la pierraille. Il lui noua à nouveau les poignets, ravivant la douleur, puis fit de même avec ses chevilles.

Étaient-ils arrivés à destination ? Que lui voulaient-ils ? Ils n'en avaient pas après ses possessions. On n'emmenait pas un homme à cheval à des lieues de chez lui pour lui voler sa bourse. Pour demander une rançon, éventuellement, mais cela était clairement exclu. Alors, pourquoi ? Ivan repassa nerveusement les événements des dernières semaines. Avait-il contrarié la mauvaise personne ? Un grossiste ? Un noble ? Un kangpae, membre du crime organisé ? Il avait beau fouiller sa mémoire, rien ne lui revenait.

Soudain, Baedung passa une corde autour de son cou. Ivan eut un sursaut.

— Non !

Pas ici, pas comme ça, pas maintenant ! Il n'avait pas survécu jusque-là pour crever comme un clébard sur le bord d'un chemin, sans même savoir pourquoi. Il avait trimé comme un démon pour survivre, à vaciller dans les rizières parce qu'il avait sauté le repas de la veille pour garder quelques vastushkas de côté. Pour le concours, pour Saejin, pour leur avenir. Ça ne pouvait pas s'arrêter là ! Que penserait Lev ? Son père adoptif avait essuyé les critiques pour avoir engendré un bâtard – accusation qu'il n'avait jamais démentie – mais il avait aimé et élevé Ivan comme son fils. Toutes ces heures à débattre, à rêver d'une société différente, à travailler ensemble à un projet viable… Lev mort, c'était à Ivan de porter leurs idées à la cour.

Le jeune homme roula sur le dos pour se retrouver face au grêlé. Des deux pieds, il visa les genoux. Baedung pivota et prit le choc à l'arrière des cuisses. Le cœur battant à tout rompre, Ivan frappa les hanches, l'envoyant à terre. Ses chevilles ! Il n'avait plus qu'à les libérer et à courir. Non, mieux ! Ses ravisseurs avaient laissé leurs chevaux sur le chemin. Même pieds joints, il pouvait grimper dessus et fuir. *Ses* ravisseurs… À peine Ivan se rappela-t-il la présence du capitaine que la pointe d'une lame vint effleurer sa carotide. Sa veine palpita à un rythme frénétique contre l'arme parfaitement aiguisée, du sang perla le long de son cou. Au-dessus de lui, à contre-jour, se dessinait la silhouette de Kisang. Sa taille ne sortait pas de l'ordinaire, pas plus que sa corpulence, pourtant il dégageait une impression de force. Malgré les rides qui parsemaient le contour de ses yeux, malgré les mèches poivre et sel qui éclaircissaient son chignon haut, l'homme avait l'air terriblement énergique. À ses mains et son visage parcourus de cicatrices, à son maintien martial, à l'assurance sans faille qui l'animait, Ivan comprit dans sa chair à qui il avait affaire : celui qui avait droit de vie ou de mort sur lui.

— Attache sa longe, ordonna le capitaine d'une voix lourde de menaces, sans quitter sa proie des yeux.

À la périphérie de sa vision, Ivan vit Baedung se relever et nouer la corde qui lui enserrait le cou à une branche haute.

— Tiens-toi tranquille, ajouta le capitaine à l'attention d'Ivan.

Avec la confiance de celui qui sait être obéi, il rengaina son sabre et s'éloigna.

— Je ne peux même pas te confier la surveillance d'un gosse, Baedung ?

Le grêlé jeta à Ivan un regard de pure haine.

— Un gars d'un mètre quatre-vingt-dix, j'appelle p'us ça un gosse, moi.

Hébété, Ivan les regarda s'asseoir tranquillement à quelques pas de là et déballer leur repas. Tout simplement. Il était terrorisé, il souffrait le martyre, il se faisait un sang d'encre pour Saejin, et eux, ils cassaient la croûte ?

— Où est Saejin ?

— Putain, mais la ferme ! cria Baedung.

Sans avertissement, il s'approcha et lui envoya son pied dans le ventre. Ivan se plia en deux. La bile remonta dans son gosier et il vomit le peu qu'il avait encore dans l'estomac.

— Foutre Bor, ravale-moi ça !

— Tu le prendras avec toi, trancha Kisang.

— Ah ça non, cap'taine ! Y a des choses, j'dis pas…

— Baedung. Je veux être de retour demain matin. Obéis.

Quand Ivan releva la tête, le regard que le grêlé posait sur lui débordait d'un désir de représailles.

Ivan

« Grâce » à Baedung dans son dos, le rythme de la chevauchée accéléra. Ivan avait l'impression d'être trimballé comme un sac de patates douces. Régulièrement, un pas plus vigoureux de la monture qu'il partageait avec le grêlé lui faisait perdre l'équilibre et il s'accrochait de toutes ses forces à la crinière brune. Son aine écartelée sur l'animal et ses épaules continuaient de le transpercer. Et s'il n'y avait que ça... Baedung lui faisait payer de façon discrète l'humiliation de monter ensemble. Chaque fois qu'Ivan se laissait un peu aller, la pointe d'un couteau s'enfonçait dans son dos. Des perles de sang coulaient le long de ses côtes. Il souffrait mais étouffait ses cris : le brigand le lui avait recommandé d'un souffle à l'oreille. Devant, Kisang avançait sans se retourner et ne se rendait compte de rien. Même s'il l'avait su, Ivan n'était pas certain qu'il serait intervenu.

Pour rester en selle aussi loin de son tortionnaire que possible, le jeune homme regardait droit devant lui, essayant d'anticiper les cahots du sol recouvert de neige. Ils avaient quitté la route et s'étaient engouffrés dans les bois. Le soleil n'avait pas dû s'infiltrer entre les hauts arbres depuis des semaines. Le manteau blanc craquait sous les pas des chevaux et parfois, ne cédait pas du tout. En dehors du chuintement des sabots enveloppés de tissu, des grincements du cuir ou des carillons du métal, le silence était absolu. De temps en temps, la fuite d'un rongeur, le battement d'ailes d'un rapace faisaient frémir le blanc uniforme des chênes. Ivan, peu couvert, épuisé, se remémorait les chaleurs orageuses de l'été pour ne pas grelotter.

La forêt s'étalait sur un massif montagneux assez escarpé. Sous la neige, des affleurements rocheux d'un gris pailleté émergeaient parfois. Malgré les circonvolutions imposées par le relief, le groupe se dirigeait de façon constante vers le sud-ouest. Vers la frontière avec le Kalium. Vers les zones d'affrontement.

La guerre avec le royaume de l'ouest durait depuis neuf ans. Si le conflit à proprement parler avait été déclenché par l'incursion du Jeonam dans la région de Kastr, de l'autre côté de la chaîne de Yeonbuk, les dissensions entre les deux nations existaient depuis des siècles. La conversion de Shatag, le roi du Kalium, à un nouveau courant du borisme n'avait fait qu'empirer les relations. Tout le monde savait que la frontière ouest du Daesan était à éviter.

Ses ravisseurs étaient-ils Kaliumers ? Impossible. Leur daesan sonnait trop vrai. Appartenaient-ils alors à l'armée ? Tout aussi invraisemblable, au vu de leur accoutrement disparate. Ils étaient pourtant plus organisés et menaçants que les brigands de la veille. Qui pouvaient-ils bien être ? Et que lui voulaient-ils ? Il ne possédait rien, il ne connaissait rien, il ne représentait rien.

— Holà ! cracha Baedung.

Ivan sursauta, aux abois. Il était en train de glisser dans le sommeil.

— Si tu t'ramasses, j't'écrase.

— Chut ! coupa Kisang d'une voix sèche.

Deux silhouettes se mirent à courir à quarante mètres de là.

— Reste là, ordonna le capitaine.

Sans un regard pour son homme de main, il talonna sa monture et partit au petit galop. Les deux intrus se faufilèrent entre les arbres pour échapper à leur poursuivant, en vain : Kisang épousait son cheval comme s'ils ne faisaient qu'un. Il plongeait en avant quand une branche basse se mettait sur son chemin, se levait au-dessus de la selle quand un fossé ou un obstacle poussait l'animal à bondir. Sa maîtrise fascinait Ivan. En un souffle, il fut sur eux. Il tira le sabre de son côté puis, sans donner l'impression de faire le moindre effort, décrivit un arc de cercle, éclair d'argent sur la blancheur de la neige. La pointe glissa contre la jugulaire du premier homme. Le sang jaillit en fines gouttelettes qui aspergèrent le tronc pâle d'un orme proche, Kisang déjà hors du jet écarlate. Il fondit sur le second. Celui-ci se jeta sur le côté. La lame du capitaine trancha l'air. D'un seul coup, l'intrus se releva et projeta son sabre vers la jambe du cavalier. Par réflexe, Ivan, jusque-là incapable de détourner le regard, ferma les yeux. Que craignait-il ? Le crissement du métal contre le métal déchira le sous-bois. Le jeune homme rouvrit les paupières. Il voulait voir. Savoir. Devant lui, l'arme de l'inconnu flottait dans les airs, puis percuta le sol enneigé dans un chuintement. Un instant plus tard, le sabre de Kisang s'enfonça entre les yeux de sa victime. Précis, direct.

— Putain, l'a pas perdu la main, souffla Baedung.

Ivan tourna la tête vers lui. Un sourire presque enfantin fendait le visage grêlé.

— T'as jamais vu ça, hein, l'pécore ?

C'était vrai. La scène l'avait envoûté. Des gestes aussi gracieux, harmonieux… Kisang essuya sa lame sur l'un des cadavres avant de revenir vers eux. Son visage était dur, ses yeux noirs. Une terreur rampante, impérieuse, dissipa la fascination pour saisir le jeune homme à la gorge. Le capitaine n'était pas un danseur. C'était un meurtrier.

— Kaliumers ? demanda Baedung.

Son supérieur ne prit pas la peine de répondre.

— Putain, ça va chier au camp.

Le reste du voyage fut un calvaire continu. À peine le soleil disparut-il derrière les collines que le froid glaçant se saisit d'Ivan. Ses ravisseurs n'avaient pas pris la peine d'emporter son équipement. L'absence de ses sabots, de son manteau et de son capuchon se fit criante. À la nuit tombée, cela empira. Il avait cru que les deux hommes allumeraient un feu de camp mais une fois leur dîner avalé, l'un se roula dans sa couverture de monte, l'autre prit le tour de garde. Ivan se retrouva une nouvelle fois poignets et chevilles liés, sa longe attachée à une branche haute. S'il s'endormait dans la neige, il n'était pas certain de se réveiller. Il se recroquevilla sur les racines moins froides d'un arbre. De ses mains couvertes par les manches de son jeogori, sa veste longue fourrée de laine, il enveloppa ses pieds à peine protégés par ses chaussettes épaisses. Enfin, il enfonça sa tête entre ses genoux. Là, au creux de son giron, il parvenait à garder un peu de chaleur. Faisant de son mieux pour contrôler les claquements de sa mâchoire, il finit par sombrer.

Avant l'aube, un coup dans les côtes le tira d'un sommeil agité. Baignés dans l'humidité de son cocon, ses cils avaient gelé et lui arrachèrent un râle. Ankylosé, épuisé, ses extrémités rendues insensibles par le froid, il remonta sur le cheval de Baedung sans protester. En plus des douleurs articulaires et de celles qui parsemaient son dos, là où le grêlé l'avait planté, s'ajouta la torture des courbatures. La seule amélioration notable était que Baedung avait décoléré. Il avait rangé son couteau et restait silencieux, aussi loin que possible de son prisonnier.

Enveloppée dans les dernières heures de la nuit puis dans la pénombre du couvert boisé, la chevauchée se révéla plus morne encore que la veille. Aussi, quand la forêt s'éclaircit jusqu'à s'arrêter complètement, Ivan eut l'impression de revivre, frappé de plein fouet par l'immensité de la vallée. Ici, aucun arbre ne venait lécher les pieds de pierre grise des collines, rien d'autre que de l'herbe brûlée par le froid. D'ailleurs, il ne s'agissait plus vraiment de collines. Les reliefs déchiquetés montaient à pic, presque à la verticale. Quelques arbustes s'accrochaient aux irrégularités de la saillie, sans parvenir à entraver l'ascension folle de la pierre. Une large voie se dégageait entre les deux massifs montagneux, obscurcie par l'ombre portée. Ivan n'avait jamais voyagé si loin de chez lui mais il reconnaissait parfaitement l'endroit : la passe d'Orghul Khan. C'était par là qu'Orghul Khan, le terrible meneur de la Horde du Sigertei, avait envahi le Daesan presque trois cents ans plus tôt, lâchant ses troupes barbares sur un royaume en plein apogée. Depuis, le Sigertei, empire nomade qui ne s'était construit que sur la guerre et l'oppression, n'était plus. À peine quelques-uns de ses descendants parcouraient-ils les plaines désertiques situées des centaines de kilomètres à l'ouest. Aujourd'hui, un tout autre royaume avait récupéré la partie sud des terres sigertes : le Kalium. La passe était le théâtre principal de la guerre avec l'ennemi du Daesan. Ses ravisseurs l'avaient mené en pleine zone contestée.

Depuis le pied des falaises, droit dans l'axe de la passe, des filets de fumée grise s'élevaient d'un campement. Une douzaine de larges tentes hétéroclites, montées dans le plus grand désordre, se serraient à l'intérieur d'un cercle de pieux bien plus grand que nécessaire. Les ruines d'une tour du Vaste Ciel, vestige de la Horde du Sigertei et de son culte céleste, se dressaient sur le bord du camp.

Kisang et Baedung le conduisaient vers ce groupement. Vers la passe.

— Vous êtes fous ! souffla-t-il.

— Fous ? releva Baedung de sa voix nasillarde. C'est comme ça qu'les pécores voient ceux qui les défendent depuis cinq ans ?

— Si vous appartenez à l'armée, je suis le Kantsler de Mirensk.

— Mmmh, ricana le grêlé, t'as pas t'à fait tort. Tu vas voir…

Les chevaux continuèrent droit vers le camp. Une dizaine de silhouettes s'agitaient à quelques jets de pierre, dans la vallée et sur la rive d'un ruisseau qui serpentait un peu plus loin.

Une section de la palissade était ouverte, gardée par deux hommes. De l'autre côté de cette barrière sinistre s'échappait un brouhaha allègre, percé de rires tonitruants.

Plus ils approchaient et plus Ivan réalisait à quel point les pieux de l'enceinte étaient acérés, certains maculés de noir. Quand ils furent assez proches, les deux gardes effectuèrent le salut militaire, une main en coupe sous le cœur. Kisang et Baedung le leur rendirent.

— Bienvenue dans la Horde Blanche, mon gars, susurra Baedung.

Ivan

Ivan frissonna. La Horde Blanche… Le nom de cette compagnie de mercenaires était sur toutes les lèvres depuis que le Kalium avait été repoussé à la bataille d'Oe, deux ans plus tôt. D'après les rumeurs, l'armée de Radimov, voievod du Jeonam et du Laenam et donc suzerain de la région, était sur le point d'essuyer une défaite quand la troupe mercenaire, normalement assignée à la surveillance de la passe, était venue faucher les lignes ennemies. Le jour, on portait aux nues la compagnie sans qui le Kalium aurait déferlé sur l'ouest du Daesan mais une fois la nuit avancée, quand les coupes de soju commençaient à délier les langues et à faire émerger les peurs, l'histoire se modifiait. On murmurait les terres saccagées, les vivres extorqués à vil prix, les rangées de têtes tranchées, les champs de cadavres mutilés, les filles disparues, les orgies. Car à la tête de tous ces hommes, il y avait celle qui se faisait appeler la Putain Blanche. Ses cheveux blancs lâchés comme ceux des prostituées, ses vêtements indécents, ses yeux rouges, attributs d'une créature de l'Abysse, étaient de toutes les rumeurs. « Si tu n'es pas sage, la Femme Blanche viendra te chercher », voilà de quoi on menaçait les enfants récalcitrants ces jours-ci. Et elle était vraiment venue le chercher. Ivan trembla.

Baedung passa une corde autour du cou d'Ivan. Celui-ci se tourna à demi vers son bourreau.

— Ça suffit ! Que croyez-vous m…

Soudain, le grêlé attrapa sa mâchoire. Ses doigts osseux s'enfoncèrent dans sa chair, dans ses os, forcèrent ses articulations. Ivan étouffa un cri. Cet homme pouvait lui briser le visage d'une poigne.

— T'as pris la confiance, toi, non ? Allez, dégage de là.

Baedung le jeta sans un regard au bas de sa monture. Ivan s'écrasa à terre. Il avait l'impression que ses tendons ne pourraient plus retrouver leur état initial. L'intérieur de ses cuisses n'était qu'un gouffre de douleurs. Il n'avait qu'une seule envie : s'allonger, jambes serrées, et oublier. Soudain, la corde se tendit et l'étrangla, le traînant vers l'avant. Ivan porta ses mains ligotées à sa gorge mais le nœud était trop serré. Il avait beau griffer, tirer, il n'y avait pas d'espace. Pas d'air. Tout ce qu'il pouvait faire, c'était se lever et suivre. Comme un mâtin au bout d'une laisse. Baedung tira d'un coup sec, le faisant ployer.

— Magne-toi !

C'est comme un animal qu'Ivan pénétra dans le camp de la Horde Blanche. Aussitôt, l'odeur puissante des bêtes l'assaillit. Il n'y avait là qu'une vingtaine de chevaux, mais l'herbe piétinée témoignait de l'absence de nombreux autres. Combien pouvaient-ils être en tout ? Et pourquoi ces mercenaires lui en voudraient, à lui ? Un contrat ? Mais envers qui ? Qui d'autre que le voievod Radimov, un homme à la tête de deux des provinces les plus puissantes du Daesan, pouvait se payer une troupe de… quoi, plusieurs centaines de têtes ?

Kisang se dirigea vers un homme occupé à ramasser le crottin. Ce dernier avait beau effectuer une corvée, il portait un sabre au côté et ses bras, laissés nus par les manches déboutonnées de son hanbok, étaient couverts de cicatrices. Une autre, verticale, lui traversait la joue et la mâchoire de haut en bas. Ce n'était pas un vulgaire serviteur mais un guerrier. Oui, Ivan avait bel et bien été enlevé par une troupe de mercenaires.

— Dekseon, appela le capitaine.

L'homme se retourna lentement, l'air renfrogné. Son visage s'éclaira quand il reconnut son interlocuteur.

— Oh, cap'taine !

Son regard se porta un court instant sur Baedung, puis sur Ivan. Ni hostile ni chaleureux. Le jeune homme aurait pu être un meuble que le mercenaire n'aurait pas eu l'air moins affecté.

— Le commandant est rentrée ? demanda Kisang.

— Pas encore.

Le capitaine grogna.

— Tu sais où est Kisuu ?

— J'l'ai pas vu sortir.

— Doit être devant sa tente, cap'taine, intervint Baedung. En train d'manger, sûr.

— Sans doute, acquiesça Kisang avant de laisser ses rênes au dénommé Dekseon.

Ils avancèrent entre les tentes, tirant Ivan. Dès qu'ils l'apercevaient, les mercenaires saluaient Kisang, lui jetaient des « Capitaine » joyeux ou respectueux. Plusieurs hommes vinrent donner l'accolade à Baedung. Le grêlé souriait. Ici, au milieu des siens, il montrait un tout autre visage. Comment pouvait-il être à ce point différent, alors qu'il traînait derrière lui un homme en laisse ? Kisang, au moins, restait le même : il rendait les saluts mais conservait sa raideur.

En cette heure pourtant plus si matinale, beaucoup de mercenaires musaient encore autour des feux de camp, raclant le fond des écuelles, suçant os et doigts, se curant les dents avec des pics en bois. Certains se faisaient raser de près par un compagnon, d'autres entretenaient des cuirs usés ou aiguisaient leurs lames. Un guerrier était assis à côté d'un petit tas de tiges en bois et s'affairait à attacher une pointe de fer au bout de l'une d'elles. La vie semblait suivre son cours de façon terriblement ordinaire. Ivan vit quelques hommes se promener au bras de femmes ou se faire saluer par une autre sur le pas d'une tente. Les chevelures féminines, sans tresse ni chignon, indiquaient clairement leur profession. Ivan détourna la tête, mal à l'aise devant leur indolence, leurs sourires, leurs hanbok entrouverts.

Il releva soudain le menton, traversé par un mauvais pressentiment. Et si Saejin avait été enlevée pour... ? Il fouilla le camp du regard mais ne vit aucune silhouette familière. Non, il se faisait des idées. Si sa fiancée avait été emmenée ici, elle aurait fait le voyage avec lui. Elle était forcément restée chez eux. L'image de la petite fille, ses cheveux entrelacés dans son daenggi rouge, s'imposa à lui. Saejin... Comment allait-elle ? Avait-elle pu obtenir une avance de gages pour acheter sa médecine ? Avait-elle récupéré l'argent d'Ivan, quand elle avait vu que… Quand elle avait vu que quoi ? Avait-elle seulement compris qu'il avait été enlevé ? Croyait-elle qu'il l'avait abandonnée ? Si c'était le cas… Ivan frémit. Et si son départ l'avait soulagée ? Elle avait clairement exprimé sa lassitude. Peut-être n'avait-elle jamais osé lui avouer qu'il la gênait ? Que leur promesse d'enfants de se marier un jour n'avait plus cours ? Il secoua la tête. C'était cette douleur atroce dans le crâne, cette maudite laisse, qui lui faisait tout voir en noir. C'était Saejin qui avait parlé de mariage en premier, quand elle avait cinq ans. Son visage était plein de tendresse quand elle se penchait sur leur trousseau, ses yeux noirs emplis de reflets. Mais depuis quand ne l'avait-il plus vue travailler dessus ?

Baedung s'arrêta soudain. Un groupe d'hommes se tenait autour d'un feu. Certains terminaient leur repas quand d'autres reprisaient des vêtements.

— C'est fait ? demanda Kisang.

— Oui, capitaine, articula l'un d'eux, la bouche pleine.

L'homme – Kisuu ? – se leva. Il était plus grand que la moyenne, mais surtout plus large, et il ne s'agissait aucunement de graisse. Il darda ses yeux particulièrement bridés vers ses compagnons.

— Si mon bol est vide quand je reviens, je vous casse la tête.

— C'est bon, répondit l'un deux tandis que les autres soupiraient ou s'esclaffaient, on va pas te l'prendre, ton bol.

L'intéressé hocha la tête, satisfait, avant de conduire le petit groupe à travers le dédale. Hormis la quinzaine de mercenaires qu'Ivan avait vus en arrivant, le reste des tentes semblait vide. Ils s'arrêtèrent devant la tour du Vaste Ciel, à la périphérie du camp. Depuis les invasions sigertes du IVe siècle après la fondation de Mirensk, trois cents ans plus tôt, ces sanctuaires ponctuaient les plaines et les sommets du Daesan. Celle-ci était plus modeste que celles qu'on apercevait depuis les collines d'Hewa, à peine cinq ou six personnes ensemble auraient pu en faire le tour. De plus, ce n'était plus grand-chose d'autre qu'un amoncellement de pierres envahies de mousse, qui jetait ses dernières velléités à hauteur de quatre hommes.

— Là.

Kisuu désigna un anneau fixé sur l'enceinte du sanctuaire, à presque trois mètres de hauteur. L'attache était pour Ivan, il le comprit en un instant. Non. S'il se laissait faire maintenant, il serait trop tard. Il devait fuir avant d'être complètement entravé. Mais comment ?

Kisang attrapa une échelle en bambou et examina l'ouvrage.

— Ça s'est bien passé, de votre côté ? glissa Kisuu à Baedung.

— À peu près. À part deux éclaireurs, hier.

— Merde. Loin d'ici ?

— Pas beaucoup. Le cap'taine est r'monté à bloc. Ça va chier.

Profitant de la distraction de Baedung, Ivan saisit la longe des deux mains et tira un grand coup sec. Cependant, la corde n'eut même pas le temps de se tendre : Kisuu lui attrapa les mains de sa grosse pogne.

— Tu m'as oublié ou quoi, maigrichon ?

Sans aucun effort, malgré Ivan qui se débattait de toutes ses forces, il ramena les poignets devant ses yeux.

— Un nœud constricteur ? Mouais, pourquoi pas ?

Le visage impassible, comme s'il s'occupait d'un cheval ou d'une poule, le colosse testa le nœud. Ivan essaya de se libérer mais plus il se débattait, plus la corde se serrait.

— Pourquoi vous me faites ça ? Si vous voulez me tuer, pourquoi…

La main de Kisuu se referma sur sa mâchoire, brisant ses protestations. Son regard était celui d'un tueur. Un meurtrier.

— C'est bon, interrompit Kisang en descendant. Attachez-le.

Quand les trois mercenaires s'éloignèrent sans lui fournir le moindre début d'explication, le sort d'Ivan était scellé : attaché au mur de la tour par le cou, les poignets liés, sans chapeau, sans pelisse, sans toit. S'il se mettait à neiger…

— Je ne resterai pas ici.

C'était une promesse devant Bor et tous les esprits. Mais comment la tenir ?

Ivan

Ivan se recroquevilla un peu plus sous les pans de son hanbok en laine fourrée. Finalement, il ne neigeait pas, mais il aurait peut-être mieux valu : la nuit aurait été moins glaciale. La première heure, il avait essayé de s'endormir sur le flanc. En plus des éboulis, le froid avait transpercé ses chairs pour se planter dans ses os, aidé par les entailles ouvertes par Baedung pendant la chevauchée. Maintenant, il se pelotonnait en position accroupie, adossé au sanctuaire, les bras autour des genoux. Il avait replié la longueur de son jeogori pour doubler l'épaisseur qui séparait son fessier du sol, en vain. La glace s'insinuait au plus profond de son être et le gardait éveillé et tremblant. Toute sensation avait quitté ses pieds, qu'il n'essayait même plus de remuer.

Il avait beau tourner le problème dans tous les sens, il ne comprenait pas ce que les mercenaires voulaient de lui. Pourquoi se faire chier à l'enlever, si c'était pour le laisser crever dans le froid ?

Depuis qu'il avait été attaché là quelques heures plus tôt, on l'avait abandonné. Lui qui pensait être frappé, interrogé, raillé, il s'était bien trompé. Il avait tremblé à l'idée d'être livré à la Putain Blanche, mais il n'avait pas vu l'ombre d'une chevelure claire. Au loin, les mercenaires riaient aux éclats, rassemblés autour des feux de cuisine, le contenu de leurs écuelles bien au chaud au fond de leurs estomacs. Et lui, il allait crever à petit feu dans l'indifférence la plus totale.

Le pire était peut-être qu'il se trouvait à quelques rangées de tentes à peine de la palissade, à la périphérie du camp. De là où il était, il pouvait en voir les piquets mal assemblés, installés davantage pour arrêter une charge que pour éviter une intrusion solitaire ou une fuite. Il avait repéré un passage entre deux échalas. Étroit, mais pas infranchissable. Ne lui manquait que la liberté.

Une nouvelle fois, il tira sur la corde pour tester la tenue de l'anneau. Le nœud autour de son cou se resserra davantage.

Un bruit de pas enfla, faisant craqueler les fines membranes de givre accrochées aux herbes. Encore un homme qui venait soulager sa vessie ou ses bourses. Les prostituées semblaient avoir été regroupées dans le coin. Quand un mercenaire disparaissait sous une tente, on entendait quelques gémissements peu enjoués et l'affaire était pliée. À croire que ces hommes étaient incapables de se retenir plus d'une minute. Pire que des chiens. Ivan appuya sa tête contre ses genoux et aussitôt, la morsure de sa longe lui rappela qui était traité comme un animal.

Les pas continuèrent à se rapprocher jusqu'à s'arrêter bien trop près. Quelqu'un, enfin ! Ivan leva le menton : deux hommes le toisaient, oscillant sur leurs jambes flageolantes. Ils sentaient l'alcool de riz à plein nez.

— Alors c'est toi, le fils de pute ? lança l'un d'eux d'une voix pâteuse.

Dépité, Ivan laissa retomber son front sur ses genoux. Aussitôt, un coup s'abattit sur sa hanche, puissant, vicieux. Une main le saisit par les cheveux et le força à redresser la tête. L'un des mercenaires approcha son visage du sien, jusqu'à ce qu'Ivan n'ait plus d'autre choix que de le regarder dans les yeux. Son haleine chargée des vapeurs du soju envahit le jeune homme. Son estomac se serra et remonta. Il lutta pour ne pas vomir.

— Tu m'réponds quand j'te parle.

— Et je réponds quoi ? cracha-t-il. « Oui, c'est moi, je suis là » ?

— Tu fais ton malin ? J'déteste qu'on m'prenne de haut. Mais j'suis pas rancunier, ajouta le mercenaire en se redressant. J'ai même un p'tit cadeau pour toi !

Il fit un geste approximatif à son comparse, qui s'approcha d'un pas vacillant. Le fumet piquant du bol qu'il déposa au sol sauta aussitôt aux narines d'Ivan.

— Bon appétit ! lança le deuxième homme en s'étouffant dans un rire gras.

Ivan regarda bol et mercenaires d'un œil méfiant mais son ventre se mit à gargouiller bruyamment. Il n'avait rien avalé depuis le soir de son enlèvement. Ce n'était pas la première fois depuis la mort de Lev qu'il restait plus d'un jour sans manger, mais la lutte contre le froid le vidait de ses forces. Aussi, quand les mercenaires s'éloignèrent, il s'approcha du bol. Ses poignets étaient tellement comprimés l'un contre l'autre qu'il eut du mal à écarter suffisamment les doigts pour le saisir. Il tremblait beaucoup trop. À un moment, il crut que son repas allait se déverser au sol, mais il parvint à rétablir l'équilibre. Il n'avait plus qu'à le porter à sa bouche. Doucement, délicatement.

— Ah, j'oubliais ! fit la voix du premier mercenaire. J'ai aussi à boire.

Quand Ivan releva la tête, l'homme était déjà devant lui, son pantalon baissé sur ses hanches. Un battement de cils plus tard, il urinait sur le bol fumant et sur les mains d'Ivan.

— Santé !

Il fit alors volte-face et rejoignit son compagnon dans un concert de rires.

Lentement, Ivan baissa le regard sur son bol. Le liquide clair moussait au-dessus du ragoût. Un instant, il hésita. Il avait tellement faim…

Il reposa le récipient, s'essuya les mains dans l'herbe et se recroquevilla contre le mur du sanctuaire. Il se sentait vide. Épuisé. Ses doigts, salis, glacés, glissèrent à l'intérieur de son hanbok et caressèrent sa tête de Seojeog, le talisman à l'effigie de l'esprit du savoir et des érudits. À mesure qu'il répétait ce geste familier, la fatigue l'emportait, sa conscience sombrait dans le néant. Il ne ressentait plus la douleur, n'entendait plus les rires. Demain, tout irait mieux. Demain…

— Vanya !

La voix enjouée de Saejin perça le silence. Ivan fit mine de ne pas l'entendre et resta penché sur son livre. Des nuages de vapeur, provoqués par le froid vif, s'échappaient de son nez et le déconcentraient. C'était la deuxième fois qu'il s'attaquait au dernier essai de son père, mais il n'y comprenait toujours pas grand-chose. Il avait beau lire encore et encore les mêmes phrases, les concepts lui restaient inaccessibles. Pourquoi était-il si jeune ?

— Vanya !

La petite fille s'approchait. Ses pieds martelaient le sol de terre, lourds comme ceux d'un ours. Plus proche… Encore…

— Ivan ! s'agaça-t-elle.

Encore un peu…

— Bouh !

Saejin sursauta avant d'éclater de rire. Son visage resplendissait comme un petit soleil, ses yeux deux pépites brillantes. Son grand sourire s'ouvrait autour de l'incisive qu'elle avait perdue trois jours plus tôt.

— Tu ne travailles pas, aujourd'hui ? demanda le garçon.

Il tremblait. Le froid se faisait de plus en plus perçant. La petite fille, qui y semblait insensible dans son hanbok d'été, fit non de tout son corps.

— Maman a dit que je pouvais venir te voir ! Et toi, c'est bien ce que tu lis ?

Ivan considéra l'ouvrage qui se refusait à lui. Même s'il ne comprenait pas tout, il retrouvait son père adoptif dans chaque ligne.

— Oui.

— Qu'est-ce qui est écrit ? demanda-t-elle en montrant la couverture recouverte de givre.

— « Fin et renaissance de l'État. Par Lev Pietrovitch Otolski », traduisit-il en daesan.

Saejin ouvrit deux yeux ronds et porta ses mains devant sa bouche.

— Par tonton ?

Ivan rit. La petite fille était tellement fraîche, tellement entière qu'il lisait mieux en elle qu'en ses livres. Il mourait d'envie de l'attraper pour la faire tournoyer jusqu'au ciel, qu'elle continue à rire, encore et encore.

— Dis, Vanya, tu m'apprends à lire ?

— Tu le veux vraiment ?

— Oui.

Saejin le regardait avec un grand sérieux. Au fond de ses yeux noirs, il pouvait lire toute sa détermination. Avec un sourire, il tapota le bloc de glace à côté de lui, l'invitant à s'asseoir.

— C'est trop tard. Reviens !

— Il est vivant, je te dis.

Les chuchotements le ramenèrent à lui. Ivan essaya d'ouvrir les yeux, mais le givre avait déjà encroûté ses cils, collant ses paupières l'une à l'autre.

— Attends, tu vas te faire mal !

Un linge chaud passa sur ses yeux et fit fondre le gel. Un instant plus tard, il ouvrait ses paupières sur la nuit presque noire. Devant lui se tenait la silhouette d'une femme, emmitouflée dans une veste bordée de fourrure. La soie de sa jupe large reflétait la pâle lueur de la lune. Une femme, ici ? Quand elle bougea, ses longs cheveux noirs, défaits, glissèrent sur ses épaules et il comprit. C'était une des prostituées qui habitaient le camp. Elle posa une main chaude sur sa joue et palpa sa peau tuméfiée. Ivan recula brusquement.

— Ils t'ont pas raté.

— Mi-ok ! Dépêche ! fit la voix d'une autre fille derrière.

— Je t'ai apporté de quoi passer la nuit.

Ivan, hébété, ne comprenait pas ce que la femme lui voulait, jusqu'à ce qu'elle déploie une courtepointe sur lui. Aussitôt, l'hiver recula. La chaleur de la couverture fourrée était une bénédiction. Tandis qu'Ivan savourait, la prostituée déposa un bol rempli de riz, d'algues grillées et même d'un peu de poisson séché.

— Je viendrai tout récupérer avant l'aube. Tiens bon.

Ses deux derniers mots résonnèrent dans l'esprit d'Ivan. « Tiens bon. » Saejin les lui avait répétés à la mort de Lev, encore et encore, comme un mantra. Puis les années avaient passé. Qu'est-ce qui avait creusé le fossé qui les avait éloignés ?

La femme tourna les talons et Ivan, de ses doigts gourds, plongea dans le bol, frissonnant au contact glacé de la céramique.

Ivan

Le crépuscule perça à travers la fenêtre en papier de son hanok. Ivan remua mollement. Il devait se lever – s'il embauchait trop tard, le contremaître donnerait son emploi à un autre –, mais le travail de la veille lui avait rompu les os. Son corps le faisait tant souffrir… Soudain, une voix chuchota près de lui :

— Désolée.

Un instant plus tard, quelqu'un tira sa couverture. La mémoire lui revint, brutale, en même temps que le froid polaire transperçait ses chairs. Il ouvrit les yeux. Tout était encore là : les pierres moisies du sanctuaire, le sol glacé, la corde autour de ses poignets. La laisse. Déjà, la prostituée disparaissait derrière une tente, les bras chargés de la courtepointe qui lui avait sauvé la vie. Elle se retourna et lui jeta un regard effrayé. Il faisait si peur que ça ?

Quelques instants plus tard, le cliquetis du métal et le bruit de l'herbe givrée qui se brisait sous des pas retentirent. Quelqu'un venait, encore masqué par une tente. Le cœur d'Ivan se mit à battre à tout rompre. Fébrile, il balaya les environs du regard. Quelle était la meilleure attitude ? Feindre le sommeil ? Se soumettre ? Ses yeux passèrent alors sur le bol oublié par la prostituée dans la précipitation. Si ses geôliers le trouvaient, Ivan et sa sauveuse allaient morfler. Lui le premier. Il attrapa tant bien que mal le récipient et le jeta contre le sanctuaire avant de s'affaler devant. Une seconde plus tard, il posa son menton sur sa poitrine, comme s'il dormait.

— Carrément.

Ivan garda les paupières closes, força son souffle à se faire régulier. Le mercenaire allait passer. L'aube pointait à peine : il était forcément debout pour une bonne raison. La gifle qui le fit basculer déchiqueta ses espoirs.

— Comment tu peux dormir sur tes deux oreilles après ce que les hommes de ton père ont fait ?

Son père ? L'homme, un trentenaire dont la bouche se prolongeait sur une cicatrice affreuse, recula. Il allait frapper plus fort. Hors de question de se laisser encore malmener. Ivan mit toute sa rage dans le coup de pied qu'il lui envoya. Le coup lui arracha un hurlement de douleur – quelle sensation étrange de sentir à nouveau ses extrémités – mais fit ployer la jambe du mercenaire, qui se retrouva un genou à terre.

— Putain d'enculé.

Une haine terrifiante se dégageait de son visage. Ivan comprit son erreur. Il leva ses bras joints devant lui mais ne put rien faire. Les coups plurent sur son crâne, son ventre, pendant ce qui lui parut durer un siècle. Encore et encore, il se força à réciter Niteski pour tenir le coup :

Celui qui fait les lois doit tout à la fois connaître la nature profonde de ceux qu'il gouverne et ne connaître aucune de leurs passions.

Le mercenaire le saisit par les cheveux et le renversa contre le sanctuaire.

Il doit tout à la fois adopter la position du mendiant, du bourgeois, du paysan, du soldat. Il doit défendre l'individu tout en faisant avancer l'ensemble.

Son poing s'écrasa sur l'oreille d'Ivan comme une pierre. Un sifflement atroce envahit sa tête.

Nul individu ne saurait allier toutes ces positions. Seuls un dieu ou l'assemblée de tous les citoyens peuvent prétendre atteindre telles vertus. Puisque Bor gouverne l'univers, c'est à nous de former l'assemblée des citoyens.

Quand le genou de son bourreau s'enfonça dans son ventre, la bile emplit son gosier et se déversa sur la cuisse du mercenaire. Celui-ci jura et attrapa l'un de ses bras pour s'essuyer avec la manche de sa veste. Enfin, sans prévenir, il lui cracha dessus et s'éloigna.

Ivan se laissa tomber dans l'herbe glacée. Les brins couverts de givre atténuèrent un peu le feu qui affluait au rythme de son cœur. Sa joue, sa tempe, tout le côté de sa tête lui faisaient un mal de chien. Son ventre se tordait autour de ses entrailles violentées. Il devait se raccrocher à autre chose. Pas à la douleur. Pas à l'injustice. Le mercenaire avait parlé de son père. Lev ? Impossible. Le vieil érudit n'avait jamais fait de mal à une mouche, et il n'avait jamais eu d'hommes à sa disposition. Son agresseur ne pouvait donc que parler de son père biologique. Ses geôliers savaient qui était son père ? Comment, alors que Lev lui-même l'ignorait ? Qui était réellement la Horde Blanche ?

Au fond de lui, il sut qu'il ne devait pas connaître la réponse. Il devait fuir.

Il se redressa et porta la corde de ses poignets à ses dents. Il s'échina comme un damné sur le nœud, mordant, tirant, incisant. En vain : le lien ne bougea pas d'un millimètre. Tant pis ! Tout ce dont il avait besoin pour fuir, c'était d'être libre. Il attrapa la longe qui lui enserrait la gorge. La boucle pendait sur sa nuque, inaccessible. Il devait la faire glisser vers l'avant pour la mettre à portée de ses mains nouées, malgré ses blessures, malgré le sang qui avait encroûté la fibre. Ivan inspira et tira d'un coup. La peau collée à la corde s'arracha et il étouffa un cri. Le brasier envahit sa chair, ses nerfs, emplit ses yeux de larmes. Il happa de courtes bouffées d'air et petit à petit, le froid reprit le dessus. Il entreprit alors de défaire le seul obstacle qui le retenait captif. Ses doigts gourds avaient quasiment perdu toute sensation mais il s'échina. Il pinça chaque boucle, gratta, tira. Au bout d'un moment, il dut se rendre à l'évidence : si personne ne le surveillait, c'était parce qu'il n'avait aucun moyen de s'échapper. Une stupide corde suffisait à l'entraver.

Désespéré, il s'adossa au mur de sa prison. Il ne s'était jamais senti aussi abattu, même alors que l'escorte de l'hospodar d'Hewa le poussait dans la boue pour ouvrir la voie à son seigneur, et que les gamins de la ville l'y enfonçaient en le traitant de bâtard. Qu'avait-il fait à Bor ? Il allait être battu, torturé, peut-être tué pour un père qu'il n'avait jamais connu, qu'il n'avait même jamais cherché. En un sens, c'était comique. Du bout des doigts, il tira son amulette de Seojeog. Le contact familier de l'argile chaude et lisse le calma. Il caressa du gras du pouce l'idole en forme de tête, à la recherche de la sensation granuleuse. Soudain, il s'immobilisa. L'argile ! C'était ça, sa porte de sortie !

Fébrile, il se retourna face au mur. Le bol était toujours là, intact. Ivan balaya les environs du regard et, quand il fut certain d'être seul, il saisit le récipient et l'abattit sur une pierre. La céramique se brisa d'un coup net. Il attrapa le tesson le plus acéré et commença à scier sa laisse.

Ivan

L'espoir bouillonnant d'Ivan était retombé devant la réalité. La céramique était loin d'être aussi efficace qu'escompté. À mesure qu'il les raclait contre la corde, les tessons s'effritaient entre ses doigts. Il en était déjà à son quatrième morceau. Pour accélérer le processus, il était obligé de tirer sur sa longe. La fibre rêche lui mordait la peau, frottait sa chair à vif, s'enfonçait dans sa nuque. Malgré tout, il s'acharnait.

Un des mercenaires vint le voir plusieurs fois. Les coups s'abattaient, gratuits, mais Ivan s'accrochait. Son seul et unique but était de masquer les tessons d'argile et la corde entamée derrière son corps. Alors il tenait bon, ne bougeait pas, ne répliquait pas. Il avait envie de hurler, de se jeter sur son agresseur, mais il s'écrasait. Et quand l'homme partait, rassasié, Ivan n'y tenait plus et laissait rejaillir sa haine dans un cri qui lui déchirait la gorge. Ils paieraient. Ces hommes paieraient. Dans un jour, un mois, un an, mais ils paieraient.

Quand la corde céda, il resta pantois. Il n'avait pas remarqué qu'il s'attaquait aux derniers fils de chanvre. Lui qui pensait tailler toute la nuit, remplacer l'argile en miettes par ses ongles, ses dents, des pierres, il se retrouva pris au dépourvu.

Le sentiment ne dura pas. La surprise passée, l'urgence le submergea. S'il restait là, il augmentait le risque qu'on découvre son forfait.

L'isolement qu'il voyait hier comme une malédiction devint un atout. Il se releva avec précaution. Son corps était perclus de douleurs, engourdi par le froid, l'immobilité et les coups, ses pieds deux blocs de glace insensibles, mais son cœur qui battait à toute allure confirmait qu'il était bien là, vivant, entier. Il boîta sur quelques pas. Soudain, un sifflement retentit et Ivan se recroquevilla à terre, aux aguets. Des rires fusèrent. Il jeta un œil. À une vingtaine de mètres, un cercle de mercenaires accroupis regardait vers le centre. Un jeu quelconque. Quand l'un des hommes leva la tête dans sa direction, il déguerpit tant bien que mal derrière une tente et attendit. Rien. Pas de signal, pas d'alerte. Son cœur battait à tout rompre, ses membres fourmillaient et tressaillaient. Pourtant, il se releva, vacillant. Il progressa de tente en tente, se cachant au moindre éclat de voix, au moindre cliquetis de métal, au moindre soupir. Ses yeux balayaient le camp en continu, à la recherche de tout mouvement. Soudain, le sol se mit à trembler et la vallée s'emplit du martèlement des chevaux. Une terreur profonde enserra Ivan. Amis ou ennemis, s'il n'était pas parti avant que ces cavaliers arrivent, il serait perdu.

Aux abois, il se faufila jusqu'à l'endroit qu'il avait repéré sur la barricade et passa sa tête au travers. Personne. Comme il l'avait pressenti, l'enceinte était là pour repousser une charge extérieure, pas pour empêcher quelqu'un de sortir. S'il y avait des guetteurs, ils étaient sans doute placés plus loin, à des points stratégiques qui leur permettaient d'anticiper une attaque. À moins que les mercenaires pèchent par excès de confiance. Après tout, ils avaient bien baladé un homme ligoté sur les routes pendant deux jours, sans s'inquiéter le moins du monde des forces de l'ordre. Après s'être assuré que personne dans le camp ne pouvait le voir, Ivan glissa le reste de son corps, poussant de toutes ses forces sur ses coudes et ses poignets liés. Son hanbok racla contre les piques de bois, la douleur dans ses multiples plaies et hématomes atteignit son paroxysme mais bientôt, il fut de l'autre côté.

Sans y croire, il se mit à courir en direction de la forêt. Ses pieds anesthésiés le faisaient trébucher mais peu importait. Il était libre. Libre !

Le vacarme des chevaux se fit plus pressant, écrasant presque le sang qui battait à ses tempes. Il ne put s'empêcher de regarder en arrière. Dans la vallée en contrebas, le long du ruisseau, une troupe immense s'approchait du camp. Cent cavaliers, peut-être plus. Chevauchant à leur tête, un homme en armure renvoyait la lumière dorée de fin de journée. Ivan aurait trouvé ça beau si la peur n'avait pas talonné ses tripes.

Il devait disparaître, et vite. Dans les bois, la nuit bientôt tombée, il pourrait avancer sans laisser de trace, couper à travers les collines. Puis prendre Saejin avec lui et partir.

Soudain, une voix retentit depuis la lisière qu'il s'apprêtait à gagner :

— Le prisonnier !

Quatre hommes montés surgirent alors du couvert des arbres. Sous leurs sabots, la terre tremblait comme si l'Abysse allait l'engloutir. Ils l'encerclèrent en un souffle et mirent fin à sa course. Deux d'entre eux démontèrent, menaçants. Non. Ivan vendrait chèrement sa peau. Mais avant qu'il puisse réagir, un genou le cueillit en plein dans l'estomac, le plia en deux. Une nouvelle frappe lui harponna le flanc et il s'effondra sur la terre gelée. D'instinct, il se roula en boule, la tête dans les bras. Les coups s'abattirent alors sans discontinuer. Sur son dos, son ventre, ses cuisses, ses épaules. Partout, la souffrance fleurissait, l'écartelait, le transperçait. Tout ce qu'il pouvait faire, pour survivre, pour ne pas devenir fou, c'était de penser à autre chose. À Lev. À Saejin. La petite fille lui lançait des sourires tandis qu'il lui tressait les cheveux. Un pied s'enfonça entre ses jambes. Ivan laissa échapper un cri, des larmes perlèrent entre ses paupières scellées. Saejin lui faisait un signe de la main alors qu'il partait pour la ville aux côtés de Lev. Un poids monstrueux, brutal, lui écrasa les côtes. Saejin lui jetait un regard de mépris comme il laissait les brigands voler ses gages. Bor, qu'elle avait eu raison. Il n'était qu'un lâche. Il refusait de s'adonner à la violence mais à quoi bon ? La violence prospérait. La violence allait le tuer.

— Qu'est-ce que vous foutez ? hurla soudain une femme.

Aussitôt, la volée cessa, laissant Ivan à gémir dans le silence. Il n'était plus qu'un amas de chairs meurtries. Ses os criaient, ses muscles se déchiraient à chaque battement de cœur. La douleur rongeait chacun de ses nerfs, insatiable.

Quelqu'un retourna sa carcasse sur le dos et le brasier se répandit dans tous ses membres. Ça allait recommencer. Encore et encore.

— Reste avec moi, fit la voix féminine, pressante.

On lui ouvrit les paupières. Les roses et les ors du couchant envahirent son champ de vision. Ivan contempla la lumière d'une perfection à en crever. Pour ce spectacle, il mourrait cent fois, mille fois. Une silhouette se pencha alors au-dessus de lui. Une nuée blanche auréolait un visage lisse comme de la porcelaine. Une beauté à couper le souffle. Ivan sourit. Muwi, gardienne de l'Abysse, était venue le chercher en personne.

— Commandant, on le perd !

— Otolski ! Allez, accroche-toi !

Ivan s'abandonna à la déesse.

Le Chien

Le Chien remonta le col de son hanbok. La pluie battante, tiédasse, s'insinuait le long de son échine. Avec la saison des moussons, les éclaircies se faisaient de plus en plus rares. Les typhons seraient là dans quelques jours, quelques semaines au mieux, rendant la traque impossible. Il devait faire vite.

Il s'engagea dans une rue boueuse, aussi déserte que le reste du village. Si certaines maisons aux toits de tuiles noires témoignaient d'une époque faste, les beaux jours se trouvaient loin derrière. Des vestiges de pavés à moitié descellés, lustrés de fange, rendaient le chemin dangereux. Le Chien préféra guider sa monture par le licol.

De loin, il repéra la fumée grise d'une cheminée s'échapper du sol. L'auberge était bien là où on le lui avait indiqué. Il attacha sa jument dans une petite étable attenante et déserte. Un peu de paille y moisissait, l'abreuvoir était vide. Les voyageurs ne semblaient pas les bienvenus. Sans importance : il ne resterait pas longtemps. Il fit glisser le panneau de l'auberge et jeta un coup d'œil à l'intérieur. Les clients – quatre vieillards – se tournèrent vers lui. Aussitôt, la peur figea leurs visages. Ils le voyaient sans doute comme un brigand, un assassin. La vérité n'était probablement pas très loin. Trois refluèrent contre le mur, les yeux écarquillés. Le dernier détourna le regard, faisant comme s'il n'avait rien vu, malgré ses doigts tremblants. Une femme, la cinquantaine, se releva. Elle serrait un plateau contre son sein, qui ne masquait pas les taches de graisse de sa large jupe en chanvre.

En dépit de son visage devenu livide, elle affronta le nouveau venu :

— Veuillez quitter mon établissement. Nous n'acceptons pas les gens comme vous, ici.

— Les gens comment ? demanda le Chien.

— Les assassins.

Cette femme avait du cran. Il aurait été facile pour lui de la tuer, elle et tous les lâches qui se terraient ici. Tellement facile.

— Je veux juste manger. Plus vite vous me servirez, plus vite je serai parti.

Sans attendre sa permission, le Chien retira ses bottes boueuses, ôta la hache de l'anneau à sa ceinture et s'installa dans un coin. Le coussin plat était loin de sa prime jeunesse mais le limier savoura la chaleur du sol chauffant qui s'infiltrait dans son séant et dans ses pieds trempés. La fatigue et les blessures continuaient de le harasser, comme si les dernières semaines appartenaient à un cauchemar dont il n'arrivait pas à sortir.

La femme l'observa longuement avant de disparaître en cuisine. Deux clients quittèrent l'établissement, les autres gardèrent la tête baissée. Les choses se passaient mieux qu'à sa dernière incursion en ville. L'aubergiste revint et déposa devant lui un bouillon frémissant dans son récipient en fonte, ainsi qu'une coupelle de chou en saumure. Quelques instants plus tard, elle ajouta un bol de riz garni de pousses de soja, de légumes sautés et d'herbes fraîches. Le Chien avala la nourriture avec application, comme s'il pouvait y regagner des forces.

Il avait perdu la trace des mercenaires. Son détour par Jeoju l'avait trop éloigné d'eux. Il parcourait la zone depuis presque une semaine, bredouille. Pourtant, les rumeurs des exactions commises par la compagnie se répandaient à travers le voievodat. La terreur manifeste de ces gens devant son hanbok sale, sa cotte de mailles et sa hache en était la preuve. Malgré tout, il n'arrivait pas à croiser la route de ses proies. Où étaient-ils ? Où était-*elle* ?

La porte glissa sur ses rails, le tirant de ses réflexions. Trois soldats entrèrent dans l'auberge, vêtus du même hanbok aux couleurs de l'hospodar local. Ils s'avancèrent vers lui, sans même prendre la peine de se déchausser. Une insulte.

— Toi, suis-nous sans faire d'histoires, ordonna le plus âgé des trois.

Les deux autres se tenaient derrière lui. Le manche de leur lance était fermement planté sur le sol de papier huilé mais la hampe tremblait dans leurs mains sans cicatrices. On lui avait envoyé des gamins, sans doute tout ce qu'il restait dans le village. Le gros des hommes devait être mobilisé à la traque des mercenaires. Que feraient-ils, s'il se jetait sur eux ? Le pays était à feu et à sang et il n'y avait rien d'autre que des pisseux pour défendre les habitants ? Enfin... leur arrivée était une aubaine. Le Chien n'aurait pas à demander son chemin.

— Amenez-moi à votre capitaine.

— Pardon ?

— Amenez-moi à votre capitaine, répéta-t-il, neutre.

— Pour qui tu te prends, vagabond ?

Le Chien glissa une main dans son hanbok et en tira une feuille de hanji froissée et brunie de sueur. Il la tendit au soldat, qui la déplia. Il y avait peu de chances qu'il sache lire, mais ses yeux s'arrondirent.

— Qu'est-ce qu'il y a, sergent ? demanda l'un des cadets.

— Ce sceau... C'est celui du voievod. Qui es-tu ?

Le Chien se contenta de laisser quelques pièces de cuivre sur la table.

— Allons-y.

Dehors, la pluie avait cessé. Le soleil de midi perçait à travers les nuages, inondant de lumière les toits d'argile noire. Malgré ce répit, les rues restaient vides. Plusieurs panneaux de bambous annonçaient des commerces aux portes closes.

— C'est triste, hein ? dit l'un des jeunes en voyant son regard. La plupart sont...

— Kim Taeji ! appela le sergent.

Le soldat s'interrompit aussitôt et détourna la tête. Ses oreilles étaient carmin.

En peu de temps, ils arrivèrent devant une maison de brique. Elle ne payait pas de mine mais le toit et les murs étaient bien entretenus.

— Restez avec lui, ordonna le sergent avant de disparaître à l'intérieur, le papier orné du sceau toujours en main.

Il réémergea sur le seuil quelques instants plus tard et fit un signe au Chien. Celui-ci confia la bride de sa monture à l'un des soldats et entra dans le bâtiment. La pièce était plongée dans la pénombre, la lumière arrêtée par les fenêtres tendues de hanji huilé. Deux hommes, vêtus du même uniforme local, étaient assis au sol. L'un aiguisait un sabre à la pierre, une demi-douzaine d'autres lames disposées devant lui. Si c'était là tout l'arsenal de la ville, c'était bien maigre. Le second annotait un registre. Il termina sa ligne et posa son pinceau.

— Le capitaine vous attend, dit-il.

Le sergent lui désigna une porte au fond de la pièce. Le Chien se déchaussa, avança et fit coulisser l'un des panneaux. Un homme travaillait derrière une table où s'étalaient des dizaines de feuilles, un nécessaire à écriture et une tasse de thé fumante. Par-dessus son hanbok identique à celui de ses subordonnés, il portait une tunique sans manches noire qui devait lui descendre jusqu'aux chevilles. Une large ceinture de soie bleue ceignait sa taille athlétique. À côté de lui reposait un chapeau noir à plumet rouge, à la longue jugulaire en perles jaunes et rouges. L'officier leva vers lui un visage à l'intelligence palpable. Qu'est-ce qu'un homme de sa trempe venait faire dans un tel trou ? Sans importance : ils se comprendraient. Le capitaine fit glisser le papier du Chien dans sa direction et l'invita à s'asseoir d'un geste.

— Un laissez-passer signé de la main du voievod Radimov et sans limite de temps, c'est peu courant, lança-t-il. Est-ce lui qui vous envoie ?

— Y a-t-il quelque chose ou quelqu'un ici qui pourrait l'intéresser ? rétorqua le Chien.

L'officier plongea son regard dans le sien. Il ne dit rien, n'esquissa pas un mouvement, mais son aura tout entière se fit hostile. Le sang du Chien se mit à bouillir. Il avait envie d'affronter cet homme, de tuer, de faire couler les humeurs. Tellement envie… Il ferma les yeux.

— J'ai déjà un gibier.

Aussitôt, la tension de son interlocuteur se dissipa.

— Je n'ai jamais entendu parler de vous, dit-il.

— Je suis à la recherche de mercenaires. Ils ont attaqué Gunwi, Hangwon et Hewa. Avez-vous noté des mouvements suspects dans la région ?

— Alors c'est ça, la réponse de Radimov ? Une compagnie entière dévaste ses terres et il envoie un homme seul ? Un mercenaire ?

— Je ne suis pas là pour faire de la politique, gronda le Chien. Répondez-moi.

Le capitaine le jaugea un moment, silencieux.

— Ils auraient attaqué Odae, au sud du lac Aryang.

Le cœur du Chien se mit à palpiter. Si loin, déjà ? Comment la compagnie avait-elle pu quitter le sud de Jeoju et être sur les berges de l'Aryang en à peine dix jours ?

— Vous êtes sûr qu'il s'agissait d'eux ?

— Vous connaissez une autre compagnie qui met le Jeonam à sac ?

Gunwi, Hewa, maintenant Odae… Il n'y avait qu'une solution : sa proie s'était divisée.

Ivan

La déesse abandonna Ivan dans son corps brisé, alternant cauchemars et états de semi-conscience. À travers la mélasse de son esprit, il percevait des contacts glaçants, humides, courir le long de ses chairs endolories, labourer ses ecchymoses. Une voix aux inflexions chantantes lui parlait. On essayait de le broyer, de l'étouffer sous des masses puantes. Sa poitrine ne parvenait plus à se soulever, oppressée par un poids écrasant, tandis qu'un feu naissait en bas, tout en bas de son corps.

Il a quinze ans. Depuis la mort de Lev, les choses sont allées de mal en pis. Des objets chers à son père ne lui restent plus que les traités écrits par l'érudit, quelques ouvrages de Toieski et le trésor qu'il tient fermement sur son cœur : une version originale du *Traité de droits fondamentaux* signée par Viktor Niteski en personne. Le reste a déjà été vendu pour assurer leur survie.

— Lâche-le, Vanietchka. Tu es en train de tacher le cuir.

Saejin passe un linge humide sur son front. La fraîcheur écarte un instant le brasier de la fièvre.

— Je ne te demanderai plus de le vendre, juré devant Bor. Tu me le donnes ?

Sa voix l'enveloppe dans un cocon de douceur. Vaincu par la maladie, il desserre sa prise. Le cuir glisse contre ses bras nus et d'un œil, il vérifie que Saejin le pose sur la bibliothèque, à l'abri des vermines. La petite fille le connaît par cœur. Il peut compter sur elle à tout instant. Et elle, compte-t-elle sur lui ? Avec ce que rapporterait la vente du livre, il pourrait lui assurer un an de traitement. Peut-être plus. Et lui ne serait plus obligé de s'épuiser sous un soleil brûlant. Il frissonne. Soudain, il fait tellement froid…

Le bruit répété du bois que l'on frappe, mat, régulier, rassurant, résonnait aux frontières de sa conscience. Le feu avide qui embrasait ses pieds acheva de le réveiller. Aussitôt, la douleur se rappela à lui et Ivan se souvint de tout : son enlèvement, les coups, la fuite. Il ouvrit les yeux sur une lumière orange, chatoyante. Au-dessus de lui se tendait la toile épaisse d'une tente. Il tourna la tête avec difficulté et trouva, tout près, un feu ouvert dont les flammes dansaient en crépitant. Plus de trace de Muwi, la déesse de l'Abysse. Ivan voulut se relever pour comprendre. Aussitôt, un millier de dards lui transpercèrent le corps. Il gémit.

— Tu es revenu ?

Un homme se tenait de l'autre côté du feu. Revenu ? Non ! Il devait partir, se lever, retrouver Saejin. Fuir aussi loin que possible.

— Ne t'agite pas trop. Tu n'as rien avalé depuis deux jours.

L'homme se leva. Un poignard se balançait à sa ceinture.

— Je vais te chercher quelque chose à avaler. Ne bouge pas.

Ivan eut à peine le temps de le voir se détourner que déjà, ses paupières se refermaient.

Ivan essuie le front de Saejin, perlé de sueur. La petite fille est tombée de fatigue sans même finir son bol de riz. Pendant les jours où il était alité, elle n'a pas chômé, ajoutant des heures comme blanchisseuse à celles de son service habituel et passant le reste de son temps à le veiller. Elle ne s'est pas plainte, pas une seule fois. Il a été tellement égoïste… En silence, il rejoint son logis. Sur la bibliothèque l'attend l'original signé de Niteski. Dans le fond, ce n'est qu'un objet. Tous ses souvenirs de Lev se trouvent en lui, immuables. Il n'aurait jamais dû autant s'attacher. Il enveloppe le volume dans une toile de chanvre et l'accroche dans son dos. Résolu, il fait coulisser la porte de sa demeure. Soudain, le soleil l'inonde.

Ivan, aveuglé par la lumière qui filtrait à travers la tente, se protégea derrière son bras puis, petit à petit, ouvrit les yeux. Un bandage entourait son poignet et à nouveau, la mémoire le submergea comme une crue de l'Aryang. Il jeta un œil. Cette fois, il était seul. Il effleura son cou. Des bandes de lin masquaient les sévices mais sous ses doigts, la douleur persistait. Plein d'appréhension, il baissa les yeux, ignorant ce qu'il allait découvrir. Il ne vit rien. Il était emmailloté dans des épaisseurs de couvertures disparates et malodorantes. Ivan contempla l'ouvrage, comme si son cerveau s'était arrêté de tourner. Puis il entreprit de se libérer. À mesure qu'il se débarrassait des laines, des peaux et des... tapis ?, la douleur revint dans chacun de ses muscles et de ses os. Elle lui était presque familière, désormais. Sa peau avait pris une teinte jaunâtre et des taches violacées s'étalaient sur son corps de manière erratique. Ivan frissonna.

— Quand on parle du loup..., fit une voix aux accents chantants.

Un homme venait de pénétrer sous la tente, un poêlon à la main. Ivan reconnut la silhouette de celui qui l'avait veillé. Il remarqua ses longs cheveux ramenés en demi-queue, son gilet sans manches richement brodé, ses yeux en amande. Sans conteste, il s'agissait d'un de ces nomades d'Eunam, le voievodat tout en longueur qui bordait l'océan du Levant, à l'extrême est du Daesan.

Le rabat de la tente se referma derrière lui et aussitôt, un fumet riche lui sauta aux narines. Son ventre se mit à gargouiller.

— Tu m'as l'air d'aller mieux, fit l'homme en riant.

— Qu'est-ce...

Qu'il était étrange d'entendre sa propre voix ! Elle était pâteuse, rauque.

— Reste tranquille. T'as bien douillé. Et évite de toucher tes bandages, le temps que les baumes agissent.

Ivan n'était pas dupe. L'homme montrait une attitude amicale mais il faisait partie de ses tortionnaires. À la moindre occasion, il lâcherait sa brutalité sur Ivan. Le cauchemar continuerait, encore et encore. Il n'y avait qu'une porte de sortie : affronter celle qui était à l'origine de tout. Était-elle présente, désormais ? Ou continuait-elle de se cacher de lui ?

L'air tranquille, le nomade posa le poêlon entre eux et s'assit en tailleur, non loin d'Ivan. Par-dessus son hanbok flottait un pendentif finement ouvragé en forme de roue de chariot, symbole de Kateu, l'esprit des routes révéré par les nomades.

— Je m'appelle Junsa.

— J... je m'en fiche, grogna Ivan. C'est la Putain Blanche qui m'a fait enlever ?

Ses paroles étaient déformées par ses lèvres blessées, par sa mâchoire douloureuse. L'autre comprit malgré tout.

— J'ai appris ce que les gars de réserve t'avaient fait. Ce n'est pas vraiment ce qui était prévu. Ils devaient juste...

— C'est elle, oui ou non ?

— Oui. Si tu peux te lever, elle voudrait te voir.

Elle était là, enfin. Son calvaire allait prendre un sens.

— Alors finissons-en.

Junsa fit mine de l'aider mais Ivan rejeta sa main. On l'avait déjà traité comme un chien, on ne le traiterait pas comme un infirme. Ravalant sa douleur et les tremblements qui agitaient chacun de ses membres, il se redressa en position assise. Déjà, le souffle lui manquait, la sueur rendait sa peau poisseuse. Dans un effort pitoyable, il bascula à genoux. Il posa un pied au sol, réveillant un brasier insupportable. Ravalant un gémissement, il posa l'autre. Sa vue s'obscurcit soudain, il perdit l'équilibre et se rattrapa à une poutre. Le choc tira sur la peau de ses poignets sous ses bandages et sur ses ecchymoses. La bile remonta à sa gorge. Il garda la bouche close et inspira une grande bouffée d'air. Il ne faillirait pas, pas devant le mercenaire. Vacillant, il se redressa. Junsa dardait sur lui ses yeux en amande d'un noir absolu. Un sourire se dessina sur ses lèvres et Ivan crut y déceler une sorte d'approbation. Que Muwi l'emporte ! Le sourire s'effaça et Junsa fit un signe de tête, avant de lui désigner la pile de ses vêtements. À côté étaient posés deux petits pots en terre cuite et une paire de bottes.

— Celui-là, dit Junsa en montrant le pot le plus sombre, c'est pour tes plaies. Et celui-là, pour tes gelures.

Sous les bandages qui enveloppaient ses pieds, Ivan sentait le contact humide d'une pâte grasse.

— Et je t'ai trouvé des hwa bien fourrées. Pas de première jeunesse, mais la taille a l'air pas trop mal. Dis-moi si elles te vont.

Ivan lorgna les bottes de cuir noir. De telles chaussures, il en avait rêvé pendant des années. Elles lui auraient évité bien des ampoules et des blessures infligées par ses sabots en bambou. Il n'en avait jamais eu les moyens.

— J'ai pas de quoi payer.

— C'est bon, cadeau de la maison. De toute façon, le gars à qui elles appartenaient est refroidi depuis un moment. Et pour les onguents… c'est notre faute, après tout.

Ivan ne remercia pas. Tout était leur faute, pas uniquement ses blessures.

Junsa lui avait aussi apporté un manteau qui remplacerait celui laissé à Hewa. Soudainement, on le traitait trop bien. S'il s'agissait d'un piège, cela manquait de subtilité.

Ivan s'habilla aussi vite que son corps le lui permettait. Glisser ses pieds bandés et enduits de graisse dans ses chaussettes fourrées puis dans les bottes fut l'opération la plus délicate. Il aurait voulu hurler à chaque instant. Au lieu de quoi, il ravala ses larmes.

Il ne dit pas un mot non plus quand il remarqua que son hanbok et son jeogori avaient été nettoyés et reprisés. Indélébile, du sang brun maculait toujours le tissu clair, là où Baedung l'avait lacéré. Son sang. Soudain, il se passa frénétiquement les mains autour du cou. Son talisman, où était-il ?

— Il s'est brisé.

Junsa lui tendit un cordon de cuir usé qu'il reconnut aussitôt. Au bout y était enfilé un moignon d'argile. Le reste avait disparu. Les forces d'Ivan le quittèrent, le laissant abattu. Plus que toutes les autres, cette nouvelle signifiait une chose : les dieux l'avaient abandonné.

Ivan

À l'extérieur, le froid lui tomba dessus comme une massue et lui coupa le souffle. Il resserra les pans de son manteau, glissa ses mains sous ses aisselles. Puis observa. Le camp s'était transformé en une forêt de toile. Aussi loin qu'Ivan pouvait voir, les tissus disparates, laines, peaux, calicots et même soieries s'étalaient sous le soleil comme un immense pojagi, un assemblage incroyable et maladroit de couleurs et de textures. Le périmètre de la palissade prenait désormais tout son sens : ce n'était plus une douzaine, mais une trentaine de tentes qui se serraient à l'intérieur.

Un cri déchira la vallée et Ivan prit conscience du silence qui régnait jusqu'alors, en contraste avec les conversations égrillardes qu'il avait entendues jusqu'à sa fuite. Nouveau cri. Ivan se tourna vers Junsa. Il n'était pas le seul prisonnier ?

— Une punition. Le commandant est folle de rage.

Ivan fit un pas mais, très vite, la douleur eut raison du peu de fierté qu'il lui restait. S'appuyant sur l'épaule de Junsa pour soulager ses pieds, il se hâta autant qu'il put à travers les allées désertes, jusqu'à l'entrée du camp. À l'extérieur, l'ensemble de la horde se massait en cercle, tous les regards fixés vers le spectacle qui se jouait au centre. Six hommes étaient maintenus à terre, le dos dénudé. Un mercenaire abattit alors un sabre en bambou sur l'un d'eux. Les lamelles de bois claquèrent, couvrant un temps le cri du supplicié. Sa peau était zébrée de traces écarlates et du sang perlait d'une des blessures.

— Qu'est-ce qu'ils ont fait ? demanda Ivan, écœuré.

Junsa, d'abord surpris, finit par sourire, d'un sourire en coin qui transpirait d'ironie.

— Ce qu'ils ont fait ? Ça, dit-il en montrant Ivan du doigt.

Ivan baissa les yeux. Quand il vit les bandages à ses poignets, il comprit. On punissait ceux qui l'avaient battu. Médusé, il recentra son attention sur les condamnés. À bien y regarder, il en reconnut la plupart. Le mercenaire à la cicatrice affreuse, celui qui était venu le frapper régulièrement lors de son dernier jour de captivité et trois des quatre qui lui étaient tombés dessus pendant sa fuite. Baedung ne se trouvait pas parmi eux.

Comme il fouillait la foule à la recherche de son premier bourreau, son regard s'accrocha à une silhouette qui sortait du lot. Une cascade de cheveux blancs comme le givre tombait autour d'un visage de porcelaine. Le cœur d'Ivan manqua un battement. Muwi. Mais la gardienne des morts ne marchait normalement pas parmi les hommes. Cette femme qui se tenait là, droite comme une impératrice, c'était la Putain Blanche.

Tout ce qu'on murmurait, tout ce qu'on crachait, tout ce qu'on vantait sur cette femme de légende se bouscula dans la tête d'Ivan, éparpillant, écrasant, étouffant toute pensée rationnelle. La terreur revint lui saisir les entrailles.

Elle portait une chemise et des chausses à la façon des seigneurs vastanyans. Un épais manteau rouge à brandebourgs flottait sur ses épaules, flamboyant. Son regard était rivé non pas sur les suppliciés, mais planté dans celui de son capitaine, situé de l'autre côté du cercle. Kisang avait l'air particulièrement rigide. Sans même les connaître, Ivan comprit qu'une bataille féroce et muette se jouait entre eux.

Le claquement du sabre vibra de nouveau dans l'air, cette fois suivi d'un silence lourd. Ivan arracha son regard de la femme. L'exécuteur avait changé de victime, laissant un deuxième homme inconscient. Le troisième ravalait sa douleur, les yeux droit devant lui, luisant de sueur. Le bambou se leva encore une fois et s'abattit. Puis à nouveau. Et encore une fois. Au quatrième coup, le mercenaire laissa échapper un grondement sourd. À chaque impact, l'indignation d'Ivan enflait. Ces hommes lui avaient fait vivre l'enfer, l'avaient frappé sans hésiter, parfois avec plaisir. Ils n'avaient que ce qu'ils méritaient. Et pourtant, tout son être s'insurgeait. La violence ne réglait rien, jamais. Les coups de bambou et les chairs tuméfiées ne leur feraient pas regretter leurs actes.

Le sabre s'abattit encore, sans faiblir. Il se leva à nouveau au ciel. Le sang qui le maculait luisait au soleil. Puis une nouvelle fois, il fendit l'air.

— Assez !

Le bourreau interrompit son geste. Tous les visages se tournèrent vers Ivan, bientôt doublés par le brouhaha de la foule.

— C'est lui.

— Il est debout ?

— Qu'est-ce qu'il fait là ?

Elle aussi riva son regard au sien. Un regard dur, impérieux, envoûtant, qui n'entendait pas être contredit.

Tandis que les mercenaires échangeaient des coups d'œil confus, sa voix s'éleva, claire et ferme. Son phrasé était plein de l'accent chuintant des Vastanyans.

— Continue, Sanghoon.

Sans un mot, sans une hésitation, le bourreau acheva son labeur. Six coups par personne. Ivan ne put rien faire d'autre que d'y assister jusqu'au bout. Dès que la dernière volée résonna dans la vallée, la Putain Blanche se détourna et s'avança vers lui. La foule s'éparpilla, certains vinrent aider les hommes à terre. Ivan ne les voyait pas vraiment, incapable de détourner son regard de la femme. À mesure qu'elle progressait, il remarqua à quel point elle était jeune. Pas plus de vingt-cinq ans. Depuis toujours, il avait imaginé que seule une femme mûre pouvait tenir une telle troupe de brigands et l'amener de victoire en victoire. Il s'était bien trompé. Son teint clair – même s'il n'avait pas la blancheur maladive des aristocrates d'Hewa –, ses yeux ronds, ses pommettes saillantes et sa haute stature criaient ses origines vastanyanes. Ivan prit conscience que plus elle approchait, plus son rythme cardiaque s'affolait. Il inspira une grande goulée d'air pour essayer de se calmer. La Putain passa à côté de lui sans s'arrêter.

— Suis-moi.

Déterminé à obtenir des réponses, il laissa Junsa le conduire à sa suite à travers le camp qui se repeuplait, jusqu'à une tente similaire à toutes les autres.

— Yek !

Elle se retourna et Ivan suivit son regard. Kisang se tenait à quelques pas derrière eux.

— Tout ira bien. Quartier libre jusqu'à demain matin. Je parlerai.

Sans laisser l'occasion au capitaine de parler, elle disparut derrière le rabat de la tente. Ivan fit un pas dans la même direction quand une main de fer s'abattit sur son épaule. La douleur de ses hématomes explosa.

— Je reste devant. Avise-toi de toucher à un seul de ses cheveux et je te fais la peau. Est-ce que c'est clair ?

— Vous avez peur que je l'enlève ?

La poigne du capitaine se resserra. Ivan cilla. Il ne comprenait plus rien. La Putain et lui ne venaient-ils pas de s'échanger des regards lourds de désaccords ? Pourquoi être aussi protecteur ?

— Je ne plaisante pas. Ne la touche pas. Jamais.

Ivan fronça les sourcils devant cet ordre absurde, mais Kisang avait l'air plus sérieux que jamais. Son regard brûlait d'hostilité. Ou de peur ?

— Aucun risque, lâcha Ivan entre ses dents.

Les tripes nouées, il se détacha de Junsa et pénétra dans la tente.

Ivan

La fraîcheur qui régnait à l'intérieur l'étonna : il y faisait presque aussi glacial qu'au-dehors. Le centre de la tente où aurait dû flamboyer le foyer était vide. Seuls des tapis de laine et de fourrure tenaient au loin le froid mordant du sol. Pourtant, la Putain Blanche jeta son épais manteau dans un coin. En dessous, sa chemise trop lâche, dont elle avait retroussé les manches, blousait sur sa poitrine avant de s'enfoncer dans ses chausses moulantes. L'indécence de sa tenue fit monter le sang aux joues d'Ivan. Au fond de lui, il sut que les rumeurs concernant ses mœurs disaient vrai. Son âme était sale comme la suie.

Elle alluma quelques lampes à alcool de riz, renforçant la lumière du jour tamisée par les parois de peau épaisse, puis se tourna vers lui.

— Tu veux t'asseoir ?

— Non.

S'il se laissait aller maintenant, il se ne relèverait plus, trop affaibli par les derniers jours. Le brasier dans ses pieds maintenait son esprit vif. Elle s'assit à moitié sur le plateau d'un bureau, seul meuble présent avec deux chaises de camp et un porte-armure en bois, chargé de pièces rutilantes, quoiqu'usées. La table de travail en bois sombre, délicatement marquetée de dessins floraux rouge et or typiques de Mirensk, la capitale de l'empire vastanyan, contrastait bizarrement avec l'intérieur spartiate. La Putain Blanche croisa les bras et le toisa de ses yeux verts. Étonnamment, son regard n'avait pas la froideur attendue. Et pas l'ombre des iris rouges vantés par les rumeurs.

— Je m'excuse pour le traitement qui t'a été infligé pendant mon absence, dit-elle. J'avais simplement ordonné ton enlèvement, tu n'aurais jamais dû être maltraité.

Alors celle-là, c'était la meilleure. Il s'était attendu à tout sauf à ça. Une rage froide gagna sa poitrine.

— Vous avez *simplement* ordonné mon enlèvement ? Dans ce cas, je vous pardonne. Ce n'est qu'un malentendu !

Elle tiqua devant le cynisme mais eut la décence de ne pas insister.

— Si cela peut t'apporter quelque réconfort, sache que tous les hommes qui ont levé la main sur toi ont été punis et vont être radiés de la compagnie.

— Pas tous. Baedung. Kisang.

— Baedung a déserté le jour même de mon retour. Ça a toujours été un malin. Quant à Kisang, même s'il les a laissé faire, je ne peux pas le désavouer devant le reste de mes hommes. Mais je peux te garantir qu'il le regrettera. Amèrement.

Une colère sourde contractait son visage lisse, aussi vive que quelques instants plus tôt, sur le lieu de la punition. Une colère qui n'était pas feinte. Ivan soupira.

— Je m'en moque. La seule chose que je désire, c'est rentrer chez moi.

— Et c'est la seule que je ne peux pas t'offrir.

La sentence pesa comme du plomb dans son estomac. Il s'y attendait mais, comme l'idiot qu'il était, il n'avait pas pu s'empêcher de continuer à croire à l'erreur. Les mots du commandant, lapidaires, envoyaient valser tous ses espoirs.

— Je suppose que personne ne t'a expliqué la raison de ta présence ?

— Vos hommes ne sont pas des plus bavards. Sauf quand il s'agit d'humilier, bien sûr.

Elle détourna la tête un instant. Avait-il fait mouche ? Cela ne dura pas. Elle reposa à nouveau son regard décidé sur lui.

— J'ai une petite sœur, Elena. C'est une petite fille vive, très intelligente. Bien plus que moi à son âge. Enfin, *c'était* une petite fille. Elle a dû grandir, depuis.

La Putain Blanche s'arrêta là. Visiblement, elle attendait qu'Ivan relance la conversation. De mauvais gré, celui-ci se plia au jeu. Autant en finir au plus vite.

— Vous ne la voyez plus ?

— Plus depuis dix ans. Depuis qu'on me l'a enlevée.

— Je suppose que vous savez qui la détient, lâcha-t-il, agacé.

— Je ne le sais que trop, cracha-t-elle. C'est le voievod Radimov.

Ivan retint un ricanement. S'il y avait une personne au-dessus de tout soupçon, il s'agissait bien de Radimov. Sa politique humaniste, fidèle aux préceptes des philosophes du Renouveau, rayonnait dans tout le Jeonam. Et même au-delà, puisque depuis une dizaine d'années, il assurait la tutelle du Laenam, le voievodat plus au sud. Pour la première fois de l'histoire du Daesan, un haut dirigeant prenait des mesures visionnaires, à l'écoute du peuple, qui tendaient à abolir les castes séparant Daesans et Vastanyans, plèbe et oligarchie. Aujourd'hui, les sujets sans situation tels que Saejin et Ivan n'étaient rien d'autre que des serfs au service d'un hospodar. Radimov était en train de chambouler l'ordre social de ses deux voievodats. Une assemblée législative avait d'ores et déjà été convoquée dans chacun d'eux, réunissant les représentants de toutes les couches du peuple. Un dirigeant qui faisait preuve d'une telle ouverture n'enlevait pas des petites filles.

— Quel rapport avec moi ?

— Vois-tu, Radimov détient ma sœur mais moi aussi, j'ai quelque chose à laquelle il tient : son fils de dix-sept ans.

Le commandant lâcha sa dernière phrase comme une sentence. Ivan attendit la suite. Comme rien ne venait, un rire lui échappa.

— Vous croyez que je suis le fils de Radimov ?

— Je le sais.

— C'est complètement ridicule.

— Lev Pietrovitch Otolski t'a élevé, je crois, dit la Putain comme si elle commençait une nouvelle conversation.

— En effet.

— Comment t'a-t-il trouvé ?

Ses yeux brillaient, presque fiévreux. Ivan n'aimait pas le tour que prenait l'interrogatoire.

— Ma mère était l'une de ses caméristes, à l'époque où il travaillait pour le Bureau de la justice. Elle est morte en couches, sans père déclaré. Lev n'a pas eu le cœur de me mettre à l'orphelinat. Fin de l'histoire.

— Une jolie histoire. Pas si éloignée de la vérité. Sais-tu seulement qui était celui que tu considères comme ton père ? Sais-tu qui était Lev Pietrovitch ?

— Évidemment. J'ai lu tous ses traités, si cela vous intéresse.

Ivan avait répondu sur le ton de l'ironie mais il sentait ses poings se serrer, ses ongles s'enfoncer dans ses paumes. Une rage incontrôlable montait en lui, qu'il n'avait pas envie d'éteindre. Il détestait qu'une étrangère parle de son père adoptif comme si elle le connaissait, il détestait ne pas savoir où elle voulait en venir. Si elle s'avisait de salir la mémoire de Lev, il le lui ferait payer. Kisang pouvait bien aller se faire voir. En face, la catin n'avait pas l'air plus disposée que lui à une discussion paisible. Son visage était fermé, ses sourcils froncés, comme si elle s'apprêtait à attaquer.

— Otolski a été le premier conseiller de Radimov pendant près de quinze ans, et son seul compagnon pendant son exil. D'*Ivan* Radimov. Tu fais le lien ? cracha-t-elle avec violence.

Ivan. Son nom avait toujours été difficile à porter. Il aurait été aisé de le transformer en « Ilwan », comme le lui avait proposé Lev un jour où le garçon était revenu la bouche en sang et couvert de bleus. Il avait refusé. Il était fier de ce prénom choisi par Lev en l'honneur de Radimov. Un rire nerveux agita les épaules d'Ivan. Le visage de la Putain se froissa davantage.

— C'est n'importe quoi.

— Il y a dix-sept ans, reprit-elle d'une voix hachée, Otolski a disparu du jour au lendemain. Un soi-disant scandale financier a émergé et Radimov l'a banni de la cour, lui qui vivait presque comme un ascète. Mais il y avait des bruits de couloirs. Une servante du palais morte en couches, dont personne n'avait retrouvé le nouveau-né. Radimov qui s'éclipsait parfois, sans que nul ne sache où. Des fonds qui disparaissaient des registres du trésor. Avec le temps et un peu de persuasion, les langues finissent toujours par se délier. J'ai mis du temps à te retrouver, Ivan. Quatre ans que je te cherche. Quatre longues années que j'ai un réel espoir de pouvoir récupérer ma sœur.

C'était ridicule. Lev avait quitté la fonction publique pour être libre de développer ses propres théories politiques. Si Radimov avait été son ami, il ne l'aurait jamais renvoyé. Si Radimov était le père d'Ivan, il ne les aurait jamais laissés dans une telle situation de misère. Lev ne s'était jamais absenté pour de soi-disant rencontres en secret, aucun étranger venu du palais ne s'était jamais présenté chez eux, Radimov moins que les autres. Lev avait toujours été honnête avec Ivan, y compris sur le lien qui les unissait, et il lui aurait menti sur tout son passé ? Il lui aurait caché avoir travaillé pour Radimov ? Lev connaissait son admiration pour le voievod. Les regards tendres de son père adoptif se mêlèrent un instant aux portraits officiels de Radimov. Son héros le regardait avec fierté, comme un collaborateur. Avec amour, comme un fils. Un plaisir irréel lui serra un instant la poitrine, vite éclipsé par les douleurs de son corps et l'amertume qui fleurissait dans son cœur. Cette idée n'était qu'une chimère. Le père d'Ivan était sans aucun doute un noble ou un aristocrate de Jeoju, mais son identité avait disparu avec sa mère. Il ne le connaîtrait jamais et pour tout dire, il n'avait pas tellement envie de rencontrer un homme capable d'abuser ainsi une femme du peuple. Son seul père était Lev, personne d'autre.

En revanche, cette femme était persuadée du contraire et, sur cette base, elle avait monté un plan pour retrouver sa sœur.

— Vous comptez m'échanger.

— Oui.

— Allez vous faire voir. Accrochez-vous à vos délires si ça vous chante, mais je ne serai pas votre porte d'entrée jusqu'à Radimov.

— Tu la seras, Otolski. De gré ou de force. Mais j'aimerais autant que tu collabores : je veux que Radimov me rende ma sœur, pas qu'il me pourchasse dans tout le Daesan parce que j'ai maltraité son rejeton. Et puis, de quoi tu te plains ? Tu auras une vie de prince, à l'abri du besoin. Tu pourras faire tout ce que tu désires. N'est-ce pas ce dont tu as toujours rêvé ? N'est-ce pas pour ça que tu prépares ton maudit concours ? Ne me regarde pas comme ça. Oui, je sais. Je sais tout ce dont j'ai besoin pour récupérer Elena. Je sais aussi que ta petite fiancée est malade. Et toi, tu sais que les meilleurs médecins du voievodat se trouvent à la cour de Jeoju. Alors dis-moi, Ivan Otolski, qu'est-ce que tu risques ?

Plus la Putain parlait, plus son corps tremblait, comme investi par une fièvre dévorante. Elle y croyait dur comme fer. Aucun mot, jamais, ne serait en mesure de la raisonner. Lui exposer les failles de son analyse – comme le fait que Radimov, s'il était bien son père, ne s'était jamais soucié de lui et ne le ferait pas plus aujourd'hui qu'hier – serait vain.

— Après tout, continua-t-elle, peu importe que tu me croies ou non, tant que tu collabores. J'ai une proposition à te faire. Dans le fond, tout ce que je souhaite, c'est t'avoir auprès de moi jusqu'au moment où je pourrai approcher Radimov. Ce n'est plus l'affaire que de quelques mois, quand la guerre sera gagnée. Je t'offre un marché bien plus avantageux que tout ce que tu aurais pu obtenir en travaillant : tiens-toi tranquille, n'essaie plus de fuir, et chaque mois je te paierai la solde d'un vétéran. Soixante vastas d'argent.

— Vous me prenez pour le dernier des imbéciles. C'est six fois ce que je gagne. Vous voudriez me faire croire que vos hommes sont payés autant qu'un hospodar ?

La Putain éclata de rire.

— Autant qu'un hospodar ? C'est ce qui est dit dans tes livres ? Mais soit, voilà de quoi te prouver ma bonne foi.

Le commandant se déplaça jusqu'à l'arrière de son bureau et ouvrit l'un des tiroirs au moyen d'une clé pendue à son cou. Un bruit métallique retentit, léger, caractéristique. Le genre de bruit que font des pièces qui s'entrechoquent. Finalement, la Putain étala devant lui trois vastas. D'or.

Ivan déglutit. Une pièce d'or, c'était mille fois sa paie. Avec une pièce d'or, on pouvait faire bâtir trois corps de ferme ! Avec une pièce d'or, il avait de quoi financer le traitement de Saejin pendant des années ! Alors, avec trois ? Inconsciemment, Ivan fit un pas vers le trésor. Aussitôt, la Putain récupéra deux des vastas.

— Une pièce aujourd'hui, pour sceller notre accord. Les deux autres te reviendront le jour de la rencontre avec Radimov. Et ce n'est bien sûr qu'un bonus. Je maintiens mon offre originelle.

C'était impossible, il y avait forcément entourloupe. L'or était faux, ou invalide. Mais non. De près, Ivan vit le sceau qui certifiait la monnaie.

— Est-ce que cela te satisfait ?

Il se retint d'acquiescer tout de suite, malgré la tentation. En un claquement de doigts, la Putain pouvait refaire de lui le chien qu'il avait été pendant trois jours. Pourrait-il encore s'enfuir ? Il n'était pas dupe. Les quatre qui lui étaient tombés dessus étaient arrivés trop vite, trop facilement. Ivan en vint à se demander si on ne l'avait pas laissé fuir sciemment, pour lui en montrer l'inutilité. Et maintenant, le nombre de mercenaires, et donc de bourreaux potentiels, s'était multiplié.

Quelle autre solution, alors ? Attendre et espérer qu'à un moment, les soldats du voievodat visitent le camp et le trouvent ? Il ne connaissait rien à la guerre ni aux mouvements des troupes. Cela pouvait avoir lieu toutes les semaines, une fois par an ou jamais. Sans parler que dissimuler un prisonnier seul serait un jeu d'enfant.

Ivan ne voyait qu'une voie possible. Jouer le jeu de la Putain, feindre la coopération et gagner sa confiance, jusqu'à se créer une vraie opportunité de fuir. Pendant ce temps, il mettrait l'argent de côté, et collecterait des informations sur la Horde qui pourraient le mettre à l'abri avec Saejin, en achetant la protection de Radimov.

— C'est d'accord, dit-il enfin.

La Putain lui adressa un sourire froid. Pourquoi cette impression d'avoir mis un pied dans la fosse aux serpents ? En dépit du dégoût qu'il s'inspirait, il attrapa la pièce restante et gagna la sortie. Il avait besoin d'air. De beaucoup d'air.

— Au fait, je m'appelle Yekatelina. Bienvenue dans la Horde Blanche.

Ivan

Au-dehors, la lumière rasante de la fin d'après-midi se reflétait sur les toiles de tente givrées. Aveuglé, Ivan s'arrêta quelques instants sur le seuil avant de remarquer Kisang, debout non loin. Avait-il tout entendu ? Le jeune homme détourna la tête. Aucune importance. Toutes ses pensées allaient vers Saejin. Combien de temps, avant qu'il puisse réellement s'enfuir ? D'ici là, qu'allait devenir la petite fille ? Que se passerait-il, si les brigands revenaient ? Saurait-elle fuir à temps ? Et si une crise de toux la prenait ? Ivan était son unique entourage, la seule personne à connaître les gestes qui pouvaient la calmer jusqu'à ce qu'elle retrouve son souffle. Il ne s'était jamais éloigné d'elle…

— C'est terminé ?

Junsa semblait l'avoir attendu un peu plus loin. Ivan cacha précipitamment son trésor dans la manche de sa veste. Le geste attisa la douleur dans ses côtes, qu'il étouffa sous sa colère.

— Ça te regarde ?

N'importe qui aurait reculé devant son agressivité, mais le nomade d'Eunam sourit, une lueur d'amusement dans ses yeux noirs.

— On va commencer à préparer le repas. Tu dînes avec nous ?

L'idée de manger avec ceux qui, deux jours plus tôt, n'avaient pas hésité à lui pisser dessus lui donnait envie de vomir. Mais le temps pressait. Il devait en apprendre le plus possible sur la Horde Blanche, sur ses forces, sur ses gardes, sur ses failles. Pour cela, il devait nouer des contacts et gagner leur confiance. Au-delà de ça, il n'avait toujours rien avalé et il sentait la faiblesse pomper son énergie. À contrecœur, il hocha la tête.

Ivan s'appuya sur Junsa pour traverser le camp. Son guide marchait d'un pas nonchalant, comme s'il n'était pas ralenti le moins du monde, et ce geste de grand seigneur eut le don d'agacer davantage le jeune homme.

L'ambiance n'avait plus rien à voir avec celle de son arrivée, ni avec celle qui avait suivi la punition publique. Le nombre de mercenaires avait quintuplé. La plupart étaient groupés autour de feux de cuisine et tous discutaient, riaient, criaient dans la plus grande insouciance. Comment des hommes si joviaux pouvaient-ils se transformer en un clin d'œil en tortionnaires ?

Junsa le guida jusqu'à un petit cercle de guerriers semblable aux autres. Parmi eux, il reconnut le mercenaire en charge des écuries le jour de son arrivée à la balafre qui lui traversait la joue. Il serra les poings. La Putain avait beau jouer la repentance, ses tourmenteurs couraient toujours. L'homme ne lui avait peut-être pas nui directement, mais il avait laissé faire.

— Les gars, annonça Junsa, c'est Ivan. Il va manger avec nous.

Quatre paires d'yeux se posèrent sur lui. Certaines étaient curieuses, d'autres gênées.

— Désolé, dit finalement l'homme de l'écurie.

En fin de vingtaine, il était du genre râblé. La cicatrice plus claire qui barrait son visage aux pommettes saillantes lui donnait l'air mauvais.

— Je pensais pas qu'ils te battraient…

— Les coups, ça vous gêne, mais pas la laisse ?

La plupart baissèrent la tête. Un seul en dehors de Junsa continua à le regarder droit dans les yeux. Il était clairement le plus âgé du groupe, la trentaine, peut-être plus. Sa mâchoire fine et son visage paisible lui donnaient l'air noble. Ses longs cheveux étaient ramenés en une queue-de-cheval épaisse qui venait démentir cette impression.

— Ça nous gêne. Sauf pour les assassins.

Ivan devait-il se sentir visé ? Il n'avait jamais assassiné personne, sans aucun doute au contraire de toute l'assemblée. Il s'apprêtait à répliquer mais l'homme reprit :

— Mais un fils n'est pas responsable des actions de son père. J'aurais dû me souvenir de ça. J'étais là aussi et je n'ai rien fait pour t'aider. Je te présente mes excuses.

Tout le camp était-il au courant de la théorie de la Putain ? Et Radimov serait un assassin ? Ivan revit le visage plein de haine d'un de ses tortionnaires. « Comment tu peux dormir sur tes deux oreilles après ce que les hommes de ton père ont fait ? » avait-il dit. Parlait-il de l'enlèvement de la petite sœur de la Putain ? Jusqu'où cela avait-il pu aller ?

— Bon, ça commence pas si mal, intervint Junsa. Cet homme plein de repentance, c'est Songseung, notre chef d'unité.

L'homme hocha simplement la tête.

— Ensuite, tu as Dekseon, que tu as déjà croisé. Puis Sukyi et Antae, continua Junsa. Les gars, je vous présente Ivan. Allez, ça va pas se faire tout seul ! Assieds-toi où tu veux. Face de Lune, tu lui files un couteau ?

Le dénommé Antae, un gaillard au visage rond et à la silhouette massive qui portait un chignon complètement dépenaillé, lui tendit le petit canif avec lequel il épluchait une carotte, puis il dégaina un poignard attaché à sa ceinture et reprit son ouvrage. À sa gauche, Songseung se remit à sa pyramide de brindilles et de branchages pour le foyer, tandis que Dekseon et Sukyi détaillaient les légumes en dés. Junsa s'assit entre eux et déballa un paquet qu'il portait depuis leur rencontre devant la tente de la Putain Blanche. Au creux du hanji huilé, un petit morceau de viande brune. Ivan saliva presque aussitôt. Cela faisait des mois qu'il n'avait plus vu un mets aussi luxueux. Soixante vastas d'argent… Oui, avec cette somme, il y avait largement de quoi se payer un peu de carne.

Mais si se nourrir était indispensable à sa survie, il était hors de question d'avoir une quelconque dette envers ses bourreaux.

— Je veux payer ma nourriture, annonça-t-il.

Junsa et Songseung s'échangèrent un regard.

— Ce soir, on t'invite. Après, si tu restes avec nous, on partagera les frais. C'est l'intendant qui avance et on le rembourse à parts égales en fonction de ce qu'on prend. Ça te convient ?

— Oui.

— Eh bien voilà, tout est arrangé. Allez, assieds-toi.

Songseung et Antae s'écartèrent pour lui laisser une place. Avec la lenteur d'un vieillard, Ivan se plia en deux. Tout son corps hurlait à l'agonie, mais la douleur dans ses côtes était la pire de toutes. À chaque mouvement du buste, il avait l'impression de se prendre un coup de poignard. Songseung se leva précipitamment et l'aida à s'installer en tailleur. Ivan serra les dents quand ses cuisses meurtries touchèrent le sol dur. Il ne voulait pas montrer sa douleur, alors il attrapa un chou et entreprit de le couper en respirant avec lenteur. Comme si… tout était normal. Il se revit effeuiller ce même chou quelques jours plus tôt tandis qu'à ses côtés, Saejin lavait le riz. Les flammes du fourneau extérieur les plongeaient dans une bulle de chaleur.

— Qu'est-ce que j'disais, déjà ? lança l'un des mercenaires d'une voix nasillarde.

Ivan releva la tête. Le dénommé Sukyi était dans la vingtaine, plutôt sec. Son visage long était marqué par des taches de dépigmentation, en partie cachées derrière ses cheveux lâchés.

— Peu importe, répondit Antae, de toute façon tu vas parler.

— Dis-le si j't'emmerde, Face de Lune. J'en f'rai profiter d'autres.

— Allez, fais pas ta demoiselle, intervint Junsa. Quand je suis parti, tu en étais au joaillier, toi qui espionnes…

— Très juste ! Mais faut que je reprenne depuis le début, sinon y va rien comprendre, le p'tit.

— Non ! crièrent en chœur Antae, Songseung et l'homme de l'écurie – Dekseon ?

— J'suis obligé. Mais promis, j'fais court. Tu vois, Ivan – Ivan, c'est ça ? –, dans ma jeunesse j'étais coursier. On m'envoyait dans tous les coins de Jeoju pour…

— T'as dit court, Jacasse, soupira Antae.

— Décidément, mes talents sont pas appréciés à leur juste valeur, avec ces rustauds.

Ivan fatiguait. Il peinait à serrer ses doigts autour du petit couteau, la lame glissait sans cesse sur les feuilles épaisses du chou. Quand il eut terminé de souffler sur les flammes naissantes, Songseung lui prit le légume des mains.

— N'en fais pas trop, lui glissa-t-il.

— Bref, lança Sukyi en faisant de gros yeux à ses compagnons, j'suis à côté d'la boutique du joaillier quand je vois ce gars rentrer. Oh, bien pomponné, bien accompagné, mais on m'la fait pas, à moi. J'sais reconnaître un truand.

— Tu m'étonnes, ricana Dekseon.

Junsa posa un poêlon au-dessus du feu maintenant bien parti, avant d'y jeter quelques bouts de gras.

— Donc, continua Sukyi comme si de rien n'était, j'laisse traîner mes oreilles. Le gars veut connaître le prix pour une retaille. Truand, retaille, pas besoin d'être un génie pour deviner qu'y avait joyau quelque part. Le premier qui dit « heureusement », j'le plante !

Les quatre autres mercenaires sourirent en s'échangeant des regards éloquents, mais aucun ne pipa mot.

— Bien. Quand les gars sortent, j'les suis, mine de rien. Et j'apprends pas mal de choses : ils avaient fait un joli coup chez une bourgeoise des beaux quartiers. Ils avaient déjà tout r'fourgué, sauf un gros diamant de Novotievo. Et au bout d'un moment, ils lâchent l'emplacement de leur cache : un trou, à l'extérieur de la ville. Pas une mauvaise idée, si personne l'apprend.

— Et donc t'es allé chercher le caillou, devina Dekseon en jetant ses dés de légumes dans le poêlon.

Songseung prit le tas de choux aux pieds d'Ivan et l'ajouta au reste.

— Exactement, répondit Sukyi.

— Avant eux.

— Malin, non ?

— Ivan, soupira Dekseon, faut pas croire tout c'que raconte ce lascar. J'préfère te prévenir.

— Traite-moi d'menteur, tant que t'y es !

— Tu crois qu'tu serais là, à bouffer des carottes, si t'avais trouvé un putain de diamant ?

— Tu m'prends pour qui, Papa ?

Papa ? La confusion d'Ivan devait être visible parce que Junsa se pencha vers lui, tout en remuant la poêlée.

— C'est le surnom de Dekseon. Il aime bien mettre les filles enceintes.

— Bordel, Poète, gronda Dekseon, il t'a rien demandé alors ferme ta gueule. Accouche, Jacasse, t'en as fait quoi, du caillou ?

— J'l'ai rendu à la dame.

Tout le groupe s'esclaffa. Sukyi prit l'air indigné.

— Vous m'croyez pas ?

— Pourquoi t'aurais fait ça ?

— Parce que, mon cher Dekseon, certaines récompenses valent plus que tout l'or du monde.

Il laissa planer un moment de silence avant de jeter, un grand sourire sur les lèvres :

— Me faire baiser par une femme d'expérience, ça a été le meilleur moment de ma vie.

Les mercenaires éclatèrent de rire.

— Espèce de salace ! souffla Dekseon entre deux éclats.

— Jaloux ? C'est autre chose que ta pucelle.

— Parle pas d'elle ! aboya Dekseon en pointant son couteau vers Sukyi.

— C'est bon ! intervint Songseung. Sukyi, combien de fois on t'a dit d'arrêter avec ça ? Et toi, pourquoi tu continues à réagir ? Tu vois pas qu'il te fait de la provoc' ? Ça fait quatre ans, putain !

— Excuse, Papa. J'voulais pas...

— C'est bon, c'est rien, lâcha Dekseon entre ses dents.

Ivan avait l'impression d'être en plein délire. Il avait vécu un vrai calvaire pendant trois jours, sans compter ceux dévorés par les fièvres ni le voyage. Il avait failli crever de froid. Il avait cru caner sous les coups. Il avait vu sa nature humaine niée. Et pendant ce temps, ces hommes s'échangeaient des plaisanteries au coin du feu ? À nouveau, son sang martelait ses tempes, envahissait son crâne, pulsait dans ses multiples hématomes. Sans trop savoir ce qu'il faisait, ignorant la douleur, il se leva, laissa tomber le canif au sol et s'éloigna en boîtant.

— Hé, reviens, p'tit ! fit la voix de Sukyi. Qu'est-ce qu'y lui prend ?

— Laisse, dit Junsa. Il a besoin de digérer.

Ivan

Les gardes ne l'empêchèrent pas de quitter le camp. Alors, les choses étaient si simples ? Il suffisait de passer un accord avec la Putain, et c'était tout ? À moins que plus personne ne se méfie de lui ? Dans son état, sur ses pieds martyrisés, jusqu'où pourrait-il aller, de toute façon ? Ironiquement, tandis qu'il avait enfin la possibilité de partir, c'était la première fois qu'il réalisait l'invraisemblance de sa fuite.

Ignorant les protestations de son corps, il descendit au bord du ruisseau en contrebas du camp et s'assit sur la rive. Sans bouger, il contempla l'eau se parer des ors du ciel, se teinter de ses roses, délaver l'indigo puis se gorger du bleu le plus profond. C'était un spectacle banal, qui se répétait jour après jour, mais il amena Ivan au bord des larmes. Comment, dans un même monde, autant de beauté pouvait côtoyer une telle laideur ? Et lui, contraint de survivre parmi des hommes de la pire espèce, où se plaçait-il ?

— Tu devrais rentrer. Ton corps a besoin de repos.

Ivan n'eut pas besoin de se retourner pour reconnaître l'accent de Junsa. Combien de temps s'était écoulé depuis son départ ? À en croire la nuit grise qui recouvrait maintenant la vallée, bien trop.

Il savait qu'il devait feindre, endosser le rôle de celui qui coopère de son plein gré. Les mots jaillirent malgré lui.

— Toi, la Putain… vous me demandez de faire comme si de rien n'était et de m'asseoir à la table de mes bourreaux. Comment je suis censé faire ça ? Tu peux me le dire ?

Une fois encore, la colère sourdait de ses mots, comme s'il n'était plus capable de ressentir autre chose. Est-ce qu'elle le tiendrait dans sa gueule jusqu'à la fin ?

— Non, répondit Junsa en s'asseyant non loin. Tout ce que je peux te dire, c'est qu'aucun de nous n'était là.

— Dekseon, si. Songseung aussi.

— Seuls. Ils n'auraient rien pu faire. Tu t'en apercevras par toi-même mais la compagnie est loin d'être unie. Quand le commandant est là, elle fait taire les conflits et tout le monde la suit comme si elle était l'esprit de la guerre en personne. Mais quand elle est absente… Un mois sans elle et tu auras une vraie guerre civile.

— Ça devrait me réconforter ?

Ivan avait voulu être mordant mais le cœur n'y était plus. Il se sentait vide.

— Non, simplement t'expliquer. Allez, viens. On t'a gardé un bol au chaud.

Les mercenaires lui avaient préparé une couche dans la même tente qu'eux. Quand il revint, tous dormaient déjà, ou du moins le feignaient. Ivan en fut soulagé. Il attrapa en silence le bol que lui tendit Junsa. Malgré lui, l'odeur piquante qui s'en échappait le fit saliver. Il porta une cuillère à sa bouche. C'était se réveiller. C'était revivre. Sa langue attrapa un morceau de viande grasse et la glissa entre ses molaires. Il mâcha, libérant le jus encore contenu dans le morceau. Les larmes lui montèrent aux yeux. Depuis quand n'avait-il plus aussi bien mangé ? Depuis… depuis la mort de Lev. À l'époque, tout était tellement différent…

Quand il se coucha, des larmes mouillaient le creux de ses yeux.

— Ivan.

Il ouvrit les yeux en sursaut. Son corps était perclus de courbatures, douloureux, ankylosé. Ses pieds le brûlaient toujours. Une main se détacha de son épaule. Junsa se tenait au-dessus de lui.

— Il va se passer quelque chose d'intéressant.

Quelque chose d'intéressant ? Allait-il découvrir quelque chose d'utile ? Ivan se déplia comme il put, faisant gémir ses os. Le mercenaire l'aida à se remettre debout. Malgré le feu, la douleur dans ses pieds avait retrouvé un niveau supportable.

Dans la tente, tout le monde était sorti. Au-dehors, le soleil ne perçait pas encore l'horizon, mais les mercenaires de son groupe étaient déjà assis autour du feu, en pleine collation. D'ailleurs, c'était le cas de tout le camp. L'atmosphère lui sembla plus grave, plus ordonnée. Était-ce à cause du retour de la Putain ? Ou se tramait-il autre chose ?

— Alors, princesse, bien dormi ? lança Sukyi en lui mettant un bol dans les mains.

S'il était embarrassé de ce qui s'était passé la veille, il n'en montra rien. Ivan ravala son malaise : il devait avancer.

Le riz avait été mouillé d'un bouillon épicé, riche d'arômes. Ivan reconnut celui que Junsa avait apporté la veille, dans la tente où il était venu le chercher.

— Qu'est-ce qu'il se passe ?

— Le commandant va parler, répondit Dekseon la bouche pleine.

— Alors, c'est vrai ? demanda Sukyi.

Ivan arrêta sa cuillère à mi-chemin. Le visage taché du mercenaire était tendu vers lui, sa curiosité non dissimulée. Les autres faisaient mine de s'occuper mais Ivan n'était pas dupe.

— Qu'est-ce qui est vrai ?

— T'es le bâtard de Radimov ?

La question le prit au dépourvu.

— Je crois pas. Je sais pas.

— Ça a le mérite d'être clair, glissa Songseung, un sourire sur les lèvres.

— Qui s'en soucie ? La Putain le croit, c'est tout ce qui compte.

Comme un seul homme, les cinq mercenaires inspirèrent avec bruit, visiblement choqués. Qu'avait-il dit ?

— Évite de l'appeler comme ça, dit finalement Junsa, et surtout pas devant le capitaine. Sauf si tu as envie de te faire laminer.

— Oh, purée, le dernier qu'a fait ça, il s'est pas relevé avant trois jours !

Désarçonné, Ivan avala une bouchée de riz quand la voix de Kisang s'éleva. En parlant du loup…

— Rassemblement !

Avec une efficacité étonnante, les mercenaires se levèrent et gagnèrent le centre. Plus Ivan s'approchait du point de ralliement, en équilibre précaire, et plus la foule se faisait dense. Les guerriers, peut-être au nombre de deux cents maintenant, attendaient ou chuchotaient. Parfois, un éclat de rire perçait la rumeur et retombait bien vite. Certains s'échangeaient des vastas de cuivre, probables objets d'un pari. Ivan se faufila tant bien que mal dans le sillage de Junsa, en prenant garde de ne pas se faire percuter.

La Putain Blanche – ou quel que fût son surnom – attendait debout devant sa tente. Bien que toujours vêtue comme un homme, elle avait couvert la chemise légère d'une épaisse tunique bleu clair qui lui descendait jusqu'aux genoux, surmontée d'un gilet jaune entièrement brodé. Jeté par-dessus, un manteau bleu roi rehaussé de fourrures et de brandebourgs. Quoi qu'Ivan en pensât, il ne pouvait nier qu'elle avait de l'allure, bien plus que les quelques aristocrates précieux qu'il avait pu apercevoir dans sa vie. Quelques pas en retrait, Kisang se tenait droit comme une lance.

— Compagnons ! lança la Vastanyane haut et fort quand le silence fut complet. Cela fait cinq ans que nous protégeons la frontière du Daesan contre les chiens kaliumers. Cinq ans que nous suons, que nous saignons, que nous regardons nos compagnons périr.

Un brouhaha s'éleva de la foule, entrecoupé de sifflements rageurs. Autour d'Ivan, certains hommes avaient le visage baissé, d'autres serraient les poings. La Putain allait-elle lancer une révolte contre leur commanditaire ? Contre Radimov ?

— Mais cela n'a pas été vain, continua-t-elle. Vous le savez, j'ai rencontré le général Kirine. Les succès de la Horde ont été reconnus dans les plus hautes instances du voievodat. Et maintenant, ils veulent nous envoyer sur le front de Kastr pour assiéger la forteresse et mettre fin à la guerre !

Des grognements et des hurlements de joie chassèrent la rumeur mauvaise. Un sourire moqueur apparut sur les lèvres de Junsa.

— Mais j'ai refusé ! cria la Putain, faisant taire le brouhaha. Que croient-ils, ces oligarques gavés d'or ? Que la Horde n'est qu'une vulgaire pute des bas-fonds ? Qu'ils peuvent nous envoyer à la mort sans vider leurs coffres ? Jamais ! S'ils veulent la Horde, ils doivent payer au prix fort ! Et ils *vont* payer. Compagnons, je ne vous oblige pas à venir. À Kastr, ce sera une autre paire de manches. Les Kaliumers tiennent la forteresse depuis quatre mois. Mais ils dépendent entièrement de leur ravitaillement. Notre mission consiste à les couper du reste du royaume en quadrillant la forêt au sud du siège. Nous aurons à nous battre sur tous les fronts, isolés et par petits groupes, et ce pendant des mois. On le sait tous : l'or qui pourrit dans les poches des cadavres ne sert à rien. Pourtant, le risque en vaut la chandelle : pour ceux qui viendront, la solde mensuelle sera augmentée de VINGT-ET-UN VASTAS D'ARGENT !

Aussitôt, des acclamations s'élevèrent de toute part. La Putain se fendit d'un sourire. Triomphal. Carnassier. Ivan resserra ses bras autour de sa poitrine, saisi d'une crainte viscérale. Une soif de sang sans limites animait cette femme. En même temps, elle dégageait une prestance folle qui attirait toute l'assemblée. Il n'avait jamais rencontré quelqu'un comme elle. L'élan qu'elle avait fait naître, en un discours, l'effraya encore plus. Pouvait-il gagner contre elle ? Lui, le bâtard, le moins-que-rien ?

Au milieu du vacarme, sûre d'elle, elle lança d'une voix roulante comme le tonnerre :

— Alors, qui viendra ?

Le tumulte se fit plus fracassant encore. Des dizaines, des centaines de « moi » jaillirent de toutes les gorges.

— Levée du camp demain, une heure après l'aube. Préparez-vous, parce qu'on va dire adieu à notre confort. Et profitez de votre dernière journée en paix.

Aussitôt, le commandant se fit assaillir par ses hommes. Ils restaient à bonne distance mais dans leur attitude familière, dans les sourires de connivence qu'elle leur distribuait, on sentait la complicité qui les liait. Aucun d'eux ne serait l'allié d'Ivan. Junsa l'avait dit : tel l'esprit de la guerre, les mercenaires lui vouaient une fidélité sans ombrage.

Il baissa la tête. Lui aussi, allait suivre la Horde. Lui aussi, risquait de mourir. Malgré tout, il devait tenter sa chance. La Putain ne le laisserait pas revenir en arrière, elle était bien trop déterminée.

La nouvelle de ce départ était peut-être la bonne opportunité. Le plan qu'il avait monté consistait à gagner la confiance de la Horde et de la Putain mais, à la vérité, il n'avait pas encore la moindre idée de comment y parvenir. Se montrer affable – s'il y parvenait un jour – et effectuer quelques corvées ne seraient pas suffisants. En revanche, si la Horde parcourait la forêt, ses gardes montreraient forcément moins de vigilance, sans parler de l'organisation affectée. En attendant, il pouvait devenir l'un des leurs. Un mercenaire à part entière, un combattant. Quand il se serait tellement fondu dans le décor que tous auraient oublié qu'il était leur prisonnier, quand ses geôliers seraient tellement aux prises avec l'ennemi qu'ils ne pourraient plus le surveiller, il s'éclipserait, avec des armes en prime. C'était parfait... si Ivan oubliait qu'il n'avait jamais tenu de sabre de sa vie.

Il détestait la violence. Il l'avait tellement subie, que ce soit par les « honnêtes gens » que par les descentes régulières de brigands, il l'avait tellement observée, des rues sombres d'Hewa aux portes closes du voisinage, qu'il avait fait le choix de suivre une autre voie. Celle-ci l'avait souvent mené à baisser la tête. À serrer les poings et à avaler l'injustice. À décevoir Saejin. Mais savoir qu'il restait fidèle à son idéal, qu'il ne reproduisait pas les comportements qu'il détestait, l'avait toujours aidé à tenir.

Aujourd'hui, il allait se parjurer. Du moins, s'il y parvenait. Il allait devoir apprendre, suffisamment pour survivre quand il serait au combat. Et surtout, il allait devoir convaincre la Putain de laisser son prisonnier prendre les armes.

Ivan

Le petit déjeuner fut pris rapidement. Une fois terminé, Antae récupéra les ustensiles et descendit à la rivière pour les laver. Sukyi étouffa le feu. Ivan devait commencer à collecter des vivres. Il ne savait pas quand il aurait l'opportunité de fuir mais sans nourriture, il n'atteindrait pas Hewa vivant.

Il se retourna, à la recherche de Junsa, et sursauta quand il le trouva juste derrière lui. Il n'avait pas senti sa présence. Le mercenaire lui adressa un sourire surpris. Ivan se méfiait de cet homme trop… chaleureux. On ne devenait pas mercenaire, marchand de mort, brigand à mi-temps par hasard. Son attitude cachait forcément quelque chose.

— Je peux aider ? demanda Ivan. Je n'y connais pas grand-chose en préparation de siège, mais je sais cuisiner.

On avait vu plus subtil. Ivan prit son air le plus indifférent et attendit, tandis que son cœur se mettait à accélérer. Il retint un soupir de soulagement quand Junsa hocha la tête.

— Parfait. On a de la viande à préparer. Tu pourras rester assis.

À mi-chemin entre la palissade et le ruisseau se dressait une cabane sommaire, construite toute en longueur. De la fumée s'échappait abondamment des interstices entre les feuilles de bambous séchés qui formaient le toit. Une demi-douzaine de mercenaires s'affairaient devant. Un autre en ressortit les bras chargés de quartiers de viande sombre.

— Les nôtres sont là, dit Junsa en désignant un tas d'une vingtaine de bêtes.

Lièvres, lapins et quelques écureuils attendaient sur une natte posée à même la terre gelée.

— Les vôtres ?

— Chaque unité se gère de façon quasi autonome : approvisionnement en vivres, gestion du bois de chauffage, entretien des équipements, lessive… Pour la nourriture, en général, on paie l'intendant pour qu'il achète en gros mais pour ce qui suit, on sera seuls en forêt. À part ce qu'on a mis de côté pour l'instant, si on veut de la viande, il faudra l'attraper nous-mêmes.

— L'unité, c'est vous cinq ?

— Oui. Avant, on était six.

— Une bataille ?

— Un truc con. Il est tombé dans un fossé, un jour de pluie. Personne devrait crever comme ça mais c'est la vie. On choisit pas.

Ivan, assis en tailleur, récupéra un lièvre et entreprit de le dépecer. La peau se détachait mal, à cause du froid.

— Que voulait dire Songseung, hier ? lança-t-il après un temps. Sur le fait qu'un fils n'est pas responsable des actions de son père.

Junsa releva la tête et le regarda un instant, peut-être surpris par la question venue de nulle part.

— Il vient d'une famille de guerriers nobles. Son père a fait une connerie – un détournement d'argent, si j'ai bien compris – et il a été exécuté. Song n'était pas impliqué mais en tant qu'héritier, il a été condamné de la même façon. Il a réussi à s'enfuir mais il a tout perdu. Je suppose que dans un sens, il s'est reconnu en toi.

Les fils payaient pour les pères. Au Daesan, il en avait toujours été ainsi. Les lois étaient différentes pour les Vastanyans mais les envahisseurs de l'ouest n'avaient jamais influé sur les préceptes en vigueur avant leur arrivée. Sans doute que les choses auraient été autres si Songseung était né dans une famille vastanyane.

— Et mon père, à moi, il aurait fait quoi d'après Songseung ?

Junsa s'arrêta alors qu'il s'apprêtait à retourner la peau de son lièvre et planta son regard dans celui d'Ivan.

— Ça, il faut voir avec le commandant. Je ne me mêle pas de ses affaires, et Songseung le fera pas non plus. Personne, ici.

Pour la prise de renseignements directe, c'était raté. Junsa et les autres ne parleraient pas tant qu'Ivan ne serait pas l'un des leurs.

— Vous avez l'air de bien vous connaître, avec Songseung et les autres.

— Pas tellement, en fait. Enfin si, bien sûr, on sait comment chacun fonctionne. Et on sait ce que les uns et les autres veulent bien nous raconter. Mais chacun garde ses vrais cadavres sous le plancher de son hanok.

Ivan n'avait pas tant de mal à le croire. Pourtant, il revit les mimiques presque théâtrales de Sukyi, le visage rond et doux d'Antae, l'air serein de Songseung. Les égards de Junsa. Pouvait-on dissimuler à ce point-là ? Être un autre, à chaque moment du jour et de la nuit ?

— Et toi ? demanda Ivan.

— Moi, quoi ?

— Tu en caches aussi, des cadavres ?

La bouche de Junsa s'étira dans un demi-sourire tandis que son couteau glissait sous les râbles de son lièvre.

— Qu'est-ce que tu en penses ?

— Honnêtement, je n'en sais rien. Je ne sais pas quoi penser des gens d'ici. On m'a tenu en laisse comme un chien, on m'a battu, on m'a soigné et maintenant, on me traite comme si j'avais toujours fait partie de la Horde.

Ivan s'interrompit soudain. Il n'avait pas voulu en dire autant. Il essaya de se convaincre qu'il le faisait par calcul, pour gagner la confiance de Junsa mais en vérité, il avait besoin de parler. De sortir ce qui tournait en permanence dans sa tête.

— Ivan, tu sais quel est ton problème ? Tu réfléchis trop.

Comment ça, il réfléchissait trop ? Il survivait dans une situation incompréhensible, une folle furieuse le prenait pour ce qu'il n'était pas, il était à la fois prisonnier et là de son plein gré. Évidemment, qu'il avait besoin de réfléchir !

— Tu vois ? Tu réfléchis encore ! s'exclama Junsa dans un rire. J'imagine à peu près ce qui te taraude. On n'est pas tout à fait les truands que tu t'imaginais, je me trompe ? Et alors ? Je me suis pris un paquet de torgnoles donc je sais ce que ça fait, la rage, la colère qui te bouffe de l'intérieur.

La peur. Mais tu n'es pas obligé de voir le mal partout. Il n'y a rien de bien mystérieux à découvrir. Dans la Horde, il y a des enflures, et il y a juste des mecs qui ont besoin de travailler. Ça va pas plus loin.

Ivan était-il en train de virer à la paranoïa ? La Putain Blanche était clairement son ennemie, mais était-ce le cas de tous les mercenaires de la Horde ? Songseung et Dekseon s'étaient excusés, les autres avaient été absents. Quant à ses tortionnaires, à l'exception de Kisang et de Baedung qui avait déserté, ils avaient été punis et exclus. Peut-être pas tous, mais quelle importance, dans le fond ? La vérité, c'est que quelques-uns seulement avaient abusé de sa captivité. Les autres s'étaient contentés de fermer les yeux.

— Mes cadavres, c'est rien de très glorieux, dit Junsa après un long silence. On va dire que j'aidais les femmes riches.

— Quoi, conseiller financier ? demanda Ivan, incrédule.

Junsa partit dans un grand éclat de rire qui attira l'attention des autres personnes présentes.

— Pas tout à fait ! répondit-il enfin. J'étais... Elles me payaient pour être avec elles, quoi. Tu comprends ?

Ivan observa le mercenaire, essayant de deviner quelque chose sur son visage, quand la lumière se fit dans son esprit. Il ouvrit et ferma la bouche tandis que le feu gagnait ses joues et ses oreilles.

— Holà, pas de quoi être aussi choqué !

— C'est que... je ne savais pas qu'il y avait des hommes qui... qui faisaient ça.

— C'est différent de ce que font les putains qui traînent dans les rues, ou de celles qui suivent la Horde. On n'est pas là, à attendre pour baiser tous ceux qui alignent trois vastushkas. On s'habille bien, on va dans les soirées des bourges, on fait la conversation. Et quand on ferre une rentière aux poches bien pleines, on fait tout pour la garder le plus longtemps possible. Rien d'officiel, rien de public, mais tout le monde sait. Et on gagne gros. Avant d'arrêter, je touchais quatre fois la solde d'ici. Enfin, avant l'augmentation gracieusement offerte par Kirine !

Ivan lâcha son lièvre et dévisagea Junsa de ses yeux ronds. Il fit le calcul dans sa tête.

— Deux cent cinquante vastas ? Par mois ?

— Ça fait envie, hein ? Je peux te dire que des jeunes coqs qui rêvaient de ça, il y en avait des files entières.

— Pourquoi tu as arrêté ?

— Ce qu'ils n'imaginent pas, ces crétins, c'est qu'on ne vaut pas mieux qu'un esclave. Riche, certes, je ne crache pas dessus. Mais en échange, on est corvéable à merci. Il n'y a pas de limites à ce que peuvent imaginer des esprits tordus et oisifs comme ceux de ces rupins. Et j'avais quoi, quinze, seize ans ?

Ivan était estomaqué. Il ne savait rien de ce monde, rien de la noblesse vastanyane ou de la bourgeoisie daesane. La maîtresse de Saejin était-elle ce genre de personne ? Les hommes de sa maison avaient-ils déjà… Une peur diffuse lui noua les entrailles. La main tremblante, il arracha la chair d'une cuisse.

— Quand j'ai rencontré Yekatelina, au fond du rade sordide où je me réfugiais quand j'avais du temps libre, elle m'a semblé… vraie. Si tu l'avais vue, à l'époque ! Cette gamine de seize ans, juchée sur une table et qui s'adresse sans douter une seule seconde à tous les ivrognes, tous les porte-couteaux et tous les écumeurs qui s'entassaient là, c'était quelque chose. Sur son visage, dans ses yeux, tu sentais qu'elle allait quelque part et qu'elle ne s'en détournerait jamais. J'ai compris que j'allais vivre. Pour de vrai.

— Tu l'as suivie.

— Sans hésiter. Au début, ce n'était même pas une compagnie de mercenaires, plutôt un ramassis de coupe-jarrets. Les Couteaux de la Putain.

Cette femme avait monté une compagnie de mercenaires à l'âge de seize ans ? Et lui, au même âge, que faisait-il ? Il se lamentait sur la mort de Lev et repiquait le riz sans se poser de questions. La sœur de la Putain avait-elle déjà été enlevée, à l'époque ? Était-ce déjà pour la retrouver qu'elle avait dompté la lie de la société ? Si oui, la détermination aveugle qui l'animait depuis toutes ces années lui dressa les cheveux sur la nuque. Rien de bon ne sortait jamais d'une telle obsession.

Ivan

Le lendemain, le camp était en effervescence. Ivan se proposa dès le lever pour aller récupérer la viande laissée au fumoir la veille. Il en profita pour glisser quelques morceaux dans la ceinture de son jeogori. Pas grand-chose, pour ne pas se faire détecter. Plus il s'impliquerait dans la cuisine et plus il aurait accès aux vivres. Petit à petit, il accumulerait ce dont il avait besoin pour rentrer.

De retour à leur tente, il voulut aider mais l'effort raviva ses blessures. Sur les conseils de Songseung, il resta tranquille, incertain de la place qui était désormais la sienne. En peu de temps, la jument qu'on lui prêta, Furieuse, était harnachée avec son couchage, quelques éléments de leur bivouac et des vivres. Comme ordonné par le commandant, la Horde se mit en branle une heure après le point du jour. À l'écart, Ivan admira un instant leur formidable assemblée. Environ deux cents montures, certaines dédiées aux paquetages, avançaient dans la même direction. Les hommes allaient souvent trois par trois, si bien que la compagnie s'étirait en une longue colonne, la Putain Blanche en tête, Kisang au centre. Ivan était absorbé par le spectacle. Un élan viscéral était en train de le prendre aux tripes, de pulser au fond de ses entrailles. Une fierté absurde, mêlée à la terreur d'avancer vers sa mort – qu'elle soit amenée par le Kalium ou par la Putain. Était-ce cela que ressentaient les soldats ?

— Tu viens ? demanda Junsa.

Ivan s'arracha à sa contemplation. Antae l'avait aidé à monter sur le dos de Furieuse. Il avait redouté d'attiser le brasier dû à ses gelures aux pieds mais c'étaient finalement ses côtes qui l'avaient torturé le plus.

Maintenant qu'il était en place, il avait réussi à trouver une position acceptable. Il talonna alors la jument, qui ne bougea pas d'un pouce.

— Il faut y aller un peu plus fort !

Vexé, Ivan recommença, bien plus brutalement que ce qu'il avait voulu. Il eut peur que la jument s'insurge mais celle-ci démarra tranquillement. Apparemment, elle n'avait de furieuse que le nom.

Il passa les premiers temps concentré sur son assise. Dès qu'il desserrait un peu trop les cuisses, il avait l'impression de glisser sur le côté. Et s'il tenait les rênes trop lâches, Furieuse ne partirait-elle pas dans la mauvaise direction ? Petit à petit, il réalisa que cela ne changeait rien : qu'il la dirige ou non, la jument suivait la marche placidement. Ivan se détendit et pour la première fois de la matinée, observa autour de lui.

Ils avaient quitté la vallée déboisée pour s'enfoncer dans la passe d'Orghul Khan. Où qu'il porte son regard, Ivan ne voyait que la roche grise et dénudée des falaises de Yeonbuk. Le soleil ne s'attardait jamais bien longtemps sur ces terres et malgré l'heure avancée, la brume restait fermement accrochée à la moindre aspérité. Ivan déglutit : l'endroit était idéal pour une embuscade.

— Tu t'inquiètes, dit Songseung.

Ivan réalisa seulement à cet instant que le chef d'unité chevauchait à sa droite. Il admira sa prestance : le mercenaire se tenait tranquillement sur sa selle, légèrement penché vers l'arrière. Il avait laissé ses rênes sur l'encolure de son cheval noir.

— Je me dis juste qu'il n'y a pas pire endroit pour entrer en territoire kaliumer.

— C'est un bon endroit, au contraire, répondit-il. Ce n'est pas pour rien que les Vastanyans ont préféré passer par le nord pour nous envahir. En mille ans, il n'y a qu'Orghul Khan à avoir osé la traversée. Et nous.

— Si tout le monde l'évite, c'est pour une bonne raison. Une embuscade ici, c'est un jeu d'enfant. Même moi, je suis capable de le voir. Pourquoi ne pas contourner Yeonbuk ou prendre un col ?

— Par le nord, on perdrait des mois. Quant aux cols, les glissements de terrain nous seraient fatals. Ici, on traversera en un temps record et on prendra les Kaliumers par surprise.

— C'est stupide de croire que parce que personne ne traverse jamais, la passe n'est pas gardée.

— Et le commandant est loin d'être stupide, tu peux me croire.

Ivan fronça les sourcils. Pourquoi Songseung était-il aussi confiant ? Junsa, sur sa gauche, devança sa question un ton plus bas :

— Garde ça pour toi. C'est en quelque sorte une double embuscade. En bas, on feint la troupe stupide tandis que des archers à nous parcourent les sommets de la passe et guettent les Kaliumers. Première embuscade. Mais aucun officier n'est assez con pour se faire avoir : l'ennemi va forcément le prévoir et vouloir tuer les hommes sur les sommets pour nous canarder. C'est ça, la vraie embuscade. L'appât, ce sont les archers.

Ivan essayait de visualiser. Pour qu'un appât fonctionne, encore fallait-il avoir les ressources pour piéger les piégeurs. Ce plan ne marcherait jamais.

— Un tiers de la compagnie se cache depuis des mois dans les forêts de l'est de Yeonbuk uniquement dans ce but. L'ennemi n'a aucune idée de notre vrai nombre, même s'il a placé des espions.

Un piège à l'intérieur d'un piège plus vaste, et qui courait sur plusieurs mois. À quel point fallait-il être retors pour faire preuve d'une telle anticipation ?

— On a beau prévoir, reprit Songseung, tout peut arriver dans une bataille. Reste sur tes gardes et ne t'éloigne pas de moi.

Le ventre d'Ivan se noua. Il s'était cru un peu à l'abri, parce que la Putain avait besoin de lui vivant. Et si l'obsession de retrouver sa sœur la rendait aveugle ?

— Avec une arme, je pourrais me défendre.

Bien sûr… Lui qui n'avait jamais tenu autre chose qu'un bâton pour faire fuir quelques chiens sauvages. Pourtant, il devait mettre le plus de chances de son côté.

Songseung le regarda longuement, comme s'il avait parfaitement compris ses intentions. Ivan restait leur prisonnier. Lui mettre une lame dans les mains ne serait qu'une source de problèmes pour eux. Finalement, le chef d'unité tourna la tête vers l'avant.

— Ne t'inquiète pas, répliqua-t-il. Nous sommes à l'arrière des lignes, nous ne risquons rien. Le commandant a trop besoin de toi. Le choc, s'il a lieu, restera dans les premières lignes.

Ivan essaya de percevoir la silhouette de la Putain, plusieurs dizaines de mètres devant, mais il y avait trop d'hommes, trop de poussière.

— Et elle, elle reste en tête ?

Si l'embuscade pouvait la faucher… Ivan soupira intérieurement. Sa captivité avait déjà fait de lui un menteur et un parjure, et voilà qu'il devenait sournois.

— Elle n'ira jamais se cacher à l'arrière. C'est un vrai tigre de Sirtir, elle n'a peur de rien. Celui qui va l'embrocher n'est pas encore né.

— Tout ira bien, alors, lâcha le jeune homme dans un soupir sans conviction.

Il se retourna sur sa selle. Il ne distingua rien d'autre que la brume et les deux pans de la montagne qui se refermaient sur eux. Ni la vallée, ni la forêt, et encore moins les vastes rizières d'Hewa, bien plus loin derrière les collines. Sa poitrine se serra. Il eut le pressentiment qu'il ne foulerait plus les terres de son adolescence. Qu'il ne verrait plus Saejin.

La journée s'écoula avec une lenteur excessive. Il n'y avait rien à faire sinon contempler les parois mornes de la montagne. Ivan examinait la troupe, sa façon de fonctionner, d'avancer, mais à ses yeux, cela ressemblait à un amas flou. S'il y avait une logique dans l'ordre de la compagnie, elle lui échappait, si ce n'est que sa geôlière continuait de chevaucher à l'avant.

Le soir venu, les mercenaires firent un bivouac sommaire. Pendant la collation, la Putain circula parmi ses hommes, l'air attentif. Son visage s'animait en fonction des apostrophes et des saluts. À qui un sourire franc, à qui un hochement de tête serein, à qui un signe de main amical, à qui un ordre de fourbir une arme. Tandis qu'Ivan l'observait, son regard croisa le sien. Jusqu'alors si facile à lire, il fut incapable d'interpréter l'expression neutre de son visage. Après un temps qui le laissa en suspens, elle baissa les yeux, observa la ration qu'il tenait dans ses mains, sa couverture, ses voisins, puis passa à un autre.

Finalement, chacun dormit dans son couchage, à la belle étoile, elle comme les autres. Ivan souffrit en silence, tandis que les écorchures à son cou et à ses poignets, que les hématomes qui congestionnaient chaque partie de son corps, que ses os à l'agonie et que les braises à ses pieds pulsaient sous sa peau.

Le lendemain se révéla un vrai calvaire. Ivan était perclus de courbatures de la tête aux pieds. Littéralement. Chaque fois qu'il bougeait la tête, un élancement sourd le saisissait du cou jusqu'aux reins. Son supplice musculaire se superposait à celui de ses blessures, si bien que chaque pas de Furieuse le faisait frémir. Il fut bientôt abruti par la douleur et ne broncha plus.

— Ivan ! Hé, Ivan !

Il tourna la tête avec lenteur. Un homme le tenait par l'épaule, avec un visage rond comme la pleine lune.

— Lune ?

— Tu vas pas t'y mettre, toi aussi ! Et puis officiellement, ajouta-t-il en levant un doigt, c'est « Face de Lune ».

Face de Lune ? Qui pouvait revendiquer un surnom aussi ridicule ? Antae. Oui, c'était lui. À travers le voile de son épuisement, Ivan sentit ses lèvres s'étirer en un faible sourire.

— J'ai cru que tu nous avais quittés, soupira le mercenaire. T'endors pas, parce qu'avec les bestiaux, ça pardonne pas.

Ivan cherchait encore quoi répliquer quand un cri fendit l'air, aussitôt repris le long de la colonne.

— AUX ARMES ! AUX ARMES !

— En formation ! cria Songseung. Allez, les gars ! Ivan, tu restes près de moi. Tu comprends ?

Quoi ? Que se passait-il ? Sans lui laisser le temps de réagir, le chef d'unité attrapa le harnais de Furieuse et colla celle-ci à sa propre monture. La jument se mit à piaffer, à balancer la tête d'avant en arrière, à frapper le sol nerveusement. Autour de lui, tous les mercenaires avaient dégainé leur sabre et enfilé leur casque. Ils s'étaient déjà redéployés en lignes de cinq ou six cavaliers qui s'étalaient sur toute la largeur de la passe. L'abrutissement d'Ivan s'envola, dégagé par la confusion et l'adrénaline. Désormais proche, à peut-être une trentaine de mètres devant lui, la Putain se tenait campée sur sa monture, son épée droite posée sur le pommeau de sa selle. Malgré son casque, ses cheveux flottaient sur sa dossière, aussi repérable qu'un phare dans la brume toujours épaisse.

Kisang parcourait les troupes d'avant en arrière, haranguait les hommes, replaçait un casque, une sangle. Un instant, son regard s'attarda sur Ivan puis sur Songseung, avant que le capitaine talonne à nouveau sa monture. Ivan se concentra sur la passe et l'ennemi. Il ne vit rien, rien d'autre que les doigts du brouillard. Au sol et sur les parois du défilé, les cailloux se mirent à frémir, puis à sauter et une rumeur sourde enfla le long des falaises. Quelle armée pouvait ainsi faire trembler la terre ? L'angoisse lui enserra les tripes.

— Que foutent les archers ? grogna Dekseon.

— Leur rapport est bien arrivé, ce matin ? demanda Sukyi à Songseung.

Le chef d'unité acquiesça. Ivan ne comprenait rien : les archers étaient l'appât, non ? C'était prévu qu'ils cèdent le terrain à l'ennemi. Deux solutions : soit rien ne se passait comme escompté, soit Dekseon, et sans doute une grande partie de la compagnie, n'était pas au courant du plan. La voix forte de Songseung interrompit ses réflexions :

— Tenez bon ! Les infidèles du Kalium ne doivent pas passer !

Les hommes alentour crièrent leur assentiment et tous rivèrent leur regard droit devant. Le bruit grossissait sans cesse, comme à l'approche d'un typhon.

— Accroche-toi, Ivan, ça va secouer.

Soudain, un vacarme monstrueux perça les tympans d'Ivan et la terre fit trembler tout son corps. À travers la brume et la poussière, il distingua les pointes effilées de lances, les toupets gris qui y étaient accrochés, juste avant qu'un flot de métal percute les premières lignes. Il n'eut pas le temps de se préoccuper davantage de la bataille. Les bêtes autour de lui se resserrèrent, se mirent à hennir. Comme dans un cauchemar, le harnais de Furieuse s'arracha du poing de Songseung. Junsa jeta le bras pour tenter de le rattraper mais sa main se referma sur le vide. La jument fut violemment rejetée en arrière. Ivan s'agrippa au pommeau de sa selle et serra les cuisses à s'en déchirer les muscles. Il ne devait pas tomber ! Il devait survivre !

Il se concentrait sur une seule et unique chose : rester en selle. Pourtant, au fil des minutes – ou des heures, il avait perdu toute notion du temps –, il se sentait de plus en plus écrasé par la confusion. Comme si le fracas ne faisait que grandir pour bientôt s'abattre sur lui. Quand il aperçut à quelques jets de pierre de là le casque à pointe bordé d'une large fourrure d'un ennemi, il comprit que son intuition ne l'avait pas trompé.

À quelques mètres, Junsa enfonçait son sabre dans le visage d'un homme caparaçonné de métal. Furieuse fit une nouvelle embardée et Ivan aperçut Dekseon couvert de sang. Partout, les chevaux se percutaient poitrail contre poitrail dans une mêlée confuse et assourdissante.

Ivan contempla un Kaliumer avancer droit dans sa direction, son sabre incurvé et dégoulinant de sang au poing, un rictus violent plaqué sur son visage. Cet homme ne s'arrêterait pas tant qu'il ne serait pas rassasié. Le jeune homme devait agir, s'écarter, fuir. Il tira de toutes ses forces sur les rênes de Furieuse, la forçant à tourner la tête, et la talonna brutalement. Sous ses coups, la jument s'empêtra, bousculée par les chevaux qui piétinaient tout autour d'elle. Le Kaliumer continuait de progresser vers lui, la mort dans son sillage. Il égorgea un mercenaire qui glissa mollement de selle, repoussa un autre d'un violent coup de pied, trancha dans la cuisse d'un troisième avant de l'attraper par le col et de le jeter à terre. Il releva alors la tête et croisa le regard d'Ivan. Il serait sa prochaine victime. La lueur meurtrière dans les yeux de l'homme ne faisait aucun doute. Ivan se tétanisa. Il ne pourrait rien contre lui, rien. Il n'était qu'un civil, un fils de lettré. Cet homme… cet homme était habité par l'esprit de la guerre. Quand il leva son sabre, à un souffle de lui, Ivan ne put que lever sa main en défense. Saejin…

Un sifflement métallique retentit soudain à ses oreilles, aussitôt suivi d'un choc et d'un bruit mou. Ivan rouvrit les yeux. Devant lui, Kisang retirait sa lame de la gorge du Kaliumer.

— Défends-toi, putain !

— Je… Je suis un paysan !

Kisang le foudroya du regard, avant de tourner la tête et de balayer les alentours. Il avisa un cheval sans cavalier. Animal de bât qui avait perdu son chargement ou monture de bataille en fuite ? Le capitaine se pencha vers la bête, arracha quelque chose accroché au-dessus des fontes et le lança à Ivan. Ce dernier attrapa ce qui se révéla être un merlin.

— Tu sais fendre du bois ?

— Oui.

— C'est la même chose. Tu t'accroches et tu survis, ou je te traîne devant Muwi moi-même. C'est clair ?

Ivan sentit l'indignation le submerger. Cet homme, comment pouvait-il se montrer aussi inconstant ? D'abord il l'enlevait, le laissait pourrir attaché à un anneau, lui sauvait la vie et maintenant, lui parlait comme à un chien ? Par Bor, de quel droit ?

— Allez, gamin. Ils arrivent. Montre-moi ce qu'un pécore sait faire !

Oh, ça, il allait lui montrer. La foule des combattants était désormais bien moins compacte, des hommes des deux camps se mêlaient de tous les côtés. Ivan se laissa glisser à bas de Furieuse. C'était comme fendre du bois ? Chez lui, cela se faisait les jambes bien ancrées au sol. Quand une masse brune fonça vers lui, il leva son outil et l'abattit sur l'animal sans réfléchir. Sous la lourde tête en acier, il sentit toute résistance éclater, comme les fibres d'une bûche. Le sang envahit son champ de vision tandis qu'un hennissement de mort emplissait son crâne et tous ses os.

La suite ne fut qu'un enchaînement confus d'agonies, de coups, de pierres projetées par les sabots. Il faucha des jambes fauves, éclata des rotules noueuses, transperça des flancs. Ce qu'il advenait des cavaliers, il n'en savait rien. Il se concentrait exclusivement sur sa tâche. Abattre le merlin, soulever le merlin. Abattre le merlin, soulever le merlin. S'il pensait à autre chose, il verrait la réalité. Les chevaux massacrés, la chair à vif, les os brisés, leurs naseaux encore fumants recouverts de débris et de poussière. Ces chevaux étaient simplement asservis, ils ne méritaient pas un tel sort. Mais tuer d'autres hommes, même si ceux-ci avaient du sang sur les mains, était au-dessus de ses forces. Alors il continuait son œuvre de boucher. Abattre le merlin, soulever le merlin…

Soudain, des sifflements métalliques retentirent par dizaines, aussitôt suivis par des cris d'agonie.

— Ils sont là !

Ivan se redressa, prêt à défendre sa peau. Des nuées de flèches s'abattaient depuis le sommet nord du défilé, loin, très loin devant lui. Le ciel en était quasiment noir. En quelques minutes, les ennemis pris dans la mêlée furent massacrés. Des vivats d'allégresse éclatèrent alors, roulèrent et rebondirent le long des parois rocheuses, assourdissants.

Hébété, les bras couverts de sang épais, Ivan laissa glisser le merlin. Il n'entendit même pas le tintement du métal contre la pierre. Qu'avait-il fait ?

Ivan

— Foutre Bor ! Mais d'où tu sors ça ?

Ivan releva la tête. Dekseon se tenait devant lui, l'air abasourdi. À côté, Kisang le regarda longuement, des pieds à la tête, avant de hocher le menton et de se détourner. Le capitaine venait-il de l'approuver ?

— T'es pas un pécore, c'est pas possible, s'exclama une voix qu'il ne connaissait pas.

— Pas un fils de bourge non plus ! rétorqua une autre.

Tous les regards étaient tournés vers lui. Une pression terrible lui comprima la poitrine. Allaient-ils encore lui tomber dessus, le rouer de coups, l'attacher au bout d'une laisse ? Non ! Son merlin, où était-il ?

— Commandant ! s'exclama l'un des hommes, aussitôt repris par d'autres.

La chevelure puis le visage de la Putain émergèrent parmi la foule, du sang lui maculant la figure et la gorge. Elle aurait pu être Geom, l'esprit de la guerre en personne. Un tigre de Sirtir… l'image lui allait comme un gant. Son regard suivit ceux de l'assemblée pour se poser sur Ivan. Quand elle le vit, elle marqua un temps d'arrêt, puis avança vers lui. Avait-elle changé d'avis ? Allait-elle en finir avec lui ? Son regard était celui que portait un fauve sur sa proie. L'attroupement fut bientôt trop dense et la força à ralentir. Ivan en profita pour ramasser son outil de mort. Un brouhaha enfla, chaotique et… allègre ?

— Vous avez vu ça, commandant ?

— Comment il leur a éclaté la tronche !

— Paf, direct dans le poitrail !

— La vitesse, c'est pas encore ça...

— La précision non plus !

— ... mais la force !

— C'est un putain de bœuf !

— Il faut absolument qu'il intègre une unité, commandant !

Jusque-là silencieuse, la Putain se tendit.

— C'est hors de question !

— Faut pas s'inquiéter pour lui, commandant !

— Vous le mettez dans mon unité, j'vais l'protéger, moi, l'gamin !

— Un talent pareil, faut pas s'asseoir dessus.

— C'est aller contre Bor !

— Contre Geom !

— Bor a parlé...

— VOS GUEULES ! éructa la Putain.

Les mercenaires s'interrompirent. Le silence plana dans la passe, seulement ponctué de râles d'agonie. La Putain planta à nouveau son regard dans celui d'Ivan, encore plus noir. Elle fulminait de perdre le contrôle de la situation. D'une façon incompréhensible, tombé de nulle part, Ivan eut soudain le sentiment que la Putain n'était qu'une humaine. Comme lui, comme Saejin, comme tout le monde ici. Une humaine avec ses faiblesses.

Il ignora l'angoisse qui lui nouait la gorge. Le soutien des mercenaires était inespéré, il devait pousser son avantage avant qu'elle ne refuse.

— Je suis payé, non ? Je veux rejoindre la compagnie.

— Ravale ton orgueil, rétorqua-t-elle sèchement. Parce que tu as combattu une fois, tu te crois de leur niveau ?

— Je peux apprendre. Kisang ne sera pas toujours là pour me sauver la vie. C'est même lui qui m'a donné cette arme, dit-il en brandissant le merlin. Vous l'avez dit vous-même, non ? À Kastr, on sera sur tous les fronts, en petits groupes. Et si les Kaliumers nous tombent dessus ?

Ivan ne se reconnaissait plus. Où avait-il trouvé le courage d'une telle tirade ? De faire face au regard meurtrier que lui lançait celle qui le maintenait captif ? Il avait toujours honni la violence et pourtant, ses mains étaient couvertes du sang qu'il avait fait couler. Son corps avait agi par lui-même, d'instinct, comme s'il savait exactement quoi faire. Comme s'il n'attendait que ça. Cette barbarie qui couvait en lui, elle le terrifiait. Jusqu'où sa captivité allait-elle le changer ?

Les mercenaires ne tenaient pas en place, malgré l'ordre et la colère de leur commandant.

— Allez, commandant, dites oui !

— Il a raison ! Un coup est vite arrivé. Faut qu'y s'défende, le p'tit !

— Et pis, Kisang, c'est l'meilleur. Il a même formé Brioche Vapeur, c'est dire !

— Hé, ta gueule, face de pet !

— Si l'capitaine y veut pas, j'le forme, moi.

— Toi ? Le pauv' gars, tu vas nous l'gâcher.

Pendant ce temps, la Putain le fixait de son regard noir. Ivan brûlait de se détourner, de se faire tout petit, mais il soutint son hostilité froide. Intégrer la troupe n'était que la première étape. Il devait aller vite s'il voulait s'enfuir avant la fin de la guerre. Finalement, elle se pinça le haut du nez, les yeux fermés.

— Très bien, dit-elle. Vous avez gagné. Otolski sera formé au combat.

Des vivats éclatèrent parmi la foule des mercenaires. On lui tapa sur l'épaule, dans le dos, on lui mit même de petites claques complices. Ces gestes, pourtant affectueux, ravivèrent ses douleurs récentes. Beaucoup trop récentes. Aujourd'hui on l'acclamait quand hier on le tabassait. S'il avait refusé, quelle aurait été l'attitude de ses nouveaux « compagnons » ?

— Tu intègres l'unité de Songseung, ordonna la Putain, sinistre. Quand tu seras remis, tu iras voir Kisang. C'est lui qui te formera.

Ivan frémit. Au loin, le capitaine parcourait le champ de bataille. Sans sourciller, il souleva son sabre à la verticale et le planta dans le corps d'un ennemi moribond.

Ivan

La compagnie se remit en marche, abandonnant derrière elle une mer de cadavres, amis comme ennemis. Des hommages rapides avaient été rendus mais, d'après Junsa, la troupe ne pouvait s'attarder davantage dans un endroit aussi propice à une nouvelle attaque. Soigner et porter les blessés les exposait déjà trop. Ivan ferma les yeux. Ce n'était pas son combat, pas ses camarades. Il ne devait penser à rien d'autre qu'à sa survie, à sa fuite et à Saejin.

Ils quittèrent le défilé quelques heures plus tard. Les falaises abruptes disparurent, remplacées par des conifères étagés sur un relief irrégulier mais plutôt doux. Ils se trouvaient au pied de la chaîne de Yeonbuk, de l'autre côté de la passe d'Orghul Khan. En plein territoire contesté par le Kalium. Ivan n'arrivait pas à y prêter attention. Il revoyait sans cesse les visages des combattants ennemis, les chevaux fumants recouverts de sang, les hennissements paniqués qui lui perçaient encore les tympans, les cadavres entremêlés. Était-ce réellement ce qu'avait prévu la Putain ? Des mercenaires étaient morts lors de cette attaque. Étaient-ils des pertes calculées, des pions à sacrifier pour avancer ? Et lui, serait-il le prochain ?

— Ressasse pas trop. Ça ne mène à rien.

Ivan releva la tête. Junsa chevauchait à côté de lui et jetait un regard distrait sur les alentours.

— Est-ce que l'embuscade a fonctionné comme elle l'avait prévue ?

Le mercenaire tourna la tête vers lui.

— Les Kaliumers ont attaqué fort. Le front n'aurait jamais dû reculer à ce point. Mais globalement, oui. Tu as eu peur ?

— Évidemment. Qui n'a pas eu peur ?

— Mais ce n'est pas ce qui te perturbe. Alors quoi ?

Ivan prit le temps de formuler sa réponse.

— Les morts. Ça aurait pu être n'importe lequel d'entre vous mais ça ne perturbe personne. Vous êtes quoi ? Des pions ? Des pertes acceptables ?

— Nous sommes des mercenaires. On est là pour combattre. Et quand on combat, parfois on meurt. Oui, le commandant a sacrifié des hommes mais je crois que tu ne te rends pas compte. Vingt morts pour que trois cents survivent, dans un endroit pareil, c'est un exploit.

Remis en perspective, Ivan le voyait aussi. Le génie militaire de la Putain Blanche, en plus de l'aura qu'elle dégageait, contribuait sans doute à ce que tant d'hommes la suivent au-devant de la mort. Ils avaient une confiance totale en elle et en ses choix. Maintenant, il en était certain : Dekseon et le gros de la troupe ne connaissaient pas à l'avance la stratégie qu'elle avait élaborée pour traverser la passe. Aucun ne le lui reprocherait. Ç'avait été le prix pour remporter la victoire.

— Allez, arrête de ruminer. Faut qu'on monte la tente. Si t'arrives encore à lever les bras.

Ivan regarda autour de lui. Ils s'étaient enfoncés dans la forêt, loin de la lumière du jour. L'odeur prégnante des pins embaumait l'air moins sec. Ici, nulle trace de neige ou de gel, comme si la chaîne de Yeonbuk avait fait écran contre l'hiver. Sous ses pieds, le tapis d'aiguilles bruissait doucement.

La Horde s'animait en silence tandis que les pavillons sortaient de terre. Le camp s'avérait bien plus vaste que celui qui s'était tenu devant la passe. Les troupes dissimulées par la Putain avaient réintégré la Horde. Malgré leur nombre, le chuchotement des peaux et des laines, le claquement des étais et les quelques rires qui émergeaient parfois, personne ne pipait mot.

— Il y a un problème ? Pourquoi personne ne dit rien ?

— On est en terrain ennemi, maintenant. On est en force mais mieux vaut faire profil bas.

Ivan aida Antae à décharger Furieuse. Ses côtes, ses pieds et globalement tout son corps continuaient de le harponner mais par-dessus, le voile des courbatures récoltées dans la passe prenait le dessus. Se concentrer sur les douleurs qu'il s'était créées plutôt que sur celles infligées par ses bourreaux avait quelque chose d'encourageant. Il n'était plus une victime en laisse. Il agissait de sa propre initiative, pour son objectif personnel.

Sukyi, Dekseon et Junsa avaient commencé à assembler la charpente. Il admira l'ingéniosité avec laquelle elle avait été conçue. Malgré sa taille et sa solidité, elle était d'une simplicité enfantine à monter. Dans le fond, ce n'étaient rien d'autre que deux piliers enfoncés dans le sol et qui soutenaient une poutre centrale. Les peaux tendues de part et d'autre de cette poutre maintenaient le tout en équilibre. En moins de vingt minutes, leur toit était prêt. Ils se réunirent devant.

— Le terrain qu'on devra couvrir pour intercepter les ravitaillements entre le centre du Kalium et Kastr est immense, glissa Songseung. Les unités vont être éparpillées à partir de demain, avec roulement pour les nuits. Nous et l'Anguille, on reste avec le commandement.

— Pendant combien d'temps ? demanda Dekseon.

Songseung haussa les épaules.

— Quand les défenseurs de Kastr seront suffisamment affamés, l'armée ordonnera l'offensive de reprise. On en fera partie.

Les guerriers acquiescèrent sans poser plus de questions.

Une fois le camp entièrement monté, Ivan regarda la file des chevaux redescendre vers la plaine, conduite par un petit groupe de mercenaires. Moins d'une demi-douzaine de bêtes de bât restèrent parmi la troupe. Désormais, ils étaient coupés du Daesan. Son projet de fuite se ferait forcément à pied. Seul dans la passe d'Orghul Khan, il ne risquait pas grand-chose, si ce n'était d'enjamber les dépouilles laissées en arrière.

Ils dînèrent chichement de viande et d'un peu de gâteau de riz. Discrètement, Ivan en glissa dans ses manches. Quand les gars de l'unité se levèrent pour gagner leurs couchages, il récupéra son butin et le rangea dans ses sacs de fonte en même temps que sa veste, comme si de rien n'était. Tant qu'il n'aurait pas appréhendé la situation et les mouvements à venir de son unité, il ne pourrait pas se permettre de le cacher ailleurs.

Tandis qu'il se redressait, il aperçut, à travers le rabat de la tente encore ouvert, Kisang qui se dirigeait vers lui. Kisang, qui l'avait enlevé. Kisang, qui lui avait sauvé la vie. Kisang, qui serait son professeur.

Le capitaine lui fit un signe de tête et le jeune homme boitilla vers lui.

— Je n'ai pas eu l'occasion de te féliciter, pour aujourd'hui.

— Vous m'avez sauvé la vie et ensuite, j'ai tué des chevaux. Rien qui mérite vos félicitations.

Malgré sa réponse qu'il voulait rude, les mots de Kisang lui faisaient absurdement plaisir. Un homme de sa trempe l'avait remarqué, et de façon positive.

— Tu t'es repris en main alors que tu étais tétanisé par la peur et tu t'es battu jusqu'au bout. Si tous les paysans sont comme toi, j'éviterai les villages, à l'avenir.

Ivan resta silencieux, ne sachant pas quoi répondre. Kisang venait-il de faire une blague ? Depuis le début, les mercenaires lui soufflaient le chaud et le froid pendant qu'Ivan tentait de rester sur ses pieds.

— Tu n'as pas été blessé ?

— Aujourd'hui, vous voulez dire ?

Kisang ne répondit pas.

— Non.

— Comment vont celles d'avant ?

— On va dire que j'ai connu pire. Ça commence à cicatriser, ajouta-t-il en effleurant son cou encore marqué par la corde.

Le capitaine lui lança un regard indéchiffrable.

— Le commandant est venue me voir. Tu veux vraiment apprendre ?

Ivan avait envie de fuir, de se détourner, de baisser les yeux, tout sauf d'affronter le regard et le jugement de cet homme.

— Il faut croire.

— Pourquoi ?

Ivan inspira.

— Je veux que Saejin puisse compter sur moi.

Il ne savait pas d'où cela venait mais au moment où les mots franchirent ses lèvres, il sut que c'était la bonne réponse. Et qu'au fond de lui, elle était vraie. Saejin avait eu raison : jusqu'alors, il avait été lâche. Il s'était caché derrière des idéaux pour mieux accepter sa faiblesse. Kisang le regarda longuement, comme s'il pouvait voir au-delà des mots. Ivan modifia ses appuis, mal à l'aise.

— Tu l'aimes ?

— Pardon ?

— La petite. Tu l'aimes ?

— Je... En quoi cela vous regarde ?

Kisang croisa les bras.

— Réponds à la question. C'est si difficile ?

La remarque piqua Ivan au vif. Il n'aimait pas du tout la direction que prenait leur échange.

— On veille l'un sur l'autre depuis toujours, lâcha-t-il. Évidemment que je l'aime. Vous êtes satisfait ?

Le capitaine le considéra longuement.

— Je l'ai observée, avant de venir te chercher, dit-il finalement. C'est une battante. Crois-moi : elle n'a besoin de personne pour la défendre. Mais soit. Demain, tu te reposes. On commence après-demain, à la nuit tombée.

Ivan

— Allez, défends-toi ! s'écria Kisang. Mieux que ça !

Il projeta son sabre vers Ivan. Celui-ci recula en brandissant son arme de bambou au petit bonheur la chance et esquiva de justesse. Le capitaine enchaîna avec un second coup d'estoc. Ivan se jeta vers l'arrière. Il perdit l'équilibre, aligna quelques pas et chuta lourdement sur le dos. Sa tête heurta le sol couvert d'aiguilles, faisant taire un instant la douleur qui perdurait malgré la dizaine de jours écoulés depuis qu'il s'était relevé de son passage à tabac. La silhouette de Kisang apparut à travers les étoiles qui mouchetaient sa vue.

— Tu es trop grand, accusa le capitaine en lui tendant la main.

Ivan s'en saisit.

— Pardon d'être moi, grogna-t-il entre ses dents.

— Ce n'est pas une critique. C'est un fait. Tu ressembles à une asperge famélique. Regarde-toi, un peu ! Tu es plus voûté que ma grand-mère.

Le sang qui brûlait les joues d'Ivan gagna ses oreilles. De peur de laisser sa colère prendre la parole, il serra mâchoires et lèvres, tassant un peu plus la grande carcasse qui lui servait de corps.

— Redresse-toi, par Bor !

Kisang lui assena une claque entre les omoplates. Aussitôt, Ivan se redressa. Le capitaine lui saisit les épaules avant qu'il ne puisse retrouver sa posture normale.

— Reste comme ça. Si tu gardes le haut du corps replié vers l'avant, tu ne pourras jamais développer toute ta force.

Il revint faire face à Ivan. La position lui semblait parfaitement ridicule mais de cette façon, il dépassait le capitaine d'une tête.

— Voilà ! C'est pas si difficile, si ?

— Je penche vers l'arrière !

— Évidemment, depuis le temps que tu te tiens recroquevillé. Mais c'est celle-là, ta bonne position. Garde bien cette sensation en tête et un jour, elle te paraîtra naturelle. Bon, le vrai problème, avec ta taille, c'est ton centre de gravité. Il est tellement haut qu'un rien peut te faire basculer. Plie toujours les genoux, en combat. Ça t'apportera stabilité et souplesse. Vas-y, essaie.

Ivan s'exécuta. Il se sentit encore plus ridicule : les épaules en arrière, les genoux pliés, il ne lui restait plus qu'à battre des coudes et il ferait un parfait poulet !

— Vous êtes sûr ?

Kisang lui jeta un regard réprobateur.

— Évidemment que je suis sûr. En combat, si on tombe, on meurt. L'équation est assez simple pour toi ?

— Plutôt, grommela Ivan.

Kisang était dur, exigeant. Si Ivan n'était pas obligé d'obéir, il y a longtemps qu'il l'aurait envoyé paître, lui et sa pile de remarques, de critiques et de reproches. Pourtant, malgré son air renfrogné, le capitaine ne se moquait pas de lui. Ivan ignorait s'il le faisait par devoir envers la Putain ou par conscience professionnelle, mais depuis une semaine, il le formait tous les soirs avec pédagogie, par tranches de deux heures minimum, après avoir passé la journée à parcourir les bois. Son jour de permission, la veille, avait été un vrai cauchemar. Ivan avait fini sur les rotules. Cet homme n'avait donc jamais besoin de repos ?

— Épaules en arrière, genoux pliés. Essaie de garder en tête ces deux éléments et attaque-moi.

Ivan avait dix-sept ans, dont deux de labeur incessant dans les champs. Il ne pouvait pas se laisser distancer par un vieillard grisonnant. Le capitaine allait voir de quel bois il se chauffait. Les genoux pliés, il bondit en avant.

Alors qu'Ivan reculait – une tentative hasardeuse de tirer profit de son allonge –, Kisang fondit sur lui. Le jeune homme leva son sabre pour protéger son visage mais son adversaire piqua vers le bas. Il balança un pied derrière Ivan, attrapa sa cuisse et le poussa vers l'arrière. Sans comprendre ce qui lui arrivait, le jeune homme se retrouva plaqué au sol. Sonné, les yeux brûlés par la sueur, haletant. Son cœur jouait la sarabande à ses oreilles.

— Allez, ça suffit pour aujourd'hui, fit la voix de Kisang à travers le vacarme. Il va falloir que tu te remplumes sérieusement, si tu veux un jour arriver à quelque chose. Je ne comprends même pas comment tu as pu survivre dans la passe.

Ivan n'avait pas la force de répondre. Il avait l'impression que ses poumons se remplissaient d'humeur, comme pendant le Châtiment de Muwi, l'épidémie de grippe qui avait manqué le tuer en même temps que Lev. Il roula tant bien que mal sur le côté, toussa, cracha. La sensation d'étouffement ne disparut pas. Sa poitrine continuait de l'opprimer. Kisang s'accroupit près de lui.

— Respire, mon garçon.

Ivan se figea. Il avait déjà entendu ces mots, en d'autres lieux, en d'autres temps. Dans la bouche de Lev, la seule fois où son père s'était réellement mis en colère.

Ivan avait alors onze ans. La veille, Saejin et lui avaient décidé d'explorer la forêt à l'ouest du hameau. On la disait hantée par l'âme d'une mudang, une chamane, torturée par l'un des premiers contingents vastanyans. Évidemment, ils n'avaient rien trouvé d'autre que des arbres noueux et des broussailles, tous semblables. Ils avaient fini par se perdre. La nuit était tombée, la température avec elle. C'était ce jour-là qu'Ivan, impressionné par la résilience de Saejin, avait su de façon limpide qu'il voulait l'épouser. La petite fille n'avait alors que sept ans. Elle tremblait de peur mais n'en montrait rien, sa voix toujours ferme et riante, et elle avait cueilli de quoi les sustenter. Dans son courage, Ivan avait puisé le sien. Ses premières terreurs muselées, il avait réussi à mettre en branle son cerveau. Ils avaient allumé un feu, dont la fumée se repérerait à des lieues à la ronde. Puis ils avaient passé la nuit sur une branche en surplomb, à l'abri des prédateurs nocturnes. Pour profiter de leur chaleur corporelle,

elle leur avait fait mettre en commun leurs jeogoris. L'équipe de recherche les avait trouvés ainsi empêtrés au petit matin. Lev, à la mise d'ordinaire toujours impeccable, était complètement débraillé, l'air hagard. Jusqu'à ce que la colère le submerge.

— Mais qu'est-ce que tu croyais ? Personne ne vient jamais ici, personne ! Et toi, tu y emmènes Saejin ? Qu'est-ce que tu aurais fait, si on ne vous avait pas trouvés ?

Ivan avait été incapable de se retenir et toute sa terreur et sa culpabilité avaient jailli en même temps qu'éclataient ses sanglots. Il avait pleuré jusqu'à s'étouffer. Il n'arrivait plus à respirer entre ses hoquets. Pourquoi avait-il été si stupide ! Et Lev, qui était tellement déçu !

— Allez, respire, mon garçon.

Le vieil homme l'avait serré contre sa poitrine. Son corps chaud, les battements réguliers de son cœur avaient fini par apaiser le garçon. Finalement, Lev s'était écarté et avait posé un genou à terre pour se mettre à la hauteur d'Ivan. À côté, le père de Saejin la serrait dans ses bras, sa barbe d'adulte mouillée de larmes. La petite fille était tout ce qu'il lui restait après l'épidémie de bronchite qui avait emporté sa femme.

— Ivan, il faut que tu comprennes : tu as la charge de Saejin. Elle a l'air forte, comme ça, mais le mal ronge ses poumons. Sa vie ne tient qu'à un fil. Il suffit d'une nuit trop froide, d'un voisin malade. Tu comprends ?

— Oui, Lev. Pardonne-moi.

Le vieil homme avait souri, son visage plein de douceur.

— C'est pas bien pire que quand tu fauchais le riz, si ? demanda Kisang.

Ivan souffla. Il était un adulte désormais, plus un garçon. Et il avait traversé pire, bien pire. Il inspira et se redressa.

— Allez, repose-toi, lave-toi et mange un bout. On recommence demain.

Ivan

Ivan suivit les conseils du capitaine. Le camp réduit – les unités s'étaient dispersées à travers la forêt au lendemain de leur arrivée, comme prévu – était installé depuis deux jours tout près d'un ru de montagne emprisonné dans la glace. Ses ecchymoses, moins visibles que les jours précédents, avaient pris une teinte verdâtre, mais elles continuaient à marquer sa chair. Ivan ne voulait pas que les mercenaires continuent à le voir comme une victime, comme le chien qu'ils avaient battu. Il s'éloigna d'une bonne centaine de pas vers l'aval, jusqu'à une cuvette où la glace était suffisamment fine pour se briser sous sa botte. Une fois le trou fait à la taille de son bras, il ôta son manteau puis la veste de son hanbok. Il trempait la bande de tissu qu'il utilisait pour sa toilette quand un bruit métallique attira son attention. Quelqu'un, si loin du camp ? Pouvait-il s'agir d'un Kaliumer ? Il se redressa lentement, tourné vers la source du bruit. Il se figea. À une vingtaine de mètres en aval, la Putain Blanche s'assit sur un rocher, non loin de la rive. Elle se pencha un instant, le temps de récupérer un peigne en bois laqué dans un petit baluchon à ses pieds. D'un air absent, elle entreprit de démêler son épaisse chevelure. Ivan, fasciné, était incapable de détourner le regard. C'était la première fois qu'il la voyait en dehors du camp ou sans la compagnie de ses hommes. Elle semblait complètement différente du commandant de la Horde. Tandis qu'elle faisait glisser encore et encore le peigne entre ses ondulations blanches, Ivan songea qu'elle n'avait jamais autant eu l'air d'une femme, malgré ses vêtements d'homme. À la fois à un souffle de lui et inaccessible. Ici, elle n'était plus sa geôlière et ce sentiment le troublait.

Au prix d'un effort qui lui sembla sacrilège, Ivan s'arracha à sa contemplation pour observer au-delà. Le baudrier de la mercenaire gisait à ses pieds, non loin de sa veste de troupier écrue. Elle était vulnérable. Et si Ivan l'attaquait, maintenant ? Serait-il capable de s'approcher assez discrètement pour récupérer son sabre et la menacer ? Il pourrait la prendre en otage, bien que cette idée lui fît honte.

Bien sûr que non. Même s'il ne le voyait pas, il ne doutait pas qu'un des mercenaires le surveillait. Il n'aurait même pas le temps de faire trois pas vers le commandant qu'on lui tomberait déjà dessus.

La jeune femme rassembla la masse de ses cheveux à l'arrière de son crâne et la fixa avec son peigne. Quand elle fit passer sa chemise par-dessus sa tête, Ivan fit volte-face et se laissa tomber près de son trou. Abruti ! Évidemment, qu'elle n'était pas là simplement pour se coiffer !

Il termina sa toilette précipitamment et s'enfuit en silence.

Quand il vint s'asseoir entre Antae et Dekseon, ses oreilles ne le brûlaient presque plus. Les mercenaires avaient commencé à casser la croûte, serrés autour d'un petit feu dont la lumière éclairait à peine leurs visages.

— Alors, cet entraînement ? demanda Dekseon.

Avec ce qui venait de se passer, la leçon de Kisang lui était complètement sortie de la tête. Antae se méprit sur son silence et partit d'un rire clair.

— Il est dur, hein ? Mais ça en vaut la peine. Il a l'habitude, il sait ce qu'il fait.

— Et vous, la patrouille ? demanda Ivan pour changer de sujet.

Depuis près d'une semaine qu'il partageait les dîners et les nuits avec ces cinq hommes, il avait dû se rendre à l'évidence : Junsa avait raison. Aucun d'eux n'avait été là lors de son calvaire. Aucun ne lui aurait craché et marché dessus. Plus les jours passaient et plus l'idée faisait son chemin. Ils étaient bien trop... normaux. Ils plaisantaient, s'entraidaient, se respectaient. Et maintenant qu'il avait intégré leur unité, même s'il ne combattait pas à leurs côtés, ils le traitaient comme n'importe lequel d'entre eux. Il lui arrivait même d'en oublier ses responsabilités. Saejin, le concours, l'argent, la survie... Pour la première fois depuis la mort de Lev, il pouvait laisser tout ça de côté pour quelques instants.

Il ne laissait jamais ce sentiment perdurer. À ses poignets et à ses pieds, les bandages lui rappelaient pourquoi il était là. Il forçait sa méfiance pour ne pas se laisser endormir et ignorer la culpabilité liée à son mensonge. Les vivres s'accumulaient dans ses sacs de fonte, sous le nez de ceux qui lui tendaient la main. Après chaque sourire, l'impression qu'il était un traître, le genre d'homme qu'il avait toujours honni, le harponnait.

— Une merveille ! répondit Sukyi. On est tombés sur un groupe d'éclaireurs venus du sud, tout brillants dans leurs armures. Autant t'dire que… couic, conclut-il en passant un pouce le long de son cou. En moins d'deux.

— Tu fanfaronnes, Sukyi ? lança Songseung. Tu veux qu'on te refasse quelques points de suture, peut-être ?

— C'est bon, le p'tiot a pas besoin de tout savoir, s'indigna le mercenaire. J'ai fait la version résumée !

Ivan ne put s'empêcher de rire devant l'hilarité générale et la mine outrée de Sukyi. Ces hommes se battaient et vivaient ensemble depuis plusieurs années. Ils se connaissaient à la perfection. Lui n'avait jamais vécu ça : il avait toujours été le Bâtard, il n'avait créé de liens avec personne d'autre qu'avec Saejin. Mais ici, au sein de la Horde, tous étaient sur un pied d'égalité. Ivan était loin d'y être le seul métis. Il n'y avait aucune distinction d'origine. Finalement, peut-être avait-il davantage sa place ici. Kisang l'avait soulevé : la petite fille avait-elle seulement besoin de lui ?

Oui, bien sûr que oui. Le capitaine, au service de la Putain Blanche, avait tout intérêt à ce qu'Ivan fasse une croix sur ses liens.

— C'est pour toi.

Junsa était penché vers lui, le poing fermé. Ivan tendit la main et le mercenaire y lâcha un petit objet rond accroché à un cordon. Le jeune homme reconnut le toucher velouté du bois poli. Quand il le rapprocha de son visage, il découvrit une tête aux traits merveilleusement fins : les pommettes hautes, le menton en pointe, le front large. Ses cheveux étaient ramenés en une tresse épaisse qui faisait le tour de son cou et se transformait en pinceau de calligraphie. Une tête de Seojeog, l'esprit des livres et des érudits. Ses paupières, ouvertes de façon languissante, étaient striées de dizaines de minuscules rainures qui figuraient ses cils. Ivan n'en croyait pas ses yeux. Il n'avait jamais vu d'ouvrage aussi délicat.

— Pour moi ?

— Pour remplacer celle qui a été brisée. Ça me change de leurs putains de cœurs de Geom.

Geom, l'esprit de la guerre, le gardien des soldats. Le serviteur le plus violent du dieu Bor. Ivan avait remarqué que parmi les mercenaires, la plupart l'avaient choisi pour leurs hommages.

Dekseon fit précipitamment le signe du dieu suprême sur son cœur.

— Blasphème pas, abruti ! Ça va te retomber dessus.

— Ça risque pas : Bor aime trop mes sculptures. Alors, ça te plaît ?

À nouveau, Ivan contempla son présent. Un plaisir indicible lui monta à la tête.

— C'est magnifique, répondit-il. Je n'ai jamais rien vu d'aussi beau.

Antae tendit une main vers Ivan et ce dernier le laissa observer la sculpture.

— Je lui ai dit plus d'une fois qu'il pourrait s'établir, dit Songseung. Les bourgeois feraient la queue devant son atelier.

— Je vais finir par croire que tu veux te débarrasser de moi.

Les deux hommes s'échangeaient un sourire complice quand un mercenaire qu'Ivan ne connaissait pas s'approcha de leur feu.

— Alors, les gars, ça s'remet doucement ?

— Et toi, pas trop fatigué de t'être branlé toute la journée ? répondit Sukyi avec malice.

— J'm'en plains pas. C'est toi, Ivan ?

— Qu'est-ce tu lui veux, au p'tit ? intervint Dekseon.

— Le commandant le demande.

Le cœur d'Ivan se remit à battre la chamade, comme si, jusqu'alors, il n'avait fait que se mettre en sourdine. La Putain l'avait-elle vu, au bord du ru ? Ou bien… avait-elle démasqué ses projets de fuite ? Il chercha une réponse dans le regard de ses compagnons mais ceux-ci semblaient tout aussi ignorants. Si elle avait découvert la vérité, elle ne montrerait ni pitié ni hésitation. D'un claquement de doigts, elle pouvait refaire de lui un chien tenu en laisse. Les relations qu'il avait nouées avec l'unité de Songseung et avec Kisang seraient-elles suffisantes pour le mettre à l'abri de cette femme ? Bien sûr que non. Cette semaine ne représentait rien en comparaison des années de combats et de victoires que la Horde partageait. La meilleure solution était encore de continuer à tenir son rôle. Il expira. Il n'avait rien à se reprocher. La nourriture, dans ses sacs, c'était simplement pour prévoir des temps plus difficiles. Elle l'avait dit elle-même, non ? Elle ne savait pas combien de temps durerait le siège de Kastr. Il fallait bien se préparer au pire. Il devait contenir les tremblements qui commençaient à agiter ses mains. Inspirer. Expirer. Ignorer la boule de nervosité qui était en train d'engloutir ses entrailles, ses poumons, son cœur.

Raide, il se leva. La tente de commandement n'était pas très loin, au centre de trois autres semblables à celle qu'il partageait avec son unité. Une plus petite, où recevaient les deux prostituées qui les avaient suivis, se tenait à l'écart, non loin de là où était attaché leur cheval de bât. En dehors du leur, deux autres feux brillaient en sourdine dans la nuit, presque entièrement masqués derrière les silhouettes des mercenaires qui chuchotaient et riaient bas. La moitié de leur sous-groupe était dehors, soit à faire le guet autour du camp, soit à patrouiller sous le couvert de la forêt.

Arrivé à destination, il allait écarter le rabat de la tente quand la scène de fin d'après-midi, au bord du ru, s'imposa à lui. Il se figea.

— Je peux entrer ?

— Vas-y.

L'intérieur austère disparaissait dans la pénombre de la nuit. La Putain était assise derrière sa table de travail. Autour d'elle s'amoncelaient papiers et livres manuscrits, éclairés par quelques lampes dangereusement proches. Elle avait gardé les cheveux relevés. Ivan fut frappé par la pâleur de son teint et par son air las. Son regard était comme éteint. Si elle avait découvert quoi que ce soit sur son projet ou sur sa présence au ru, elle ne semblait pas en colère.

— Vous vouliez me parler ?

Elle parut se reprendre.

— Tu parles vastanyan, n'est-ce pas ? demanda-t-elle dans sa langue maternelle.

— Oui, répondit Ivan dans le même idiome.

— C'est Otolski qui t'a appris ?

— Oui.

— Je suppose qu'il t'a aussi appris à compter. Évidemment, sinon comment viser le concours voievodal ? Viens. Prends un siège.

Intrigué, Ivan attrapa la chaise de campagne qu'elle lui désignait et s'assit à l'une des extrémités de la table. Il tremblait encore. Même si elle le laissait en paix depuis leur arrivée de ce côté de Yeonbuk, il n'oubliait pas qu'elle était la cause de tous ses problèmes et qu'elle pouvait à tout instant refaire de sa vie un enfer. Il enfouit ses mains sous ses cuisses.

— Il y a six semaines, continua-t-elle en vastanyan, ce génie de Radimov a signé un nouveau décret fiscal.

Ivan tiqua devant le ton acerbe mais ne dit rien. Au moins, elle avait évité de faire référence à ses prétendues origines.

— Je dois revoir toutes les recettes de l'année en cours et les détailler par postes : honoraires réglés en espèces, approvisionnements en nature, avantages consentis par les négociants partenaires, j'en passe et des meilleures. J'y travaille depuis deux semaines et j'ai à peine eu le temps de reprendre le premier mois. Comme si on n'avait que ça à foutre. Comme s'il ne se faisait déjà pas assez de fric avec le Laenam... Fichus bureaucrates !

La dernière phrase avait été prononcée en daesan. Ivan avança une main sur le bureau et tourna légèrement ce qui ressemblait à un livre de comptes. Les lignes étaient écrites en vastanyan, d'une graphie serrée et précise tracée à la plume, pas au pinceau. Il en apprécia immédiatement le style.

— Vous voulez de l'aide.

Yekatelina le considéra un instant, avant de lâcher :

— Oui.

Aussitôt, la tension qui l'avait saisi depuis qu'il avait été convoqué se relâcha. Il en aurait presque ri. Elle ne savait rien et lui, il conservait son sursis.

— Pourquoi moi ?

— Il n'y a que toi qui parles ma langue. Junsa connaît quelques mots, mais pas le genre qui pourrait m'être utile. Et tu es probablement le seul ici à savoir lire et compter de façon satisfaisante, ajouta-t-elle.

Ivan la regarda. Elle n'avait sans doute pas tort – seuls les commerçants apprenaient à compter – mais qu'elle n'ait personne de confiance sur qui s'appuyer le surprenait. À la voir si bien entourée, il n'aurait jamais imaginé qu'elle puisse se retrouver seule.

— Tu refuses ?

— Ce n'est pas ce que j'ai dit.

En vérité, sa geôlière lui offrait une occasion en or. Jusqu'à présent, il n'avait rien découvert que les hommes de Radimov ne sachent déjà. La Horde était là où elle devait être, pour effectuer la mission qu'on lui avait confiée. La Putain, comme la plupart des mercenaires, passait ses journées en forêt à intercepter les convois ennemis. Au camp restaient une poignée de sentinelles – qu'Ivan soupçonnait de le surveiller – et de blessés, deux prostituées, et l'unité qui patrouillait de nuit. Il échangeait quelques mots avec ses gardes mais n'osait pas pousser plus l'interrogatoire, de peur de les mettre en alerte. De toute façon, il s'agissait d'exécutants. Il y avait peu de chances pour qu'ils sachent quoi que ce soit de compromettant sur la Putain Blanche. Avoir accès aux comptes de la Horde, en revanche, était une occasion en or. Il y aurait forcément des irrégularités. Mercenaires et bandits jouaient dans la même cour.

— Pourquoi je vous aiderais ?

La Putain se redressa. La fatigue tirait toujours ses traits, mais son regard vert se réveilla, aigu. Elle s'adossa à sa chaise.

— Tu as raison, ma demande était stupide. J'ai dû t'arracher à ton dîner, non ? Tu peux y retourner.

— Vous n'avez pas répondu à ma question. Pourquoi je vous aiderais ?

— Je n'ai pas de réponse à t'offrir.

Elle avait articulé sans que son visage n'exprime la moindre émotion. Elle le défiait. La lumière des lampes ondoyait sur les méplats de son visage. Son aura l'écrasait. Si elle était à l'image de ce qu'elle avait dégagé quand elle avait monté les Couteaux de la Putain, Ivan comprenait pourquoi Junsa n'avait pas hésité une seconde.

— Laissez-moi regarder ce que vous avez déjà fait.

Il feuilleta le registre. Les entrées étaient effectivement ventilées non plus dans l'ordre chronologique mais par catégories de dépenses. Certaines lignes avaient été barrées et remplacées par une série d'autres, plus détaillées.

— J'ai mis le décret à la fin du cahier.

— Je le connais, répondit-il en hochant la tête distraitement.

Rien de complexe, quoiqu'un peu fastidieux. Cependant, Ivan ne pouvait pas simplement accepter. Son attitude paraîtrait louche. Aucun prisonnier n'aidait son geôlier de bon cœur. Il fallait y être forcé, ou y trouver un intérêt personnel. Un intérêt qu'un mercenaire pouvait comprendre.

— Alors ? demanda-t-elle après un temps.

Ivan fit mine de repousser le livre.

— C'est un travail à haute valeur ajoutée que vous me demandez. J'accepte si vous doublez ma solde.

La Putain ouvrit des yeux ronds. Évidemment ! Qui accepterait de telles conditions ? La solde de base était déjà indécente.

— Tu me prends pour une vache à lait ? Tu auras cent vingt vastas, pas un de plus.

Cent vingt ? Jamais au grand jamais il n'avait espéré obtenir une somme aussi extravagante ! Tout ça pour pouvoir fouiller dans les secrets de la Horde ? L'excitation faisait bouillir son sang. Il se força à inspirer aussi lentement que possible, pour ne pas trahir ses émotions.

— Marché conclu. Au premier abord, j'ai l'impression qu'il y a un problème dans les comptes. Vous avez de quoi écrire ? Du hanji de qualité inférieure suffira.

— Bien sûr. Tu peux aussi utiliser mon nécessaire.

Elle fit glisser vers lui une feuille déjà griffonnée au recto ainsi qu'une petite boîte en marqueterie. Une œuvre vastanyane, tout comme le bureau. Il l'ouvrit pour y trouver deux plumes prêtes à l'emploi, trois flacons d'encre et une poche de sable.

Ivan brûlait de déchiffrer les notes écrites de l'autre côté du brouillon, mais il devait faire preuve de patience. Attendre un moment où il serait seul. Il se pencha sur les comptes. L'odeur des fibres de mûrier, de l'encre sèche, du fil de lin de l'assemblage, le plongea en un clin d'œil dans une atmosphère familière.

Depuis qu'ils étaient arrivés dans la forêt de Kastr, il n'arrivait pas à faire taire ses pensées. Il y avait bien quelques corvées à effectuer pendant la journée, les dizaines d'exercices épuisants imposés par Kisang – étrangement, il devinait toujours quand Ivan n'avait pas fait son compte –, le repos exigé par son corps en rémission. Mais cela ne suffisait pas à l'occuper et il ressassait : Saejin – la petite fille avait-elle trouvé une solution pour ses médicaments ? S'inquiétait-elle pour lui ? S'était-elle mise en danger pour le retrouver ? –, son enlèvement – son corps se remettait lentement, mais chaque douleur encore présente lui rappelait son calvaire –, son projet de fuite – avait-il collecté suffisamment de nourriture pour tout le trajet retour ? Aurait-il accès à des armes ? Et si quelqu'un fouillait dans ses affaires ? –, ses origines – Radimov était-il vraiment son père ? Devait-il le lui faire croire pour réellement aider Saejin ? Pourquoi Lev le lui aurait-il caché ? Les mêmes questions revenaient encore et encore et avec elles, aucune réponse satisfaisante.

C'était la première fois depuis son enlèvement qu'Ivan se sentait à nouveau dans son élément. Les caractères élégants flattaient ses prunelles, le contact soyeux du papier caressait ses doigts endoloris par l'entraînement du jour. Il se laissa gagner par la paix du travail intellectuel.

À mesure qu'il parcourait les comptes, sa tension se dissipa, pour le laisser frissonnant.

— Je peux allumer un feu ?

La Putain Blanche le regarda comme si elle venait de découvrir sa présence. Elle s'était déjà attelée à la rédaction d'une lettre.

— Tu as froid ?

— Ça permettra déjà d'y voir plus clair. Et oui, accessoirement, j'ai froid.

— Fais comme tu l'entends.

Ivan délaissa un instant les cahiers pour aller chercher du bois et des aiguilles de pin. Les comptes de la Horde lui apporteraient peut-être les éléments dont il avait besoin, mais ils lui fournissaient aussi un accès inespéré à la tente de sa geôlière. Le halo de lumière créé par les lampes était bien trop faible pour qu'il puisse voir quoi que ce soit d'autre que le bureau. Au-delà de les réchauffer, le feu pourrait aussi lui permettre d'observer.

À l'extérieur, les alentours étaient étrangement vides. Nulle trace de Kisang ou de gardes. Trop tendu, il ne l'avait pas remarqué quand il était entré. Était-il si évident pour tous qu'il n'était pas une menace ? Qu'est-ce qui l'empêchait de prendre le commandant en otage pour garantir sa fuite, comme il y avait songé plus tôt ? Les réponses affluèrent d'elles-mêmes. Il avait beau avoir appris les bases, il y avait peu de chances qu'il ait le dessus face à un vétéran comme elle, assez habile pour se battre en première ligne. Et si jamais c'était le cas – pendant qu'elle rédigeait une lettre ou lisait un rapport –, il y avait de sacrément bons archers parmi la Horde. Il ne tiendrait pas quinze minutes.

Quand la flambée fut bien partie, il se réinstalla au bout de la table. Un feu, ça n'était pas grand-chose. Pourtant, maintenant que les flammes orangées dansaient sous la tente, que la froideur de la nuit avait été repoussée à l'extérieur, l'atmosphère se réchauffait. Ivan observa furtivement le commandant. Elle n'avait pas bougé : penchée sur une liasse de papiers, elle la couvrait d'encre sans s'arrêter. Son écriture était trop serrée pour qu'il devine quoi que ce soit. Qui était-elle ? Comment une Vastanyane, probablement membre de la noblesse ou, à tout le moins, de l'aristocratie, en était venue à diriger une bande de ruffians dans une forêt perdue ? À moins qu'elle aussi soit issue d'une union adultérine ?

La Putain s'adossa dans sa chaise et contempla le foyer.

— Ça faisait longtemps qu'il n'y avait pas eu de feu, ici. J'en avais oublié les avantages.

À la lumière des flammes, sa peau claire prenait des reflets dorés qui dissipaient la sévérité habituelle de son visage. Ivan crut même déceler une esquisse de sourire, masquée par les ombres. L'instant ne dura pas :

elle attrapa une nouvelle liasse et se plongea dans la lecture de ce qui devait être un rapport. À son tour, Ivan fit mine de retourner à ses comptes.

Du coin de l'œil, il détailla la tente. Sa configuration était quasi identique à la première fois qu'il l'avait visitée. Au sol, des tapis de laine et de fourrure, simples. Ivan avisa d'autres fourrures pliées, qui devaient servir de couche. Les éléments d'armure avaient disparu mais derrière la Putain, il remarqua pour la première fois un coffre, marqueté dans le même style que son bureau. Et rien d'autre, rien qui pourrait lui donner le moindre indice sur celle qui le maintenait captif. Les secrets ne pouvaient se nicher que dans ce coffre, dans les tiroirs du bureau, ou dans les livres de comptes.

— Je pense avoir saisi l'essentiel, dit-il après un temps qu'il était incapable d'évaluer. Ne pas avoir déclaré les acquisitions faites au nom de la Horde en tant qu'actifs est une erreur. Le décret ne modifie rien à ce sujet, donc si on suit…

Ivan s'interrompit. Les comptes et les déclarations de la Horde avaient été tenus par la Putain Blanche, probablement depuis la fondation. Critiquer leur structure, c'était la remettre en cause.

— Continue, fit-elle simplement, au grand soulagement d'Ivan.

— Si on suit la loi fiscale de 693, on peut répartir l'investissement sur plusieurs années. Je n'ai jamais lu le texte en entier mais je ne pense pas me tromper. Le nouveau décret plafonne le crédit d'impôt sur les investissements nécessaires au développement de l'activité mais avec un amortissement, on pourrait optimiser.

— Il faudrait reprendre les déclarations sur plusieurs années. C'est un travail colossal.

— Je pense que ça pourrait aller assez vite.

— Tu acceptes ?

— Oui.

Le visage de la Putain se détendit aussitôt et un léger sourire flotta sur ses lèvres. Elle ferma les yeux, visiblement soulagée. Malgré lui, Ivan sentit le rouge lui monter aux joues.

— Par contre, ajouta-t-il d'un ton bourru, il manque le détail de pas mal de reçus.

— Je sais. Je devrais avoir la plus grande partie en tête.

— Dans ce cas, j'avancerai autant que possible la journée et je vous consulterai pour compléter les trous. Je peux travailler ici ?

Elle allait refuser, forcément. Lui laisser libre accès à sa tente serait bien trop dangereux. Ses hommes eux-mêmes n'y entraient pas sans son consentement.

— Viens quand tu veux, je laisserai tout sur le bureau.

Ivan accusa le choc. L'occasion était trop belle ! Sa geôlière lui tendait-elle un piège ? Pour donner le change, il hocha simplement la tête tandis qu'il essuyait distraitement la plume dans un chiffon. Alors qu'il la rangeait dans le nécessaire à écriture, il percuta le flacon d'encre resté ouvert. Le liquide noir se déversa sur le plateau de la précieuse table. En panique, il se précipita pour éponger les dégâts. Le commandant eut le même réflexe et leurs mains s'entrechoquèrent.

Aussitôt, elle bondit de sa chaise, sa main contre sa poitrine comme si elle était meurtrie. Ivan ne savait plus quoi faire. Les paroles de Kisang, dix jours plus tôt, lui revinrent en mémoire : « Ne la touche pas. Jamais. »

Le cœur d'Ivan manqua un battement. Le visage de la jeune femme était tordu par une peur viscérale, presque primale. Une peur qu'il avait provoquée. Les jambes flageolantes, il se leva le plus lentement possible pour ne pas l'affoler davantage, puis sortit sans demander son reste.

Ivan

La nuit fut agitée. Ivan se tourna et se retourna dans son couchage, ressassant la soirée et le moment où les choses étaient parties de travers. Le visage terrifié du commandant lui revenait sans cesse. À cet instant-là, malgré tout ce qu'elle représentait pour la Horde et pour lui, malgré sa légende, elle avait eu l'air d'une petite fille face à un monstre. Un monstre cruel. Tangible.

Comme le sommeil le fuyait, il se leva avant l'aube, avant ses camarades. Il glissa quelques biscuits de blé dans sa ceinture puis, alors que le reste du camp se réveillait, il prépara un petit déjeuner frugal. Ils le prirent en silence et quelques minutes plus tard, après s'être débarbouillés à l'eau glacée, les cinq mercenaires quittèrent le camp. À les voir partir épaule contre épaule, complices, la jalousie le piqua. C'était complètement stupide : sa place n'était pas parmi ces hommes, elle ne le serait jamais. Il avait une vie qui l'attendait ailleurs.

Après avoir nourri le cheval de bât, il passa la matinée en périphérie du camp, sur les exercices imposés par Kisang. Inquiétude pour Saejin, jalousie d'être laissé à l'écart, culpabilité de devoir mentir à ceux qui lui tendaient la main, mal-être d'avoir effrayé le commandant, tous ces sentiments bouillonnaient en lui. Il espérait que l'épuisement et la douleur les chasseraient de son esprit. Vaine espérance. Alors qu'il abattait son sabre de bambou encore et encore devant lui, qu'il s'accroupissait et se relevait sans discontinuer, qu'il enchaînait les allers-retours à toute vitesse, sa rage envers lui-même ne fit que s'accroître. Il s'arrêta vers midi, pantelant, le souffle court, dégoulinant de sueur.

— Tu devrais te couvrir, mon joli, lui lança une des filles comme il retournait au camp. Tu vas attraper froid, comme ça.

Ivan, bouffi par la colère, lui jeta un regard mauvais. La femme écarquilla les yeux, une vague de peur sur son visage. Comme le commandant, la veille.

— Pardon, maugréa-t-il.

— C'est bon. Après tout, c'étaient pas mes oignons, lâcha-t-elle avant de laisser tomber le rabat de sa tente.

Alors c'était ça, sa nouvelle nature ? Celle d'un imbécile juste bon à effrayer les autres ?

Il déjeuna en compagnie de l'unité de l'Anguille, restée en garnison, et des blessés. Les mercenaires discutaient joyeusement, mais Ivan avait du mal à se concentrer sur la conversation. Il n'arrivait pas à se calmer. Dès sa portion avalée, il se leva et prit la direction de la tente de commandement. Il avait conscience d'attirer les regards par son attitude mais c'était plus fort que lui. La présence des mercenaires l'étouffait. Une fois à l'abri, il inspira profondément. Tout était à la même place, comme si la Putain n'avait pas dormi là. Il jeta un œil à la table de travail et fut soulagé de voir que l'encre n'avait pas taché le plateau de bois précieux. Puis il repéra les cahiers de comptes empilés, comme promis, sur le bord. Une vingtaine de volumes épais. Il s'assit au bout du bureau, où l'attendait encore sa chaise et ouvrit le livre le plus ancien. Faisant mine de travailler, il tendit les oreilles.

Quand il fut certain que personne ne l'avait suivi, qu'on ne viendrait pas le chercher *manu militari*, il gagna l'entrée de la tente et, prenant garde à ne pas faire bouger le tissu, guetta les bruits extérieurs. Le camp réduit était comme endormi. De temps en temps, un éclat de voix lui parvenait, des pas traînants faisaient craquer le tapis d'aiguilles prises dans la glace. Il écarta à peine le tissu et jeta un œil. Un mercenaire était assis en face de l'ouverture, apparemment occupé à entretenir son matériel. Plus probablement là pour veiller qu'Ivan ne s'enfuyait pas. Cela dit, l'homme ne le dérangerait pas.

Ivan se précipita vers le coffre. Celui-ci n'était pas verrouillé et n'émit pas le moindre grincement, parfaitement entretenu. À l'intérieur, il trouva quelques tenues de rechange. La honte enflamma son visage quand il tomba sur ses vêtements de dessous mais il alla au bout, jusqu'à être certain que le coffre ne contenait rien d'autre. Une poignée de livres, un jeu de baduk de voyage, quelques autres effets personnels. Il se tourna vers le bureau.

Le meuble ne possédait que quatre tiroirs. Dans les deux premiers, du matériel d'écriture, de la cire à cacheter, quelques vastas d'argent. Le troisième tiroir, Ivan le connaissait : celui où le commandant gardait une partie de l'argent de la Horde. Il le testa, au cas où, mais la serrure était bien verrouillée. La forcer était hors de question : aux yeux de la Putain, il devait rester irréprochable. Il ne pourrait accuser personne d'autre d'avoir brisé le mécanisme. Il ouvrit alors le dernier tiroir. Des missives, certaines dépliées, d'autres presque intactes. Il en parcourut quelques-unes. Des rapports logistiques, quelques nouvelles du Daesan, sans aucune importance. En revanche, sous les liasses de papier, deux objets attirèrent son attention. Le premier : une petite plaque de bois laquée et peinte dans le style vastanyan, très réaliste. La miniature représentait six personnes, trois garçons, trois filles. La famille de la Putain. La plus jeune, dont les cheveux châtains renvoyaient la lumière, avait l'air d'avoir à peine une dizaine d'années. Elena, forcément. De son physique à sa tenue vestimentaire, tout la séparait de Saejin mais en voyant son portrait, Ivan pouvait aisément comprendre le désespoir et la rage qui animaient la Putain. Deux des hommes ressemblaient à de jeunes adultes en tenue d'apparat. Le troisième était encore un jeune garçon, peut-être de douze ou treize ans. Laquelle était-*elle*, parmi les deux filles entre deux âges ? La brune, dont le regard un peu triste accusait déjà les responsabilités, ou celle aux cheveux auburn, au sourire sans nuages ? Il ne reconnaissait sa geôlière dans aucune des deux.

Ce portrait confirmait ses soupçons : elle venait d'un milieu d'élite et visiblement, sa famille était nombreuse. Pourquoi était-elle partie seule à la recherche de sa sœur ? Que faisait le reste de sa fratrie ? Ses parents ? Avaient-ils seulement tenté de négocier avec Radimov ? Avaient-ils approuvé le plan de Yekatelina ?

Ivan reposa la miniature dans le secret de son tiroir. Il n'aurait pas dû toucher à cette part d'intime. Il se sentait comme un voyeur. Un voleur de secrets. Pourtant, il devait continuer. Le cœur plus lourd qu'avant sa fouille, il baissa les yeux sur le deuxième objet trouvé dans le tiroir.

Aux dates, il comprit immédiatement qu'il s'agissait d'un journal. Il alla tout de suite à la fin, au jour de son enlèvement.

« *10 fievral 717 – Rencontre avec K. Contrat prolongé jusqu'au 31 maï 717.*

14 fievral 717 – Départ pour Kastr.

15 fievral 717 – Escarmouche avec le Kalium à la passe d'Orghul Khan. Jin Kisuk. Li Taekyon. Kwon Sunwon. Park Dmitri. »

La liste des noms continuait sur plusieurs lignes. À la suite :

« *Offrandes remises à la mudang de Daeoning. Les cendres seront répandues dans la vallée, au sud-est du village.* »

Les mercenaires de la Horde n'avaient pas juste abandonné les leurs sans se retourner. Leur commandant, au moins, avait fait en sorte qu'ils reçoivent les derniers rites chamaniques, qui assureraient le convoi de leurs âmes jusqu'à Bor. En repensant aux conversations qu'il avait eues avec Junsa et Songseung, Ivan eut le pressentiment que la Putain le leur avait caché. Par pudeur ?

Il s'agissait de la dernière entrée. Le journal ne contenait rien, ni sur les mouvements de la Horde ni sur des événements personnels. Il s'agissait d'un simple journal de bord qui ne mettrait personne en danger au cas où il était saisi. Les pages précédant son enlèvement le lui confirmèrent : Yekatelina ne faisait aucune mention de son cas ni d'une quelconque relation avec Radimov. Il feuilleta depuis le début. La première entrée datait de yanvar 708. L'écriture se révélait un peu plus maladroite que celle des dernières années mais il reconnut les jambages penchés et les « и » pointus.

« *21 yanvar 708 – Création des Couteaux de la Putain.* »

Le nom de Junsa y était noté, aux côtés de sept autres qui ne lui disaient rien. Au fil des pages, ses yeux accrochèrent d'autres mentions funéraires, d'autres faits marquants, mais rien de déterminant.

Ivan replaça le carnet dans le tiroir et le recouvrit des rapports, exactement comme il l'avait trouvé, avant de se laisser tomber sur sa chaise de camp. Il n'y avait rien. C'était sans doute pour ça que le commandant n'avait pas hésité à accepter sa proposition. Elle savait qu'elle n'avait rien à cacher. Il avait l'impression de s'être sali pour rien.

Dégoûté par son attitude, il reprit le livre de comptes ancien qu'il avait précédemment ouvert.

Il passa une bonne partie de l'après-midi à reclasser les factures par dates et par types de dépenses. Quand il leva le nez des registres, la lumière du jour déclinait. Il referma les livres et rangea soigneusement le nécessaire à écriture.

Quand il ouvrit le rabat de la tente, il tomba nez à nez avec le commandant. La Putain, en tenue de combat légère, leva un visage surpris vers lui. Soudain, la réaction qu'elle avait eue la veille, son visage empli de dégoût, s'imposa à lui. Il se recula d'un pas, incapable de savoir quoi faire. Yekatelina rattrapa le pan de tissu avant qu'il ne retombe.

— Pardon, lança Ivan, affolé. Je m'en vais.

Calme, le commandant resta devant l'ouverture. Elle avait une prestance folle, qui faisait Ivan se sentir complètement gauche. Quand elle regarda derrière lui, l'angoisse monta : avait-elle deviné qu'il avait fouillé dans ses tiroirs ? Il avait besoin d'une bonne excuse. Il cherchait du papier. Oui, voilà. Du papier.

— Tu as commencé ? demanda-t-elle en vastanyan.

Il hocha la tête.

— Tu as pu avancer ?

Il saisit la perche. Après tout, c'était elle qui lui avait demandé de travailler. Il avait toute légitimité à être ici. Il ramassa son indignation. Il ne devait pas plier devant sa geôlière, quoi qu'il se soit passé, quoi qu'il ait vu.

— J'ai mis de côté les dépenses que l'on pourrait amortir. Et j'ai traité le premier mois de l'année 713.

Le commandant hocha la tête puis resta un instant devant lui, silencieuse. Elle avait l'air ailleurs. Lui, mal à l'aise, observait les parois de la tente avec une insistance maladroite.

— Tu m'accordes un peu de temps ?

— Parce que je peux refuser ?

Elle le regarda d'un air morne, un peu las. Ivan sentit le rouge lui monter aux oreilles. La pique était sortie malgré lui, avant qu'il puisse la retenir. Il avait l'impression de réagir comme un gosse de six ans à qui l'on a demandé de faire une corvée. Elle entra dans la tente et le rabat les plongea dans la pénombre. Elle commença à dénouer sa brigandine.

— Je te force à rester avec la Horde, pas à passer du temps avec moi.

— Pardon, c'était... stupide. Je vous attends à l'extérieur.

L'imbécile dans toute sa splendeur...

Au-dehors, l'activité du camp avait repris : plusieurs unités étaient revenues de patrouille et les mercenaires échangeaient allégrement, quoique toujours en sourdine. Certaines têtes connues saluèrent Ivan en l'appelant « Petiot ». Il n'était pas le plus jeune mais l'inadéquation avec sa taille les faisait rire, et Ivan aussi. Pour la première fois, il avait l'impression de faire partie d'un groupe.

Quelques instants plus tard, la Putain Blanche sortit en bras de chemise, à l'instar de leur première rencontre. Elle ne souffrait donc jamais du froid ?

— Éloignons-nous un peu.

— Vous sortez comme ça ?

Elle haussa les épaules.

— J'ai connu pire.

Au début, les saluts chaleureux des mercenaires, principalement adressés à leur commandant, meublèrent le silence mais tandis qu'ils s'éloignaient du camp, celui-ci s'installa entre eux, lourd. Ivan cherchait encore comment le briser quand la Putain prit la parole :

— Je te présente mes excuses, pour hier, lâcha-t-elle. Je ne supporte pas qu'on me touche, mais je réalise que je t'ai fait peur.

Médusé, Ivan se tourna vers elle. À sa grande stupéfaction, elle semblait sincère. Les bras croisés sur sa poitrine, elle regardait devant elle, comme gênée de croiser son regard. Malgré lui, Ivan l'observa. La blancheur de sa chevelure et de sa peau crevait les oranges et les roses du crépuscule, comme si elle n'appartenait pas à ce monde. Il avait l'impression qu'il pourrait l'admirer des heures sans se lasser.

— Pourquoi ? ânonna-t-il et, comme elle fronçait les sourcils, il précisa : En quoi mon pardon peut-il bien vous importer ? Je ne vous connais pas, vous ne me connaissez pas. Qu'est-ce que cela change ?

Finalement, elle se tourna vers lui.

— J'ai assez de soucis comme ça, je n'ai pas envie d'en ajouter un à la pile. Puisqu'on va être amenés à… cohabiter un certain temps, j'aimerais que cela se passe au mieux. Tu es satisfait ?

— Je suppose.

Quelque chose était définitivement différent, aujourd'hui. Était-ce dû à leur accrochage de la veille, était-ce parce qu'elle avait besoin de son aide pour les comptes ? Ou y avait-il autre chose ? En une semaine, ils s'étaient croisés régulièrement. Elle le saluait généralement d'un hochement de tête et à une occasion, elle avait pris des nouvelles de ses blessures. Cependant, leurs contacts s'étaient limités à ça. En même temps, Ivan l'esquivait dès que possible. Pour la première fois, malgré ses airs farouches, il avait l'impression de rencontrer la femme et non le commandant ni la geôlière.

— Je sais que tu te méfies encore de moi et tu en as toutes les raisons. Ce n'est pas grand-chose mais…

Ivan remarqua seulement le paquet enveloppé de pojagi qu'elle lui tendit. Il le saisit – prenant soin de ne pas entrer en contact avec elle – et déplia le tissu. Il reconnut l'objet aussitôt. Ce cuir usé par les années et les lectures, cette souplesse caractéristique des feuillets, ce poids qu'il connaissait par cœur. Il ramena le livre à lui et ouvrit tout de suite la couverture. Sur la première page s'étalaient le titre en vastanyan, *Du nouvel ordre agricole* et juste en dessous, le nom de l'auteur, Pyotr Toieski. Et en haut à droite, dans le coin, le nom de son père, tracé de sa graphie inimitable : « Lev Pietrovitch Otolski ». Retrouver un objet si familier, qui l'avait accompagné pendant tant d'années, le toucha bien plus qu'il ne l'aurait cru. Il avait envie de le blottir contre son cœur, de plonger son nez entre les pages.

— C'est à toi, je crois.

— Comment ?

— Kisang. Il a cru bien faire en me le rapportant.

Ivan détacha les yeux de son trésor pour les porter sur le commandant.

— Vous n'avez pas aimé ?

— Je n'ai même pas essayé. Je ne suis pas vraiment une adepte de Toieski. Ses idées de gouvernement par le peuple sont peut-être applicables à Mirensk où la paix règne mais ici, cela ne ferait que déstabiliser l'oblast et ouvrir la porte à nos ennemis.

— Je crois au contraire qu'un peuple impliqué dans l'avenir de l'oblast se mobiliserait en masse pour défendre son territoire.

La jeune femme esquissa un sourire. Ce sourire… Il était différent, teinté de tristesse, mais c'était bien le même que sur le portrait.

— J'ai l'impression de revivre les mêmes débats qu'avec ma sœur.

— Votre sœur… celle qui…

Celle qui avait l'air grave. Elle secoua la tête, ne pouvant pas savoir qu'il ne songeait pas à Elena.

— Mon aînée. Elle est morte, comme le reste de ma famille.

La miniature restait gravée dans sa mémoire, comme s'il la tenait encore au creux de sa main. Ce garçon qui essayait de prendre l'air digne, ces deux jeunes hommes dans la force de l'âge, cette jeune fille au regard triste… Ils étaient tous partis dans l'Abysse ? Une peine étrange s'abattit sur Ivan. Lui aussi, il avait tout perdu. Lui aussi, connaissait la douleur du deuil. Il n'avait pas voulu remuer cette cendre-là, même chez celle qui le gardait prisonnier.

— Je suis désolé.

— Ne le sois pas. Ils ont au moins eu la chance d'avoir une mort nette et rapide.

Elle n'en dit pas plus mais il n'y avait rien à ajouter. En lui parlant de sa famille, elle qui n'avait pas donné son nom complet, elle lui livrait une partie des informations qui l'aideraient à acheter la protection de Radimov. Pourtant, Ivan répugnait de les utiliser un jour. Il ignorait encore qui elle était, pourquoi ses proches avait été assassinés, quel était le rapport avec Radimov, mais il fut certain de deux choses : sa sœur et elle étaient les seules rescapées ; et elle avait payé très cher sa survie. Elle avait sans doute été battue, peut-être torturée, ou… bien pire. « Je ne supporte pas qu'on me touche », avait-elle dit. Le dernier soir d'Ivan avec Saejin s'imposa à lui, avec en boucle cette réflexion qu'avait eue un des brigands : « Et la fille ? »

La nausée le prit à la gorge. Si cette femme écumait déjà les bas-fonds à l'âge de seize ans, c'est que le massacre de sa famille et son propre calvaire avaient eu lieu plus tôt. Peut-être juste après que cette miniature avait été peinte. Elle n'avait été qu'une gamine.

— Madame…

Le regard de la Putain – les Couteaux de la Putain… avait-elle elle-même choisi un tel surnom ? –, qui se perdait jusqu'alors entre les troncs tordus des pins, se fixa à nouveau sur lui, d'un vert aussi intense que deux émeraudes. Étrangement, elle lui adressa un sourire plein de légèreté, semblable à celui de cette autre, plus jeune, qui n'avait pas encore connu les drames.

— Par pitié, si tu me sers du « Madame » devant mes hommes, ils vont m'en rebattre les oreilles pendant des années. Si le « commandant » te gêne, appelle-moi Yekatelina. C'est un nom que j'entends bien trop peu.

Elle souriait. Malgré tout ce qu'elle avait vécu, elle souriait. Et elle mettait toute son énergie à retrouver l'unique être cher qui lui restait. Ses méthodes étaient brutales, sans concession, mais comment lui en vouloir ? Ivan était bien placé pour la comprendre. Lui aussi usait de méthodes qui lui faisaient honte pour retrouver Saejin. S'il avait été seul… mais il y avait la petite fille. Il avait promis d'être toujours là pour elle. Il avait promis.

— Alors comme ça, tu adhères à ses idées ? demanda-t-elle.

Ivan baissa la tête vers elle, hagard. D'un mouvement du menton, elle lui désigna son livre.

— Oui, en grande partie.

— Mmm. Tu n'as pas choisi la voie la plus facile. Ce n'est pas demain la veille que ses idées seront appliquées.

— Je crois que si. Radim…

Il ravala ses paroles, un peu trop tard. Si Radimov était vraiment à l'origine du rapt de sa sœur, il y avait de fortes chances qu'il ait aussi été impliqué dans le meurtre de sa famille. Ivan ne voulait pas parler de lui, pas devant elle.

— Radimov n'est qu'un populiste, intervint le commandant. Il dit ce qu'il faut pour calmer les masses et pendant ce temps, il continue de frayer avec la vieille noblesse. Au moins, les Kaetnev avaient l'honnêteté d'assumer leur politique.

— Les Kaetnev ?

— Du Laenam. Je viens de là-bas.

Le voievodat du Laenam se tenait juste au sud de celui du Jeonam, entre l'Ulsan et la mer du Kalium. D'après les rumeurs, sa famille régnante, les Kaetnev, avait été assassinée par une famille rivale. Depuis la condamnation de cette dernière, Radimov en assurait la gestion. À l'image du Jeonam, il faisait progressivement sortir le Laenam de l'organisation féodale jusqu'alors imposée par les Kaetnev.

— Que les paysans sans éducation croient à la propagande de Jeoju, continua-t-elle, je peux le comprendre. Mais toi, pourquoi ?

La famille de Yekatelina avait sans doute chu en même temps que les Kaetnev et leurs clients. Elena avait-elle pu être livrée à Radimov par une famille rivale ? À moins que, dans la confusion du deuil, Yekatelina ait reporté sa haine sur celui qui avait pris la place de son ancien suzerain ?

— Parce que je l'ai vu. J'ai vu la fin du servage, j'ai vu le moment où le travail agricole est devenu rémunéré.

— Il y a trois ans ? Raconte-moi.

Son intérêt était sincère, alors Ivan lui raconta. Après ce qu'elle avait avoué à demi-mot, ses paroles lui apparaissaient déplacées, frivoles, mais s'il pouvait lui changer les idées, c'était déjà une bonne chose. Il évoqua le quotidien d'un monde rural et miséreux. Comment il fallait s'accrocher à son toit au pire de la saison des typhons. Comment une simple grêle d'été pouvait ruiner les récoltes personnelles et les laisser à la merci des nobles. Comment l'hiver, les plus chanceux dormaient dans la chaleur de l'ondol tandis que les autres, comme Saejin et lui, se réveillaient les yeux encroûtés de givre et les muscles noués. Alors oui, la valorisation du travail n'avait pas vraiment changé la donne. Combien de fois avait-il ravalé sa colère ou son épuisement pour ne pas être mis à la porte ? Combien d'hommes et de femmes de même pas trente ans avait-il vus s'effondrer sous la chaleur écrasante des moussons faute d'avoir demandé une pause ? Pourtant, cet argent durement gagné, c'était un fragment de liberté. C'était la fierté de savoir qu'on a œuvré pour sa famille, pour soi. Surtout, ce n'était que le premier pas. Demain, les choses continueraient de s'améliorer : des règles seraient édictées pour protéger les travailleurs, ceux qui n'avaient rien seraient soutenus par ceux qui avaient tout. Les hommes pourraient devenir égaux, à défaut de l'être par la naissance. C'était pour participer à ça, pour donner tout ce qu'il avait à disposition, qu'il voulait absolument réussir le concours voievodal.

— Tu y crois vraiment, n'est-ce pas ? susurra Yekatelina.

— Oui.

— En un sens, je t'envie.

L'amertume dans sa voix était palpable. Ivan se mordit la langue. Il avait simplement voulu la distraire mais il semblait n'avoir fait qu'ajouter à sa mélancolie. Yekatelina, jusqu'alors adossée à un pin, se redressa. Déjà, les ombres du bois se fondaient dans celles du crépuscule. L'entretien touchait à sa fin.

— Tu voudras bien recommencer ? demanda-t-elle.

— Pardon ?

— Discuter avec moi.

Comme il lui jetait un regard d'incompréhension, elle ajouta :

— En vastanyan.

La lumière se fit. À bien y réfléchir, c'était à peine la deuxième fois qu'il l'entendait parler sa langue maternelle. Il était sans doute le seul de tout le camp à pouvoir échanger de cette façon avec elle. Soudain, il réalisa alors à quel point toutes les rumeurs à son sujet étaient fausses. Comment une femme qui ne supportait pas le contact des autres pourrait s'adonner à des orgies ? Comment une femme qui avait vu toute sa famille tuée pourrait couvrir les campagnes de cadavres ? Depuis son intégration dans la Horde, rien de ce qu'il avait observé ou entendu n'étayait ces ragots. La vérité était tout autre : Yekatelina était seule. Terriblement seule.

— Aussi souvent que vous le voudrez, souffla-t-il.

Elle sourit avant de repartir en direction du camp. Ivan resta en arrière. Cette femme, loin du monstre dépeint par les rumeurs, loin du tortionnaire qu'il s'était imaginé lors de son arrivée, venait de le toucher profondément. Elle restait sa geôlière, celle par qui il avait dû abandonner sa famille, ses ambitions, celle par qui il avait tant souffert. Cela, il ne pourrait jamais lui pardonner et il n'oubliait pas qu'à tout instant, son sort pouvait basculer. Cependant, il ne pouvait s'empêcher de la comprendre et d'admirer sa résilience.

— Par Bor, tu te caches ou quoi ? fit soudain la voix de Kisang. Si tu n'as plus envie de t'entraîner, dis-le-moi une bonne fois pour toutes, que je...

Le capitaine s'interrompit, les deux sabres de bambou dans la main, et fronça les sourcils à son intention. Il se tourna vers le camp, où la silhouette de Yekatelina venait de se perdre.

— Qu'est-ce qui s'est passé ?

— Rien de particulier. On a discuté, c'est tout.

— Qu'est-ce qu'elle t'a dit ?

Le capitaine avait l'air inhabituellement anxieux.

— Elle m'a parlé de sa famille, un peu. Ce surnom, la Putain Blanche. C'est elle qui l'a choisi ?

Kisang le considéra longuement, puis baissa un peu les épaules.

— Oui. Tu as compris ?

— Ce n'est pas très difficile.

— Pourtant, peu le savent dans la Horde.

Il aurait aimé se tromper, avoir compris de travers.

— C'est de l'autoflagellation. Elle n'est pas une putain, elle n'est coupable de rien. Elle devrait le savoir, non ?

Kisang répondit en chuchotant, les yeux dans le vague, comme s'il se parlait à lui-même :

— C'est moi qui l'ai ramassée ce jour-là. Et depuis dix ans, je lui répète qu'elle n'y est pour rien. Mais elle ne m'entend pas. Elle ne le veut pas.

— Pourquoi ?

Le capitaine releva la tête vers lui, comme s'il émergeait de ses souvenirs.

— Je n'ai pas la réponse. Même à moi, il y a des choses qu'elle cache.

Il se redressa, retrouva la prestance du meneur.

— Allez, mets-toi en garde.

Il lui lança l'un des sabres de bambou. Ivan le saisit au vol et se mit en position. La peine continuait de pulser en lui. Comme enseigné, il essaya de faire le vide dans sa tête mais le visage triste de Yekatelina lui revenait sans cesse. Kisang se fendit vers lui et les lames de bambou s'abattirent sans pitié sur son dos.

— L'instinct, Ivan ! Allez, laisse-toi aller.

L'instinct ? S'il écoutait son instinct, il avait envie de l'aider. D'être son passe-droit jusqu'à sa sœur, de lui faire oublier le passé, de l'amener à comprendre qu'elle n'avait rien à se reprocher. Mais il ne pouvait oublier ni ses autres facettes ni ses propres responsabilités.

Le Chien

Le Chien s'adossa au tronc d'un érable et se laissa glisser jusqu'au sol. Il aurait eu besoin de dormir, de reconstituer ses forces. Il ne le pouvait pas. Par habitude, sa main glissa sous son hanbok, attrapa le norigae aux entrelacs de fil rouge qui pendait à son cou à côté d'une tête de Seojeog en bois. Du moins, ce qu'il en restait. Tout ce qui avait eu de la valeur avait été arraché de la broche d'apparat pour ne laisser que la soie éclaboussée de taches sombres.

Depuis l'aplomb de la colline, il avait une vue imprenable sur Weojin, à un jour de chevauchée du lac Aryang, la frontière nord du Jeonam. La mousson était terminée. Les feuilles flamboyantes des arbres, désormais or et sang, le masquaient à la vue de qui passerait en contrebas. Il n'avait plus qu'à se tenir à l'affût. Une partie des mercenaires avait été repérée à Sudong, la veille. Le reste de la région avait déjà été mis à sac. Il ne restait qu'un chemin pour repartir vers le sud, vers des contrées encore indemnes : la route de Weojin.

En cette heure avancée, la zone était déserte : tous les hommes, les femmes et les enfants en âge de travailler s'étaient disséminés dans les rizières qui bordaient le village. Seuls demeuraient les vieillards et les nourrissons. Sa proie attendrait la nuit pour attaquer, comme elle le faisait toujours. Sournoise, avide, lâche. Le poing du Chien se serra sur le manche froid de sa hache. Enfin, il les tenait. Après des semaines de poursuite vaine depuis le centre du Jeonam, il rattrapait pour la première fois son gibier.

Tandis que son regard glissait sur Weojin et sa route, il accrocha la silhouette d'un homme seul qui tirait une carriole. Un marchand ambulant.

Pour voyager par ces temps de guerre civile, il devait être aux abois. En observant plus attentivement, le Chien aperçut les tiges de bambou qui remplissaient sa cargaison, ainsi que les paniers, les chapeaux et les bottes tissées dans la paille de riz. Et les sandales. Il fut projeté des années en arrière.

Il a à peine huit ans, elle quatre. Le camelot accueilli dans la maison de son père est parti au matin, ses trésors débordant de sa charrette. En cadeau, il leur a laissé des gâteaux au miel et son savoir. Dès que l'homme rempli d'histoires et de récits disparaît derrière la falaise, les enfants se précipitent dans le grenier du hameau et en tirent de longs brins de paille de riz. Ils s'installent sous le soleil de printemps, sur des rochers plats chauffés par les premiers rayons. La rivière coule en contrebas, encore grosse des dernières fontes.

Les premiers nœuds sont faciles, le camelot a bien expliqué. Mais bientôt, les doigts du garçon se font gourds. Plus la création des sandales qu'il veut offrir à son père avance, moins ça y ressemble. La semelle est irrégulière, pleine de trous. La déception l'envahit. Les adultes qui parlent quand ils pensent être seuls ont raison : il n'est qu'un poids pour cet homme.

Soudain, un doigt minuscule crève l'ébauche de semelle et s'agite dans tous les sens.

— Petite fille ! s'insurge-t-il.

— Faut pas être triste, répond-elle de sa voix aiguë.

Elle lève alors sa réalisation devant le nez du garçon. La chaussure est parfaite, la semelle plate et épaisse, les sangles solides. Son amie s'est juste trompée sur la taille.

— Ton papa ne rentrera jamais là-dedans, souffle-t-il dans un sourire.

— C'est pour toi.

Le garçon baisse son regard sur ses souliers en soie, élimés jusqu'à la trame. Il sourit et ôte celui de droite. La sandale tissée par la petite fille est un peu grande pour lui mais il s'en moque. Elle lui convient parfaitement.

— Après, j'en fais pour mon papa et pour ton papa, ajoute-t-elle, satisfaite.

Le garçon tend les doigts vers la longue tresse noire qui repose sur l'épaule de la petite fille et s'en saisit. Il fait glisser sa main le long des cheveux soyeux, jusqu'au ruban de coton terne qui en noue le bout. Quand il aura économisé assez, il lui offrira un beau daenggi de soie rouge. À la façon des princes qui ont peuplé les contes du camelot, il baisse la tête et pose ses lèvres sur la mèche brillante.

— Merci, petite princesse. Votre générosité vous honore.

La petite fille se met à rire d'une voix cristalline. Soudain, le rire se mue en toux. Elle se courbe, les mains devant la bouche. À chaque nouvel accès, elle se plie, se contracte, le son se fait rauque, épais. Le garçon ôte sa veste et l'emmaillote dedans. Comment a-t-il pu la laisser sortir comme ça ? Elle n'a même pas une écharpe pour mettre sa gorge à l'abri ! Le soleil jusqu'alors enivrant devient glacé. Le garçon ne peut rien faire d'autre qu'entourer son amie de ses bras. Tandis qu'il risque un regard par-dessus son épaule, il aperçoit les gouttes de sang carmin qui maculent la petite paume.

Le marchand échappa à sa vue, s'enfonçant dans Weojin. Le Chien, un instant somnolant, cligna des yeux. Quand il les rouvrit, il balaya à nouveau la scène. Plus à l'ouest, sur l'horizon, les silhouettes des paysans se détachaient sur le soleil couchant. Le soir tombait. Bientôt, une autre mousson allait démarrer. Le Chien serra son poing sur le manche de sa hache. Il n'avait qu'à attendre que sa proie se montre.

Ivan

Ivan se retourna dans sa couche. La nuit, claire, nimbait la tente d'une lumière grise. Exaspéré, il enfouit son visage sous sa couverture.

Bientôt deux semaines. Deux semaines qu'il se triturait l'esprit au sujet de la Horde et de Yekatelina. En général, il parvenait à se noyer dans le quotidien : ses entraînements, les comptes, les corvées, les bavardages avec les mercenaires. Ce soir, le sommeil se dérobait. La pleine lune, sans doute... Il n'oubliait pas qu'il était leur prisonnier. Du moins, il se forçait à ne pas l'oublier. Car cela faisait des jours qu'il n'avait plus l'impression qu'on le surveillait. Il aurait pu essayer de fuir, si son bon sens ne lui martelait pas qu'il tomberait dans un piège.

Quant à Yekatelina... il devait bien avouer que depuis leur première discussion en vastanyan, sa compagnie se révélait agréable. Sa famille appartenant à l'oligarchie du Laenam, elle connaissait beaucoup du fonctionnement du palais de Laeju. Les choses étaient sans doute différentes sous la férule de Radimov, qui bousculait tous les codes, mais découvrir l'état d'esprit et les principes qui régissaient la majorité de ceux avec qui Ivan aurait à travailler s'il pouvait un jour passer et réussir le concours le passionnait. En plus de ça, elle avait fait à deux occasions le voyage jusqu'à Mirensk, quand elle était enfant. Entendre ses descriptions des toundras et de fleuves grandioses, de rues débordant de palais et d'... *églises* ? dédiées à Bor, ses portraits d'habitants aux mœurs si différentes des Daesans, les faire correspondre avec ce qu'Ivan connaissait de la situation politique de la capitale impériale et de l'ancien empire vastanyan, tout cela le captivait.

Au fil de leurs conversations, il sentait sa méfiance envers elle s'amenuiser, et cela n'avait rien de bon. Garder bien ancré dans son esprit le souvenir des traitements qui lui avaient été infligés, la douleur de ses ecchymoses et de ses gelures, la laisse autour de son cou, tâter les cicatrices boursouflées qui prenaient forme sous ses doigts était vital, s'il ne voulait pas se laisser aller et tomber dans les filets de sa geôlière.

La couverture l'étouffait... Tandis qu'il hésitait entre l'asphyxie et la lumière blafarde de la lune, l'un des mercenaires roula sur lui-même. Un souffle plus tard, un ronflement retentit sous la tente. Dekseon, bordel ! Et demain, le gars nierait, avec son air innocent. Ivan abandonna : il rejeta la couverture. D'une main, il attrapa son Toieski, son manteau, son capuchon, et il sortit en silence. Quitte à être éveillé, autant éviter de ressasser. À l'extérieur, la lumière de la pleine lune tombait en rais d'argent entre les branches des pins. La rosée, déjà givrée, scintillait comme une myriade d'étoiles. L'hiver était à son paroxysme. Dans quelques semaines, il s'éclipserait, laissant dans son sillage une humidité pénétrante et une chaleur encore timide.

Ivan regarda autour de lui, à la recherche d'un endroit où se poser. Les braises avaient été étouffées et le sol nu serait glacé. Le mieux était de trouver un tronc couché. Le bruissement d'une étoffe attira son attention. Incrédule, il observa Yekatelina s'extirper de sa propre tente, habillée de pied en cap.

— Ivan ? Qu'est-ce que tu fais là ?

— Je... et vous ?

Le commandant haussa les épaules.

— Je n'arrive pas à dormir. J'allais marcher un peu.

Elle avisa le livre qu'il tenait et eut un sourire bref.

— Tu m'accompagnes ?

Comment refuser ? Yekatelina mit un doigt devant ses lèvres puis, d'un signe de tête, l'invita à le suivre. En silence, ils se faufilèrent à travers les arbres. En un rien de temps, ils étaient hors de portée du camp et de ses sentinelles.

— Vous ne prévenez personne ? s'étonna Ivan.

— Disons que j'ai un accord avec Daegi et Insoo. Ils font comme s'ils ne me voyaient pas, je fais comme si je ne les voyais pas, et on ne dit rien à Kisang. D'ailleurs, je compte sur ton silence. S'il apprend que je me balade seule au clair de lune, je vais en entendre parler pendant des semaines.

Yekatelina avait l'air de marcher au hasard sous le couvert des arbres, mais Ivan voyait bien qu'elle ne partait pas trop loin. Elle avait peut-être besoin de l'illusion d'être libre, elle ne prenait pas des risques inconsidérés pour autant.

— Comment ça se passe, avec lui ? demande-t-elle. Il ne te maltraite pas trop ?

Ivan baissa le menton. L'attachement qu'il commençait à ressentir pour Kisang était tout aussi difficile à admettre que le plaisir qu'il prenait à converser avec le commandant. Même les regards froids et les menaces qu'il lui avait adressés pendant son enlèvement commençaient à s'estomper dans sa mémoire. Il secoua la tête.

— C'est un bon professeur. Il ne me ménage pas mais il n'est pas trop dur. Et je crois que je progresse bien.

Du moins, d'après Kisang. Le capitaine avait une façon de l'encourager, de souligner ses efforts, tout en restant intraitable sur la discipline, qui le tirait vers le haut. Chaque jour, Ivan attendait son retour et son entraînement avec impatience. Un mois plus tôt, il n'aurait jamais imaginé prendre autant de plaisir au combat. Ni retrouver une telle complicité avec quelqu'un de l'âge de son père.

Yekatelina émit un rire discret.

— Je vois que Kisang a encore frappé. Personne ne peut lui résister, ajouta-t-elle quand elle vit l'air interrogateur d'Ivan. Même moi, et c'est pas faute d'essayer. Je ne sais pas comment il se débrouille mais il a ce quelque chose… je ne sais pas, cette sincérité, peut-être, qui fait qu'on ne peut pas lui en vouloir. Et lui pardonne tout.

À son air mélancolique, Ivan pouvait parier qu'elle lui en avait fait voir des vertes et des pas mûres.

— Il vous aime, dit-il, ça se voit comme le nez au milieu de la figure. En tout bien tout honneur, ajouta-t-il précipitamment quand Yekatelina se tourna vers lui. Il vous suivrait jusque dans l'Abysse.

— Je sais. Sans lui, il y a longtemps que j'y serais allée, et plus d'une fois.

Alors, pourquoi affichait-elle un air aussi triste ? Elle se redressa soudain, le visage illuminé sous un rayon de lune.

— Par contre, il y a bien une chose où Kisang est pire que mauvais. Le baduk ! Tu sais jouer ?

— Un peu. Je ne suis pas un champion, mais ça me plaît bien.

— Viens !

Tandis que Yekatelina le ramenait au campement, les souvenirs affluèrent. Lev adorait ce jeu. D'ailleurs, il y voyait bien plus qu'un amusement. Il jouait régulièrement avec Ivan, qui appréciait le bruit mat des pierres frappées sur le plateau d'épicéa. Mais là où son père avait pris le plus de plaisir, c'était avec l'une de ses connaissances d'Hewa. Leurs parties s'étaient étalées parfois sur des semaines !

Yekatelina et Ivan pénétrèrent dans le camp aussi facilement qu'ils en étaient sortis. Maintenant qu'il la cherchait, Ivan accrocha la silhouette d'une sentinelle parmi les ombres d'un pin. Il entra dans la tente de commandement à la suite de Yekatelina. Un instant plus tard, une lampe à alcool chassait la pénombre.

— Installe-toi, dit-elle en montrant sa couche.

Elle récupéra le jeu qu'il avait déjà aperçu dans son coffre, deux semaines plus tôt, et l'installa entre eux. C'était un ensemble très simple, créé pour le voyage : un plateau pliant en chêne, sur lequel un quadrillage avait été tracé à la laque, ainsi que deux sacs de soie. Elle fit glisser l'un des deux vers lui.

— Prends noir, qu'on voie si tu as besoin de handicaps.

Sa joie à cet instant était tellement contagieuse qu'Ivan fut incapable de retenir un sourire.

Ivan

Ivan essuya la plume avant de la ranger. Il n'était bon à rien, aujourd'hui. Il fallait dire que Yekatelina et lui avaient veillé jusque tard dans la nuit. Conclusion : il lui faudrait au moins quatre pierres de handicap, s'il espérait pouvoir la battre.

L'air glacial du dehors lui donna la claque qu'il espérait. Il allait chercher de quoi couper un peu de bois quand Sanghoon, l'un des mercenaires de l'unité de Yekatelina, déboula dans le camp à toute allure. Son regard croisa celui d'Ivan.

— Couvre-toi, tu viens avec moi.

Sans attendre sa réponse, Sanghoon continua son chemin, jusqu'à trouver l'Anguille. Ivan tendit l'oreille.

— Réveille tous les gars valides et dispos. On y retourne, et vite.

— Qu'est-ce qui se passe ? demanda le chef d'unité.

— J'en sais rien, mais ça bouge du côté de l'ennemi.

Un souffle plus tard, Ivan et une demi-douzaine de mercenaires allaient au pas de course en direction du sud. Les arcs avaient été bandés, les flèches et les sabres à portée de main. L'Anguille avait pourvu Ivan d'une broigne qui lui donnait l'impression de peser une tonne, et il lui avait même confié un coutelas. Les nouvelles étaient-elles si mauvaises ? Qu'est-ce qui pouvait bien tirer l'équipe de nuit hors de son quart de repos ? Yekatelina pouvait-elle être en danger ?

Et alors ? En quoi cela regardait Ivan ? Il devait plutôt guetter le moment de fuir. Il n'était pas encore prêt : la nourriture lui manquerait, et il ne possédait encore aucune information digne d'être monnayée. Mais c'était sa première opportunité en trois semaines dans la forêt de Kastr et la prochaine ne se présenterait peut-être pas de sitôt.

Après une heure alternant course et marche rapide, ils distinguèrent les silhouettes de leurs camarades entre les branches. Ivan reconnut tout de suite la demi-queue de Junsa, avant d'apercevoir le reste de ses compagnons. Yekatelina avait le visage penché sur un petit feuillet. Non loin d'elle, aux aguets, deux des hommes de son unité, Chulhei et Taejun. Le dernier, Boram, manquait à l'appel. D'après Antae, en incluant Sanghoon, les quatre étaient parmi les plus fines lames de la compagnie, avec Kisang, Songseung, Junsa et une poignée d'autres.

Au sol gisait une petite dizaine de soldats kaliumers. Ivan reconnut les mêmes casques à pointe que ceux aperçus dans la passe. Trop choqué après ce qui avait été sa première et seule bataille, il n'avait alors pas pu vraiment les observer. Leur accoutrement était d'un exotisme fascinant. Le col de leurs longs manteaux, rembourrés comme des édredons, les couvrait jusqu'en haut du cou. L'un des pans croisait tellement sur la poitrine que la fermeture lacée se faisait à l'arrière du flanc. Le revers des manches leur remontait jusqu'au milieu des avant-bras comme si, une fois rabattu, le tissu pouvait protéger leurs doigts des rigueurs du froid. Le plus étrange était encore ce qu'il pouvoir voir sur ceux dont le casque avait été arraché. Si certains arboraient une longue et épaisse tresse, similaire à celle des jeunes Daesans, d'autres avaient toute une partie du crâne rasée, ne laissant que l'arrière des cheveux séparé en deux nattes ainsi qu'un toupet sur le haut de la tête. La plupart portaient une barbe drue, parfois entremêlée de petits bijoux.

— Qu'est-ce qu'ils foutent, armés comme ça ? demanda l'Anguille.

— C'est bien le problème, répondit Chulhei. Ça n'a rien d'une unité de ravitaillement, et ce n'est pas non plus avec une dizaine de lascars qu'ils vont briser le siège de Kastr.

— C'est nous, qu'ils cherchent, lâcha Yekatelina en brandissant son papier. Ah ! Ivan. Viens voir.

Cela faisait longtemps qu'elle ne lui avait plus parlé daesan. Il s'approcha, circonspect.

— Tu comprends quoi ?

Il saisit le feuillet. Le papier était rugueux, plus épais que le hanji de fibres de mûrier dont il avait l'habitude, plus jaune, aussi. Des idéogrammes s'y succédaient, tracés à la verticale, de droite à gauche. Lire et écrire le kaliumer faisait partie des compétences de base pour qui visait les concours à la haute fonction publique. Lev le lui avait enseigné autant que possible, même si Ivan n'avait jamais eu l'occasion de le parler. Le système de transcription était totalement opposé à celui du daesan ou du vastanyan. Chaque symbole représentait une idée, qui se modifiait en fonction du contexte ou des idéogrammes voisins. Pour des non-natifs, les traductions pouvaient être assez hasardeuses. Ce qu'il en comprit, en première lecture, lui glaça le sang. « Trouvée Prostituée Blanche ». Clairement, l'ennemi savait où se cachait leur camp. Et vu le niveau d'armement des dépouilles, ils ne venaient pas pour négocier. Cela, Yekatelina l'avait compris depuis longtemps, sans aucun doute. C'était pour la suite qu'elle l'avait fait venir.

— « Rassemblement… à la Montagne du Dragon » ?

Elle soupira.

— Je lis la même chose, dit le commandant. Sauf qu'il n'y a pas une seule putain de montagne qui peut faire penser à un dragon, dans le coin. Heungmin, ça te dit quelque chose ?

Ivan ne releva pas la tête, mais le silence de l'Anguille était assez éloquent.

La « montagne du dragon » se composait de trois idéogrammes, « montagne », « feu » et « serpent ». C'était un assemblage assez courant, qui pouvait avoir deux interprétations : celle des créatures mythiques associées à l'esprit de la terre, qui peuplaient les contes antiques ; ou celle qu'avait donnée Ivan, plus pragmatique. Au Daesan, beaucoup de montagnes et d'anciens volcans portaient ce nom.

En même temps, quelque chose le chiffonnait. Quel soldat pourrait être assez stupide pour garder un tel message sur lui ? Il ne faisait peut-être que le livrer à d'autres ; le cachet de cire prouvait que le feuillet avait été scellé, à un moment ou à un autre. Et certes, il était peu probable que les membres d'une compagnie de mercenaires sachent lire une langue étrangère, surtout aussi complexe que le kaliumer. Mais on ne pouvait pas exclure un minimum de code.

— On peut aussi le lire comme « volcan du serpent », ou « volcan aux serpents », continua Ivan. Mais si on revient aux bases, plutôt que de « volcan », on pourrait parler de « feu sur la montagne ». Peut-être le lieu d'un ancien incendie, ou...

— Un feu de signal, intervint Songseung. J'en ai vu plusieurs, en ruine, sur certains sommets de Yeonbuk.

— Combien tu en as vu ?

Ivan leva la tête, surpris. Kisang venait d'arriver à la tête de son unité, Boram avec eux. Le camp était au complet. Une grosse vingtaine de guerriers prêts à en découdre. Ivan en eut des frissons.

— Une dizaine.

— On ne peut pas se disperser. Il faut qu'on sache d'où ils comptent partir.

— Le « serpent », dit Yekatelina. C'est le seul indice. Ça pourrait correspondre à quelque chose ?

Songseung secoua la tête.

— Pas que j'aie vu.

— Et une rivière ? demanda Ivan.

L'idéogramme du « serpent », combiné à celui de l'« eau », était utilisé pour écrire le mot « rivière ». La clé était là, il en était persuadé !

— Ça, oui. On est passés devant, il y a cinq jours. Au nord-ouest d'ici, à peut-être deux heures de marche.

— Allons-y, trancha Yekatelina, un sourire sur les lèvres. Attaquons les premiers.

Le combat qui s'ensuivit fut brutal, sans concession. Vingt hommes, une femme, qui tombèrent sur une grosse trentaine de Kaliumers désorganisés. Ivan fut mis à l'écart, juché sur une hauteur avec Chulhei et Boram. Yekatelina préférait se priver des deux vétérans plutôt que de risquer un seul de ses cheveux. La fierté d'Ivan en prit un coup – tout comme ses espoirs de fuir discrètement – mais, dès les premiers échanges, il comprit. Malgré ses progrès, il n'était clairement pas prêt.

Kisang enchaînait des frappes d'une vitesse et d'une virtuosité sans commune mesure avec ce qu'il déployait face à Ivan. Le jeune homme réalisa que leurs entraînements du soir n'étaient qu'un étirement, pour le capitaine. En général, un seul coup lui suffisait à abattre ses adversaires, comme si son sabre touchait exactement là où il l'avait calculé. Six cadavres gisaient dans son sillage et il ne semblait même pas essoufflé.

Le style d'Antae et de Dekseon était beaucoup plus barbare, d'une violence presque dérangeante. Ils encaissaient les coups ennemis avant de leur renvoyer leurs fers dans la gueule. Leurs lames défonçaient les crânes, défiguraient les visages, broyaient les membres. Tout le contraire de Junsa et Songseung. Les deux mercenaires se battaient en binôme, l'un utilisant les ouvertures créées par l'autre, sans jamais faiblir, sans jamais reprendre leur souffle. Ivan retrouvait dans leurs gestes la même complicité que celle qu'il voyait au quotidien, au camp. Putain, « on sait comment chacun fonctionne », avait dit Junsa au fumoir ? Clairement un euphémisme : c'était comme s'ils étaient capables de lire dans l'esprit de l'autre.

Quant à Yekatelina, il la découvrait sous un autre jour tandis qu'il la voyait combattre pour la première fois. Malgré son gabarit plus fin que certains, elle déployait un style brutal, doublé d'une agilité qui la rendait redoutable. L'image du tigre de Sirtir s'imposa une nouvelle fois à lui.

— Heungmin, à gauche ! rugit-elle.

À la passe, Songseung lui avait bien dit qu'elle ne restait jamais à l'arrière. Pourtant, Ivan ne l'avait pas vraiment pris au sérieux. Il s'était bien trompé. Elle combattait avec la même hargne que ses hommes, sur le même terrain, au même niveau, comme si sa vie n'avait pas plus de valeur que la leur. Comme si elle était leur égale. Et malgré le foutoir indescriptible aux yeux d'Ivan, tout en croisant le fer, elle parvenait à prendre du recul. Elle redéployait leurs forces, envoyait du soutien là où l'un des siens était en difficulté, s'assurait que la troupe ne se faisait pas déborder. Et les mercenaires… Ivan avait appris à les connaître uniquement pendant leurs temps de repos. Certains d'entre eux étaient de vrais truands, toujours à chercher un mauvais coup, à n'en faire qu'à leur tête. Leur indiscipline le faisait sourire car, en général, leurs écarts restaient bon enfant, quoique des bagarres violentes éclataient parfois. Leur comportement, sous les ordres du commandant, changeait radicalement. Ils guettaient les ordres de Yekatelina avant de s'exécuter sans délai. Parce qu'elle se mouillait avec eux, parce que sa vie ne pesait pas plus lourd, parce qu'elle leur garantissait la victoire, ils lui vouaient un respect sans borne et la suivaient sans se poser de questions.

Et la même estime était en train de grandir dans les tripes d'Ivan.

Chulhei décocha un dernier trait, qui se planta en plein dans le mollet d'un fuyard. Sanghoon fit quelques pas et acheva le Kaliumer.

— C'est fini, lâcha Boram, laconique.

Chulhei se tourna vers Ivan.

— Alors, Petiot, t'en as pensé quoi ?

Ivan n'avait pas les mots. Trop d'émotions affluaient en lui, trop d'images qui se répétaient dans sa tête. Malgré la violence parfois insoutenable de ce qu'il venait de voir, il avait été incapable de détourner le regard. Le mercenaire s'esclaffa.

— Allez, on redescend.

En quelques minutes, ils quittèrent la petite éminence d'où ils avaient dominé le lieu de l'escarmouche. Les mercenaires indemnes achevaient les survivants, ceux dont les blessures étaient plus graves recevaient des soins basiques de la part de leurs compagnons. Yekatelina se tourna dans la direction d'Ivan, du sang sur toute la partie gauche de son visage et dans ses cheveux. Celle qui avait mené l'offensive et saigné pour ses compagnons, celle avec qui il avait joué au baduk la veille, celle qui avait contemplé six de ses hommes se faire punir, celle qui l'avait fait enlever, celle qui donnait tout pour sa sœur... toutes étaient les facettes différentes d'une seule et même personne. D'une personne pour qui il ne pouvait plus nier son respect grandissant. D'une personne qui s'inquiétait de sa sécurité, même si elle se souciait sans doute davantage de sa valeur en tant que monnaie d'échange.

— Tout s'est bien passé ? Vous n'avez pas été attaqués ?

Chulhei secoua la tête.

— *Niet*, patron. Tout baigne.

— Parfait. On rentre au nid et on décanille dès ce soir, ordonna-t-elle en direction du gros de la troupe. On fait gaffe sur le retour, d'autres unités sont peut-être en route pour le rendez-vous. Deux devant, deux de chaque côté et deux derrière.

Puis elle se tourna à nouveau vers Ivan. Son visage se fit grave.

— Merci, Ivan. Sans ton aide, on aurait été dans une sacrée merde.

Il baissa la tête. Il avait envie de sourire.

— C'est normal.

Après tout, tant qu'il n'était pas prêt à fuir, lui aussi faisait partie de la Horde. Autant se rendre utile.

Ivan

Ivan souleva le merlin et l'abattit sans effort. Sous le choc, la bûche se fendit en deux. Il replaça l'une des moitiés sur la souche et la sépara encore en deux, avant de faire de même avec l'autre. Puis il rejeta les quatre fragments sur la pile de séchage. Le tas de bois ne leur servirait pas tout de suite mais il serait utile à d'autres sous-groupes de la Horde, lorsqu'ils patrouilleraient dans le coin.

Depuis deux mois, la situation militaire avait peu évolué. Yekatelina le lui avait expliqué, lors de leurs discussions : l'emplacement du fort de Kastr était avantageux. Construit en haut d'un plateau difficile d'accès, doté de nombreux celliers et caves creusés directement dans la montagne. Des assiégés bien préparés pouvaient tenir des mois sans le moindre approvisionnement. Pour se risquer à attaquer depuis les contrebas, l'armée daesane devait les épuiser au maximum. De toute façon, quelques mois dans une guerre qui durait depuis des années, ce n'était rien de plus qu'une goutte d'eau dans la rivière.

Alors les mercenaires continuaient de bouger, désormais tous les trois jours pour ne pas se faire détecter par les patrouilles ennemies, et poursuivaient leurs missions d'interceptions. Les ravitaillements envoyés par le Kalium semblaient de moins en moins nombreux. Était-ce dû à la situation géopolitique du royaume, aux prises à sa frontière sud avec le Namla ? Au filet resserré et décourageant du Daesan ? Ou bien à la localisation trop septentrionale de Kastr ? Dans tous les cas, si Ivan avait un temps craint une attaque massive des Kaliumers, celle-ci n'était jamais venue.

Toutes ces informations, Yekatelina les lui avait offertes sans rien lui cacher. Elle répondait à ses questions, écoutait les théories qu'il échafaudait sur la base de sa connaissance de l'État et de la géopolitique, les complétait avec ses propres connaissances militaires. Les renseignements glanés auprès de Kisang, de Songseung et des autres allaient dans le même sens. Avec le temps et la multiplication de leurs conversations souvent nocturnes, en dépit de ce qu'elle devait représenter pour lui, il en était venu à lui faire confiance.

Il attrapa un nouveau rondin et continua sa tâche. Dire qu'à son arrivée, cette corvée lui était la plus pénible ! Manier le merlin plus de dix minutes mettait alors ses muscles et ses articulations au supplice. En trois mois, il s'était complètement transformé. Kisang avait eu raison : grâce aux exercices et à une alimentation digne de ce nom, sa taille et sa force étaient devenues de vrais atouts. Parfois, il en était étourdi. Avant son enlèvement, il n'aurait jamais soupçonné un tel potentiel. Combien de fois s'était-il écrasé devant plus fort que lui ? Combien de fois avait-il mordu la poussière, retenu ses larmes, ravalé sa rage et son impuissance ? Il n'était pas pour autant devenu adepte de la violence, mais il y avait quelque chose de grisant à se savoir capable de rester debout. De lever la tête.

Aujourd'hui, aurait-il pu échapper à Baedung et à ses humiliations ? Impossible à savoir. Le grêlé n'avait jamais reparu.

Quant à Ivan, son plan de fuite était arrivé à maturité. Il avait assez de provisions saines pour rentrer à Hewa, et même continuer encore plusieurs jours. En ce qui concernait les informations qui pourraient lui acheter la protection du voievod, il n'avait finalement rien appris de déterminant. Il était arrivé à la certitude que Radimov ignorait qui il employait. Lui en savait suffisamment pour que quelqu'un de haut placé recoupe les indices et obtienne l'identité réelle de Yekatelina. Quant aux comptes, il n'avait pas trouvé d'irrégularité majeure, mais suffisamment d'erreurs pour inquiéter la Horde.

En vérité, tout était prêt depuis plusieurs semaines, maintenant. Il attendait juste le meilleur moment pour disparaître.

Tandis qu'il abaissait une nouvelle fois l'outil, un sifflement admiratif s'éleva dans son dos. Quand la bûche eut craqué, Ivan se retourna pour trouver le capitaine à quelques pas de là. Dans une main, il tenait la hache avec laquelle Ivan s'entraînait depuis un mois. Étonné, celui-ci jeta un coup d'œil vers le ciel sans nuages : le milieu de l'après-midi avait à peine passé. Sa patrouille ne devrait pas être déjà terminée.

— Qu'est-ce que vous faites là ?

— J'ai deux blessés légers. L'Anguille va nous remplacer.

Ivan posa l'une des deux moitiés sur le billot et abattit le merlin.

— Tu sais que tu n'as plus vraiment besoin de faire ce genre d'exercice ? Tu as pris bien assez d'épaisseur.

Ivan se retourna vers le capitaine. C'était là. Maintenant. Il travaillait depuis trois mois pour ça.

— De toute façon, ce n'est pas comme si j'avais grand-chose d'autre à faire.

— C'est un message ?

Ivan haussa les épaules. Il aurait voulu sourire, montrer à Kisang un visage plus innocent, comme si partir en patrouille ne représentait rien pour lui. Il n'y parvint pas.

— Oui, bien sûr que oui, dit Kisang en souriant. Allez, mon garçon, montre-moi où tu en es.

Kisang lança la hache dans sa direction. Ivan rejeta son merlin au loin et attrapa l'arme par le manche. Plus légère que l'outil, elle fendait aussi mieux l'air. Il ne touchait pas souvent le capitaine mais quand il y parvenait… la brigandine prouvait son utilité, même si elle n'évitait pas les bleus. Il fit quelques mouvements pour retrouver ses sensations et tester ses muscles déjà chauds. Kisang dégaina son sabre.

— Vous êtes sûr ? Je ne voudrais pas vous fatiguer après cette longue journée.

— L'arrogance précède la ruine, mon garçon, rétorqua Kisang avec légèreté.

Sans plus attendre, il se fendit. Ivan balança sa hache et le manche balaya le sabre. Il profita de l'ouverture et de la vitesse gagnée pour attaquer à son tour. Aussitôt, Kisang ramena sa lame en garde. Le choc remonta jusque dans l'épaule d'Ivan, à en faire trembler ses os. Il recula, le temps de retrouver son assiette.

— Bien, belle réactivité ! Allez, recommence.

Ivan se jeta en avant. Comme Kisang le lui avait appris, il n'arma sa hache qu'au dernier moment, pour laisser le moins d'ouverture possible, puis l'abattit de toutes ses forces. Le capitaine para mais sa garde plia devant la violence de l'attaque. Ivan profita de sa faiblesse pour lui assener un coup de genou en plein dans le ventre. À sa grande surprise, il n'y eut pas de parade ni d'esquive et sa jambe s'enfonça dans le corps du capitaine. Ce dernier s'effondra au sol. Ivan laissa aussitôt tomber la hache et se jeta sur lui.

— Capitaine !

Kisang se mit à rire. Un rire entremêlé d'une toux grasse. Des larmes faisaient luire ses yeux.

— Putain, expira-t-il, t'as une force de bête.

— Je suis désolé, capitaine. J'étais persuadé que vous alliez esquiver.

— Abruti, tu m'as pris pour Taebaek ?

Ivan se mordit la lèvre. À ses yeux oui, Kisang valait le grand héros des guerres contre le Sigertei.

— Allez, tire pas cette tronche, le tança le capitaine. Aide-moi à m'asseoir.

Ivan passa un bras sous les épaules de son mentor et le redressa avec précaution. Kisang grogna jusqu'à être adossé au tas de bois. Il prit quelque temps pour retrouver son souffle et son visage regagna quelques couleurs.

— J'aurais dû y aller moins fort, s'excusa à nouveau Ivan.

— Ne retiens jamais tes coups. Quand tu seras en combat, la moindre hésitation équivaudra à ta mort.

Ivan s'immobilisa. C'était la première fois que Kisang utilisait le futur sur le sujet. À dessein ?

— Ferme la bouche. Oui, tu as bien entendu. Regarde-toi, tu n'es même pas essoufflé et moi, je suis à terre. Mais ne te fais pas trop d'illusions : je lui donnerai juste mon avis. C'est elle qui décide, personne d'autre.

Te voir partir au-dehors est bien la dernière chose dont elle a envie, tu peux me croire. Ce sera à toi de la convaincre qu'elle a quelque chose à y gagner.

Ivan se laissa choir sur le sol meuble. Il allait peut-être participer à l'une des patrouilles de la Horde ? Il aurait enfin l'occasion de s'éclipser ? Sa poitrine le serrait, presque douloureuse. Pourquoi, par Bor ?

— Je vais être honnête, mon garçon. Moi non plus, je n'ai pas envie que tu y ailles. Tu as progressé à un rythme que j'ai rarement vu chez des jeunes de ton âge. Tu as la puissance, une bonne solidité, et tu sais réfléchir et analyser les combats, au contraire de beaucoup ici. Malgré tout, tu n'es pas de ce monde. Au premier assaut, ton bras va trembler, la sueur va te couler dans les yeux, tu ne pourras plus bouger, peut-être que tu vas pisser dans ton froc. J'ai vu ce spectacle un paquet de fois et j'ai perdu un nombre incalculable d'élèves qui pensaient être devenus des soldats.

Le capitaine le regardait droit dans les yeux, ses iris noirs comme deux pointes de flèches. « Il a l'habitude, il sait ce qu'il fait », avait dit Antae alors qu'il revenait d'un de ses premiers entraînements.

— Vous étiez instructeur dans l'armée.

Kisang hocha la tête.

— À Laeju. Même si la guerre n'était pas encore déclarée, les combats à la frontière et sur le littoral de la mer du Kalium duraient depuis des décades. J'avais beau le savoir, je ne pouvais m'empêcher de m'attacher à ces idiots. Ils avaient le même regard brillant que toi, la même confiance, jusqu'à ce qu'on les recouvre d'une natte funèbre. À chaque campagne, j'avais l'impression de mourir un peu plus.

— Mais vous avez continué.

Kisang renversa la tête et la laissa appuyée contre le tas de bois. Un rictus amer plissait ses lèvres.

— Non. Je les ai abandonnés.

— Vous avez déserté ?

— Démissionné. Je voulais vivre loin du monde des armes, mettre à l'abri ma femme et ma fille. C'est ce que j'allais faire...

Une famille ? Le capitaine lui en parlait pour la première fois. Il ne termina pas sa phrase mais désormais, Ivan pouvait facilement la compléter.

S'il n'avait pas rencontré Yekatelina. Il n'avait pas réussi à en apprendre plus mais il savait que le vétéran n'avait plus quitté le commandant d'une semelle depuis le massacre de sa famille. Kisang était l'ombre de Yekatelina, son gardien, son soutien de toujours. Malgré le temps parfois orageux entre eux, il ne l'abandonnerait jamais. Si une jalousie absurde piquait parfois Ivan à les voir se comprendre d'un regard, à voir Yekatelina toujours certaine de trouver Kisang non loin, il en était aussi rassuré. Elle n'avait pas tout perdu avec l'assassinat de sa famille. Quand il fuirait, le capitaine serait toujours là.

— Bref, tout ça pour dire que tu dois être certain de la raison qui te pousse à combattre. Si tu n'es pas prêt à mettre ta vie dans la balance, ne le fais pas. Allez, aide-moi à me lever. On s'arrête là pour aujourd'hui.

Ivan accompagna Kisang jusqu'à sa tente en silence. Il ne pouvait s'empêcher de ressasser les mots du capitaine. Il allait parler à Yekatelina. Si elle acceptait, s'éclipser au cours d'un combat serait un jeu d'enfant. Ensuite, il n'aurait qu'à rebrousser chemin vers l'est, traverser la passe d'Orghul Khan puis rejoindre Hewa. Il retrouverait sa vie d'avant. C'était ce qu'il avait toujours souhaité, ce pour quoi il agissait et s'intégrait dans la Horde depuis trois mois. Alors pourquoi en ressentait-il une telle angoisse ?

Dans le camp sommaire, les hommes discutaient à voix basse, riaient. Quelques-uns disparurent sous le petit pavillon des prostituées, le sourire aux lèvres. La plupart se lavaient de la sueur et du sang le long d'un torrent. Soudain, un poids s'abattit sur la nuque d'Ivan, massif, ferme, un peu collant. Un bras. Et avec, une odeur fauve de sueur froide. Ivan tourna la tête pour voir Antae, son visage rond tout sourire.

— Alors, Vanya, bonne journée ?

Son inquiétude s'envola devant l'allégresse contagieuse du mercenaire. Celui-ci serrait son bras bien trop fort, mais la douleur éloigna Ivan de ses tourments.

— Apparemment, répondit-il dans un rire, tu es content de la tienne.

— Et comment ! Sur un des Kaliumers, on a trouvé une bourse avec quatorze pièces d'argent ! Poète dit qu'il faut les peser, pour voir combien ça fait en vastas.

— Si vous essayez de les troquer, il y aura une taxe de change.

— Voilà ! Je leur ai dit qu'il valait mieux faire fondre tout le barda.

— Face de Lune... tu sais que l'argent fond à plus de neuf cents degrés ?

Le mercenaire dévisagea Ivan, l'un de ses sourcils froncés. Le jeune homme éclata de rire devant son air sceptique.

— Laisse tomber ! C'est impossible, surtout ici. Il te faudrait un four énorme.

— Oh ! lâcha Antae d'un air entendu. Bien vu. Tu sais que t'es vraiment une tête ?

— Mmm. Tout le monde est rentré ?

— Ouais. Ça se lave comme des petits chats.

— Tu ferais bien d'en faire autant, lâcha Ivan d'un ton acerbe.

Antae fit semblant de trembler.

— Tu rigoles ? L'eau est glacée ici.

— Franchement, Face de Lune, tu empestes.

Alors que le mercenaire ouvrait des yeux ronds, Ivan se dégagea et marcha en direction du torrent. Lui aussi avait besoin de se rafraîchir.

Lavé de frais, Ivan retrouva le reste de son unité. Chacun faisait de son mieux pour agrémenter la viande fumée et le pain sec, avec des algues grillées et salées, des herbes de montagne ramassées à la lisière de la pinède et des infusions d'épices. Afin de les faire durer, Songseung rationnait les vivres. Si l'hiver avait jusqu'alors protégé les denrées, le printemps avait commencé à faire moisir le pain de riz. Tout ce qui venait autour parvenait à peine à masquer son goût rance.

Naturellement, Ivan trouva sa place à côté de Junsa. Il aimait passer du temps avec chacun des mercenaires qui l'avaient accueilli : Sukyi et ses histoires à dormir debout, qu'il racontait toujours à grand renfort de gestes et de mimiques ; Antae et sa douceur un peu bonhomme, pleine de sollicitude ; Songseung et son sérieux rassurant, qui lui faisait penser au grand frère qu'il n'avait pas eu ; Dekseon et ses bougonneries de mauvaise foi à en être comiques. Mais avec Junsa, il y avait quelque chose de plus. Ivan n'avait jamais vraiment eu d'amis. Depuis toujours, sa bâtardise l'avait mis à l'écart des autres enfants et une fois devenu adulte, s'il ne décelait plus le rejet dans l'expression de ceux avec qui il travaillait, le lien ne s'était pas fait. Le soir venu, chacun retournait auprès de ses proches. Aussi, la facilité avec laquelle cette relation s'était créée l'avait pris par surprise. Aux côtés de Junsa, il se sentait bien, tout simplement. L'ancien courtisan n'avait peut-être pas l'éducation approfondie de Yekatelina mais il comprenait vite et il lisait en Ivan comme dans un livre ouvert. Ce dernier se réjouissait quand la réciproque était vraie.

— Je sais pas ce que t'as raconté à Face de Lune, dit-il, mais il a un grand projet de four.

Face à eux, Antae était en pleine discussion avec Sukyi et Dekseon. Un coutelas couvert d'herbes à la main, il faisait de grands gestes. Entre eux, Songseung semblait concentré à émincer ses lanières de viande mais un sourire lui étirait les lèvres. Ivan rit.

Éparpillés dans le camp restreint, les mercenaires qui ne patrouillaient pas de nuit se regroupaient par affinités. Le regard d'Ivan accrocha la silhouette de Yekatelina à quelques pas de là. Sa chevelure blanche se détachait dans la lumière déclinante du soir. Un sourire sur les lèvres, elle prit place parmi des guerriers issus de son unité et de celle de Kisang. Ceux-ci l'accueillirent avec un mélange de familiarité et de respect, des éclats de voix s'élevèrent, ils lui tendirent un bol.

— On parle de quatorze pièces, Face de Lune, lança Sukyi. Rien qu'avec les matériaux pour l'four, t'auras d'jà payé vingt fois tes frais d'change.

— Tu vois trop petit, Jacasse, intervint Dekseon. On est encore là pour un moment. Quatorze pièces par quatorze pièces…

— Vous réalisez qu'en trois mois, on a dû trouver vingt pièces au maximum ? demanda Junsa.

— C'est un pari sur l'avenir, rétorqua Antae.

Les lèvres de Yekatelina bougeaient tandis qu'elle discutait, mais Ivan n'entendait que les rires de ses compagnons. Elle rayonnait, comme chaque fois qu'elle évoluait parmi ses hommes. Il avait confirmé depuis longtemps ce qu'il avait entraperçu pendant l'attaque contre les Kaliumers. En se mettant au même niveau qu'eux, en les respectant, elle parvenait jour après jour à s'attacher et entretenir leur loyauté. Les valeurs d'un dirigeant exemplaire.

— Qu'est-ce t'en dis, Vanya ?

— Que c'est le projet le plus stupide que vous avez eu ces derniers mois. Mais au pire, on aura un four à pain. Face de Lune boulanger, ça en jette.

— Toi qu'as toujours voulu un boulot respectable, c'est pas mal !

— Tu nous f'ras des tourtes.

— Et des brioches !

— Ils arrivent à parler bouffe en mangeant, glissa Junsa juste pour Ivan.

Un sourire sur les lèvres, le jeune homme les écouta fantasmer sur la vie rangée d'Antae, puis sur la leur. Sukyi vendeur au marché, Dekseon ramasseur de crottin, Songseung prêtre servant. Junsa, évidemment, n'aurait pas à bosser. Il retournerait flatter les petites vieilles. Malgré leurs plaisanteries, Ivan continuait d'avoir le cœur lourd sans comprendre pourquoi.

— Elle est en train de partir, chuchota Junsa au milieu des bavardages.

Ivan se tourna vers lui, pas sûr de comprendre.

— Le commandant. Tu voulais lui parler, non ?

Comment le mercenaire parvenait à lire ainsi en lui dépassait l'entendement d'Ivan, mais il le remercia d'un hochement de tête.

— Je reviens, annonça-t-il aux autres avant de se lever.

Quand il se retrouva devant la tente de commandement, Yekatelina avait disparu à l'intérieur. D'un geste devenu un code entre eux, il frappa deux fois contre l'un des montants de la tente.

— Entre, dit-elle.

Ivan pénétra sous la toile à peine éclairée. Le commandant se tenait déjà assise derrière sa table de travail, sa plume en main. Elle lui adressa un sourire familier. Comme tous les soirs, il approcha la deuxième chaise de son bureau et ouvrit l'un des livres de comptes. Cette fois, l'odeur du papier ne l'apaisa pas. Son cœur battait trop vite, sa poitrine le serrait trop.

— Tu comptes tergiverser encore longtemps ? Tu gigotes tellement que tu m'empêches de me concentrer.

Yekatelina avait interrompu son travail et le regardait, un sourcil relevé.

— Est-ce que... Kisang t'a parlé ?

La jeune femme soupira.

— Oui.

— Et… tu es d'accord ?

— Bien sûr que non. Je ne veux pas que tu risques ta vie.

Un instant, Ivan caressa l'illusion qu'elle s'inquiétait pour lui, et pas pour sa monnaie d'échange. Elle attendait de revoir sa sœur depuis près de dix ans. Que croyait-il ?

— C'est pour ça que tu m'as mis avec Songseung, non ? Tu savais que ce jour viendrait. Même moi, je peux me rendre compte que ce sont les meilleurs, après ceux de ton unité. Que veux-tu qu'il m'arrive, auprès d'eux ?

— Hongho aussi était avec eux. Ça ne l'a pas empêché de tomber dans un ravin.

— Parce que tu crois qu'ils commettraient la même erreur avec moi ? Si je ne reviens pas, ils auront droit à un aller simple pour l'Abysse et ils le savent.

Yekatelina rejeta sa plume sous le coup de la colère. Des gouttes d'encre maculèrent la lettre qu'elle était en train de rédiger.

— À quoi ça m'avancerait, de collectionner vos cadavres à tous les six ? Et quoi, tu tiens tant que ça à aller au-devant de ta mort ? Tu n'as pas un projet d'avenir plus important ?

Son projet. Gagner Jeoju avec Saejin, révéler l'identité et les plans de Yekatelina à Radimov, acheter une place à l'abri de la Horde, puis reprendre le cours de ses rêves d'avant. Bien sûr qu'il avait un projet. Pourquoi fallait-il que ce soit Yekatelina qui le lui rappelle, alors qu'elle n'en connaissait que la dernière partie ?

— J'ai besoin d'aller jusqu'au bout ! répondit-il tout à trac. De comprendre qui je suis réellement. Depuis des mois, je vous regarde partir, vous battre, avancer vers votre objectif, pendant que je reste sur le carreau. J'ai vécu ça toute ma vie. Pour la première fois, j'ai une chance d'entrer dans la partie. De montrer qui je suis. J'ai du potentiel, Yek ! Tu le sais. Je le sens courir dans mes veines, je le vois dans les regards de Kisang et des gars. Tu me parles d'aller au-devant de la mort mais moi, je sais que je survivrai. Je survivrai et je reviendrai.

Le mensonge qu'il venait de proférer, il ne l'avait pas préparé. Jusqu'à présent, il avait toujours fait en sorte que ses paroles soient vraies, même si Yekatelina n'en avait probablement pas la même interprétation que lui. Là, il n'arrivait pas à se départir de l'impression qu'il allait la trahir, elle qui se raccrochait à l'espoir de retrouver sa sœur comme un naufragé à une planche. S'il la laissait tomber, aurait-elle la force de rebondir ? De trouver une autre solution ? De continuer ?

Yekatelina s'adossa à sa chaise et ferma les yeux. D'une main lasse, elle se massa l'arête du nez.

— Putain, Ivan, tu me fais chier, jura-t-elle en daesan. Toi et tous ces cons que je paye bien trop grassement.

Elle rouvrit les paupières pour lui lancer un regard assassin.

— Est-ce que tu imagines combien de fois par jour – par jour ! – on me demande quand tu vas commencer à patrouiller ?

Alors comme ça, les gars de la Horde l'attendaient ? Malgré la pointe de plaisir qui vint le réchauffer, il n'arrivait pas à se réjouir. Il était suspendu à ses lèvres.

— Si ça n'avait tenu qu'à moi, tu n'aurais jamais tenu une hache, ni même un canif pour préparer la bouffe. Je t'aurais gardé en cage, pour être sûre que tu ne t'envoles pas.

Son visage était toujours plissé par la contrariété mais Ivan y percevait… autre chose. Désormais, il la connaissait suffisamment bien pour lire derrière ce qu'elle voulait montrer. Pour capter les moindres variations de ses traits.

— Mais les choses n'ont pas tourné comme je l'espérais. Le siège traîne trop, mes hommes sont en train de s'épuiser. J'ai besoin de quelqu'un pour relancer la dynamique de la compagnie, au moins ici, et la vérité c'est que je ne vois personne d'autre que toi. Alors c'est d'accord.

Ces mots, Ivan avait l'impression de les avoir attendus toute sa vie. On avait besoin de lui. *Elle* avait besoin de lui. S'il avait tracé la voie qui lui était destinée en devenant magistrat, aurait-il jamais connu une telle exaltation ? Ici, où la mort rôdait derrière chaque tronc, dans chaque fossé, la vie en devenait intense à crever. Une discussion qu'il avait eue avec Dekseon, des semaines plus tôt, résonna dans sa mémoire. « C'est notre métier. On est là pour ça, tu vois. On *demande* ça. Et quand t'es plus fort que celui d'en face, quand tu l'transperces, tu te sens putain d'vivant. Vivant et libre. Parfois, tu crois que c'est fini, que tu vas y passer. En plein cœur du bordel, y a plus qu'toi et des dizaines d'ennemis. Jusqu'à ce qu'un frère vienne te chercher et te montre la lumière. C'est comme entrer en communion avec Bor lui-même. Après, tu vis plus que pour ça. »

Lui aussi, il voulait vivre. Lui aussi, il voulait être libre.

— Mais je te préviens, continua Yekatelina. Tu as intérêt à obéir à Songseung au doigt et à l'œil. Si j'apprends que tu as fait le moindre écart, terminé.

Il aurait dû être partagé. Il aurait dû avoir le cœur lourd, car partir en patrouille signifiait partir tout court. Pourtant, une joie sincère réchauffait son ventre.

— Range ton sourire d'idiot et disparais de ma vue. Et envoie-moi Songseung !

Ivan

— Je survivrai et je reviendrai.

Les mots qu'il avait adressés à Yekatelina la veille au soir résonnaient encore dans la tête d'Ivan quand il enfila la broigne fournie par Kisang. Normalement, il devrait rembourser son équipement – coiffe cloutée surmontée d'un casque à pointe bosselé, hache, broigne cousue de pièces de métal –, mais il voyait ces avances comme une marque de confiance de la part du capitaine et du commandant. Confiance qu'il s'apprêtait à trahir. Quand il noua les liens de sa cotte et serra sa large ceinture, sa poitrine se comprima. La veille, il avait placé son sac de vivres à l'écart du camp, où quelqu'un qui ne le cherchait pas ne pourrait pas le trouver.

— Tu veux que je noue ta jugulaire ? demanda Junsa.

Le mercenaire était déjà pleinement équipé, son sabre et son carquois lui battant le côté. Dans son dos, accroché à sa ceinture de cuir, pendait un petit arc à double courbure déjà bandé. Ivan ressemblait à un paysan attifé d'atours guerriers mais Junsa avait fière allure avec son dapo, cette veste sans manches qui lui descendait jusqu'à mi-mollet, et ses bottes de cuir renforcées. Par-dessus sa brigandine flottait son pendentif de Kateu, l'esprit des routes. Son ami le regardait d'un air nonchalant : pour lui, aujourd'hui était un jour comme les autres. Ivan secoua la tête, la gorge trop nouée pour répondre de vive voix. Il attrapa les deux cordons qui pendaient le long de ses joues et effectua un nœud maladroit. Junsa claqua sa langue contre son palais avant de s'approcher.

— Ça va gîter dès que tu vas tourner la tête. Tu ne peux pas tout savoir faire dès le début, continua-t-il en refaisant le nœud d'Ivan. C'est normal d'être nerveux, tu vas risquer ta vie. Fais-nous confiance. Il n'en a peut-être pas l'air, mais Songseung est un as. Il te protégera.

Ivan rit nerveusement.

— Bien sûr qu'il en a l'air. On dirait un prince de conte.

Junsa tira sur la jugulaire désormais bien serrée.

— Hé, je croyais que c'était moi, le prince ?

Cette fois, sa comédie tira à Ivan un rire plus sincère qui le détendit un peu. Et attisa la culpabilité au creux de son ventre.

— Tu sais te battre, Vanya, continua Junsa qui se méprenait sur la raison de sa nervosité. Mais si tu ne le sens pas, tu restes en arrière. Tu me le promets ?

Rester en arrière. Junsa lisait-il en lui au point d'avoir deviné son plan de fuite ? Non. Son inquiétude était sincère.

— Ivan ?

Le jeune homme descella ses lèvres. Cette promesse n'était que le prolongement de celle qu'il avait faite à Saejin. Ce n'était pas un parjure.

— Promis.

Junsa hocha la tête et lui assena une petite claque sur la joue.

— Allez, dis-toi qu'au moins, on a prévu le casse-croûte. C'est déjà pas mal, non ?

Le rire d'Ivan lui parut creux.

Le plan était simple : chaque unité avait la charge de patrouiller dans un secteur afin d'intercepter un maximum de ravitaillement. Les convois kaliumers lourdement armés n'étaient plus à l'ordre du jour : prévisibles car limités à quelques routes praticables, ils avaient été balayés par les forces de Radimov. C'était parce que la tactique du Kalium s'était modifiée pour des tentatives plus discrètes que la Horde avait été appelée pour quadriller la forêt, trois mois plus tôt. La méthode hasardeuse n'assurait pas un taux de réussite total mais la compagnie était suffisamment étendue pour constituer un filet serré.

Tandis que le soleil montait au-dessus de la ligne des arbres, leur unité progressait en direction du sud-ouest. Sukyi patrouillait en tête, Dekseon et Antae surveillaient les côtés. Songseung restait au centre du groupe avec Ivan et Junsa fermait la marche. Les mercenaires se faisaient le plus discrets possible, avançant lentement. C'était la première fois qu'Ivan voyait Sukyi et Dekseon sérieux. Même pendant l'attaque sur le regroupement ennemi, ils avaient eu l'air plus légers. Régulièrement, Songseung désignait le sol du doigt et le jeune homme prenait garde à ne pas fouler la brindille ou la pomme de pin. Cependant, leur vigilance semblait vaine : il n'y avait pas âme qui vive. En tout cas, pas âme humaine. Leur progression se fondait dans la rumeur piaillarde de la forêt, faisant tout au plus détaler quelques petits mammifères.

Avec le retour du printemps, la nature avait repris ses droits. Réchauffées par les rais de lumière qui perçaient le couvert des pins, mousses et fougères se déployaient avec extravagance, tapissant le sol humide de leur vert tendre. Sur les troncs tortueux des conifères, la résine sourdait en gouttes d'ambre et emplissait le sous-bois de son parfum prégnant. Il y avait quelque chose d'apaisant à progresser dans les ombres crevées d'or de la pinède. Plus la journée avançait, plus la tension d'Ivan se dissipait. Les Kaliumers ne se montreraient pas. Sa fuite ne serait pas pour aujourd'hui.

Il plongea dans l'affût de sons inhabituels, dans la recherche de traces laissées par l'ennemi. Il n'avait pas beaucoup d'expérience dans ce domaine, et rien que la marche silencieuse lui accaparait une bonne partie de ses efforts, mais de temps en temps, un compagnon lui désignait quelque chose d'intéressant : une brindille brisée, un cercle d'herbe couchée, l'empreinte partielle d'une botte. Cependant, les pistes humaines remontaient à plusieurs jours, recouvertes par la végétation ou par d'autres traces d'animaux. Fatigué par une traque vaine, Ivan s'arrêta un instant et étira ses muscles endoloris.

— Des jours comme aujourd'hui, c'est le plus dur, murmura Songseung. On cherche, on guette, mais il ne se passe rien.

— C'est souvent comme ça ?

Le chef d'unité haussa les épaules.

— Tout dépend de...

Il s'interrompit, les yeux braqués sur sa gauche. Ivan ouvrit les oreilles, à l'affût d'un changement dans l'atmosphère des sous-bois, mais ne décela rien d'inhabituel. En silence, Songseung lui montra l'endroit où progressait Dekseon. Quand les autres convergèrent vers cette position, il comprit que l'ennemi était là. Ses entrailles se liquéfièrent. On y était. Le moment qu'il avait tant attendu. Il jeta un regard par-dessus son épaule, croisa celui, grave, de Junsa. Fébrile, Ivan se plia en deux et suivit le chef d'unité.

Dekseon et Sukyi étaient couchés dans l'humus et observaient les alentours à travers un tapis de fougères. Dans un silence digne d'un temple dédié à Muwi, Ivan et Songseung les imitèrent à plusieurs mètres de là, bientôt suivis par Junsa et Antae. Dans les trouées de la végétation, Ivan chercha les Kaliumers. Il guetta les mouvements des buissons, les taches plus claires sur les troncs noirs des pins, le cliquetis des cottes ou des baudriers, mais ne trouva rien. Alors qu'il se tournait vers Songseung, il remarqua l'éclat du métal, frappé par le soleil qui traversait les frondaisons. Et il les vit.

D'abord un, puis deux, puis huit. Tout comme les mercenaires de la Horde, ils avançaient lentement, prenant soin de ne faire aucun bruit. Ils étaient vêtus de couleurs sombres, des bruns, des verts qui se fondaient dans le couvert forestier. Toutefois, leur excès de prudence les avait trahis : le reflet perçu par Ivan, et probablement plus tôt par ses compagnons, provenait des rivets qui constellaient leurs tuniques. Ils n'avaient pas su résister à la protection offerte par le métal.

Sous les larges ballots de vivres fixés sur leur dos, Ivan reconnut leurs tuniques croisées sur la poitrine. Leurs coiffures étranges le fascinèrent comme au premier jour.

Une pression sur son épaule le tira de ses observations. Songseung lui expliqua la tactique en quelques signes silencieux : Sukyi et Junsa devaient contourner le groupe ennemi. Quand Songseung et Antae décocheraient leurs flèches, le signal de l'attaque serait donné. Le cœur d'Ivan se mit à battre la chamade, ses mains se firent moites, ses épaules se nouèrent. Il y était. L'heure du départ.

Les deux premiers mercenaires quittèrent leur position, chacun dans une direction. Les autres attendirent pendant ce qui lui parut une éternité.

Le cœur d'Ivan continuait de danser la sarabande et ses mains, son front, son corps tout entier se couvraient d'une sueur aigre. Puis, sur un critère qui lui échappa, Songseung se redressa lentement, imité par Antae. Ils ôtèrent leurs arcs à double courbure et sortirent leurs flèches. Pendant ce temps, Dekseon se relevait et dégageait prudemment sa lame de son fourreau de cuir. Ivan commença à faire de même mais alors qu'il allait glisser sa hache hors de son anneau de suspension, la main de Songseung l'arrêta. Le mercenaire lui fit « non » des paupières, avant de lui faire signe d'attendre. Ivan écarta les doigts et se tassa, aux aguets.

Il balaya son unité du regard. Les deux archers avaient déjà encoché leurs flèches. Ils se levèrent, toujours à une allure terriblement lente, et tirèrent sur la corde. Le bois de leur arc craqua dans le silence maintenant pesant. Le cœur d'Ivan, affolé, manqua un battement : l'un des Kaliumers s'était arrêté et observait autour de lui. Il allait donner le signal. Ivan se tourna vers Songseung mais avant que le moindre avertissement ait passé ses lèvres, le mercenaire relâcha les doigts. La flèche jaillit et se planta droit dans la gorge de l'homme aux aguets. Aussitôt, le projectile d'Antae fusa et frappa le meneur dans l'orbite. Les deux soldats s'effondrèrent l'un après l'autre. Au lieu de se mettre à l'abri, les survivants larguèrent leurs paquetages en un clin d'œil, tirèrent des sabres courbés vers l'arrière, larges comme le poing, et se jetèrent avec des cris de bêtes sauvages sur leur petit groupe. Sukyi et Junsa étaient maintenant trop loin pour les intercepter.

Songseung et Antae abandonnèrent leurs arcs et se préparèrent à recevoir l'assaut barbare.

Ivan devait reculer. Profiter des combats pour se faire oublier. Ses compagnons n'en seraient pas étonnés, au début. Ils penseraient qu'il avait pris peur. À six contre trois, ils avaient toutes les chances de s'en sortir. N'est-ce pas ?

Pourtant, Ivan dégagea sa hache. Le choc du fer contre le fer éclata autour de lui et dans une inspiration, il abattit son arme sur l'ennemi le plus proche. Le manche heurta un sabre, qui ploya sous le coup, sans céder. Ivan était si proche de son adversaire qu'il pouvait noter le moindre détail de son visage : la barbe emmêlée, la broussaille des sourcils épais, une cicatrice sur la pommette, les lèvres gercées. Cet homme était son ennemi et pourtant ils étaient là, enchevêtrés comme deux amants. Semblables. Soudain, le Kaliumer se déroba et toute résistance céda. Ivan fut emporté par l'élan et bascula en avant. Un pas instinctif lui sauva la mise. Une ombre immense emplit alors sa vision périphérique et le cri du métal perça ses tympans. Ivan se redressa en hâte : Junsa s'était interposé entre son adversaire et lui.

— Relève-toi !

Le mercenaire repoussa l'arme du Kaliumer et lui balança le pied en plein dans l'aine. L'homme recula jusqu'à percuter un tronc d'arbre. Sans répit, il en profita pour prendre de l'élan et se jeta sur Junsa, l'attrapa par la taille et le plaqua à terre. La tête du mercenaire heurta le sol et il cessa de se débattre. Il clignait des yeux avec lenteur. Comme dans un mauvais rêve, Ivan vit le Kaliumer armer son sabre des deux mains, pointe vers la gorge de Junsa.

Dans un cri féroce, le jeune homme balança sa hache. Le bourreau releva la tête et la lame vint le cueillir en pleine mâchoire. Ivan sentit le choc remonter jusque dans son épaule tandis que les os de sa victime se brisaient dans un craquement sinistre. Bouffé par la peur, il dégagea son arme, faisant pleuvoir humeurs rosâtres et esquilles sanguinolentes et l'abattit une nouvelle fois de toutes ses forces. La hache se planta de biais, entre le cou et l'épaule. Les tissus mous, chair et muscles, cédèrent et la lame ripa le long de la clavicule avant d'achever sa course, l'élan rompu. Ivan beugla de nouveau, banda ses muscles pour continuer à enfoncer son outil de mort, mais la lame refusa d'avancer.

— Ivan ! Ivan ! C'est bon, il est mort.

Des mains le saisirent, douces d'abord, puis impérieuses. Elles le forcèrent à lâcher le manche. Les bottes d'Ivan étaient nappées d'un rouge écœurant, le même rouge qui s'écoulait à gros bouillons du cadavre et pissait jusqu'au sol. Du cadavre, jusqu'au sol. Du cadavre…

Il avait tué un homme. Pas un cheval, cette fois. Un humain.

— Sortez-le de là.

Une silhouette se plaça devant lui, lui tourna la tête pour le forcer à regarder ailleurs. Cependant, Ivan était incapable de détacher son regard du spectacle. Le sang coulait encore. De son fait. Il avait tué. Il avait...

Une claque violente le ramena à ses esprits.

— Regarde-moi !

Songseung se trouvait devant lui, son visage plein de colère. Leurs regards se croisèrent et son expression s'adoucit.

— J'aime mieux ça. Comment il va ? demanda-t-il sans se détourner d'Ivan.

Derrière lui, Antae et Dekseon relevaient lentement Junsa. La tête du mercenaire dodelina, puis se redressa. Il ouvrit les yeux. Un soulagement profond submergea Ivan et il ne put s'empêcher de rire. Un rire sec, incontrôlable. Il enfouit son visage dans ses mains tachées d'écarlate et, sans savoir comment, les larmes se mirent à couler. Il avait tué un être humain. Comme les salauds qui avaient envahi les campagnes du Jeonam dix ans plus tôt. Il était comme eux, désormais. Et pourtant, il ne regrettait rien.

— Hé, Petiot, fit la voix nasillarde de Sukyi, reprends-toi.

— C'est bon, Jacasse, coupa Songseung, laisse-le évacuer. C'est sa première fois.

Malgré les paroles de son chef, Ivan essaya de se calmer. Il inspira un grand coup, mais cela ne fit que redoubler ses secousses. Il essuya ses larmes d'un revers de manche et aussitôt, d'autres vinrent les remplacer. Et pourtant il se sentait heureux. Parce que sans ça, Junsa... Sans ça...

— Je veux rester avec vous, bégaya-t-il.

Tout était tellement clair, désormais. Le dilemme qui lui tordait le ventre depuis des semaines s'était sublimé comme neige au soleil. Il réalisa qu'avant cet instant, il n'en avait même pas eu réellement conscience. C'était pourtant évident : il avait une place parmi la Horde. À lui, rien qu'à lui. Pas par responsabilité. Pas par devoir. Pas par défaut mais parce que d'autres l'avaient accepté. Parce que lui en avait envie, simplement. Impérieusement. En faisant ce choix, il brisait la promesse qu'il avait faite à Saejin. Il la trahissait. Il se montrait horriblement égoïste. Pourtant, comment nier cette vague de complétude qui l'envahissait jusqu'au bout des doigts ? Cette impression que tout était à sa place ? Comment y renoncer ?

— Je veux rester avec vous, répéta-t-il d'une voix plus assurée.

Ses compagnons le regardèrent avec des yeux ronds, interdits, mais Junsa esquissa un sourire. Au fond de lui, Ivan sut que le mercenaire avait saisi le secret de son cœur.

— Tu es chez toi, murmura Junsa.

Ivan

Quand ils rentrèrent au crépuscule, les épaules chargées de la nourriture prise à l'ennemi, l'adrénaline céda peu à peu la place à une fatigue enivrante. Malgré tout, Ivan se sentait bien. C'était comme lire les ultimes mots d'un essai, comme terminer le nœud du daenggi, le ruban de soie qui maintenait la tresse, comme repiquer les derniers plants de riz. Il avait accompli quelque chose, il avait pris une décision et à présent, il n'était plus tout à fait le même.

Il retrouva l'enchevêtrement familier et toujours aussi hasardeux des tentes avec un plaisir inattendu. Des hommes qu'il côtoyait depuis plusieurs mois lui saisissaient les épaules, lui assenaient de petites claques dans la nuque ou sur la joue. L'Anguille, Chulhei, Taejun et d'autres. Il ne put empêcher un sourire béat de gagner ses lèvres.

Une masse de cheveux blancs attira son attention. Alertée par le raffut que faisaient les mercenaires, Yekatelina se rapprocha, l'air inquiet. Quand leurs regards se croisèrent, Ivan vit son visage s'animer presque imperceptiblement. Le soulagement défroissa ses sourcils, gomma le pli de sa bouche, effaça la fièvre qui couvait dans ses yeux. Oui, il avait survécu. Oui, elle pourrait toujours se servir de lui quand le temps de l'échange serait venu. L'amertume qui l'envahit lui fit détourner la tête. Il était là pour ça, il l'avait accepté. Mais il ne pouvait s'empêcher de désirer devenir une personne à part entière aux yeux de la jeune femme.

— Je vais faire mon rapport, annonça Songseung. Je vous rejoins après.

— Tu peux compter sur nous, chef ! répondit Sukyi d'une voix plus aiguë qu'à l'ordinaire.

Sans préavis, le mercenaire se tourna vers Ivan et l'attrapa par le cou du mieux qu'il put.

— Faut fêter ça, hein, mon Vanya ?

— Fêter quoi ?

— Toi qu'es un homme, Poète qu'est vivant, tout ça quoi !

— Pour une fois qu'il raconte pas que des cochonneries, celui-là, renchérit Dekseon.

Ivan fronça les sourcils. Vu l'air goguenard des deux larrons, il pressentait qu'il n'était pas question d'alcool de riz. Il jeta un regard vers Junsa. Le mercenaire esquissa un sourire et haussa les épaules.

— Ne me regarde pas comme ça. Je t'ai dit que c'étaient des vicelards.

— Vicelards rien du tout, grogna Dekseon. Toi non plus, tu ne dis pas non à une bourre après une jolie tuerie.

— C'est pas entièrement faux.

— Ah ! Mi-ok ? demanda Dekseon à l'adresse de Sukyi.

— Évidemment, répondit l'autre en levant les yeux au ciel.

Dekseon saisit Ivan par le bras et le guida à travers le dédale des tentes. Le jeune homme avait l'impression que tous les mercenaires qu'ils croisaient savaient où ils allaient. Son visage se mit à le brûler. Yekatelina le regardait-elle toujours ? Il jeta un œil par-dessus son épaule mais ne la vit pas.

— Tu vas voir, c'est la meilleure, et de loin. Mais le dis surtout pas à Seol, hein ? Ça lui ferait de la peine.

— Papa... Je ne préfère pas.

— Tu vas pas faire ta prude, si ? Je sais que c'est bizarre, comme truc, mais on n'y peut rien : le sang et le cul, ça va ensemble, c'est comme ça. Notre putain de bite attend que ça.

Les paroles du mercenaire le dégoûtaient, pourtant Ivan ne pouvait pas nier. Le sang lui cinglait le bas-ventre, impérieux. Même s'il n'avait jamais connu de femme, il avait déjà vécu des moments d'excitation forts : certains soirs, après son travail dans les champs, la peau brune des bras et des gorges des paysannes le hantait et il se soulageait sous le couvert de sa couche. Mais jamais rien comme aujourd'hui. Sous sa broigne, son membre était déjà dur.

Ils arrivèrent devant une petite tente aux liserés bariolés.

— Mi-ok ? appela Dekseon.

Quelques instants plus tard, une femme à la longue chevelure noire, libre, écarta les pans qui faisaient office de porte. Ivan reconnut aussitôt la femme qui l'avait aidé durant sa première nuit de captivité.

— T'as du temps, ma belle ?

La prostituée, peut-être âgée d'une vingtaine d'années, sourit à Dekseon, puis son regard monta jusqu'à croiser celui d'Ivan. Son sourire s'élargit.

— Bien sûr que j'ai du temps. Entre.

Avec douceur, elle tira Ivan sous le couvert du tissu. Celui-ci lança un regard désespéré vers Dekseon mais le mercenaire n'esquissa pas un mouvement. Pire, il se fendit d'un large sourire et referma le pan de l'entrée derrière Ivan.

À l'intérieur, deux lampes à huile diffusaient une lueur agréable et intimiste. Un long drap de soie séparait la tente en deux. De l'autre côté, Ivan entendait les gémissements rauques d'un autre homme. Mi-ok ne lui laissa pas le temps de se poser des questions. D'une main ferme, elle le força à la regarder.

— Je désespérais de te revoir, soupira-t-elle. Tu n'es jamais venu, après qu'ils t'ont libéré.

— Je suis désolé. J'aurais dû vous remercier depuis longtemps. Sans vous, je n'aurais pas passé la nuit.

— Ce n'est rien. Mais on commençait à se poser des questions à ton sujet. Normalement, à ton âge…

La prostituée s'avança vers lui et entreprit de délacer sa broigne.

— Je ne peux pas rester. Je dois…

Le gilet tomba au sol, libérant le sexe d'Ivan qui tendit son pantalon large de façon indécente. Mi-ok coula un regard appréciateur, puis elle dénoua la veste du jeune homme et posa ses mains d'une douceur invraisemblable sur son torse. Tandis qu'elle les faisait glisser le long de ses flancs, elle se pressa contre lui. Ivan sentit le moelleux de sa poitrine le caresser. Il déglutit.

— Ne t'inquiète pas. Pour la première visite, je fais toujours un prix.

Surtout pour toi : un métis beau comme toi, on n'en voit pas tous les jours. Et si tu viens toutes les semaines, je te ferai une remise permanente.

Ce faisant, elle glissa une main dans les plis de son pantalon et effleura son entrejambe. Ivan frémit. Il avait envie. Envie d'elle, envie de se donner à quelqu'un, envie de lâcher prise.

— Par contre, on paie avant. Cinq vastas.

Il hocha la tête et d'une main tremblante, attrapa la bourse attachée à sa ceinture. Dès que la transaction fut faite, Mi-ok dénoua sa propre veste et la laissa choir, bientôt rejointe par sa jupe bouffante et ses vêtements de dessous. Sous le hanbok, sa peau avait la blancheur de la poudre de riz. Ses seins rebondis, tendus vers Ivan, l'attiraient irrésistiblement. La jeune femme revint de nouveau se glisser contre lui et, tandis que ses doigts s'attaquaient à son pantalon, elle déposa des baisers humides sur son torse débraillé. Le contact brûlant de ses lèvres fit à Ivan l'effet d'une décharge. Il ne pouvait pas faire ça. Pas avec une inconnue, pas contre de l'argent. Avec plus de force qu'il ne l'aurait voulu, il la repoussa loin de lui. Sans oser croiser son regard interloqué, il attrapa ses affaires et s'enfuit.

Dehors, la fraîcheur du soir ne parvint pas à calmer le feu qui embrasait ses entrailles. Il remit sa veste tant bien que mal, les mains saisies de tremblements. Faisant de son mieux pour ne pas courir, il dépassa le camp et s'enfonça dans le crépuscule. Quand la faible rumeur de la Horde disparut derrière le couvert des arbres, il s'adossa contre un pin dont le parfum de résine imprégna son odorat. Puis, d'une main fébrile, il attrapa son membre raide. Incapable de se contrôler, il sentit à nouveau la bouche de Mi-ok sur sa peau frémissante, la douceur de ses seins contre son torse. L'image de ses cheveux libres s'imposa dans son esprit tandis que le plaisir montait en lui et jaillissait soudain. Mais dans sa tête, la chevelure n'était pas noire. Elle était blanche.

Ivan

Ivan regardait les lignes de chiffres. Les tracés serrés se mêlaient devant ses yeux, sans aucun sens.

— Ivan.

Deux jours s'étaient écoulés depuis sa première sortie avec son unité et sa mésaventure avec Mi-ok. Depuis ce moment trouble qu'il avait vécu dans l'obscurité de la pinède. Il avait essayé d'éviter Yekatelina mais l'exercice s'était révélé difficile dans un camp aussi réduit. Plus il cherchait à fuir son regard, plus il avait l'impression de le croiser. Et en vérité, il n'avait pas envie de rester loin d'elle.

— Par Bor, est-ce qu'il faut aussi que je t'appelle Rang, pour que tu me répondes ?

Ivan se redressa aussitôt. Le commandant était au courant ?

Dès le lendemain de sa fuite de chez Mi-ok, tout le camp avait su. Les gars avaient commencé à l'appeler Rang, en diminutif de Hwa Rang, le Chevalier des Fleurs. Officiellement, un membre de la chevalerie de l'époque de la reine Odae Yeowang. « Le con qu'ose pas suriner les putains », d'après Sukyi. Ivan priait Bor pour qu'ils oublient vite et recommencent à le surnommer « Petiot », mais le dieu suprême n'avait pas l'air d'y être réceptif. Jusqu'à quel niveau de détail Yekatelina avait-elle entendu l'histoire ? Il sentit ses oreilles s'enflammer.

La jeune femme dissimula le sourire qui naissait sur ses lèvres en baissant la tête.

— Alors, il y a une erreur, ou pas ? reprit-elle en pointant le livre de comptes.

Ivan avait décidé de rester jusqu'au bout. Il n'y aurait pas de trahison de la Horde, pas de protection à monnayer auprès de Radimov. Il assumerait ses choix, de la façon la plus juste possible. Les irrégularités qu'il avait trouvées dans les lignes comptables étaient des erreurs, pas des fraudes. Autant lui éviter les problèmes.

Finalement, la jeune femme soutira le livre de sous le nez d'Ivan et le rangea de côté.

— Tu rumines encore, dit-elle avec ce qui ressemblait à de la douceur.

Oui, il ruminait, encore et toujours, et il ruminerait des siècles si cela lui permettait d'être là. Yekatelina s'enfonça dans son siège, les jambes croisées. Elle jouait avec le sceau de la compagnie, un camélia stylisé.

— Je me souviens encore de la première personne que j'ai tuée, continua-t-elle. C'était un innocent, un gars juste là au mauvais endroit, au mauvais moment. On nous avait payés pour un cambriolage et il m'avait vue sauter par-dessus le mur d'enceinte. Sur le moment, j'ai paniqué et je l'ai planté. Si ça avait été une fille, quelqu'un qui me ressemblait, j'aurais peut-être arrêté ma lame à temps. Mais là... Ça s'est fait sans un bruit. J'avais assimilé les rudiments de l'escrime, avec mes amies. Les lames fines étaient à la mode dans les grandes familles. Quand je suis partie sur les routes avec Kisang, il m'a enseigné le style plus brutal que les soldats utilisent. Mais rien de ce que j'avais appris ne m'avait préparée à ça. Tu sais de quoi je parle, maintenant.

Les souffles qui se mêlent, les détails sans importance qui s'imposent soudain. L'âme qui quitte le corps que l'on vient de profaner, le poids soudain sur la lame. L'odeur qui s'accroche à la peau quand les sphincters se relâchent. Le regard de l'homme, surtout, le hantait. Il avait le sentiment que le Kaliumer avait voulu lui laisser un message qu'Ivan était incapable de déchiffrer. Il hocha la tête.

— Kisang a accepté mon geste sans me juger et il s'est chargé de la suite. C'est comme ça que j'ai pu digérer et continuer ma route. Personne ne te jugera ici, Ivan.

Yekatelina venait de mettre le doigt sur ce qui le taraudait depuis ce jour.

— Ici, non. Je sais que j'ai fait le bon choix et si c'était à refaire, j'agirais de la même façon. Mais…

Il n'osa pas continuer. Sans savoir pourquoi, il n'avait pas envie de prononcer son nom devant elle. Pas envie que les deux femmes se retrouvent dans le même espace, même le temps d'une parole.

— Tu penses à ta fiancée, je me trompe ?

Le souffle d'Ivan resta bloqué dans sa gorge. De quel droit pensait-il à elle maintenant, quand il avait sciemment choisi de la laisser en arrière ? Quand elle était sortie de ses pensées, au fil des semaines ?

— Tu penses qu'elle te jugerait parce que tu as pris la vie d'un homme, d'un soldat de métier, pour sauver celle d'un frère d'armes ?

— Je ne sais pas. Je ne sais plus.

— Alors tu le lui demanderas quand tu la reverras.

S'il la revoyait un jour. Où allaient le mener ses pas ? Poserait-il à nouveau les pieds sur les chemins d'Hewa ?

— Je voudrais lui envoyer ma solde, dit Ivan. Tout ce que j'ai gagné jusqu'à présent.

Yekatelina écarquilla les yeux. Elle décroisa les jambes et se pencha légèrement en avant.

— Ça fait une grosse somme. Ça risque de lui porter préjudice.

— C'est possible ou non ? Je sais que certains dans la Horde le font depuis longtemps.

— C'est possible. Je ne fais plus transiter d'argent à travers la passe, mais je peux envoyer une lettre de crédit. Mes agents pourront lui faire parvenir la somme que tu veux.

— Discrètement ?

— Kisang te filait depuis des jours, avant d'entrer chez toi. Tu avais remarqué quelque chose ?

Le souvenir de son enlèvement aurait pu lui être douloureux mais en vérité, Ivan n'en ressentit pas le moindre pincement au cœur. Il était là où il devait être, il en était convaincu désormais.

Yekatelina attrapa l'un des registres de comptes qu'elle avait mis de côté.

— Je devais encore te verser deux mois de solde. Deux cent quarante vastas d'argent.

— Rajoute aussi ça.

Ivan glissa ses doigts dans son hanbok, à l'intérieur de son vêtement du dessous. Il en tira le vasta d'or que Yekatelina lui avait remis pendant leur première discussion et le posa sur le bureau. Le commandant le fixa un instant puis releva son regard vers lui.

— Ivan, c'est énorme. Si quelqu'un l'apprend...

— Saejin est intelligente. Elle s'est déjà fait avoir une fois, ça ne lui arrivera pas de nouveau. Je lui dois bien ça.

Compenser son serment brisé par de l'or le dégoûtait mais il ne reviendrait pas en arrière.

— C'est moi qui t'ai enlevé, moi qui t'ai forcé à rester loin d'elle. Tu n'as rien à te reprocher.

— Et c'est moi qui ai accepté ta proposition. J'ai la belle vie pendant qu'elle... je n'ai pas la moindre idée de ce qu'elle traverse.

— J'ai compris. Mais dorénavant, assume tes choix et cesse de te sentir coupable. C'est une question de respect. Pour elle, pour la Horde, pour Kisang. Pour toi.

Les mots de Yekatelina avaient été prononcés d'un ton dur, son visage froissé par l'agacement ou par la lassitude, mais ils touchèrent Ivan en plein cœur. Elle avait raison : il avait pris une décision et il devait en assumer les conséquences jusqu'au bout, sans hésiter ni devenir un poids pour les autres.

— Entendu.

Le visage du commandant s'apaisa, comme si rien ne s'était passé. D'un doigt, elle fit glisser la pièce d'or vers Ivan.

— Je t'en devais encore deux. Je lui ferai envoyer l'une de celles-là. Discussion close.

Ivan ne put retenir un sourire. Il se sentait soulagé. Presque libre. Sa joie contamina Yekatelina, qui lui renvoya un sourire discret.

— Bon, cette erreur. Tu me la montres, ou pas ?

Le Chien

Le Chien demeura derrière le couvert des hautes herbes tandis que les pillards fondaient sur la bourgade. Il était seul contre dix : s'il voulait rester en vie, il devrait attendre que le divertissement détourne l'attention de ses proies.

Lancés au galop, les brigands boutèrent le feu aux toits de paille de riz pour faire sortir les paysans à demeure. D'autres allèrent directement moissonner dans les champs de choux. Bientôt, les flammes envahirent tout l'horizon. Les cris et les pleurs déchiraient les rues comme le brasier crépitait et que ses ondes brûlantes écrasaient. Des hommes et des femmes couraient en tous sens ; des enfants restaient figés au milieu du carnage, en pleurs.

L'histoire se répétait, encore et encore. Combien de spectacles similaires avait-il vus ? Dix ? Vingt ? Souvent, il était arrivé trop tard. Puis il avait appris. En guettant les nuages de poussière, les traces des chevaux dans les champs retournés, il s'était approché toujours plus de sa cible, jusqu'à l'attraper tout à fait. C'était le quatrième groupe de mercenaires sur lequel il tombait et celui-là, il ne le raterait pas. Son sang bouillait trop, sa rage l'écrasait trop.

Par habitude, il glissa sa main gauche sous son gambison. Il passa son pouce sur le tissage complexe du norigae. Jamais plus il ne verrait l'ornement se balancer, noué sur la veste d'un hanbok brodé. Jamais plus il ne la verrait, elle, son sourire innocent, ses cheveux lisses comme ceux d'une poupée. Elle avait été assassinée, et pour quoi ? Pour le punir ? Pour repaître la soif de sang d'une seule personne ?

Et lui, il lui avait failli. Il lui avait tourné le dos, malgré les promesses, malgré les engagements. Comment avait-il pu la laisser tomber ? Quel fou… comment avait-il pu croire un seul instant que Bor le laisserait rompre sa parole sans conséquence ?

Qu'ils sombrent tous dans l'Abysse ! Bor, les esprits, les mercenaires, lui-même… et sa proie aussi. Elle.

Il était déjà deux fois parjure, il avait tué sans compter. Il ne pouvait plus revenir en arrière.

Le Chien observa chacun des assaillants. Ceux qu'ils cherchaient étaient là, il le savait. Il avait arraché l'information à d'autres. Où se cachaient-ils ? Tous mourraient mais eux deux… eux deux, il en faisait une affaire personnelle.

Soudain, il accrocha leurs silhouettes. La plus grande, fine comme une tige de roseau, attrapa celle trapue par le cou en un geste fraternel. Le sang du Chien pulsa à ses tempes. Ils étaient là, enfin. Sa véritable offrande à Muwi allait commencer.

Ivan

Ivan fit tournoyer le sabre de bambou dans sa main. Le poids dérisoire de l'arme comparé à celui de sa hache le déstabilisait un peu. Il continua de tourner dans le cercle, faisant constamment face à Dekseon. Son ami avait le visage luisant de sueur. Deux mois avaient passé depuis la première patrouille d'Ivan. Écrasé par la torpeur de l'été, brûlé par les rayons qui tombaient sans pitié sur la clairière, le jeune homme se languissait de l'ombre fraîche des pins. Il fallait en finir vite.

— Six vastas sur Rang, entendit-il dans son dos, entre les encouragements, les quolibets amicaux et les rires étouffés des mercenaires qui formaient la petite arène.

— Toi aussi ? grogna Keoye. Allez, les gars, la cote de Papa est de trois contre un ! Bougez-vous l'fion avant qu'y soit trop tard !

Soudain, Dekseon se jeta sur Ivan. Celui-ci saisit son sabre des deux mains et balaya le sol pour faucher les jambes de son ami. Le mercenaire sauta de côté et continua sur sa lancée, un sourire sur les lèvres. Il attaqua et Ivan pivota sur lui-même pour esquiver. Il en profita pour placer un coup de taille que le mercenaire para de son sabre. Voilà l'occasion d'en terminer rapidement. Ivan attrapa la lame de bambou et l'attira à lui, Dekseon dans son sillage. Il exploita l'élan de son ami pour lui assener un coup de poing magistral, en plein dans le gras du bide. Il eut la confirmation que son attaque avait porté quand le poids mort de Dekseon s'échoua sur son bras. Il le retint avant que ce dernier ne s'écroule à terre et l'aida à se réceptionner sur ses genoux.

— Putain de tricheur ! T'aurais jamais fait ça… en vrai !

— Mais là, ce n'est que du bois, glissa Ivan dans un sourire. Et j'ai chaud.

Dekseon se racla le fond de la gorge et cracha un jet jaunâtre. Puis il reprit sa grimace.

— Pute borgne, t'aurais pu y aller moins fort.

— C'était pour être sûr que tu ne reviendrais pas me chercher.

— Foutre Bor !

Tout en jurant, Dekseon se redressa. Il écarta les pans de son hanbok et examina son abdomen. Une tache rouge vif fleurissait en plein centre.

— Toi, vaut mieux t'avoir de son côté, hein ?

— C'était la dernière, alors ?

— Ouais.

Tandis qu'Ivan souriait à Dekseon, Junsa lui passa un bras autour du cou.

— Tu pourrais pas perdre, de temps en temps ?

— Mise plutôt sur un autre cheval.

— Tu rêves ? Ta cote est trop mauvaise.

— Alors dis à Papa de s'entraîner mieux que ça ! répondit Ivan dans un rire.

En face d'eux, à l'ombre des pins, Songseung leur rendit leur sourire.

— Sois un peu tendre avec tes aînés. Dekseon n'a plus ton énergie.

— Quoi ? s'insurgea l'intéressé. Qui n'a plus d'énergie ? Tu veux que je te montre qui de nous deux n'a plus d'énergie, papy ?

— Laisse, Papa, intervint Ivan. Le chef nous fait un complexe d'âge. Tu as toute ton énergie. Tu es juste moins fort que moi, c'est tout.

Dekseon se répandit en injures à base « d'enfoiré » et de « petit con » tandis que leurs camarades partaient dans un éclat de rire général. Ivan se joignit à eux. Il fanfaronnait pour faire enrager Dekseon mais il devait s'avouer qu'en deux mois sur le terrain, son talent s'était révélé. Enfin, talent n'était peut-être pas le mot. Ivan était grand, large et il savait réfléchir. Maintenant, il était costaud. Kisang lui avait appris à utiliser ces points forts à son avantage.

Ils avaient enchaîné les déménagements et les patrouilles dans la forêt de Kastr. La plupart du temps, il ne se passait rien. Ils guettaient, marchaient en silence, faisaient quelques pauses et revenaient. Ils tombaient parfois sur des groupes ennemis de taille variable. Les combats s'achevaient toujours en moins de vingt minutes. Leur petit rassemblement d'unités avait eu quelques blessés, deux compagnons étaient morts, mais rien de plus. Quant au reste, Ivan s'était fait une raison : les personnes qu'il passait par le fil de sa hache étaient toutes des soldats de métier. Qui serait-il pour remettre en cause leur choix de vie ? Désormais, le bruit humide des tissus tranchés, le contact glissant des os ne le faisaient presque plus frémir.

Un sifflement le tira de ses pensées.

— Y s'passe quelque chose, annonça Sukyi en lui imprimant son coude dans les côtes, c'est sûr. R'gardez la tronche du commandant.

Ivan releva la tête et vit Yekatelina progresser vers ce qui faisait office de centre, dans ce campement disparate et éparpillé. Effectivement, elle avait l'air tendue : pas de sourire franc, pas de posture décontractée. Mais ses yeux, sous ses sourcils froncés, brillaient d'excitation tandis qu'un rictus d'anticipation plissait ses lèvres. Elle s'arrêta à quelques jets de pierre de là et attendit, Kisang derrière elle. L'après-midi de repos qu'elle avait accordé avait donc un but.

Sans avoir à émettre le moindre signal, la vingtaine de mercenaires présents se massa autour d'elle, comme en réponse à un appel silencieux.

— Compagnons, cela fait cinq mois que nous sommes postés dans la forêt de Kastr. Cinq mois que Jeoju nous paie grassement pour étouffer les infidèles qui occupent sa forteresse. Cinq mois qu'on se casse les dents sur de la viande avariée, qu'on ingurgite du pain dur trempé dans de l'eau et qu'on se frotte le cul avec des orties.

Les mercenaires éclatèrent de rire, mais leurs visages restaient bourrés d'amertume. Ivan lui-même n'en pouvait plus, même s'il ne se plaignait jamais. Avec la chaleur de l'été, la situation était devenue insoutenable : le pain moisi, les corps qui se faisaient poisseux et puants, les moustiques, les pluies collantes et chaudes… Les saisies qu'ils faisaient sur les Kaliumers leur mettaient un peu de baume au cœur mais ça ne durait pas. Et des porteurs de vivres, il y en avait de moins en moins. La prise de parole de Yekatelina était le signe que les choses allaient changer. Ivan ne put empêcher l'excitation de nouer sa poitrine.

— Cinq mois qu'on s'emmerde comme des rats morts. J'enrage de n'avoir rien d'autre à me mettre sous la dent que trois lâches emmaillotés dans leur bouffe. Pas vous ?

Les mercenaires crièrent un « Si » unanime. Chez eux aussi, l'effervescence bouillonnait. Le commandant brandit alors une feuille de papier pliée en trois, froissée dans le creux de son poing. Un sceau rouge, brisé, ponctuait la lettre.

— Le général Kirine s'est enfin décidé à donner l'offensive !

Les mercenaires explosèrent de joie. Enfin, les choses allaient bouger ! Certains émirent des hurlements gutturaux, pleins de défi, d'autres se jetèrent dans les bras de leurs compagnons. Beaucoup souriaient de toutes leurs dents, comme des gamins à qui l'on venait d'offrir un moulin à vent.

— Et ce n'est pas tout. Le vieux renard doit en bouffer son chapeau, mais c'est nous qui mènerons l'offensive lors de l'attaque du fort ! En première ligne, c'est vrai. Mais qui, alors, récoltera tous les lauriers de notre victoire ? NOUS, et personne d'autre ! Plus personne ne nous crachera à la figure ! Après ça, la guerre aura beau être terminée, les contrats vont pleuvoir ! Et vous pouvez compter sur moi pour en tirer assez d'or pour que vous en chiiez jusqu'à la fin de vos jours !

Les cris redoublèrent d'intensité. La poitrine d'Ivan se gonflait de fierté à l'idée que ses compagnons soient reconnus par tous. Ils n'avaient qu'à sortir victorieux et le monde serait à leurs pieds, eux, les rebuts de la société.

— Demain, pas de patrouille. On continue juste les tours de garde. Kisang, Heungmin, Songseung, choisissez un homme par unité. On prend la journée pour rameuter toute la Horde et on part le jour suivant, à l'aube.

Pour Ivan, cette nouvelle prenait un autre sens. Sa parenthèse dorée touchait à sa fin. Dans deux jours, son destin se remettrait en branle. Il expira longuement.

Non. Il restait encore une forteresse à prendre, une guerre à gagner, un voievod à rencontrer. Rien ne garantissait que le temps de l'échange viendrait bientôt. Il était toujours membre de la Horde. Quand il releva la tête, il croisa le regard empli d'excitation de Yekatelina. Il lui rendit son sourire.

Son corps est paralysé. À ses pieds, les corps hurlent. Leurs visages sont tournés vers lui, leurs mâchoires brisées, leurs yeux vides. Ils marchent et rampent et glissent sur leurs viscères brillants et leurs chausses maculées de merde. Leurs moignons se tendent vers lui. Ils vont l'attraper. Ils vont l'entraîner dans l'Abysse. Il fait un pas en arrière et bute contre une carcasse. Les cadavres se jettent sur lui.

Ivan se réveilla dans un souffle, le cœur battant la chamade. Un cauchemar… ce n'était qu'un cauchemar. D'une main fébrile, il toucha son visage couvert de sueur, sa nuque trempée, puis suivit le cordon de cuir passé à son cou et attrapa son talisman de Seojog. Il adressa une prière aux esprits de la montagne. Étaient-ce eux, courroucés par tant de sang versé, qui venaient ainsi le tourmenter ? Il inspira longuement, retint son souffle avant d'expirer tout l'air de ses poumons. Il recommença l'exercice plusieurs fois mais son cœur ne se calma pas. Il était le seul à se débattre dans l'air moite et fétide de la nuit torride. Autour de lui, les gars dormaient d'un sommeil lourd, leurs respirations parfois entrecoupées d'un ronflement.

Il avait pourtant accepté son nouveau rôle. La journée, il n'en concevait pas de remords ni de dégoût. Malgré tout, les cauchemars le hantaient parfois, sourds à ses choix. À moins que son inconscient le pousse à continuer les insomnies, malgré la fatigue récoltée pendant la journée et la paix dans son esprit. En silence, il sortit dans la fraîcheur de la nuit.

Elle était là, bien sûr. Il n'avait pas besoin d'accommoder sa vision pour savoir que la lumière diffuse venait de la tente de commandement. D'un pas silencieux, il s'en approcha et toqua deux coups discrets.

— Viens.

Yekatelina était assise sur sa couche, adossée à l'un des poteaux porteurs, et reprisait l'une de ses chemises. Son ample robe de nuit s'étalait autour d'elle, formant une flaque blanche dans la lumière voilée de la lampe à alcool. La vision sembla irréelle à Ivan, comme s'il venait de pénétrer dans le monde des esprits. Comme la première fois qu'il l'avait vue, il eut l'impression d'être en présence de Muwi, la maîtresse de l'Abysse. Elle leva un regard compréhensif vers lui.

— Encore des cauchemars ? demanda-t-elle.

Il acquiesça et vint s'asseoir non loin d'elle, au bout de la couche.

— La chaleur les amplifie. Ne t'en fais pas, tu vas t'y habituer.

Elle abandonna son ouvrage pour récupérer derrière elle le plateau de baduk, tel qu'ils l'avaient laissé deux jours plus tôt. Au début simple passe-temps, le jeu de stratégie était devenu un rituel. Il avait pris d'autant plus d'importance que le travail sur les comptes de la Horde était arrivé à son terme. Comme il se l'était promis, Ivan avait fait en sorte que Yekatelina ne puisse pas être inquiétée par les agents du voievodat.

Il récupéra le sac de soie qui contenait le reste de ses pierres en bois de cerisier, sur lequel étaient posées deux pierres en bois de paulownia qu'il avait capturées à Yekatelina. La jeune femme en fit de même, avant de tirer une pierre blanche de sa réserve et de se pencher sur le plateau.

Elle s'était révélée étonnamment pédagogue. Elle n'hésitait pas à reproduire certaines phases de leurs parties, pour lui montrer où il avait failli, quel coup il avait mal anticipé, comment il aurait pu prendre le dessus. Ivan l'écoutait avec attention, tout en se nourrissant de la voir si passionnée. Au fil des semaines et grâce à ses analyses, il réduisait l'écart. Désormais, elle ne lui laissait que deux coups d'avance pour équilibrer leurs forces.

Malgré le climat de confiance qui les liait désormais, elle ne lui avait jamais dévoilé ce qui la tenait éveillée. À deux reprises, tandis qu'il gagnait la forêt pour respirer, il l'avait entendue gémir des noms vastanyans dans son sommeil.

Habituellement, tandis qu'ils s'affrontaient sur le terrain du plateau quadrillé, Ivan faisait tout pour la distraire de ses cauchemars. Ils avaient parfois de longs débats sur la politique, sur l'influence de Mirensk, sur certaines théories économiques. D'autres fois, ils discutaient simplement de sciences, d'astronomie, de littérature. Aujourd'hui, le temps avait repris son cours. Ivan avait envie de la connaître plus encore, tant qu'il le pouvait.

— Tu t'y es faite, toi ?

— Après la première année, j'ai cessé de compter les cadavres et les cauchemars ont fini par disparaître.

Dans un bruit mat, elle posa sa pierre à l'intersection de deux lignes, à une courte distance des pierres d'Ivan. Elle cherchait à envahir son bord, peut-être son coin. Devait-il attaquer plus fort dans son territoire à elle, ou se défendre ?

— Et pourtant, tu ne dors pas.

Yekatelina haussa les épaules avec nonchalance.

— La fin de la guerre approche. Comment voudrais-tu que je dorme ?

Ivan posa sa pierre vers le centre du plateau, non loin de la dernière pierre de Yekatelina. En théorie, c'était un mauvais coup, qui laissait son territoire ouvert et cherchait à gagner de l'influence à un endroit sans intérêt. Pourtant, son intuition lui dictait que c'était ce qu'il avait à faire pour atteindre un compromis. Malgré tout ce que Yekatelina pouvait lui apprendre, le baduk restait à ses yeux un jeu d'instinct.

— C'était aussi le cas les nuits précédentes ?

Yekatelina, une pierre glissée entre les doigts, releva aussitôt le menton vers lui. Trop fort. Il devait se mettre à nu avant qu'elle ne se referme.

— Pardonne-moi. Je ne voulais pas...

Yekatelina le regardait sans un mot. Il marchait sur un fil. Il ferma les yeux un instant, rassembla son courage.

— À l'époque où j'ai accepté ta proposition, poursuivit-il, je ne pensais pas honorer ma part du marché. Je cherchais de quoi m'enfuir d'ici. De quoi te faire chanter.

Il attendit sa sentence, ou au moins une indication de colère, mais Yekatelina se contenta de hausser les épaules.

— Je m'en doutais. C'est pour ça que je te faisais surveiller. Tu t'en étais rendu compte, non ?

Comme il acquiesçait, elle continua :

— Tu les as vus, c'est ça ? Mes frères et sœurs.

— Oui.

Yekatelina soupira en se laissant aller contre le poteau, les jambes pliées vers le plafond.

— Ce sont eux qui te tiennent éveillée ? demanda-t-il.

Cette fois, elle fronça les sourcils. Puis ses traits se détendirent et elle laissa tomber sa tête sur ses bras croisés au-dessus de ses genoux. Quelques respirations plus tard, elle la redressa, le regard perdu dans les ombres de la tente. Ivan ne l'avait jamais vue aussi vulnérable. Elle qui était toujours si puissante, dressée face au reste de l'humanité sans jamais jeter un regard en arrière, il avait l'impression qu'il pourrait la briser en un souffle. Comme si elle n'était qu'un être éthéré, prêt à s'évaporer.

— Je ne sais pas. Les premières années, j'étais trop obnubilée par ma survie et par Elena pour penser à eux. C'est ma rage qui m'empêchait de dormir, ma rage et mon envie d'aller la chercher sans attendre. Mais les années ont passé. Kisang m'a aidée à me calmer, à attendre le bon moment. Je me suis plongée dans ce projet de compagnie mercenaire et un jour, j'ai réalisé que je les avais oubliés. Mes frères, pour qui j'avais tant d'admiration, ma sœur, avec qui j'ai grandi et qui était ma meilleure amie, mon adorable Mishenka… je n'ai presque plus rien d'eux. Les moments qu'on a partagés, les disputes qu'on a eues… les souvenirs m'avaient échappé sans que j'arrive à les rattraper. Sans même que j'essaie, en vérité. Leurs vrais visages se sont figés pour ceux que tu as vus sur la miniature. Le seul souvenir qu'il me reste, c'est celui de leur dernier jour. J'ai creusé, j'ai forcé Kisang à me parler d'eux, et certains moments me sont revenus. Mais parfois, je me demande si ce sont réellement mes souvenirs, ou si je les ai recréées à partir de ce qu'il m'a raconté. C'est cette impuissance qui me hante. Tu as raison : aujourd'hui, c'est peut-être ça qui me tient éveillée.

Ivan la contemplait, incapable de bouger, incapable de parler. Il mourait d'envie de la réconforter. Un geste de tendresse, un mot pour lui dire qu'elle n'était pas la seule dans ce cas, qu'elle n'avait rien à se reprocher. Lui aussi commençait à oublier Lev et se raccrochait vainement au dernier objet qui lui avait appartenu. Mais il avait peur de créer le courant d'air qui la dissiperait. Alors il l'observait en silence.

Yekatelina émergea de ses ombres et ses iris, rendus fauves par la lumière de la lampe à huile, s'accrochèrent aux siens.

— Ou alors, c'est juste le rythme qu'a pris mon corps. Tant que je suis en forme au matin, ça ne me gêne pas.

Elle montra le plateau du menton.

— Tu me fais quoi, là ?

Ivan suivit son regard. L'instant brisé, son dernier coup lui semblait sans queue ni tête, sa pierre rousse seule, bien trop au centre du plateau. Un choix qui laissait son territoire sans défense et qui allait lui coûter cher. Il haussa les épaules.

— Tu sais... Je ne peux pas imaginer une seconde ce que tu as vécu. Mais je sais que tu ne les as pas abandonnés. Alors que tu avais tout perdu, tu t'es relevée et tu as mis toute ton énergie dans la recherche de votre petite sœur. C'est aussi pour eux et grâce à eux que tu retrouveras Elena. Alors tu n'as rien à te reprocher. Que tu en aies conscience ou non, c'est ce qu'ils ont mis en toi qui fait de toi la personne que tu es aujourd'hui. Vivre, c'est faire perdurer leur souvenir.

Yekatelina le dévisagea un instant. Il y avait quelque chose dans ses yeux, une lueur qu'Ivan n'avait jamais vue et qu'il eut soudain envie d'explorer et de comprendre. Yekatelina brisa le contact, attrapa une pierre blanche entre ses doigts et, contre toute attente, la posa non loin de la sienne, au centre du jeu.

Ivan

Alors que le soleil ne perçait pas encore au travers des futaies, leurs unités étaient en marche. La veille, Antae s'était porté volontaire pour aller prévenir l'un des sous-groupes et les rejoindrait d'ici quelques jours.

Jusqu'à présent, ils avaient évolué sur des trajectoires relativement circulaires. Cette fois, ils prirent une direction fixe : le plateau de Kastr, droit vers le nord puis vers l'est. La pente était permanente, parfois si raide qu'il fallait attendre le reste de la troupe pour ne pas prendre le risque de s'éparpiller – quand le cheval de bât ne les forçait pas à faire un détour. Plus ils grimpaient, plus le tapis d'aiguilles et de fougères laissait place à de la rocaille grisâtre. Malgré l'altitude, la chaleur restait étouffante et les cours d'eau ne se réduisaient plus qu'à quelques gouttes qui suintaient entre deux roches.

De temps en temps, une trouée entre les pins révélait le paysage. En contrebas, un torrent rendu paresseux par l'été serpentait entre les deux versants d'une vallée escarpée. Quelques arbres tordus par le vent s'accrochaient obstinément à la falaise nue. Au loin, les sommets arborés des montagnes se succédaient sur tout l'horizon, à l'image du dos d'un dragon géant. La vue était à couper le souffle et valait largement l'effort.

Quand la pénombre devint trop épaisse pour avancer en sécurité, la Horde s'arrêta là où elle était arrivée. Le terrain était trop abrupt pour regrouper la vingtaine de mercenaires au même endroit, aussi la compagnie s'étagea-t-elle sur plusieurs niveaux. Chacun déballa le minimum d'affaires – couchages, vivres secs. Certains tirèrent des jeux de nyout de fortune, dont le plateau avait été tracé sur du papier et dont les jetons n'étaient rien d'autre que des cailloux ou des brindilles ramassés au sol. Ivan observa les jetons tourner sur le plateau d'un œil distrait. Après un dîner rapide, le calme tomba sur le camp. L'épuisement était général.

Au deuxième jour, Ivan ne parvenait plus à ressentir l'émerveillement de la veille. Trop de lassitude, d'humidité, de poids à porter. Il préférait ne plus penser à rien. Juste aligner les pas l'un après l'autre, déplacer les paquetages, contourner les trop gros obstacles.

Pour se donner du cœur, certains mercenaires chantaient. Quand Ivan entendit une nouvelle fois la première phrase du « Col de Cheon », il émit un grognement de rage.

— Ça fait vingt fois aujourd'hui ! Vous n'en avez pas marre ?

Dekseon, Sukyi, Insoo et d'autres le regardèrent avec des yeux ronds. Junsa baissa la tête mais Ivan eut le temps d'apercevoir le sourire qui étirait ses lèvres. Son agacement se dissipa un peu.

— Ben si, un peu, répondit timidement Sukyi. C'est pour ça qu'on alterne.

— Vous alternez entre six putains de chants. En boucle !

Sukyi ouvrit la bouche puis la referma. Avec ses yeux toujours écarquillés et ses taches de peau, il ressemblait à une carpe d'ornement.

— Puisque tu en connais d'autres, dit Junsa un sourire taquin aux lèvres, tu nous apprends ?

Ivan sentit le rouge lui monter aux joues. Maintenant, tous les hommes des alentours le regardaient. Il le savait, pourtant, qu'il valait parfois mieux fermer sa gueule. Il soupira. Au moins, la montée passerait plus vite.

— Le premier qui rigole, je lui fous mon poing dans les dents.

Il n'y avait que Saejin, pour aimer l'entendre chanter. Saejin… Depuis quand n'avait-il plus pensé à elle ? Des semaines ? Non, des mois. Sans même s'en rendre compte, il l'avait abandonnée. Comment allait-elle ? Avait-elle bien caché l'argent ? L'inquiétude afflua à nouveau en lui.

Sauf qu'il n'avait aucun droit de se sentir responsable. Croire que la petite fille dépérissait parce qu'il n'était plus auprès d'elle était présomptueux.

Kisang le lui avait dit : en vérité, elle n'avait besoin de personne. Il ne l'avait pas entendu à l'époque mais désormais, il savait que le capitaine avait dit vrai. Saejin s'était parfois appuyée sur lui pour avancer, pour se reposer, mais elle aurait tenu bon même sans lui. C'était surtout elle qui avait été là pour lui. Pour embellir son enfance, quand il n'avait pas un seul ami avec qui jouer. Pour l'écouter, quand il enrageait de ne pas être à la hauteur de Lev. Pour l'encourager, quand il avait manqué baisser les bras. Pour lui river les pieds sur terre, quand lui se serait consumé dans ses études. Malgré leur différence d'âge, elle avait été tout ça pour lui. Plus qu'une amie, plus qu'une fiancée. Il s'en rendait compte aujourd'hui : il aimait Saejin comme une sœur. Pourquoi ne l'avait-il pas compris plus tôt ? Il sentit les larmes lui monter aux yeux.

— Putain, tu chantes si mal que ça ? s'esclaffa Chulhei.

Sa voix grasse ramena Ivan dans la forêt de Kastr, au milieu de la résine de pin, de la sueur des hommes et des taches d'entrailles. D'une voix mal assurée, il entonna le premier vers.

J'ai quitté le miroir vert de nos rizières

Aussitôt, les hommes répétèrent l'air et les paroles en chœur. Leurs voix, puissantes comme le tonnerre, firent éclater le souvenir de Saejin. Il n'y avait plus d'espace pour elle : la Horde prenait tout. Ivan ferma un instant les yeux, avant de les rouvrir. Dès que tout serait terminé, il retournerait la voir. Pour lui présenter ses excuses, pour lui dire merci, pour lui expliquer qu'il avait compris. Pour lui rendre sa liberté. Il lui offrirait ses deux autres pièces d'or, pour qu'elle puisse prendre un nouveau départ. Elle le méritait. Elle le méritait tellement ! Et, si elle lui pardonnait, si elle l'acceptait encore dans sa famille, il continuerait de veiller sur elle de loin, comme un frère. Les visages pleins d'expectative de ses compagnons l'entouraient, leurs dents jaunes luisant à travers leurs lèvres entrouvertes, leurs cheveux emmêlés de brindilles, leurs regards torves. Ivan continua d'une voix plus forte :

J'ai voulu étaler le monde à tes pieds.

Aryang, le lac en a frémi, Aryang.

Blanche comme la fleur, tu es restée en arrière,
Sur ton visage coulaient des rivières salées.

Aryang, le lac s'est endormi, Aryang.

Au loin, j'ai voyagé mais n'ai rien trouvé
Que la boue, le froid, la misère et la guerre.

Aryang, le lac a gelé, Aryang.

Après quatre années, je m'en suis retourné
Grise comme la cendre, tu étais déjà mère.

Aryang, le lac s'est desséché, A…

Soudain, des cris et des exclamations leur parvinrent de l'avant de la colonne. Le soulagement était perceptible : la troupe avait atteint la fin du chemin. Mus par cet élan, les pas des mercenaires se firent plus rapides et Ivan se laissa entraîner. Une heure plus tard, il posa le pied sur un vaste plateau.

Devant lui, surmontant le sommet d'une colline encore plus élevée, se tenait un fort. Ou du moins, ce qui ressemblait à un fort. D'une cinquantaine de mètres de large, il ne s'apparentait à rien de ce qu'Ivan avait vu. À la forteresse d'Hewa, les murs d'enceinte successifs, droits, étaient complétés sur leurs accès principaux par de grands bâtiments en bois. Les épaisses colonnes soutenaient des charpentes complexes, elles-mêmes surmontées par des toits d'argile noire dont les arêtes se recourbaient vers le ciel. Chacun de ces bâtiments pouvait abriter des soldats et constituait un refuge solide pour les archers. Dans la dernière enceinte, un donjon basé sur la même structure s'élevait sur cinq niveaux, ultime bastion en cas de chute des remparts.

L'architecture de Kastr n'avait rien en commun. L'unique muraille était taillée dans des blocs de pierre gigantesques, son sommet surmonté de créneaux. Ici, pas de châteaux de bois mais une demi-douzaine de tours rondes au toit plat, réparties à chaque angle formé par les remparts. Et rien d'autre : le mur massif n'abritait aucun donjon, aucun lieu de vie.

L'ensemble s'élevait à l'aplomb de la montagne, comme s'il n'y avait qu'une falaise sur l'arrière. Depuis l'énorme porte de bois noir qui perçait le centre de la muraille, une route étroite sinuait entre les rochers où toute végétation avait été abattue, pour déboucher sur le plateau où se tenait Ivan. Ivan et une armée gigantesque.

En comparaison, le camp complet de la Horde Blanche, avec son enceinte et sa cinquantaine de tentes, ressemblait à un taudis. Ici, des centaines de pavillons s'alignaient à perte de vue, selon un schéma rectangulaire parfait. Une barricade serrée et rigoureusement égale, ponctuée de tours de guet, séparait le château de l'armée assaillante. La plupart des hommes qu'il pouvait voir vaquer étaient vêtus à l'identique : un long hanbok du bleu sombre de l'ancien empire vastanyan, surmonté d'un plastron confectionné dans du hanji, l'épais papier de fibres de mûriers. Parmi eux, les officiers arboraient des broignes cousues de plates ; d'autres, sans doute les plus hauts gradés, étaient protégés par de luxueuses armures d'écailles. Le tout était reluisant. Ivan se retint de baisser les yeux sur sa propre tenue, reprisée plus d'une fois.

Quelqu'un lui envoya une grande claque dans le dos.

— Reste pas planté là, Rang.

Ivan se retourna pour saluer Antae, dont il avait reconnu la voix, mais son élan fut coupé par la vue vertigineuse à ses pieds. L'immense forêt de pins, dans laquelle ils avaient crapahuté pendant des mois, s'étalait devant lui, droit vers le sud. Scintillant sous la lueur du jour, à plusieurs lieues à l'ouest de la lisière émeraude, le fleuve Ulaangan serpentait paresseusement vers le nord. Au-delà s'étirait la plaine à perte de vue, ses herbes hautes jaunies par le soleil. Nulle route, nul hameau, nul champ ne venait perturber l'océan d'or. Bien plus au sud, masqué derrière les reliefs de la chaîne de Yeonbuk, s'étendait le cœur du puissant royaume du Kalium. Le plateau de Kastr, épicentre du conflit depuis dix ans, semblait bien loin de la capitale ennemie, et tout aussi loin du Daesan, niché de l'autre côté de la chaîne montagneuse, à l'est.

Soudain, la raison de la guerre lui parut incompréhensible. Le Kalium, poussé par un nouveau courant du borisme, avait menacé les frontières sud et ouest du Daesan. Pour protéger la passe d'Orghul Khan, Radimov avait décidé de reprendre le fort de Kastr, repassé trente ans plus tôt dans les mains kaliumères. Maintenant qu'il avait le Kalium sous les yeux, Ivan doutait. Quelle était la vraie raison du conflit ?

— Ben alors, tu m'as déjà oublié ? minauda Antae.

— Excuse-moi, Face de Lune. Les gars de la Flèche t'ont pas trop fait la misère ?

Tandis qu'Antae bavardait sur les quelques jours passés hors de leur unité, Ivan et lui rejoignaient le reste de la troupe, déjà devant. Grâce à sa grande taille, le jeune homme voyait par-dessus les têtes de ses compagnons : à l'avant, Yekatelina discutait avec un homme large, solidement bâti, aux cheveux gris coupés court. Contrairement aux autres soldats, il ne portait pas le hanbok mais un long manteau à épaulettes taillé dans une belle étoffe bleue. Le vêtement était jeté sur ses épaules, par-dessus une tunique rouge au col montant. Sur chaque pan se distinguaient les passements d'or d'une boutonnière à brandebourgs. Un Vastanyan. Il lâcha quelques mots et Yekatelina fit le salut militaire, la main en creux au niveau du sternum. L'homme salua en retour avant de se détourner. Yekatelina adressa un signe de tête à ses hommes et se mit en marche, bientôt suivie par la troupe.

Au grand étonnement d'Ivan, leur groupe ne se dirigea pas vers l'armée régulière pour prolonger le camp mais continua vers l'est, à près de trente mètres de là. Une bonne partie des autres unités était déjà arrivée et leurs tentes – qu'Ivan voyait désormais d'un œil nouveau – se mélangeaient dans le désordre habituel. Après les retrouvailles, sans même un regard surpris ou un haussement d'épaules pour leur localisation, les gars commencèrent à dépaqueter leur équipement. Tandis qu'il aidait Junsa à monter leur tente, Ivan jeta un œil sur le campement allié. L'activité semblait s'y être arrêtée. Des grappes de soldats les observaient, certains frontalement, d'autres feignant une tâche quelconque. Quelques-uns crachèrent carrément dans leur direction.

— C'est quoi leur problème ?

Junsa souleva un sourcil, interdit pendant un court instant. Puis il soupira un « Ah » et se recentra sur la structure.

— Fais pas attention. C'est toujours comme ça.

— Ils ne sont pas contents d'avoir des renforts ? lâcha Ivan en serrant un lien d'un geste brusque.

Junsa lui présenta un nouveau montant en bois.

— Oh si, tu verras à quel point ils nous aimeront quand on sauvera leur petit cul dans la bataille. Et le jour d'après, ils auront tout oublié.

— Ils se croient à ce point supérieurs ? C'est pour ça qu'ils nous foutent à l'écart ?

Junsa parut réfléchir un instant.

— Est-ce que tu mettrais une pomme blette dans le même cellier que ta récolte de l'année ?

Ivan jeta un regard d'incompréhension à son ami, qui se fendit d'un sourire.

— Soldat ou mercenaire, on fait plus ou moins le même métier. Toute la différence est dans les conditions. Tu sais combien touche un soldat du rang ?

— Non, répondit Ivan en haussant les épaules.

— Vingt-trois vastas d'argent. Enfin, aux dernières nouvelles.

Ivan fit rapidement les comptes : la Horde était payée quatre fois plus.

— Tu commences à saisir, hein ? Bon, en ce moment c'est exceptionnel. Le commandant a vraiment saigné Kirine. Je parie qu'il en est encore à vérifier si ses couilles sont toujours pendues à son entrejambe. Mais même avant ça, on était à plus du triple.

Le triple... Il y avait de quoi avoir la haine. En même temps, il y avait une raison. Sans quoi, le voievod n'accepterait jamais de dépenser autant d'argent quand il aurait simplement pu recruter davantage de soldats.

— En contrepartie, dit Ivan, on est corvéables. Une fois la guerre terminée, le voievod peut nous jeter sans le moindre préavis. Ils le savent, non ?

— Sauf que la guerre ne s'arrête jamais. Quand le fort de Kastr sera tombé, Radimov n'aura peut-être plus besoin de nous. Mais au sud, le Namla est aussi en guerre avec le Kalium. On a, quoi… trois semaines de voyage en mer ? Peut-être quatre ? Pendant ce temps, certes, on ne sera pas payés, mais le fric qu'on a accumulé jusqu'à présent nous fera vivre sans problème. Au pire, on pourra se servir en chemin, dans les villages de pêche du Kalium ou du Cham. Et après le Namla, on nous rappellera certainement au Daesan, soit pour des querelles entre voievods, soit pour se battre contre le Cham. Non, la vraie raison de la haine de la piétaille, c'est la jalousie. La plupart crèvent d'envie de nous rejoindre.

— Qu'est-ce qu'ils attendent, alors ?

— Ils ont peur. Peur du changement, peur de s'éloigner de leurs familles. Peur de se retrouver entourés d'assassins et d'ordures – là, ils n'auraient pas tout à fait tort. Peur de se sortir les doigts du cul pour quitter leur existence misérable.

Ivan délaissa un temps le montage de la structure.

— Parce qu'ils nous envient, ils nous méprisent et nous traitent comme des moins-que-rien ?

Junsa lui adressa l'un de ses sourires en coin. Ses yeux brillaient d'ironie.

— C'est comme ça que fonctionne le monde, non ?

Les deux amis continuèrent un temps en silence. Lâches ou non, les soldats étaient une myriade. Le siège de la forteresse serait d'une tout autre échelle que les escarmouches auxquelles Ivan avait participé jusqu'alors.

— Quoi qu'il se passe, lâcha-t-il enfin, les yeux rivés à son ouvrage, j'assurerai vos arrières. Où qu'on soit dans cette boucherie et même si, comme m'a prévenu le capitaine, je pisse dans mon froc, tu peux compter sur moi. Je ne me débinerai pas.

— Je sais, Vanya. Je sais.

Ivan

Une fois les corvées terminées, les mercenaires s'attelèrent dans le plus grand bazar à allumer les feux et à préparer le dîner. La Horde n'avait pas été au grand complet depuis plus de huit mois, bien avant l'arrivée d'Ivan. À la nuit tombée, ce furent trois centaines d'hommes qui se retrouvaient. Les mercenaires se hélaient, se bastonnaient amicalement, se tombaient dans les bras, comme si la guerre n'était qu'une menace lointaine. Même Ivan se laissait entraîner. À voir ainsi les flammes ondoyer dans le crépuscule, à humer les effluves de la viande en train de caraméliser – Songseung avait tiré un lapin et trois écureuils en chemin –, à se rincer le gosier avec de la bière amère, il se sentait revivre. Il ignorait d'où venaient les vivres mais il s'en moquait.

Dès la nuit tombée, les hommes se mirent à chanter, à rire. Quelques disputes sans gravité éclatèrent, résolues après quelques coups et beaucoup de trinquées. Après des mois passés à l'ombre des pins, coupés de la voûte céleste, du soleil et du grand air, ils n'avaient qu'une envie : célébrer leur retour dans le monde.

— J'vous ai raconté la fois où j'ai sauvé la vie d'une Vastanyane ? commença Sukyi.

Antae et Junsa répondirent d'un « oui » convaincu. Au même moment, Dekseon lâcha un « non ». Un mince sourire apparut sur le visage de Songseung.

— Ah, v'voyez ? s'enflamma Sukyi. J'pense que vous confondez avec la fois où j'ai sauvé la bourgeoise. Daesane jusqu'aux poils du con, celle-là. Rien à voir !

— Me r'gardez pas comme ça ! protesta Dekseon face aux regards assassins de ses compagnons. Ça m'dit rien, ça m'dit rien !

— Tu vas voir si ça t'dit rien, Papa, dit Antae. Je parie que dans cinq minutes, tu retrouves l'histoire.

— Ta, ta, ta, intervint Sukyi. J'suis quasi sûr de pas l'avoir racontée plus de deux fois, celle-là. Ou trois. Bref !

Un sourire sur les lèvres, Ivan prêta une oreille distraite à l'histoire de son ami. Lui ne l'avait certainement jamais entendue mais dans le fond, beaucoup commençaient de la même façon.

— J'travaillais dans l'quartier des tanneurs. Franchement pas mon préféré : ça sent l'vieux pot de chambre plein, là-bas. Mais que voulez-vous, un d'mes clients voulait absolument un cuir d'agneau bleu. Sont cons ces bourgeois, vous l'savez mieux qu'moi.

Voilà, ça débutait toujours à peu près comme ça. Après des mois à écouter ses anecdotes rocambolesques, Ivan avait fini par douter que Sukyi ait même jamais été coursier. En revanche, les descriptions qu'il faisait de Jeoju criaient de vérité : dans certaines, Ivan retrouvait des détails évoqués par Lev. Si Sukyi avait parcouru la capitale, c'était probablement pour rafler des bourses et trousser des putains. Quand Ivan s'en était ouvert à Junsa, le mercenaire s'était contenté d'un sourire.

— Donc, j'rentre chez un tanneur, un gars que j'connais depuis des années. Y m'faisait toujours de bons prix. Et là, j'la vois. Par Bor, j'avais pas vu une femme aussi belle depuis... depuis que j'étais sorti du ventre d'ma mère.

— C'était sûrement ce qu'il y avait de mieux à voir chez elle, murmura Antae en ricanant.

— Insulte pas les mères, Face de Lune, ou j'te r'fais une coupe !

Ivan se mit à rire avec ses compagnons. Il récupéra l'os de lapin qui traînait devant lui et entreprit de le sucer jusqu'à la moelle. Il était repu mais ce repas avait été le meilleur depuis des lustres. Il aurait remis le couvert avec plaisir.

Sur sa droite, un groupe de mercenaires s'esclaffa à gorge déployée. Parmi eux, Ivan reconnut le dos de Kisang, agité de sursauts. Il en fut touché : savoir que son mentor laissait parfois son devoir de côté le réconfortait. Une silhouette se pencha et entre deux épaules, Ivan aperçut le visage de Yekatelina, ses cheveux teintés d'or par les flammes. Elle aussi souriait, mais d'un sourire discret qui ne découvrait pas ses dents. Comme si elle n'était pas tout à fait parmi ses hommes. La poitrine d'Ivan se creusa.

— Alors, cette beauté, elle était comment ? dit Dekseon, l'œil brillant.

— Une déesse, murmura Sukyi. Des cheveux blonds comme des rivières d'or. Un teint plus laiteux que le marbre du temple de Muwi. Des cils longs comme des ailes de papillons.

— Tu fais dans la poésie, maintenant ? railla Junsa.

— Jaloux ? Parce que c'est pas tout. Le plus beau, chez elle…

Sukyi s'interrompit, ménageant son effet. Les gars étaient tendus vers lui, avides de la suite. Ivan croisa le regard de Songseung, qui leva les yeux au ciel. Oui, Sukyi abusait de son pouvoir, mais comment lui en vouloir ? Sans sa verve, les mois passés dans l'humidité de la forêt de Kastr auraient eu leur peau.

— Le plus beau, chez elle, répéta-t-il, c'était sa putain de paire de seins !

La bulle de mystère que Sukyi avait créée vola en éclats et les mercenaires s'esclaffèrent, Ivan avec eux. Certes, ces hommes étaient des ruffians, probablement des voleurs et sans aucun doute de vrais meurtriers. Mais ils gardaient tous en eux une part de rêve, une vision idyllique de ce qu'aurait pu être leur vie. Les poètes de cour n'avaient rien à leur envier.

— Vous auriez vu ça, les gars, s'étrangla Sukyi entre deux rires, au moins cette taille-là. Complètement piégés dans son corset, demandant qu'à sortir. Presque à s'étouffer avec !

— Et tu lui as sauvé la vie par une culbute ?

— Sauvé la vie ?

Soudain, le regard de Sukyi s'illumina.

— Ah oui ! 'Scusez, le souvenir de cette pure beauté a failli me faire perdre le fil. Une culbute, et pis quoi ? Une déesse, j'ai dit ! Je sais que j'suis pas mal dans mon genre, mais là, on jouait pas dans la même catégorie.

Poète aurait pu faire quelqu'chose, avec des épaulettes, des hauts-de-chausses bien ajustés et tout l'tintouin. Peut-être. Donc, je disais...

Sukyi déroula son histoire. Dérangée par les effluves pestilentiels des cuves à teinter, l'aristocrate avait perdu connaissance. Sukyi, grand prince – évidemment –, s'était précipité pour la rattraper. Sans lui, nul doute que la noble dame serait tombée tête la première dans la pisse de cheval. Empoisonnée par la peau, elle serait morte en quelques jours. Pour le remercier, elle avait offert de payer sa prochaine facture chez le tanneur. Pas moins de seize vastas d'argent. Ivan ne pouvait retenir le sourire qui fleurissait en permanence sur ses lèvres, au point de lui faire mal aux joues. Tandis que Sukyi s'étalait sur ce qu'il aurait préféré à la place des vastas, Ivan vit la silhouette de Yekatelina s'éloigner. À nouveau, il sentit sa poitrine se serrer douloureusement tandis que son insouciance s'envolait. Il resta autour du feu mais malgré tous ses efforts, il ne parvenait plus à suivre les aventures de Sukyi.

— Je vais pisser, finit-il par lâcher.

Il reçut quelques hochements de tête et se leva, l'esprit ailleurs. Sans qu'il le contrôle vraiment, ses pas le menèrent devant la tente de Yekatelina. Il la trouva devant, assise sur une couverture pliée. Une autre attendait à côté, comme une invitation.

— Qu'est-ce que tu fais là ? demanda-t-il.

Yekatelina lui fit signe de s'asseoir et lui désigna l'outre qui traînait à ses pieds. Ivan reconnut le cuir repoussé typique de l'artisanat de Mirensk.

— Je relève mon collet à Ivan. Qu'est-ce qui ne va pas ?

Est-ce que tout le monde, dans cette foutue Horde, arrivait à lire en lui comme dans un livre ? Malgré la bouffée d'agacement de s'être fait manipuler, il se sentit touché. Elle le regardait. Elle le comprenait. Il versa une lampée d'alcool dans sa gorge. Le liquide lui arracha la gorge et il manqua s'étouffer. Il s'était attendu à du soju, pas à quelque chose d'aussi âpre. Ni d'aussi fort.

— Bordel, c'est quoi ?

Yekatelina se retenait de rire. Ivan sentit le rouge lui monter aux joues.

— De la *vodka*. Cadeau de Radimov à tous les gradés.

La fameuse *petite eau*, réservée aux hautes sphères. L'alcool n'était produit qu'à Mirensk. Ivan en avait souvent entendu parler, sans jamais en voir la couleur. S'il y avait de l'eau là-dedans, elle devait être bien cachée.

— Je préfère le soju, dit-il.

Yekatelina ne lui répondit pas, son regard fixé sur lui. Non, il n'allait pas fuir aussi facilement. Malgré la chaleur qui lui gagnait déjà les entrailles, il ne pouvait pas lui dire ce qui le taraudait réellement. Lui-même n'en était pas bien sûr. Il se rabattit sur un autre sujet.

— L'invasion de Kastr par Radimov, ce n'est pas vraiment une question de religion, n'est-ce pas ?

Yekatelina sourit.

— Qu'est-ce qui te fait penser ça ?

— Je ne sais pas. Un pressentiment. On est tellement loin du centre du Kalium… Est-ce qu'ils auraient vraiment attaqué par la passe ? S'ils voulaient nous envahir, ils le feraient plutôt par le littoral, non ?

— Et ils ont essayé. Laeju, la ville où j'ai grandi, est loin d'être un havre de paix.

Le commandant soupira. Elle posa ses documents et arracha l'outre des mains d'Ivan – prenant bien garde, comme toujours, à ne pas entrer en contact avec lui.

— Mais tu as raison. La religion n'est pas vraiment la raison. Ce serait plutôt le gisement de métal derrière le fort, qui intéresse Radimov.

— Une guerre pour une simple mine ?

— Pas une simple mine. Un gisement d'un métal qu'on dit révolutionnaire. Plus dur, plus facile à forger. Si Radimov met la main dessus, son armée fera un bond en avant. Toute la société aussi.

Un métal révolutionnaire ? Ivan n'en avait jamais entendu parler. Était-ce la vérité ? Pourquoi le cacher ? Et surtout…

— Est-ce que cela justifie dix années de conflit ?

— À toi de me le dire. Le quotidien des paysans pourrait en être considérablement amélioré. Avec des outils solides et efficaces, combien de temps peut-on gagner par parcelle ? Combien de terres en plus pourrait-on cultiver ?

Ivan resta coi. Il ne savait plus que penser. Le progrès méritait-il de sacrifier des vies humaines ? Mais Yekatelina ne le laissa pas s'appesantir sur la question.

— Alors, qu'est-ce que tu penses de Kirine ?

— Kirine ?

— L'homme qui nous a accueillis.

Ivan revit son maintien droit, son visage peu amène, la façon dont il s'était détourné. L'égard montré aux mercenaires.

— Il te méprise.

Yekatelina rit doucement et avala une nouvelle lampée d'alcool.

— Kirine est le Premier Général du Jeonam et du Laenam. C'est un grand honneur qu'il soit venu me saluer en personne.

— Et pourtant, il t'installe loin de sa vue et de celle de ses soldats.

— Où veux-tu en venir, Ivan ?

— Il devrait te témoigner plus de respect. Il compte envoyer la Horde en première ligne, non ? Ce n'est pas parce qu'il te paie qu'il peut te traiter comme une putain.

Yekatelina éclata de rire. Un rire spontané, bien plus franc que ce qu'elle avait pu montrer autour du feu de camp.

— Ça, c'est la meilleure, s'esclaffa-t-elle.

Elle s'amusa encore un instant puis soudain, son sourire se fit plein de fiel ; ses yeux, presque bruns dans la pénombre, brillèrent froidement.

— Est-ce que tu comprends ce que ça induit, de mener l'assaut dans deux jours ?

— Que beaucoup vont mourir.

— Ça, c'est la loi de la guerre. C'est pour ça qu'on nous paie. La vérité, c'est que Kirine enrage de ne pas pouvoir mener l'assaut lui-même.

— Il est le Premier Général, non ? Il n'a qu'à faire ce qu'il veut.

— Premier Général, quel titre…

La bouche de Yekatelina se plissa sur un rictus plein de mépris.

— Dans le fond, il n'est rien d'autre que le chien de Radimov. Il exécute les désirs de son maître. Ce qu'il faut bien comprendre, c'est que celui qui mènera l'assaut du fort récoltera un prestige immense.

S'il survit, bien entendu. Dans les mains d'un homme d'État comme Kirine, un tel pouvoir pourrait s'avérer extrêmement dangereux pour Radimov. Kirine pourrait faire de lui un voievod fantoche, comme cela s'est passé en Gamnam. Il pourrait même carrément le renverser, ou s'insinuer dans la succession au moment de la mort de Radimov. Par contre, si ce pouvoir échoit dans l'escarcelle d'un mercenaire comme moi, il ne représente rien. La Horde et moi, nous recevrons la gratitude de Radimov et de son oligarchie. Des poètes en tireront quelques vers, on sera sans doute remerciés en vastas sonnants et trébuchants. Mais ça s'arrêtera là, parce que nous sommes en dehors du système. Radimov n'a qu'à cesser de me payer pour que je quitte son voievodat. Aucun pair de l'oblast ne prendra jamais mon parti, même si j'avais des velléités de prendre le pouvoir. Pour lui, c'est beaucoup plus simple à gérer.

Elle avala une nouvelle gorgée d'alcool et tendit l'outre à Ivan qui but à son tour. Celui-ci avait cru que le remontant le réchaufferait, mais il n'en fut rien. La profondeur des intrigues politiques qui se nouaient autour et par Radimov lui faisait l'effet d'un précipice. Il ne s'y était jamais préparé. Si Yekatelina disait vrai, Lev avait été son premier conseiller. Il avait forcément gravité dans ce monde. S'il avait été en vie, aurait-il proposé de telles stratégies ? Aurait-il approuvé le massacre de toute une troupe, sous le simple prétexte qu'elle ne faisait pas partie de l'armée régulière ?

— Je ne savais pas quand te le dire, reprit Yekatelina après un temps. C'est pour ça que je t'attendais.

Ivan n'aimait pas l'expression qu'elle arborait à cet instant. Elle regardait ses mains, ses documents, le campement, mais jamais lui directement. Il reposa l'outre.

— Qu'est-ce qu'il se passe ?

— Lors de la bataille, tu resteras avec moi au poste de commandement.

— Je ne comprends pas.

— Nous serons en arrière, pour garder une vision globale et diriger les unités.

Malgré lui, Ivan sentit ses poings se serrer. Il n'aimait pas ce qu'il croyait comprendre. Pas du tout. L'indignation s'infiltrait dans ses poings, dans ses épaules, dans son ventre.

— Tu veux me garder loin des combats ? articula-t-il.

— Tu m'es trop précieux, Ivan.

— Tu ne sais pas ce que tu fais ! Les gars comptent sur moi, sur ma hache !

Yekatelina se redressa d'un coup. Cette fois, elle toisa Ivan de toute sa hauteur, ses yeux plantés droit dans les siens.

— C'est toi qui ne sais rien ! Je t'ai cherché pendant quatre ans ! Quatre *putains* – le juron sortit en daesan – d'années pendant lesquelles j'ai retourné tout le Jeonam. Tu es mon seul et unique moyen de retrouver Elena. Et tu croyais que j'allais abandonner ça pour une fierté d'homme mal placée ?

— Et à quoi bon, si la Horde tombe pendant l'assaut ?

— Tu te prends pour qui ? Tu ne connais rien à la guerre ! Si tu penses que les escarmouches des derniers mois t'ont appris quelque chose, tu te mets le doigt dans l'œil. Ce n'était rien ! Rien, comparé à ce qui nous attend les prochains jours. Et si je dois sacrifier la Horde tout entière pour te garder en vie, je n'hésiterai pas une seule seconde. Est-ce que c'est clair ?

Ivan desserra les poings. Au plus profond de sa poitrine, sa colère et son indignation s'étaient évanouies, remplacées par une amertume au goût de cendre. Il se leva à son tour. Il se dressait une tête au-dessus de Yekatelina, pourtant il se sentait petit. Infiniment petit. Elle ferait tout pour que survive le bâtard de Radimov. Mais Ivan, lui, n'avait aucune importance à ses yeux.

— Très clair, lâcha-t-il d'une voix basse.

Il s'éloigna sans se retourner.

Ivan

Deux jours plus tard, lorsque la lune émergea de l'horizon, mercenaires et soldats confondus étaient en place au pied de la muraille, à distance des tirs d'archers. À cinquante mètres de là, au sommet d'un petit relief, se tenaient les troupes de réserve, Kirine, les hauts gradés de l'armée, Yekatelina. Et Ivan.

Quand ce dernier avait révélé son absence à ses compagnons, ils lui avaient offert quelques marques de compassion mais dans le fond, aucun ne s'était étonné. Ivan avait été le seul dupe. Junsa avait dégagé l'amulette de sous le hanbok de son ami et tiré sur le cordon.

— Prie Bor et Seojeog que tu n'aies pas à venir nous aider, parce que ça voudra dire que les choses tournent mal.

Debout à l'arrière de l'armée, planté à la droite de Yekatelina et son visage en partie masqué par son casque, à sa demande, Ivan glissa sa main sous son habit et saisit le talisman de Seojeog.

Le commandant se tenait campée sur ses pieds. Sa cuirasse de plaques battait ses jambes enserrées dans des cuissots de métal étincelant. Le même éclat recouvrait ses bras, tandis que son épais manteau rouge orné de brandebourgs dorés flottait sur ses épaules. Un casque à nasal reposait à ses pieds. Ivan ne l'avait jamais vue en si grande tenue. Elle s'était préparée au pire.

Le jeune homme balaya de nouveau le futur champ de bataille, faiblement éclairé par les premiers rayons de lune, à la recherche d'une silhouette familière. La veille, Songseung lui avait rendu compte de la tactique décidée par l'état-major. L'attaque frontale, menée par Kisang, ne serait qu'une diversion. Pendant ce temps, couverts par l'ombre portée du fort et par les combats pour la porte, une poignée d'hommes triés sur le volet – dont Junsa et Sukyi – escaladeraient la muraille ouest pour installer des échelles de corde et faire rentrer un détachement d'une trentaine de mercenaires. Afin d'augmenter la distraction de l'ennemi et dégarnir les remparts ouest, Kirine avait prévu de faire usage d'un artifice importé du Cham. Songseung n'en savait pas plus, mais tous comprendraient le moment venu. Une fois à l'intérieur, le groupe des mercenaires n'aurait qu'à ouvrir la porte pour s'emparer de la victoire.

Sur le papier, le plan paraissait simple. Pourtant, l'estomac d'Ivan n'avait de cesse de se nouer, toujours plus serré. En haut des remparts, des torches se mouvaient et éclairaient les silhouettes de dizaines de soldats. Des bribes de voix leur parvenaient. L'ennemi se préparait. Comment réagirait-il face à la tactique mise en place ? Saurait-il déjouer les plans de Kirine ?

Le rôle de Junsa et des autres était clé et en même temps, extrêmement risqué. Sans parler de celui de Kisang. Ivan aurait dû être avec l'un ou l'autre, quoi qu'en dise Yekatelina.

À quelques pas de lui, les baguettes s'abattirent sur la peau tendue des tambours et le firent sursauter. Le son clair, presque trop aigu, se répercuta contre le flanc des montagnes environnantes. Le début de la charge. Les torches s'agitèrent dans la nuit comme des lucioles et se précipitèrent soudain à l'assaut de l'escarpement qui portait le fort. Une nuée de flèches venue des remparts obscurcit alors le disque de la lune puis s'abattit en contrebas. Des cris d'agonie s'élevèrent en même temps que le fracas du métal et de la pierre percutés par les pointes des projectiles. Le flot des torches reflua un moment, avant de reprendre sa progression. Les survivants piétinaient les cadavres.

— Il faut les protéger des tirs ! lança Ivan en daesan à l'adresse de qui voulait l'entendre.

Certains officiers lui jetèrent un regard de dédain, certains sourirent avec suffisance. La plupart l'ignorèrent.

— Ça va venir, répondit simplement Yekatelina.

Elle observait la scène froidement, comme si cela ne la concernait pas. Pourtant, la moitié de la Horde se trouvait dans ce groupe. Kisang aussi. Combien étaient tombés dans cette première charge ? Comptait-elle vraiment sacrifier ses hommes sans broncher, elle qui se battait épaule contre épaule avec eux depuis tant d'années ?

— Quand ?

— Maintenant. Regarde bien.

Ivan balaya l'escarpement du regard. Sous la lumière combinée de la lune et des torches, le flot des assaillants se mouvait comme une mer luisante de métal, comme un essaim chitineux. Des échelles de bambou voguaient au-dessus des colonnes de soldats. À mi-hauteur, un ensemble d'hommes transportait un bélier massif, taillé à la va-vite dans le tronc d'un pin. Ivan distingua l'un des porteurs tomber et être aussitôt remplacé par un autre. Soudain, les torches voisines disparurent une à une. Englouties dans la nuit. Non, plutôt… recouvertes : on apportait un immense bouclier qui mettrait les porteurs à l'abri des flèches. La structure termina l'ascension et s'arrêta devant la grande porte. Quand le premier coup de bélier retentit, fracas du tonnerre dans une marée de cris humains, Ivan desserra la mâchoire et releva la tête.

La même ombre colossale planait devant la muraille est, où se pressaient des nuées d'assaillants. Sur les côtés, des échelles émergeaient de la pénombre, soulevées par de longues perches en bambou, et finissaient leur course contre les remparts. Elles étaient aussitôt prises d'assaut par les Daesans, tandis que les cordes des arcs ennemis continuaient de claquer dans le vacarme. De temps en temps, l'ombre épaisse d'une échelle basculait dans le vide, repoussée par les défenseurs, et entraînait dans son sillage des cris à glacer le sang. Bientôt, la montagne de Kastr s'emplit de l'odeur écœurante des déjections et du sang. L'air saturé de puanteur prit Ivan de nausées. Il avait participé à plusieurs combats mais celui-là n'avait rien à voir : il s'agissait d'une boucherie sans nom. Et ses amis ?

— Qu'est-ce qu'ils attendent, pour lancer leur putain de diversion ? siffla Ivan. Que tout le monde crève ?

— Patience. Ils ont besoin d…

Une lumière étincela au pied de l'enceinte et soudain, un rugissement monstrueux engloutit la totalité du plateau, aussitôt suivi d'un vent violent, empli de débris et poussières. Ce fut comme si Geom lui-même déferlait sur Kastr. Ivan se protégea les yeux du bras, mais un caillou percuta sa pommette à pleine vitesse. Il tourna le dos au fort et se plaça devant Yekatelina. Le souffle lui donna l'impression qu'on lui arrachait les tympans et la peau, qu'un dragon rugissait sa haine pour l'humanité. Puis la tempête retomba, comme morte. Ne restait qu'un silence glaçant, couvert par un sifflement insupportable dans ses oreilles. Le commandant lui adressa un hochement de tête reconnaissant, avant de se décaler. Ivan pivota tant bien que mal, sonné, et ce qu'il vit le laissa stupéfait.

Un immense nuage de poussière miroitait sous la lueur de la lune. On ne voyait rien de ce qui était pris dedans, et peut-être cela valait-il mieux. Étant donné la violence qui les avaient frappés, eux qui étaient en arrière-ligne, Ivan imaginait facilement le sort réservé à ceux qui s'étaient tenus là-bas.

— C'est ça, la diversion ? dit-il, sourd à sa propre voix. L'Abysse sur Terre ?

Il était trop choqué, trop déstabilisé pour être en colère. Il chercha la réponse sur le visage de Yekatelina mais la jeune femme, tendue à l'extrême, avait les yeux rivés sur le fort. Ivan suivit son regard. Sur les remparts, les Kaliumers couraient en direction du nuage de poussière, désertant la partie ouest où attendait l'unité d'infiltration. Exactement l'effet escompté.

Le cœur battant la chamade, Ivan fouilla l'obscurité. S'il n'avait pas su où et quoi chercher, il ne les aurait jamais repérées : des silhouettes émergèrent de la nuit et entreprirent l'ascension de la muraille, simples taches noires sur l'ombre. Une, deux, cinq, dix.

Il était trop loin pour les suivre réellement, mais son anxiété était telle qu'il se projetait parmi elles. Son cœur bondissait quand l'une d'elles s'arrêtait. Il imaginait les aspérités poreuses de la pierre sous ses doigts, l'appel du vide. Après ce qui lui sembla une éternité, une première ombre vint à bout des trente mètres de muraille et se hissa sur le chemin de ronde déserté. Elle disparut, tassée derrière les merlons de pierre. Une deuxième la rejoignit, puis les suivantes.

Désormais, les échelles de corde étaient sans doute déployées le long du rempart, offertes aux mercenaires qui patientaient à ses pieds. Ils seraient trente à gagner la courtine ouest. Avec les dix grimpeurs, quarante en tout à s'infiltrer dans Kastr pour ouvrir les portes de l'intérieur. Tant que les Kaliumers resteraient obnubilés par la poudre explosive, cela suffirait.

— Donne le signal pour la deuxième explosion, ordonna Kirine à l'un de ses hommes.

Une deuxième explosion, déjà ? Combien étaient morts dans la première ? Combien mourraient dans celle-là ?

Soudain, des cris en provenance de la muraille est emplirent la nuit. Le nuage de poussière était en partie retombé, révélant la scène : le rempart se tenait toujours de toute sa hauteur, mais une tache plus noire que les ténèbres maculait le bas de sa robe. Juste à côté, Ivan repéra un nuage de vapeur à peine tangible. Il ne venait pas de la déflagration. Les défenseurs s'agitaient beaucoup trop sur la courtine puis, d'un coup, ils déversèrent le contenu d'un chaudron vers le sol. À nouveau, les cris des soldats surinèrent la nuit. De l'eau bouillante. Peu en mourraient, mais des dizaines d'hommes venaient d'être mis hors d'état de combattre en un rien de temps.

— Le signal, allez ! grogna Kirine.

Aussitôt, la peau du tambour frémit, recouvrant les hurlements. La peur au ventre, Ivan attendit le nouveau cataclysme. Rien ne vint. Des cris flottèrent depuis les hauts du fort, tandis que la masse des défenseurs se clairsemait à l'est : les Kaliumers reprenaient leur poste. Plusieurs d'entre eux retournaient vers la tour ouest.

— Allez, encore ! pesta Kirine.

Le tambour repartit de plus belle, sans plus d'effet.

Qu'est-ce qui ne fonctionnait pas ? Ivan revit la vapeur, entendit à nouveau les moqueries des défenseurs. Puis l'étincelle, juste avant la déflagration

— L'eau ! cria-t-il.

Kirine lui jeta un regard courroucé. Yekatelina lui avait ordonné de faire profil bas mais il n'en avait que faire. Ses amis étaient la priorité. Il fallait recommencer.

— L'eau, répéta-t-il plus fort, versée depuis la muraille. Il ne faut pas du feu, pour votre artifice ?

— Si… Putain, les chiens. Faites amener de la poudre sèche ! cracha le général à l'une de ses estafettes. Allez, bougez-vous !

— Incapables, lâcha Yekatelina.

Ivan se tourna vers elle, puis regarda dans la même direction qu'elle. À l'ouest, la situation tournait au vinaigre. Un groupe de Kaliumers s'avançait droit vers ses amis encore cachés à l'ombre des merlons. Ils ne seraient pas assez nombreux pour se défendre.

— J'y vais.

— Bien sûr que non.

Ivan inspira.

— Que tu le veuilles ou non, j'y vais.

Elle se tourna vers lui, menaçante. Enfin consciente qu'il était sérieux.

— C'est hors de question !

Ivan la jaugea. Elle avait rarement eu l'air aussi furieuse, elle qui avait l'habitude d'être obéie, elle que l'on écoutait toujours avec attention. Mais était-ce bien de la colère ? Derrière cette façade, si facile à présenter, Ivan eut le sentiment qu'elle masquait sa peur. Sa peur pour son projet, mais pas seulement. Elle avait peur de perdre son contrôle sur lui.

— Tu ne peux pas me retenir, souffla-t-il.

Il se mit à courir vers Kastr.

— Kisuu, Chulhei ! Arrêtez-le !

Tandis qu'il fonçait vers l'avant, les silhouettes des deux mercenaires se dressèrent devant lui.

— Sans rancune, hein, Rang ? lança Chulhei.

— Ouais, sans rancune, les gars.

Ivan se jeta sur Kisuu, à sa droite, et l'attrapa en plein par la taille. Tandis qu'ils basculaient au sol, il lui assena un coup de poing en pleine mâchoire. Avant de s'étaler sur son compagnon, Ivan récupéra son assiette et fit face à Chulhei. Ce dernier fondit sur lui, prêt à l'étouffer entre ses bras. Ivan ne pouvait pas l'éviter. Au lieu de jouer à l'anguille, il attendit et juste avant l'impact, balança son genou de toutes ses forces. Il sentit sa cuisse s'enfoncer dans la couche de muscles du mercenaire, qui expira un grand coup. Mais ne s'écroula pas, un éclat vicieux dans le fond de l'œil. Sans lui laisser le temps de se ressaisir, Ivan écrasa son front sur le nez de son camarade. Cette fois, l'étau des bras recula. Ivan repoussa Chulhei et reprit sa course.

— Iv… Rang ! hurla Yekatelina. Rang !

Ivan ne se retourna pas. Il ne voulait pas voir la déception, la colère ou la haine sur le visage de Yekatelina. Il se focalisa vers l'avant et dévala le talus où se tenait l'état-major. Sur la muraille ouest, les combats avaient commencé. Il accéléra encore.

— Bordel de merde ! entendit-il cracher dans un daesan teinté d'accent vastanyan. La Horde, avec moi !

Les trente mercenaires qui formaient le soutien arrière de la Horde répondirent d'un grognement satisfait. Ivan risqua un regard en arrière : Yekatelina avait jeté son manteau à bas et courait, suivie de près par ses hommes. Son attention n'était pas fixée sur Ivan : elle se portait sur la muraille. Le commandant venait l'aider, pas le rattraper. Soulagé, Ivan reprit sa course. Il ne put retenir un sourire sur ses lèvres.

Ivan

Ivan escalada aussi vite que possible la colline qui le séparait de ses compagnons. Il poussait sur ses jambes sans prêter attention au manche de la hache qui lui battait la cuisse. Quand il arriva au bas de la muraille, il avait le souffle court et son cœur tambourinait à ses oreilles.

— Rang ! lança Daegi en s'écartant d'une échelle.

Ivan lui adressa un hochement de tête reconnaissant. Dès qu'il se suspendit, l'échelle de corde grinça. Souple et instable, elle lui donna l'impression de faire du surplace. Ivan gravit les échelons sans rien d'autre en tête que son objectif et la puanteur pulvérine du calcaire et de l'urine. Après une ascension interminable, il s'égratigna une dernière fois les doigts contre la pierre et se hissa entre deux merlons. Sur la courtine, la bataille faisait rage. Junsa et Sukyi étaient en première ligne avec deux autres mercenaires. Ils contenaient les assauts ennemis mais étaient en train de se faire déborder. Ivan se précipita en soutien et balança sa hache dans le dos d'un Kaliumer qui allait les prendre à revers. La lame courbe glissa le long de la broigne avant de terminer sa course à l'arrière du crâne de l'homme, arrachant son casque à pointe et ouvrant un sillon écarlate. Le Kaliumer chancela vers l'avant puis se retourna face à son agresseur. Ivan lui fendit le visage en deux. Le défenseur s'écroula, laissant apparaître derrière lui la silhouette familière de Junsa.

— Qu'est-ce que tu fous là ? demanda le mercenaire.

— T'occupe.

Junsa le jaugea, sourcils froncés, avant de couler un regard par-dessus les remparts. En contrebas, Yekatelina et son unité de soutien venaient d'arriver au pied des échelles. Certains avaient déjà entrepris l'escalade.

— Toi, alors…, glissa-t-il.

Ivan lui retourna un grand sourire et souleva sa hache, prêt à combattre.

— Pas ici, on gère. La courtine n'est pas large. Descends dans la cour.

Ivan jeta un œil par-dessus l'épaule de Junsa. L'un des mercenaires de la Horde pliait sous les coups d'un Kaliumer haut comme une armoire à glace.

— Poète…

Junsa se retourna brièvement.

— Vas-y, je te dis ! Les trois autres sont en bas. Je compte sur toi !

Ivan serra la main sur le manche de son arme. Junsa lui donnait sa confiance. Quel manipulateur, celui-là ! Il savait très bien qu'après ça, Ivan n'avait d'autre choix que d'obéir.

— T'as intérêt à survivre, dit-il avant de tourner les talons, ou je chanterai la chanson la plus mièvre de l'histoire à tes funérailles.

— Putain, non ! Tu chantes comme un pied !

Junsa feignait la colère mais un sourire étirait ses lèvres. Juste avant qu'Ivan ne tourne la tête, deux nouveaux ennemis fondaient sur le petit groupe. Sa poitrine se serra. Bordel, il avait le cœur d'un mioche ou quoi ? Les gars s'en sortiraient.

Alors qu'il allait plonger dans la tour, Yekatelina émergea d'entre les merlons. Ivan retint son souffle, prêt à essuyer un savon, mais le commandant le regarda à peine. Elle avait décidé d'attaquer, la priorité était maintenant à la victoire. Elle jaugea la situation d'un coup d'œil.

— On file dans la cour, ordonna-t-elle.

Le jeune homme rit à gorge déployée. Yekatelina avait saisi en un claquement de doigts ce que Junsa lui avait enfoncé à coups de pied dans le derrière. La jeune femme accueillit son éclat d'un froncement de sourcils avant de se précipiter vers la tour. Les hommes l'interpellaient sur son passage, criaient du « commandant », frappaient la garde de leurs sabres sur les merlons. Et ils suivaient, Ivan parmi eux. Il se jeta dans les escaliers, trébucha sur les marches hautes comme des montagnes, se rattrapa sur l'un de ses compagnons et reprit sa course. L'édifice n'était pas très vaste et bientôt, il ressurgit sous le ciel chargé d'étoiles. Dans la cour de rocaille mal aplanie, les Kaliumers étaient en surnombre. Une demi-douzaine de mercenaires tentait de contenir les assauts de la quinzaine de défenseurs. À en croire le cadavre d'un mercenaire laissé trois mètres plus loin, ils avaient déjà bien reculé. De nouveaux ennemis accouraient encore depuis les autres tours de la muraille. Ivan reconnut dans la masse des combattants le chignon serré de Dekseon, les épaules larges d'Antae, l'épaisse queue-de-cheval de Songseung qui claquait au gré de ses attaques et de ses esquives.

— POUR LA HORDE ! rugit Yekatelina, sabre au poing.

Son cri fut aussitôt repris par tous les mercenaires présents. Ivan hurla comme les autres, enflammé par la rage explosive de leur commandant. Ils s'élancèrent vers l'ennemi. Son premier coup de hache cueillit un défenseur à la gorge. L'homme, aussi jeune que lui, le fixa de ses prunelles tremblantes avant de s'effondrer. Celui qui le remplaça profita de l'élan d'Ivan pour placer un coup d'estoc, droit vers son flanc laissé sans protection. Le jeune homme ramena son coude et balaya la lame de l'ennemi, dont la pointe ne fit qu'écorcher sa broigne. Il balança le manche de son arme vers la face de son adversaire, qui recula d'instinct. Ivan arrêta sa feinte et frappa le sol de toutes ses forces. Le fil de sa hache, encore frais, trancha le cuir d'une botte et explosa les petits os comme des brindilles. Le Kaliumer se mit à hurler comme un damné. Ivan se redressa et lui jeta son fer en travers de la bouche, le faisant taire de façon définitive.

— T'as pas pu t'empêcher d'venir, hein ? lui lança Dekseon d'un ton goguenard.

— Faut dire, ça avait l'air tellement fendard, ici !

Le mercenaire trapu ricana de sa voix rauque, avant d'enfoncer son sabre dans une gorge. Ivan se glissa à son côté et intercepta l'attaque d'un assaillant. Le choc fit vibrer l'arme dans ses doigts, qui tinta comme le marteau du forgeron sur l'enclume.

— Vous arrivez à temps, grimaça Songseung entre deux parades.

Ivan jeta un coup d'œil vers Yekatelina. La jeune femme s'était jetée dans la bataille comme un fauve. Elle se fendait, rompait, prenait le fer pour attaquer puis se dérobait à un rythme étourdissant. Et entre deux assauts, elle encourageait ses hommes d'une voix puissante qu'Ivan ne lui avait jamais connue.

Soudain, un sifflement attira son attention. Il tourna la tête et eut à peine le temps d'éviter la lame qui fondait sur lui. Sans attendre, il donna un coup vers l'avant pour faire tomber son adversaire, mais celui-ci esquiva et balança la pointe de son épée vers les doigts d'Ivan. Ivan plaça le manche à l'horizontale et la lame du Kaliumer glissa tout le long, jusqu'à la tête de la hache. L'homme essaya de dégager son arme, trop tard : elle était piégée entre le manche et la courbure de la tête. Ivan n'eut qu'à donner un coup de torsion pour arracher l'épée des mains de son ennemi. Un battement de cœur plus tard, il profita de l'élan pour viser la tête. L'homme fit un pas en arrière, une main devant son visage. L'acier lui trancha les doigts avant de terminer sa course droit dans le casque. Le métal plia et Ivan entendit les os du crâne céder. Quand il arracha sa lame, des humeurs rosâtres suivirent son sillage.

De nouveaux défenseurs étaient descendus. À peine quinze il y avait une minute, ils étaient maintenant vingt. Plus le temps passait et plus les chances de victoire s'amenuisaient. Dans leur camp, ils n'étaient encore que neuf. Repoussée par les combats, Yekatelina s'était éloignée. Elle avait gardé le rythme, opposant aux assauts brutaux des esquives fluides et des contre-attaques tout aussi brutales. Ivan allait se reporter sur ses propres combats quand il aperçut la masse de ses cheveux blancs être projetée au sol. Un Kaliumer l'avait saisie par l'épaule, la forçant à basculer. Ils chutèrent ensemble. Un autre défenseur apparut derrière, épée levée.

— Yek !

Ivan voulut se précipiter vers elle mais partout, les hommes formaient une muraille. Pourquoi était-il resté si loin ? Que pouvait-il faire ? Il laissa glisser sa main jusqu'au bout du manche. S'il jetait sa hache avec suffisamment d'élan… Un sabre jaillit du sol et se planta dans la mâchoire du Kaliumer. L'homme s'effondra. Ivan guetta, mais Yekatelina ne réapparaissait pas. Tout à coup, elle se releva, couverte de sang. Ivan frémit. Ce sang, c'était forcément celui du Kaliumer. Uniquement ?

Elle haletait, penchée vers l'avant. Était-elle blessée ? Une grimace plaquée sur ses lèvres, elle balaya la bataille du regard.

— Songseung ! hurla-t-elle. La porte !

— Allez, les gars, reprit Songseung, en avant ! Magnez-vous le fion ! Rang, arrête de te pogner !

Ivan ouvrit la bouche, estomaqué par le langage de son chef. Mais celui-ci avait raison : il avait son propre combat. Yekatelina n'était pas une gamine sans défense.

La grille qui les séparait des troupes massées à l'extérieur du fort était à peine à quelques jets de pierre. Pour autant, ce ne serait pas une promenade de santé. L'ennemi formait une barrière solide.

— Papa, tu t'occupes de la porte, ordonna Songseung. Rang et moi, on t'ouvre la voie. Les autres, vous assurez les arrières. On ne doit pas se faire couper la retraite.

Aussitôt, il poussa contre l'ennemi et fit deux pas vers l'avant. Ivan l'imita et enchaîna les coups de hache. Plus les combats défilaient et plus son bras faiblissait. Entre deux halètements, sa lame glissait parfois sur les plaques d'acier des broignes au lieu de s'y planter. Le fil des épées martelait les siennes, taillait dans les plis de son hanbok et dans sa peau, lui tirant une grimace de douleur. Mais à chaque fois qu'il se sentait reculer, il jetait un œil à Songseung. Le chef d'unité devait fatiguer, lui aussi, pourtant il n'en montrait rien. Ses coups de sabre restaient précis, ses esquives parfaitement rythmées. Ses fentes faisaient souvent mouche ou s'enchaînaient avec des coups de taille meurtriers. Intérieur des cuisses, aisselle, gorge… Aucun point faible ne semblait avoir de secret pour lui. Son agilité paraissait surnaturelle, très loin de la force brute d'Ivan. Et surtout, elle était constante dans le temps. Si Songseung ne faiblissait pas, comment Ivan le pourrait-il ? Dès lors, il repartait de plus belle : coups de coude, coups de hache, coups de pied dans un genou. Tandis que le vacarme de la bataille l'assourdissait au point que son monde n'était plus empli que de cris, d'agonies, d'os explosés, de fracas meurtrier, il ne savait plus s'il avançait, reculait ou faisait du surplace. La porte, était-elle déjà si loin tout à l'heure ?

— Allez, Ivan ! gueula Songseung à travers une brume épaisse. Tiens bon !

Alors qu'Ivan tournait la tête vers son chef, la fin du monde retentit pour la seconde fois.

Ivan

Un souffle d'une force prodigieuse, bien plus puissant que la première fois, ébranla muraille, forteresse, hommes, jusqu'aux tréfonds de la terre elle-même. Instinctivement, Ivan s'accroupit pour se rapprocher du sol, tous ses sens aux aguets, comme si des cohortes de créatures monstrueuses pouvaient sortir de terre à tout instant. Un étau implacable se saisit alors de son bras. Ivan s'agita pour rompre le contact.

Songseung le lâcha aussitôt, son visage blême sous les rivières de sueur. Mais si la déflagration – la nouvelle provoquée par Kirine – l'avait effrayé, il n'en montra rien. Il se précipita pour relever les autres mercenaires et fit un geste de la tête vers l'ennemi. Tout autour, les Kaliumers s'étaient recroquevillés dans le même réflexe de survie qu'Ivan. Ils avaient baissé leur garde. Les compagnons s'élancèrent. Sous sa hache, Ivan ne voyait que pupilles dilatées, visages crayeux, lèvres tordues.

L'état de grâce ne dura pas : poussée par l'instinct de survie, la haie des défenseurs se reforma. Malgré tout, le mécanisme de la porte n'avait jamais été si proche. Dix mètres tout au plus. Ils avaient progressé vite. Trop vite. Un regard en arrière lui révéla la situation : ils étaient encerclés. De leur groupe ne restaient plus que douze. Douze qui formaient un ovale approximatif, combattant coude contre coude, dos à dos. Autour, la masse des ennemis s'était accrue de façon exponentielle. Beaucoup se pressaient contre eux mais une partie des forces se dirigeait vers la tour. Plus loin dans la cour, Ivan distingua la silhouette de Yekatelina dans son armure digne des héros vastanyans. Elle se battait avec une fougue et une agilité qui gonflaient sa poitrine d'admiration. Pourtant, chaque attaque manquée, chaque coup reçu, chaque souffle haché instillait une crainte sourde dans ses chairs. Il ne voulait pas la perdre. La vérité lui tomba dessus comme une pierre dans un puits. Il ne voulait pas la perdre.

— Ivan ! cria Songseung d'une voix blanche.

Avant de se tourner vers lui, le regard d'Ivan s'arrêta sur la muraille est. Seuls des Kaliumers grouillaient là. Où était Junsa ? Et Sukyi ? Soudain, une déchirure à l'épaule gauche lui coupa le souffle, sa vision s'emplit d'éclairs blancs. La douleur cessa le temps d'un battement de cœur avant de repartir de plus belle, comme si on lui sciait la chair, les muscles, les os. Il beugla en voyant un sabre planté dans son corps. Par réflexe, il balança sa hache de sa main valide, qui brisa le bras tenant l'arme sans le trancher et lui déclencha un nouveau spasme de souffrance. Le Kaliumer gueula à son tour, ramenant contre sa poitrine sa main et son avant-bras qui pendaient mollement. Ivan lui défonça le côté du crâne. Malgré cette victoire, il avait payé pour sa distraction et maintenant, il avait un temps de retard. Sur sa droite, un autre Kaliumer se fendit vers lui, prêt à exploiter sa faiblesse. Il leva sa hache aussi vite qu'il put mais soudain, il sut qu'il allait y rester. Tout était allé trop vite. Il s'en voulut. Il condamnerait Yekatelina à demeurer seule, privée à jamais de sa sœur. Est-ce qu'elle serait capable de lui pardonner ? Non, certainement pas. Comme il la connaissait, elle cracherait sur sa dépouille et maudirait son nom pendant des décades. Pas un si mauvais sort, après tout. Alors que la lame de l'autre se propulsait vers son visage, il ne bougea plus. Il était prêt.

Et Saejin, est-ce qu'elle lui pardonnerait ?

Un éclair passa devant ses yeux. Ivan cligna des paupières et comprit qu'il était en vie. Songseung avait intercepté l'arme de l'ennemi et essayait de lui percer l'aine. Son coup tomba dans le vide mais il eut le réflexe de reculer. Dans le même mouvement, il envoya son pied vers l'avant et déséquilibra son adversaire. Ivan reprit la main et adressa à son chef un hochement de tête reconnaissant. Il la vit trop tard. Une lame courte, presque un poignard, dont le fil accrocha la lumière orange des torches. Jusqu'à ce qu'elle soit avalée dans les ténèbres d'une nuque. Songseung ne cria pas. Le dernier regard qu'il jeta à Ivan était toujours plein d'ardeur, avant de se vider complètement. Le mercenaire tomba sur les genoux, les yeux grands ouverts sur le royaume de Muwi.

La rage d'Ivan l'engloutit tout entier dans sa gueule avant de le régurgiter, boule de haine et de colère. Pourquoi ? Cette lame qui avait crevé la nuit, elle n'avait été qu'à un pas. Il aurait pu l'intercepter, il aurait dû. Pourquoi n'avait-il pu rien faire d'autre que la regarder s'abattre ? S'il était resté concentré sur le combat, s'il n'avait pas eu besoin du soutien de Songseung… Il trancha, encore et encore, écrasa, frappa, mordit, maudit, trancha encore. Il s'en rendait à peine compte derrière la haine qui le broyait, mais sa lame émoussée accrochait les chairs, taillait son chemin dans la douleur et les cris. Lui n'en avait cure. Il devait frapper sans s'arrêter. C'était ça que lui avait ordonné le dernier regard de son ami, non ? Trancher, tuer, jusqu'à ce que sa dépouille se soit repue de leur sang. Rien d'autre n'avait de sens. Pas même les lames qui ripaient contre sa peau lardée, pas même les coups qui cognaient sa tête, ses côtes, ses cuisses, pas même les montagnes de cadavres qui s'accumulaient sous ses pieds, pas même les dernières prières à Muwi. Pas même les cris de joie qui éclatèrent dans son dos. Pas même la foule de Daesans qui s'introduisit dans le fort.

— C'est bon, mon garçon, fit une voix familière dans sa tête.

Lev ? Non, impossible. Songseung ?

Une main se posa sur sa nuque, prête à lui enfoncer sa mort pendant qu'il regardait ailleurs. Encore. Il fit volte-face et balança son arme. La silhouette fit un bond en arrière mais Ivan sentit que le tranchant ripa contre des côtes. Aussitôt, Kisang se plia en deux, là où avait été mordue sa chair.

— Par la putain de barbe de Bor, siffla-t-il entre ses dents, je n'ai pas survécu à cette bataille pour que tu me tranches en deux !

Aussitôt, Ivan reprit ses esprits. Il lâcha son arme.

— Capitaine, ça va ? lança un mercenaire.

— Ouais, ça va.

— J'vous avais dit qu'il avait le mâtin de Muwi dans les yeux.

— Garde tes sermons, Sedol.

Kisang releva la tête, le regard dur bien qu'empli de douleur.

— Tu ne dois plus te laisser bouffer comme ça par ta colère, Ivan. Regarde autour de toi !

Hébété, Ivan s'exécuta. Dans un rayon d'un mètre autour de lui, tout n'était que carnage. Les corps s'empilaient les uns sur les autres dans des positions dérangeantes. Certains avaient le crâne défoncé, méconnaissables, d'autres les jambes ou les bras brisés, d'autres encore pissaient leurs viscères. Beaucoup agonisaient encore, de l'écume rose aux lèvres, un râle pris dans la gorge.

— C'est un miracle que tu n'aies pas découpé l'un des nôtres !

Quand… quand avait-il fait tout ça ? Il jeta des regards confus tout autour de lui. La lumière grisâtre de l'aube tombait sur la forteresse, révélant la scène : les soldats daesans arpentaient chaque coin de la place forte. Souvent, l'un d'entre eux se penchait, un coutelas à la main. Quand il se relevait, le silence pesait un peu plus lourd. Certains scrutaient la cour, chargés de civières, puis emportaient un camarade qu'ils pensaient pouvoir sauver. D'autres enfin se tenaient simplement là, penchés sur le corps d'un ami. Ivan leva les yeux et aperçut trois bannières flottant tant bien que mal dans l'air moite de l'été : l'aigle enserrant l'hibiscus de Radimov, le lotus blanc sur champ d'azur du Daesan et l'aigle impérial de Mirensk. Le cœur d'Ivan manqua un battement. Tout ça pour ça ? Pour trois pans de tissu qui peinaient à se déployer ?

— On a gagné ? demanda-t-il.

— À ton avis ?

Évidemment. Tout était terminé, alors ?

— Qui a ouvert la porte ?

— Dekseon. Apparemment, tu lui as bien dégagé la voie.

— Il va bien ? Et les autres ? Junsa ? Sukyi ?

Kisang se contenta de lui désigner quelque chose du menton, dans son dos. Ivan se retourna. Songseung se dressait là, à genoux. Mort. Autour de lui se serrait le reste de l'unité, tous amochés mais bien en vie. Sukyi se tenait drôlement penché sur le côté, Antae avait un bras en écharpe, Dekseon et Junsa étaient recouverts de sang et de boue. Ivan voulut se précipiter vers eux. Il ne réussit qu'à esquisser un pas avant de s'effondrer sur les mains et les genoux. Aussitôt, la blessure dans son épaule gauche explosa et il s'écroula à terre, nez à nez avec un cadavre livide.

— Tout doux, mon garçon. Sedol...

Le mercenaire aida Ivan à se relever et le mena jusqu'à son unité, où Junsa prit la suite. Ivan était soulagé de les voir tous en vie. Pourtant, pourtant... pourquoi cette boule d'amertume ne voulait pas quitter sa gorge ?

— Il est mort à cause de moi.

— Bien sûr que non, objecta Junsa.

— J'étais distrait. Je n'ai pas vu venir... Il m'a sauvé la vie.

— Il était prêt à mourir, Rang, intervint Antae de sa voix étrangement douce. On l'est tous.

— Vous ne comprenez pas. Si j'étais resté à ma place, comme l'avait ordonné le commandant...

— Si t'étais resté à ta place, le coupa Dekseon, on s'rait tous en train de bouffer la poussière.

— Tu as fait rappliquer les renforts, reprit Junsa. Et tu as tué ton content d'ennemis. Songseung en aurait été bouffi d'orgueil.

— C'est sûr, c'ui-là, pour s'la péter, il savait faire.

— Sortons-le de là, conclut simplement Junsa. Tu tiens debout ?

Ivan hocha la tête. Quand Junsa s'écarta de lui, il se sentit flageoler un instant, avant de trouver un équilibre. Junsa et Dekseon, les deux plus valides, soulevèrent Songseung et les autres se placèrent autour, en un renfort précaire. On lui avait abaissé les paupières. Qu'observait-il, derrière l'écran de chair ? Vers quoi ses pupilles se tournaient-elles, désormais ?

Ils emmenèrent le chef en dehors du fort, trébuchant sur les pierres du chemin. Ils franchirent la palissade dressée par l'armée, traversèrent le camp régulier ponctué de râles et de cris de souffrance, et rejoignirent les abords de leur propre camp. D'autres mercenaires étaient déjà là, regroupés autour des corps sans vie de leurs compagnons. Ils allongèrent Songseung non loin.

Junsa se mit à genoux près de leur ami et lui attrapa la main. Ivan se sentit de trop et se détourna avec pudeur. Ils avaient été tellement complices...

Si Junsa avait combattu en bas, à la place d'Ivan, l'issue aurait été différente. Antae se leva puis revint quelques instants plus tard avec un drap.

— On devrait s'occuper des gazes ensemble, dit le gros mercenaire.

Ivan acquiesça, reconnaissant que son ami ne l'empêche pas de participer à la préparation du corps. Il était blessé mais ses soins attendraient. Il voulait être là une dernière fois pour Songseung, l'aider à se présenter dignement devant Muwi. Il suivit Antae un peu à l'écart. Tant bien que mal, chacun avec un bras valide, ils taillèrent le tissu en bandes. Junsa resta auprès de son compagnon. Ses lèvres bougeaient mais le son ne leur parvenait pas. Tant mieux : cela n'appartenait qu'à eux.

Après de longues minutes, Dekseon revint avec un seau d'eau. Tous trois rejoignirent leur camarade.

Pouce par pouce, ils lavèrent la peau couverte de poussière et de sang. Ils nettoyèrent ensuite les pièces d'armure et polirent ce qui pouvait l'être. Junsa défit la queue-de-cheval de Songseung et peigna les longues mèches entre ses doigts. La chevelure qui s'étalait autour de son visage lui donnait l'air paisible, serein. Comme s'il ne faisait que dormir. Tandis qu'Ivan le contemplait, sa vision s'obscurcit. Sans qu'il comprenne pourquoi, le monde bascula.

Ivan

Un soupir réveilla Ivan. D'un seul coup, une vague de douleur submergea tous ses sens. Dès qu'il essaya de bouger, des milliers d'aiguilles lui lacérèrent l'épaule et le flanc. Partout ailleurs, ses muscles – dont certains à l'existence insoupçonnée – étaient pétris de courbatures comme il n'en avait jamais connu. Il était sous une tente, donc il avait dû être soigné. Alors pourquoi la douleur était-elle aussi vive ? Il leva la tête pour constater les dégâts. Trop vite : un éclair de souffrance fusa dans sa nuque et le renvoya à terre. Cependant, il avait eu le temps de la voir : recroquevillée non loin de lui, Yekatelina s'acharnait à nouer un bandage autour de son propre avant-bras. Malgré le pli qui lui tordait la bouche, malgré le tremblement de ses épaules, malgré les larmes qui dévalaient son visage.

— Yek...

Elle releva soudain le menton, ses yeux écarquillés de terreur. Une terreur qu'il avait déjà aperçue, une fois. Une terreur primale, enfantine. Elle se ressaisit et d'une main vacillante, s'essuya les joues.

— C'est maintenant que tu te réveilles, toi ?

— Qui t'a touchée ?

— Qui m'a touchée ?

Son visage se pétrifia, à nouveau englouti d'effroi.

— Qui m'a touchée ? répéta-t-elle, plus fort. Tous ! L'un après l'autre ! J'ai crié mais personne ne venait ! Personne, jusqu'à ce que Kisang tue le dernier. Et cette salope de Yekatelina qui m'a vendue...

Yekatelina ? Et que venait faire Kisang ici ? Le capitaine avait mené l'attaque des portes, il n'était pas à l'intérieur du fort. Qu'avait raté Ivan ?

Était-ce alors qu'il se perdait dans sa folie meurtrière ? Était-ce pendant qu'il était resté inconscient ?

— ... alors qu'elle faisait mine d'être mon amie !

— Yek ?

— Ils étaient tous au-dessus de moi, encore !

Ivan ne savait pas de quoi il s'agissait exactement mais le regard de la jeune femme était voilé, paralysé, comme si elle ne le voyait pas. Comme si elle ne voyait rien d'autre qu'un flot de mauvais souvenirs. Ivan n'en avait pas le droit et c'était peut-être la pire chose à faire à cet instant mais il ne pouvait pas la laisser dans cet état. Il ne pouvait pas la laisser revivre l'horreur. Malgré la souffrance qui explosa dans son épaule, il lui attrapa le poignet.

— Lâche-moi ! rugit-elle.

Elle tira de toutes ses forces pour se dégager mais Ivan serra plus fort et l'attira contre lui. Quand elle chuta, il recouvrit sa tête sous son bras gauche. Le commandant se débattit, lui assena des coups de poing sous la mâchoire, tenta d'atteindre sa blessure à l'épaule pour le faire céder. Il se contracta davantage puis, comme elle faiblissait :

— Je suis désolé de t'avoir entraînée là-dedans.

— Tu m'avais promis ! Tu m'avais promis et tu m'as trahie.

— Pardon ! Je ne te trahirai plus, je ne te désobéirai plus. Pardonne-moi, Yek. Pardonne-moi. Pardonne-moi.

Les coups cessèrent petit à petit, plongeant la tente dans le silence, un silence entrecoupé par les éclats de voix qui venaient de l'extérieur, par le bruit sourd de marteaux. Puis les tremblements reprirent, bientôt suivis de sanglots étouffés. Ivan relâcha son étreinte et laissa Yekatelina pleurer.

Il ne sut pas combien de temps ils restèrent ainsi mais quand elle s'éloigna de lui, le jour déclinait. Elle se leva sans un mot, sans un regard, et termina de panser son avant-bras. La tête haute, elle s'essuya les joues, lissa sa chevelure et glissa à l'extérieur de la tente. Il l'entendit annoncer son réveil d'une voix basse et quelques instants plus tard, Junsa se faufilait à l'intérieur. Ivan ignora le regard interrogateur qu'il lui lança.

— Combien de temps j'ai dormi ?

— Pas mal. Il est l'heure.

Junsa n'avait pas besoin d'expliciter. L'heure était propice à la venue des grues éthérées de Muwi, qui conduiraient les âmes des défunts jusqu'à Bor. Ivan essaya de se redresser. Aussitôt, la douleur le cloua de sa lance barbelée. Junsa se précipita à son chevet, un bras derrière ses épaules.

— Pas de précipitation. Ils sont déjà trop nombreux à avoir les paumes vers le ciel.

— Je vais pas crever pour ça.

— Ne tente pas Muwi.

Avec des gestes mesurés, le mercenaire aida Ivan à se remettre debout. Chaque mouvement était une torture : en quelques instants, il fut en sueur. Il s'accrocha.

Au-dehors, le soleil avait déjà sombré derrière l'un des pics de Yeonbuk. Junsa le mena à quelques pas du camp, où les mercenaires qui pouvaient se tenir sur pied étaient rassemblés. On avait construit un large bûcher – Ivan comprit d'où étaient venus les bruits de marteau –, bourré dans les espaces vides du petit bois et des épines de pin. La structure avait été montée à la hâte : plus Ivan s'approchait, plus il distinguait les éclats dans le bois, les fûts mal assemblés, les écritures brèves. Ce bûcher n'était pas digne des compagnons qu'il portait. Il se mordit la lèvre : pourquoi avait-il tant dormi ? Était-il donc à ce point faible qu'il n'avait pas été capable de se lever pour honorer son ami ? Songseung était là, son beau visage tourné vers le Vaste Ciel, les bras le long du corps, les paumes orientées vers le haut. Le coutelas qui lui avait été fatal, encore couvert de son sang, avait été déposé à ses pieds, tandis que son sabre, celui avec lequel il avait sauvé la vie d'Ivan, reposait au-dessus de sa tête. Sur sa poitrine brillaient quatre pièces d'argent, une pour chaque coin du ciel, et deux pièces de cuivre pour les grues qui emporteraient son âme.

Une cinquantaine d'hommes étaient alignés dans la même position. Tous n'avaient pas eu une aussi belle mort : certains visages étaient éclatés, des membres manquaient, des poitrines béaient sous les broignes pourfendues. Beaucoup avaient une partie du corps carbonisée.

Un homme de la Horde s'avança. Ivan l'avait croisé à quelques reprises. Il ne connaissait pas son nom, mais tous ici l'appelaient Prêtre. Pas sans raison, apparemment.

« La flèche et l'archer sont saufs.
Geom revient de la bataille, les âmes des défunts dans son sillage.
Trois cents soldats gisent dans la plaine.
Accueillons les soldats perdus dans la bataille. »

Il y avait quelque chose d'étrange à voir cet homme musculeux, couvert de cicatrices et d'hématomes, réciter avec tant de sincérité et d'humilité les paroles rituelles.

Tandis que l'oraison progressait, Yekatelina, Kisang et quelques chefs d'unité s'avancèrent torche en main pour bouter le feu aux bûchers. Junsa prit en charge celui de Songseung. Peu à peu, les flammes léchèrent la structure, gagnèrent les corps inertes. Une fumée épaisse s'éleva jusqu'au ciel. Ivan la suivit des yeux et soudain, toute sa culpabilité fut étouffée par la vision sublime du royaume de Muwi. Les nuages qui couvraient la moitié du ciel avaient pris une teinte d'or tandis que le reste, dégagé, était du bleu le plus pur. À la lisière du couvert céleste, les nuées se paraient de détails d'une finesse à couper le souffle, leurs ombres d'un gris presque violet ciselées dans la masse safran. Plus à l'est, l'amas cotonneux sombrait déjà dans le bleu indifférent de l'oubli.

L'oubli... La bataille qui se déchaînait dans le Vaste Ciel, entre la sculpture flamboyante et l'azur vierge, happait Ivan de tout son être. Subtilement, sans qu'il s'en rende vraiment compte, l'orange se fit rose ; les ombres, plus fortes, menacèrent d'engloutir la ciselure vaporeuse. À l'ouest, bas dans le ciel dégagé, le fond de l'air s'embrasa pour se teinter d'un rouge triomphal. Humble, Ivan se fit le témoin du déclin d'un monde. Bientôt les ombres d'un mauve malsain s'emparèrent de tout, avant de glisser dans la nuit.

C'était un linceul. Le linceul du jour. Le linceul de Songseung.

Ivan ferma les yeux et laissa le crépuscule se saisir de son cœur.

« Muwi a pénétré nos demeures,
Elle a contemplé votre gloire et accueilli votre chute.
Votre âme naît à nouveau !
La séparation éternelle vient avec la mort.
Désolé est mon cœur. »

Déjà, le bûcher avait dévoré les chairs. Bientôt ne resterait rien de plus que les os et l'acier.

Ivan

Les mercenaires laissèrent les flammes consumer ce qu'il restait de leurs compagnons. Il n'y avait plus rien à dire. Demain, ils reviendraient chercher les cendres. Pour ceux qui avaient une famille, elles leur seraient rendues et peut-être qu'une mudang viendrait accomplir les rites chamaniques d'accompagnement de l'âme. Pour les autres, elles seraient enterrées par la troupe.

Une fois revenus dans le camp, une partie des mercenaires allumèrent une multitude de petits feux tandis que l'autre se regroupait autour du magasinier. D'un chariot qui avait fait le voyage par la route, avec l'armée régulière, débordaient des vivres frais : herbes, légumes d'été, quartiers de porc, sacs de riz. Et cette fois, tout était offert par la Horde. L'homme ouvrit deux jarres de soju sur lesquelles les guerriers se jetèrent.

Une fois l'ensemble de l'unité installée autour de leur feu, Ivan attrapa la louche tendue par Dekseon et fit couler l'alcool de riz dans sa gorge. Lui qui s'attendait à l'infâme tord-boyaux des derniers jours, il fut surpris par la douceur du breuvage. Ce fut comme si un voile recouvrait ses douleurs. Il s'essuya la bouche d'un revers de manche, versa quelques gouttes au sol, en mémoire de Songseung, puis passa le récipient à Sukyi.

— Putain, il cachait une cuvée pareille ! L'enfoiré. Il aurait pas pu nous la filer hier ?

— J'aime autant, répondit Dekseon en grimaçant. Si on avait tout sifflé, on festoierait avec d'la pisse !

— Bien dit, Papa, approuva Sukyi. Six mois à s'peler les miches dans la forêt et une nuit pareille pour d'l'alcool à brûler, j'aurais eu les boules.

— Allez, les gars, régalez-vous en l'honneur de Song !

Junsa tira le bouillon de porc du feu et distribua de belles parts à chacun. Le fumet fit crier l'estomac d'Ivan. Il se servit un bol de riz et l'arrosa de soju. Petit à petit, tandis que les entrailles se comblaient de viande juteuse, que les gorges se tapissaient d'alcool, l'euphorie de la victoire gagna les visages. Toujours plus de rires emplirent la nuit, toujours plus de discussions joyeuses, de chants grivois. Ivan avala une nouvelle gorgée de soju et se laissa aller à sourire. Tous les groupes se mêlaient désormais, refaisaient la bataille, moquaient tel ou tel geste avec bienveillance. Ceux qui avaient combattu dans la cour aux côtés d'Ivan lui donnaient de grandes tapes dans le dos et le félicitaient pour sa rage.

— Un vrai ourf, balança un homme édenté dont Ivan ne parvenait pas à se rappeler le nom. Fallait voir fa, les gars !

— Pis vous avez vu l'commandant ? renchérit un autre. Pô l'même style que Rang mais alors… on aurait cru Geom en personne !

Dans l'esprit embrumé d'Ivan, il lui semblait qu'il n'avait plus vu la chevelure blanche de Yekatelina depuis longtemps.

— Où est-elle ? demanda-t-il d'une voix pâteuse.

— J'y ai vu partir avec l'capitaine vers la forêt. Va savoir s'qu'y font…, répondit un autre d'un air grivois, un sourire s'ouvrant sur des gencives quasi désertes.

— Ta gueule, Une-Dent ! Parle pô com'ça du commandant !

Ivan sourit, heureux que le mercenaire prenne la défense de Yekatelina.

— J'vais les chercher, lança-t-il, mais les hommes étaient déjà passés à un autre sujet.

Il redressa comme il put sa carcasse endolorie et prit la direction de la forêt qui bordait le camp. Une fois à l'écart de l'euphorie, enrobé dans le silence de la nuit, il se rendit compte à quel point la tête lui tournait. Il fit un détour par le torrent voisin et s'aspergea d'eau glacée. Il en avala quelques lampées et continua sa route. Quelques pas plus loin, il distingua la voix de Kisang. Le capitaine et le commandant se tenaient debout sous le couvert des arbres. Ivan se figea. Il ne devrait pas être là mais s'il faisait demi-tour, il risquait de faire du bruit.

— Je n'aime pas du tout la tournure que c'est en train de prendre, s'insurgea Kisang.

— Je ne t'ai jamais demandé de me suivre.

— Tu crois que je ne le sais pas ? Combien de fois tu me l'as rabâché ces dix dernières années ?

— Alors qu'est-ce que tu fais encore là ?! cria Yekatelina.

Kisang se raidit.

— Rentre chez toi, Kishenka, reprit Yekatelina d'une voix tendre. Tu n'as pas envie de voir comment a grandi ta fille ? Elle doit être belle à en pleurer.

— Arrête ça, Sofiya.

Ivan fronça les sourcils. Le sol tanguait sous ses pieds, les sons lui arrivaient feutrés à travers le coton de l'alcool, mais il était persuadé d'avoir bien entendu.

— Je suis sûre qu'elle fait tourner toutes les têtes. Elle va avoir besoin de son père. Tu veux la laisser se marier devant un autre que toi ?

— Ne joue pas ce jeu-là !

La voix de Kisang s'était faite hargneuse. Ivan ne l'avait jamais vu dans cet état.

— Je te connais trop bien pour me laisser avoir, continua-t-il plus bas. Tu es terrifiée alors tu essaies de m'écarter.

— Terrifiée, moi ? Ne me fais pas rire. Je n'ai pas peur de cette enflure de Radimov.

— Pas de lui, non. De l'avenir.

Yekatelina lâcha un rire mais à la façon dont elle se raidit, Ivan sut que Kisang avait visé juste.

— Depuis dix ans, tu es concentrée sur un seul et unique objectif. Tu as bâti ta vie entière autour de ça, tu es à deux doigts de l'atteindre. Et après, que se passera-t-il ? Que te restera-t-il ?

— FERME-LA ! explosa la jeune femme.

La terreur évoquée par Kisang affleura sur son visage tiré. La poitrine d'Ivan se serra. Cette femme se retrouvait au bord du précipice. Kisang leva la main et saisit le menton de Yekatelina entre le bout de son pouce et son index. Il l'effleura à peine mais le commandant eut un sursaut.

— Laisse tomber, Sonietchka. Dissous la compagnie et recommence ta vie. Tu as à peine vingt-cinq ans, l'avenir est devant toi.

— Je ne trahirai pas Lena. Jamais.

— Sonietchka, Elena est…

Soudain, Ivan fit un pas de côté, déséquilibré par l'effet de l'alcool. Le capitaine fit volte-face et bondit sur lui. Le jeune homme n'eut même pas le temps de s'écarter qu'il se retrouva projeté contre un pin, la pointe d'un poignard appuyé sur sa carotide. La douleur de son épaule transpercée et de ses multiples blessures éclata au point de lui brouiller la vue. Son cœur cognait comme une masse sur un rivet.

— Qu'est-ce que tu fais là ?

La voix de Kisang était de glace, comme s'ils n'étaient que des étrangers.

— Rien ! s'égosilla Ivan.

Tandis qu'il protestait, la lame s'enfonça dans ses chairs. Il sentit son sang perler jusqu'à son col. Son mentor était-il capable de l'exécuter ? Là ? Après les mois qu'ils avaient passés ensemble ?

— Qu'est-ce que tu as entendu ?

— Kisang ! trancha la voix de Yekatelina.

Le commandant et son capitaine échangèrent un long regard. Finalement, Kisang libéra Ivan. Le sol chavira sous les pieds du jeune homme et il s'appuya au tronc pour rester debout.

— Laisse-nous.

La voix de Yekatelina était dure. Ivan n'osa pas regarder dans sa direction, affronter son aversion. Il avait pénétré son intimité sans son consentement, avait été témoin de sa faiblesse. Alors qu'il faisait un pas chancelant, Kisang le devança d'une démarche raide et disparut entre les arbres. Ivan se tourna vers le commandant, confondu, et attrapa de justesse le mouchoir blanc qu'elle lui lança.

— Tu saignes.

Sans savoir ce qu'il devait faire, ce qu'il devait dire, il pressa le tissu contre son cou. Le picotement calma un peu ses esprits. Il en profita pour jeter un œil à son épaule, mais le bandage ne semblait pas plus imprégné de sang qu'avant.

— Ne lui en veux pas, dit-elle d'une voix étrangement douce.

Ivan l'observa, surpris, et remarqua seulement ses joues rosies, ses épaules basses, son léger balancement. Elle avait bu, elle aussi.

— Il a beaucoup sacrifié pour me protéger. Beaucoup trop. Il ne supporte pas l'idée que mon secret arrive aux oreilles de Radimov.

Son secret ? Ivan crevait d'envie d'en savoir plus sur cette femme, crevait d'envie de la questionner. Il repassa les bribes de conversation qu'il avait entendues mais ne parvenait pas à mettre le doigt dessus. Pourtant, il devait garder les lèvres closes. En cet instant, Yekatelina ressemblait à un faucon. S'il approchait trop brusquement, elle s'envolerait en lui lacérant la main de ses serres. Il devait se taire, la laisser parler. Malgré lui, tandis que le silence s'installait entre eux, la question lui échappa :

— Quel est-il ?

Il avait pris un risque. Le moment allait voler en éclats. Un instant, il avait cru voir qui était vraiment Yekatelina. Ou plutôt, Sofiya.

À sa grande surprise, la jeune femme répondit :

— Je m'appelle Sofiya Miloslavovna Kaetneva. Je suis l'héritière des Kaetnev.

Ivan

Kaetnev. La famille qui avait régné pendant presque cent ans sur le Laenam. La famille qui avait été massacrée par un antique rival, avant que Radimov n'intervienne pour calmer le jeu et stabiliser la situation politique et économique.

La révélation dégrisa complètement Ivan, tandis que lui revenait le souvenir de leurs conversations passées. L'ensemble des siens avait été assassiné. À l'époque, il avait imaginé qu'en tant que clientèle des Kaetnev, ils avaient été entraînés par la chute de la famille régnante. Quel imbécile…

Radimov détenait Elena. Radimov, aujourd'hui maître du Laenam, détenait en otage l'héritière – du moins la seule déclarée en vie – de la famille anciennement au pouvoir. Dans quel but ? Radimov s'était depuis longtemps attaché la clientèle des Kaetnev et sa tutelle était entérinée. En théorie, il n'avait besoin de rien d'autre pour gouverner.

En théorie.

La clé était sans doute là : pour certaines factions du Jeonam, Radimov faisait office de parvenu. Il n'avait jamais été destiné à diriger, et il avait même quitté les cercles de l'oligarchie pendant plusieurs années, pendant son exil. C'était la mort de son frère qui l'avait ramené et propulsé au pouvoir, où il rompait avec une bonne partie des usages de la noblesse.

S'il était déjà critiqué au Jeonam, voievodat où il avait le plus de légitimité, la situation était probablement plus instable au Laenam. Même si cela n'avait officiellement aucune influence, marier l'héritière des Kaetnev à sa propre branche était un moyen de rassurer la noblesse.

Mais cela justifiait-il de retenir une jeune fille contre son gré pendant tant d'années ? Et pour la marier avec qui ? Radimov approchait de la cinquantaine... Ivan refusait d'y réfléchir plus avant.

— Je ne comprends pas..., lâcha-t-il d'une voix blanche.

La bouche de Yekatelina se tordit dans un sourire mauvais qui chassa toutes les pensées tourbillonnantes d'Ivan. Sa poitrine se serra. Ce sourire... Qui avait détruit cette femme au point de faire naître une telle chose sur ses lèvres ?

— Il n'y a rien à comprendre. Ils sont morts, moi pas. Mais dis-moi, toi qui as été élevé par l'illustre humaniste Otolski, toi qui as vécu parmi le peuple : qu'est-ce que les agents du voievod racontent au sujet de ma famille ? Au sujet de l'annexion de *mon* voievodat ?

Ivan n'osa pas répondre. Tout ce qu'il dirait ne ferait que la blesser davantage.

— Réponds ! explosa-t-elle soudain. De quoi as-tu peur ? Je ne te ferai rien.

— Ils disent... ils disaient que les Kaetnev opprimaient le peuple. Qu'ils l'exploitaient pour leur propre profit et pour celui de l'oligarchie. Qu'ils se complaisaient dans des mœurs... malsaines.

Yekatelina laissa échapper un rire.

— Des mœurs malsaines, rien que ça ? Inceste, sans doute ? Heureusement, Radimov les a sauvés, n'est-ce pas ? Lui qui est si intègre, si éclairé, lui qui comprend la douleur des gens... Mais à part de beaux discours et de l'espoir, qu'a-t-il fait pour vous ? Il a mis fin au servage ?

— Oui.

— Ah ! s'exclama-t-elle. La mesure phare de Radimov. La seule parmi les dizaines d'idées développées par les philosophes du Renouveau qu'il a réellement mise en place.

Ivan ouvrit la bouche et la referma. Il aurait pu contester. Cette mesure était la plus visible, car elle concernait directement chaque habitant du voievodat, pourtant elle était loin d'être la seule. Mais il ne voulait pas rentrer dans un nouveau débat politique avec Yek, pas ce soir, pas alors qu'il avait l'impression de pouvoir toucher du doigt qui elle était réellement, derrière les vérités voilées.

— Le travail est rémunéré. Formidable ! Et désormais, le gouvernement ne vous doit plus rien, ni protection, ni nourriture, ni soins, ni logis. Ose seulement me dire que depuis que cette mesure est en place, tu te sens en sécurité !

Les visages creux de trois hommes, plongés dans l'obscurité de la maison de Saejin, s'imposèrent à l'esprit d'Ivan. Leur unique couteau avait été tellement rouillé… Leur pauvreté, leur désespoir, dépassait-il le leur ?

Aujourd'hui, Yekatelina avait raison. Une révolution sociale nécessitait du temps. Comment veiller à la fin des privilèges ? Comment valoriser les terres, pour compenser les petits seigneurs et les garder dociles ? Quel nouveau rôle donner à l'armée, aux milices locales ? Comment protéger toute une classe désormais indépendante ? La fondation même de l'État était encore ébranlée.

— Ma famille avait ses travers, continua-t-elle, je ne le nie pas. Mais au moins, elle prenait soin des personnes sous sa responsabilité. Radimov a effacé des siècles d'équilibre sous quelques pièces de cuivre. Petit à petit, les inégalités entre les classes se creuseront davantage.

Ce n'était pas de ça dont il avait envie de parler avec elle ce soir. Pas de politique, pas de société. D'elle. Uniquement d'elle. Il l'interrompit :

— Ye… Sofiya.

Elle écarquilla les yeux, légèrement surprise, puis son visage s'assombrit.

— Ne m'appelle pas comme ça. Kisang insiste mais à mes yeux, Sofiya Miloslavovna est morte. Continue de m'appeler Yek.

Yek. « Et cette salope de Yekatelina qui m'a vendue alors qu'elle faisait mine d'être mon amie », avait-elle dit plus tôt, quand elle avait été sur le point de céder. Depuis des années, elle se faisait appeler par le nom de l'amie qui l'avait trahie… Pourquoi s'accabler ainsi ?

— Parle-moi d'elle. De Sofiya.

Yekatelina l'observa, puis elle parut se résoudre.

— Il n'y a pas grand-chose à dire sur celle que j'étais. Une gamine frivole, persuadée que tout irait toujours pour le mieux. Inséparable de ma sœur, au point qu'on nous croyait jumelles. Du moins jusqu'à ce qu'elle atteigne ses seize ans et qu'elle ait dû se comporter en adulte. Je l'ai presque vécu comme une trahison. Sans elle, je m'ennuyais tellement… je me languissais de grandir pour la retrouver.

Yekatelina laissa échapper un sourire empli de nostalgie. Ses yeux se perdaient dans une autre époque.

— Quant à mes frères, je les idolâtrais. Miloslav en particulier. Il a toujours été tendre avec moi. Petite, je rêvais d'épouser un homme qui lui ressemblerait. Rien que de l'imaginer…

La tendresse qui affleurait sur son visage s'envola soudain.

— Ils ne méritaient pas de mourir.

— Comment… Comment ça s'est fait ?

Son regard se raccrocha au présent, se focalisa sur lui. Finalement, Yekatelina se détourna et lui fit signe de la suivre jusqu'à une petite clairière. Un arbre couché gisait au centre, recouvert de lichen et de mousse, en partie putréfié. Yekatelina le considéra un moment avant de s'asseoir à même le sol, à distance du tronc probablement infesté d'insectes. Ivan l'imita, ravalant la douleur lancinante de ses blessures et ses courbatures.

— Tu as entendu parler des Dvorev ?

Le nom lui revint soudain en mémoire. C'était eux qui avaient assassiné les Kaetnev. Mais Ivan voulait la laisser parler, alors il secoua la tête.

— Ils étaient à la tête du Laenam, avant ma famille. Ils ont eu le malheur de s'attirer la colère de Vassili VI, à l'époque où le Vastanya ressemblait encore à un empire, et sont tombés en disgrâce. Mon aïeul a été nommé à leur place et ils en ont toujours gardé rancœur. Se méfier d'eux, de leurs manigances à l'assemblée des Familles, de leurs propositions de paix, tout cela fait partie des premières leçons qu'on nous a apprises, à mes frères et sœurs et moi. Malgré tout, ils avaient perdu beaucoup, ils n'avaient pas les fonds pour s'acheter une clientèle influente. À cette époque, le Kalium s'agitait beaucoup. Les attaques sur le littoral étaient fréquentes. Aussi, quand l'un de nos clients a proposé un dîner pour négocier la concorde entre nos deux familles et une alliance pour la défense de nos côtes, mes parents ont accepté. Ils ont amené mes trois aînés, probablement dans l'idée de sceller la paix par des mariages. Cela peut sembler complètement naïf aujourd'hui mais nous avions une confiance aveugle en ce client. Bien mal nous en a pris. Ils ont tous été assassinés, ce soir-là.

« Mais ça ne s'est pas arrêté là. La conjuration des Dvorev visait à annihiler l'ensemble de notre famille. Au palais, mon petit frère a été égorgé dans son lit. Sans l'intervention de Kisang, je serais morte aussi. Il m'a emmenée le plus loin possible du palais et m'a aidée à fuir le voievodat.

— Sans Elena.

— Sans Elena.

Yekatelina confirmait mais il n'y avait plus de rancœur dans sa voix. Tout au long de son récit, elle avait gardé le visage tourné vers le ciel. Les nuages qui avaient calfeutré le crépuscule avaient filé, laissant les étoiles nues. Toute la tristesse de la jeune femme se déversait sur Ivan comme une pluie fine.

— Il l'a vue se faire emmener par nos assassins. Le but était sans doute de la marier aux Dvorev. Alors que mes aînés avaient pour objectif de négocier leurs épousailles. C'est assez ironique, non ?

Elle souriait mais il n'y avait rien de drôle. Seulement des drames. Du chagrin.

— Je suis désolé, Yek.

La jeune femme détacha son regard des étoiles pour le planter au fond de l'âme d'Ivan, brûlant, plus perçant que la lame qui lui avait déchiré l'épaule. Le jeune homme le soutint. Elle pouvait le blesser autant qu'elle le voulait, il était prêt à tout supporter. Ce soir plus que jamais. Il désirait être là pour elle, quoi que cela lui en coûte.

— C'est étrange, d'entendre ça de la bouche du fils.

Yekatelina ne s'était pas montrée agressive, elle n'avait pas voulu être méchante. Pourtant, sa réflexion lui fit l'effet d'une claque. Il ne s'était pas attendu à se voir brutalement ramené à sa filiation avec Radimov. À la vraie raison de sa présence parmi la Horde.

— Quel rapport avec Radimov ?

— La place laissée vacante, les Dvorev auraient dû reprendre le Laenam. Sauf qu'au lendemain de la tuerie, quasiment tous leurs soutiens les ont lâchés. Ils ont été condamnés pour assassinat et exécutés.

— Leurs crimes ont été dévoilés par plusieurs de leurs serviteurs. Aucun client ne pouvait cautionner une tuerie pareille.

— Bien sûr que si. Les pairs du Daesan n'ont aucune valeur morale, tu peux me croire. Peut-être que certains auraient eu un petit pincement au cœur en se réveillant le matin, mais rien de plus. Du moment que les Dvorev renouvelaient leurs privilèges et prolongeaient les monopoles acquis, ils auraient fermé les yeux. Et à coup sûr, les Dvorev auraient tenu parole : les grandes familles savent trop à quel point elles dépendent de leur clientèle.

— Ils les ont trahis, donc. Pourquoi ?

— La vérité, c'est qu'ils n'ont pas trahi. Dès le début, ils n'étaient pas les clients des Dvorev.

Les yeux de Yekatelina brillaient à la lueur de la nuit, fiévreux. Ivan se sentit mal à l'aise.

— De qui, alors ?

— Tu le sais déjà.

— Je sais ce que tu crois mais je n'ai pas plus d'éléments qu'avant.

— Les Dvorev étaient ruinés depuis des décennies ! Ils n'auraient jamais dû avoir les fonds pour s'acheter la majeure partie de nos clients. Quelqu'un a payé pour eux. Ou plutôt, quelqu'un leur a fait croire qu'il payait pour eux. Au final, il n'y a eu qu'un seul gagnant dans cette conjuration. Qui est arrivé pour soi-disant sauver le Laenam de l'anarchie, à peine trois semaines après la tuerie ? Qui a reçu le soutien inconditionnel des pairs du voievodat, alors qu'il n'appartenait pas au jeu politique ? Qui réside aujourd'hui dans le palais de Laeju ?

Yekatelina tremblait, peut-être de haine, peut-être de frustration, peut-être d'indignation. C'était beaucoup trop gros : faire assassiner une famille entière puis en faire condamner une autre à mort ? Acheter l'ensemble de la clientèle d'un voievodat voisin, alors même que celle du Jeonam était instable ? Tout ça pour quoi ? Pour gouverner en personne, quand une alliance commerciale pouvait être conclue ? Cela n'avait aucun sens. Mais c'était sur ces convictions que Yekatelina avait basé toute sa vie, qu'elle avait créé la Horde et qu'elle se battait depuis tant d'années ;

dans l'espoir de revoir sa sœur et probablement de réclamer justice qu'elle voulait approcher Radimov. Ivan pouvait-il remettre en question le fondement de toute son existence ? Sans doute la seule et unique vérité qui la faisait tenir debout ?

— Dis-le, Ivan, souffla-t-elle, fébrile. J'ai besoin que tu le dises. Je ne suis pas folle !

Peut-être qu'elle l'était, si. Qui ne le serait pas, après ce qu'elle avait vécu ? Le massacre de sa famille, son probable viol alors qu'elle n'était qu'une enfant, sa sœur pour laquelle elle craignait à chaque instant qu'elle ne subisse le même sort, et depuis, une vie de tueries organisée dans un seul et unique but. Elle, toujours si digne, si écrasante, avait l'air à cet instant aussi fragile qu'une petite fille, comme si elle avait retrouvé ses quinze ans, comme si elle était revenue à cette nuit de boucherie.

— Dis-le ! Dis-le ! DIS-LE !

— RADIMOV ! cria-t-il. C'est Radimov.

Dès qu'il prononça le nom du voievod, la fièvre qui dressait Yekatelina s'effondra. Elle se laissa tomber dans l'herbe, le visage de nouveau tourné vers les étoiles, en apparence sereine. Elle était tellement belle, à cet instant, ses yeux fixés sur un horizon inaccessible. Pour la première fois, les mots se formèrent dans l'esprit d'Ivan : il l'aimait. Cette femme qu'il aspirait à tirer vers le haut, à laver de la boue qui maculait son âme et son cœur, il l'aimait comme jamais personne avant elle. En prendre pleinement conscience l'apaisa comme un linge chaud sur ses muscles noués. Il la contempla encore. La masse de ses cheveux formait une rivière autour de ses épaules et luisait d'une pâle lueur dans l'obscurité. Les méplats de son visage se perdaient dans l'ombre veloutée de la nuit, ses lèvres pleines s'entrouvraient sur ses dents blanches. Une pointe vint poignarder les reins d'Ivan tandis que son cœur s'affolait et que le sang faisait gonfler son membre. Honteux, il s'allongea à son tour, trop heureux qu'elle ne puisse pas le voir. La douleur qui creva son épaule dès qu'il toucha le sol le calma un peu.

— Je lui parlerai, dit-il d'une voix blanche.

Yekatelina tourna son visage vers lui et le sonda sans un mot.

— À Radimov. Je ne sais pas s'il me reconnaîtra comme son fils, je ne sais pas si mon existence lui importera. Mais je le convaincrai de te rendre ta sœur, je te le promets.

Elle le regarda encore un instant. Quand elle parla, sa voix était étrangement douce :

— Merci, Ivan.

Il la voyait ainsi pour la première fois. Comme si elle s'était révélée à lui, sans masque, telle qu'elle était vraiment. Elle n'avait jamais autant ressemblé à la fille peinte sur la miniature. Combien la connaissaient réellement sans fard ? Il ne voulait pas la quitter. Pouvait-il jouer son rôle et lui ramener sa sœur, tout en restant à ses côtés ? Voudrait-elle seulement de lui ? Elena revenue, elle n'avait plus aucune raison de continuer à mener la Horde. Elle ne voulait d'ailleurs sans doute pas offrir une vie de guerre et de vagabondage à sa sœur. Quelle place proche d'elle pourrait-il bien trouver, en dehors de la compagnie ? L'absurdité de son désir lui sauta aux yeux.

Yekatelina se redressa, mettant fin à l'instant. À regret, il se rassit à son tour.

— Le banquet en l'honneur de notre victoire se tiendra dans deux semaines, à Ankeo.

Le cœur d'Ivan manqua un battement. Deux semaines, à peine ?

— Kirine m'a proposé de faire la route avec lui mais j'ai décliné : il t'a à peine regardé pendant la bataille mais pendant une chevauchée ennuyeuse, il pourrait en être autrement. Je ne veux pas prendre le risque qu'il te reconnaisse avant que je te mette en présence de Radimov.

— C'est plus sage. Tu veux y être quand ?

— Le plus tard possible, mais j'aimerais quitter cet endroit. Je veux installer la Horde dans le Jeonam, peut-être à Goyeun. Ils méritent de retrouver la civilisation, et il sera plus facile de fuir si les choses tournent mal. Entre Goyeun et Ankeo, il n'y a qu'une journée et demie de chevauchée.

Ivan acquiesça.

— Allons rejoindre les autres, conclut-elle. Tu étais venu me chercher pour ça, non ?

Il sentit le rouge lui monter aux joues. Sa mission avait été bien détournée.

— Oui, avoua-t-il dans un sourire.

Yekatelina sourit à son tour et se leva.

Le Chien

D'un coup rageur, le Chien enfonça sa hache à double tranchant dans la gorge du dernier pillard. La lame broya chairs, tendons et artères sans distinction, puis heurta les vertèbres dans un bruit spongieux. Les genoux de l'homme se dérobèrent et le bourreau dégagea son arme avant de se faire entraîner. Le sang se mit à pulser par la plaie béante, puis se tarit mollement. Le Chien s'assura de la mort de sa victime et se détendit.

Des cinq mercenaires qu'il venait de tuer, le dernier avait été le plus coriace. Peut-être parce que la fatigue ne l'avait jamais vraiment abandonné, peut-être parce qu'ils s'étaient déjà affrontés une fois, par le passé. Le coup de taille qu'il avait reçu en plein dans le ventre aurait été fatal sans sa cotte de mailles. Le Chien écarta les pans de son hanbok déchiré, souleva la chemise de métal et palpa la chair sous son gambison. La douleur éclata. Un hématome gros comme deux poings. Si le coup avait été assez violent pour créer une hémorragie, ses jours seraient comptés. Mais il ne mourrait pas. Il ne mourait jamais.

Autour de lui, tout n'était que ruines. Toits carbonisés, murs léchés par les flammes, celliers vidés. Nourriture, vêtements et bijoux gisaient dans la fange aux côtés d'une trentaine de cadavres. Vieillards, mercenaires, enfants, tous s'entremêlaient dans une macabre ronde fraternelle tandis que l'odeur répugnante du sang et de la merde envahissait les quelques rues du village. Les brigands s'étaient crus intouchables, entourés des paysans qu'ils assassinaient. Le Chien n'avait eu qu'à les cueillir un par un, en train de piller, de cintrer une femme inconsciente, de tourmenter un gamin. Comme les autres fois. Ils ne s'attendaient jamais à crever au milieu de ceux qu'ils considéraient comme des moins-que-rien. C'en aurait presque été comique, si la gerbe ne lui venait pas si souvent en voyant les corps mutilés.

Et pendant ce temps, pendant qu'il tombait sur le menu fretin, celle qu'il pourchassait réellement s'éloignait de lui. Où se cachait-elle ? La rage remonta de ses entrailles, palpita dans sa poitrine. À quoi bon tout ça, si ceux qui donnaient les ordres restaient en liberté ? À quoi bon ces morts ? À quoi bon *sa* mort ? Un cri d'impuissance lui déchira la gorge.

— Muwi ! explosa-t-il. Elle mérite justice et tu le sais ! Alors pourquoi tu me le refuses ? Je ne te conviens pas ?

À mesure que les paroles s'échappaient de son gosier, le désespoir le dévorait un peu plus. Il devait continuer, il n'avait pas le choix. Alors pourquoi un tel vide se creusait-il en lui ? Pourquoi se sentait-il si seul ?

Soudain, un bruit de succion dans son dos : celui d'un pas qu'on arrache à la boue. Il restait un mercenaire ! Ravalant la douleur qui lui labourait l'abdomen, le Chien fit volte-face et fit fuser son poignard. Trop vite, trop fort. Il essayait encore d'interrompre son geste quand le visage de la gamine se figea de stupeur, ses yeux noirs écarquillés sur la mort qui venait de la cueillir. Du sang coula du coin de sa bouche, mais elle ne cria pas, ne toussa pas. Elle se contenta de regarder fixement devant elle, jusqu'à ce qu'elle ne puisse plus voir du tout. Ses jambes se dérobèrent soudain et le Chien l'attira contre lui. Elle ne pesait rien, moins que sa cotte de mailles, moins que ses fontes de voyage. Sous ses cheveux noirs ramenés dans une tresse enfantine, son visage n'accusait même pas douze ans. L'assassin se mit à bercer son petit corps sans vie.

— Pourquoi tu es sortie ? souffla-t-il dans ses cheveux. Pourquoi tu n'es pas restée cachée ? Tu aurais dû rester cachée ! Tu aurais dû…

Tandis qu'il psalmodiait, la tête de la gamine dodelinait doucement, comme en assentiment. Deux larmes se détachèrent des yeux du Chien, roulèrent le long de ses joues et tombèrent dans la chevelure sombre. Il ferma les paupières de la petite fille, la laissa glisser à terre et déposa six pièces sur son torse : quatre d'argent, deux de cuivre. Il tourna ses paumes vers le Vaste Ciel et prononça les paroles rituelles :

— Muwi a pénétré ta demeure, Elle a contemplé ta gloire et accueilli ta chute. Ton âme naît à nouveau.

Il se détourna, incapable d'affronter plus longtemps le cadavre. Elle avait le même âge. Ainsi immobile, elle lui ressemblait tellement…

Qu'était-il devenu ? Il avait exécuté tellement de gens pour atteindre son but, regardé tellement d'autres mourir en attendant son heure, et maintenant il tuait une gamine ? Comme eux l'avaient fait ?

Pourtant, avait-il jamais eu le choix ? S'il voulait la rattraper, l'arrêter, il devait devenir sa proie, penser comme elle, vivre comme elle. C'était la seule voie. Alors le Chien continuerait. Jusqu'à la fin.

Ivan

Dans les jours qui suivirent, la Horde quitta le plateau de Kastr, désormais occupé par la garde daesane et par des nuées d'ouvriers. Nulle trace du massacre qui avait engorgé le sol pierreux : les ennemis, après avoir été brûlés, avaient été enterrés dans une fosse commune. Ivan jeta un dernier coup d'œil : déjà, les gravats arrachés par la poudre maudite de Kirine avaient été déblayés. Telles des fourmis, les ouvriers consolidaient ce qu'il restait de muraille.

Le retour, qui empruntait la même « route » qu'à l'aller, fut bien plus pénible que ce qu'avait imaginé Ivan. À la descente usante s'ajoutaient les séquelles des combats et le poids des blessés. Ceux incapables de marcher n'étaient qu'une trentaine – peu de chose sur une troupe qui comptait près de deux cents membres –, mais porter les civières était un vrai fardeau. Ils mirent deux fois plus de temps à partir de Kastr qu'à y venir.

Quand ils émergèrent de l'ombre oppressante de la pinède, six jours plus tard, l'écrasante présence du ciel, limpide, leur coupa le souffle. Six mois. Six mois qu'ils avaient quitté le pays, qu'ils rationnaient la nourriture – à l'exception des quelques jours sur le plateau de Kastr –, qu'ils déménageaient constamment, qu'ils ne croisaient personne d'autre que des ennemis. Ils avaient l'impression de redevenir des hommes. Les chevaux et leurs effets les plus volumineux étaient venus les cueillir à l'entrée de la passe d'Orghul Khan. Ivan avait accueilli avec bonheur le retour de la jument Furieuse. Pouvoir s'aider des animaux fut un vrai soulagement.

Comme il l'avait compris en lisant le journal de Yekatelina, les corps des mercenaires tombés à l'aller avaient été honorés et ramenés au pays.

À l'endroit de sa première bataille pourrissaient les vestiges de plusieurs énormes bûchers, où l'on reconnaissait encore les toupets des lances kaliumères, quelques bribes de tissu noirci et des restes de chevaux. Tout ce qui pouvait avoir de la valeur, pièces d'armures, licols, manteaux, avait soit disparu dans le brasier, soit été pillé.

S'ensuivirent quatre jours d'un voyage morne. Ils auraient dû être heureux. Ils revenaient au pays en vie, la bourse pleine. Ils allaient retrouver la civilisation, l'alcool, les filles. Certains rentreraient dans leurs familles. Malgré cette perspective, peu parlaient, sans doute pour offrir quelques instants de paix aux camarades tombés au combat. Il y aurait suffisamment de temps pour les vivants ensuite.

Ivan faisait son possible pour consacrer son silence à Songseung mais il ne pouvait s'empêcher de ruminer. Arrivait-il à la fin de son chemin avec la Horde ? Avec Yekatelina ? Elle s'était peut-être ouverte à lui mais une fois Elena dans sa vie, elle pourrait se reconstruire par elle-même. Aurait-elle encore besoin de lui ? Son départ ne semblait pas l'affecter. S'il faisait tout pour rester dans son voisinage, ne serait-il pas plus un poids qu'autre chose ? Un rappel permanent de son passé et de son bourreau ? Il avait beau tourner et retourner la question, il arrivait toujours à la même conclusion : il n'avait plus sa place dans la Horde. Ce pour quoi il s'était battu depuis des mois venait de s'évaporer avec la fin de la guerre et le futur retour d'Elena.

Que devenait-il, alors ? Quelle route suivre, une fois l'échange fait ? Devait-il intégrer l'entourage de Radimov, que sa filiation soit avérée ou pas ? Reprendre le cours de ses anciens rêves ? Après tout ce qu'il avait vécu aux côtés de ses compagnons, après avoir vu Muwi d'aussi près, ses aspirations d'antan avaient-elles seulement encore la même saveur ?

À moins d'une heure de Goyeun, au sommet d'une petite colline, ils mirent en terre les morts sans famille. Les cendres, les ossements et les parures funéraires furent alignés, salués dans leur nouvelle place auprès de Muwi, et recouverts. Puis on tassa les tumulus et on y enfonça des jetons de bois gravés des noms des défunts et de celui de Bor. Ivan reconnut le ciseau maîtrisé de Junsa sur plusieurs d'entre eux. Celui dédié à Songseung était somptueux.

Quand les hommes se retournèrent pour faire face à la ville, ce fut comme si la chape de plomb qui les avait étouffés depuis leur départ de Kastr s'envolait. Des rires fusèrent, des sourires se dévoilèrent, certains partirent au petit trot. Tous retrouvaient leur légèreté de cœur.

— Foutre Bor, vociféra Sukyi, bougez-vous l'fion. Huit mois qu'on n'a pas vu d'autres gonzesses que les nôtres, je tiens plus !

Gêné, Ivan enfouit son museau dans sa coupe de soju. La force de la boisson lui emplit le fond du gosier. Il remua pour que sa position assise en tailleur soit plus confortable.

Ils avaient atterri dans une auberge assez respectable, à quelques pâtés de maisons des portes de la ville. Deux autres unités avaient échoué dans le même nid et à eux vingt, ils occupaient la majorité des coussins de la salle commune. Quelques marchands en hanbok de soie et large chapeau de crin tressé mangeaient à côté d'eux, l'air effrayé, mais beaucoup de ceux qui regardaient à travers le seuil s'éloignaient en voyant la clientèle. Sukyi en jouait à fond : quand un bourgeois posait son regard sur lui, il prenait son air le plus méchant, yeux plissés, dents serrées, et la tablée éclatait de rire. Ils avaient mangé et bu, certains plus que de raison. Maintenant que l'attention de chacun se relâchait, le silence tombait doucement entre eux.

— Te cache pas, Rang, fit doucement Antae. On a compris, on te forcera pas.

— Mouais, grogna Dekseon. Faudrait quand même pas qu'y reste puceau trop longtemps. Pas bon pour l'foutoir, ça.

— Mon foutoir va très bien, merci, rétorqua Ivan.

— Les gars, les gars ! intervint Junsa. On a déjà eu cette conversation, vous vous rappelez ? On va pas se la faire tous les soirs, si ?

— Pas faux, concéda Dekseon. Face de Lune, Jacasse, vous v'nez ? Poète, j'imagine que tu nous lâches ?

Junsa eut un sourire vaincu et leva les mains.

— Quand j'ai le choix…

— Putain d'bourreau des cœurs. Si j'avais ta gueule...

— Tu referas le monde une autre fois. Allez, cassez-vous.

Les trois mercenaires vidèrent d'un trait le fond de soju qui traînait dans leurs coupes avant de quitter l'auberge, le sourire aux lèvres. Ivan les contempla avec envie : comment pouvaient-ils être aussi insouciants ? Ils étaient tous célibataires endurcis. Est-ce qu'ils avaient au moins déjà connu autre chose que les marchandes de plaisir ? Enfin, il connaissait la réponse, au moins pour Dekseon... et pour Sukyi, si la moitié de ses histoires avaient un fond de vérité. Il reporta son attention sur Junsa.

— Tu connais du monde, ici ?

— Pourquoi ?

Le mercenaire avait l'air réellement surpris.

— Pour... enfin, tu sais.

— Ah ! Non, personne. Enfin, pas encore. Mais j'ai peut-être pas tout à fait perdu la main. J'imagine que ça ne te tente pas beaucoup plus ?

Junsa lui adressa un sourire de connivence qui fit rougir Ivan.

— Enfin, toi et moi, on a mieux à faire, ce soir. Il y aura tout le temps pour les femmes plus tard.

Ivan souleva un sourcil, intrigué.

— Réunion au sommet. Il faut préparer la suite.

L'estomac d'Ivan fit un nœud. Le départ était si proche... Dans quelques jours, tout serait différent. Des personnes avec qui il s'était lié ces derniers mois, qui reverrait-il ? Saurait-il recommencer une nouvelle fois, repartir vers l'avant ? Quoi qu'il en soit, il devait faire ce dernier pas.

— Avant, il faut que je te dise : j'ai appris que tu savais, pour Sofiya ?

Le cœur d'Ivan manqua un battement. Junsa savait aussi ? Parlait-il de la même chose ? Il allait demander des précisions quand le mercenaire posa discrètement un doigt sur ses lèvres et montra du regard le reste de la salle. Ils n'étaient pas seuls et visiblement, toute la troupe n'était pas au courant. Heureusement, leurs compagnons braillaient bien trop fort pour entendre quoi que ce soit. Ivan fit de son mieux pour garder l'air nonchalant malgré l'affolement qui battait son sang.

— Toi aussi ?

Junsa acquiesça.

— Elle m'en avait parlé peu après mon arrivée. La rage la bouffait à cette époque et je crois qu'elle avait besoin de s'en ouvrir à un autre qu'à son chaperon.

Kisang, traduisit Ivan intérieurement. Les mercenaires installés à la table d'à côté éclatèrent de rire et trinquèrent. Junsa profite du brouhaha.

— On est peu à le savoir dans la troupe et on fait comme si de rien n'était. De toute façon, ça ne change rien, ni pour elle ni pour nous. C'est juste qu'on comprend un peu mieux l'enjeu. Dans les gars qui viendront avec nous à Ankeo, on sera les seuls à savoir.

— Que croient les autres, alors ?

— La même chose que toi il y a peu, et rien d'autre que la vérité : on va faire un échange. Ça ne change rien au plan initial, mais je voulais que tu saches que tu as un allié.

La poitrine d'Ivan se serra sous ce simple énoncé des faits. « On va faire un échange. » Junsa ne savait sans doute pas à quel point cette idée l'affectait. Sans laisser le temps à Ivan de répondre, le mercenaire lança d'une voix plus forte :

— Gimbap, Aiguiseur !

— Tu veux y aller maintenant ? demanda celui qu'on surnommait Gimbap.

— T'as mieux à faire ?

— J'ai bien mieux à faire, ouais, grogna le chef d'unité en se levant.

— Tu viens ? lança Junsa à Ivan.

Sans même finir sa coupe, Ivan se releva et partit à la suite des trois hommes.

À l'extérieur, la nuit n'était pas complètement tombée. Le crépuscule, d'un gris presque opaque, tentait d'avaler les rares passants qui déambulaient encore sous la chaleur moite de l'été. Dans ce quartier plutôt huppé, peu traînaient une fois le soleil couché. Quelques fêtards, qui pourfendaient la pénombre de leurs cris nasillards ; quelques filles aux charmes à peine masqués, qui invitaient à pénétrer dans des maisons closes ; quelques mendiants recroquevillés en silence, ombres parmi les ombres. Et quatre mercenaires. Sur leur passage, les misérables se ramassaient davantage. Ivan ne put retenir un certain malaise.

Ils marchèrent peu, peut-être cinq cents mètres, jusqu'à arriver à hauteur d'une auberge plus fastueuse que la leur. La lumière sortait de grandes fenêtres de verre – et pas en papier – et la musique d'une flûte et d'une viole filtrait de sous la porte. Ivan entra à la suite de Junsa et se déchaussa. Une douzaine d'hommes étaient assis au sol ou sur des chaises, la plupart vêtus à la vastanyane : tuniques longues lourdement brodées malgré la chaleur, pantalons sombres serrés sur les jambes, têtes nues et moustaches. Trois étaient en grande tenue daesane, entièrement habillés de soies chatoyantes et colorées. Les pans de leurs durumagis, les longues vestes croisées sur la poitrine, s'ouvraient sur des robes intérieures tout aussi luxueuses. Les liens de leurs chapeaux qui tombaient sur leurs poitrines étaient faits de perles en pierres semi-précieuses. Presque tous écoutaient en silence. Les quelques conversations se faisaient basses, pour laisser les autres clients profiter de la musique. Ivan ne put s'empêcher d'être surpris : au lieu du taegum, la flûte traversière traditionnelle, l'homme soufflait dans un tube en métal étincelant. Loin des accents graves et chaleureux de l'instrument daesan, il en tirait une série de notes claires. Malgré la composition inhabituelle, Ivan apprécia l'aisance prodigieuse de l'artiste : ses doigts couraient comme animés de vie propre, ses lèvres vibraient sous la force de son souffle. Il gardait les yeux fermés, sans doute trop emporté par sa musique pour prêter attention à son public fasciné. À côté de lui, une femme lui donnait la réplique. L'instrument, une sorte de haegum qu'elle maintenait entre son épaule et son menton, faisait chanter les cordes qu'elle caressait de son archer.

À regret, Ivan arracha son regard des artistes quand Junsa s'enfonça d'un côté de la salle. Yekatelina, Kisang, l'Anguille ainsi qu'une bonne partie des chefs d'unité de la Horde étaient là. Dès qu'elle les aperçut, le commandant montra l'étage du pouce. Junsa hocha la tête et s'engagea vers l'escalier, bientôt dépassé par Yekatelina qui déverrouilla l'une des portes avant de disparaître à l'intérieur.

La chambre était immense comparée à la leur, peut-être quinze pas sur douze. Un lit à l'apparence moelleuse trônait contre l'un des murs lambrissés, accompagné d'une coiffeuse en acajou, d'un bureau ouvragé et d'une multitude de fauteuils couverts de tissu brodé. Le tout dans la plus pure tradition vastanyane. La Flèche émit un long sifflement appréciateur.

— Mazette ! T'as pas fait les choses à moitié.

— Qu'est-ce que tu veux que je foute de tout le fric que nous donne Kirine ? rétorqua Yekatelina dans un sourire félin.

— Faut dire qu'il arrose bien, le vieux. Moi, ma mégère me bouffe tout mon magot.

— Tout c'que tu lui envoies, tu veux dire ! attaqua Gimbap, déclenchant les rires de certains.

— Trêve de plaisanterie, intervint Aiguiseur. Vous partez toujours demain ?

Ce faisant, il engloba Ivan dans son regard, ainsi que quelques autres.

— Oui, répondit Yekatelina. Nous serons seize. La liste est consignée dans le registre.

— Ils vont pas tiquer, les grands pontes, en vous voyant arriver si nombreux ?

Le commandant secoua la tête.

— Les notables viennent tous avec une escorte. Certes, les leurs sont un peu plus distinguées que la mienne, mais on ne pourra pas nous empêcher d'entrer.

Aiguiseur acquiesça, satisfait.

— Tes instructions ?

— Tout le monde reste dans le faubourg. Si on doit évacuer en urgence, on n'attendra pas ceux restés en arrière.

— Très clair.

— En attendant, que les hommes fassent comme bon leur semble mais qu'ils gardent leurs paquetages prêts. Pas de trouble à l'ordre public. Si tout se passe bien, j'enverrai un courrier à Kisang qui vous transmettra l'info. Si nous ne sommes pas revenus avant quatre jours et sans nouvelles de notre part, Kisang reprendra le commandement. Libre à vous de le suivre.

— Vous ne venez pas ? s'exclama Ivan.

Le regard du capitaine le transperça. Le jeune homme y lut toute la frustration et l'inquiétude qui faisaient bouillir son sang. Kisang était en retrait depuis plusieurs jours. Égocentriquement, Ivan avait mis ça sur le compte de leur accrochage. Il comprenait seulement que la raison en était tout autre.

— Si je croise Radimov, je le tue.

Kisang avait répondu avec lenteur, d'une voix glaciale qu'Ivan ne lui connaissait pas. Était-ce son choix ou celui de Yekatelina ? La réponse était sans importance. Ivan serait le seul confident sur qui le commandant pourrait compter lors des jours à venir. Inconsciemment, il se redressa sous le poids de ses responsabilités : il ne lui faillirait pas. Il ne répéterait pas les erreurs commises auprès de Saejin. Il n'était plus un lâche.

— Alors c'est la dernière fois qu'on te voit, Rang ? fit l'Anguille en lui posant une main lourde sur l'épaule.

On y était. Une bouffée de tristesse le saisit comme un loup entre ses crocs. Ivan balaya l'assemblée du regard, le souffle coupé. Junsa hocha la tête, en soutien. Pour eux et ceux qui viendraient sécuriser l'échange, il restait encore quelques jours. Mais pour les autres… Ivan laissa couler son amertume. Il avait fait de belles, de magnifiques rencontres lors de son séjour dans la Horde. Songseung, Kisang, les gars de l'unité… Yekatelina. Combien pouvaient se targuer d'avoir été amis avec des personnes de cette trempe ? L'heure n'était pas aux regrets mais aux festivités. Il devait remercier Bor de l'avoir amené là.

— Quoi, je vais te manquer ? lança-t-il à l'Anguille dans un sourire complice.

Le mercenaire éclata de rire.

— Ah ça, un saint comme toi, on risque pas d'en revoir de sitôt. Pour sûr que tu vas nous manquer.

— Allez, les gars, on va fêter ça ! lança la Flèche.

— C'est Rang qui paie la première tournée !

— Espèce de rat, rétorqua Gimbap, toi t'ouvres jamais ta bourse, hein ? La deuxième est pour toi !

— Et la troisième, pour la balance !

Tandis qu'ils quittaient la chambre, Ivan se tourna vers Yekatelina et Kisang.

— Ce soir, pas le choix, mes commandants. Vous êtes obligés de venir.

Yekatelina écarquilla les yeux de surprise, avant de se résigner.

— Pas trop tard, alors.

— Promis !

Ivan

On lui secoua l'épaule. Ivan grogna et se retourna dans sa couche.

— Allez, espèce de pochetron, fit la voix de Junsa, plus grave qu'à l'habitude. On doit être partis d'ici une heure.

À mesure que les idées faisaient leur chemin dans sa tête bourrée de soie, Ivan se réveilla. Le départ ? Le départ ! Un sursaut le fit se redresser. Autour de lui, la petite chambre qu'il partageait avec Junsa lui renvoyait sa lumière à la gueule. Comment était-il rentré ? Ils avaient commencé gentiment dans une taverne proche de l'auberge vastanyane. Ils étaient tombés sur un petit groupe des leurs, avaient trinqué ensemble, avant de changer de taverne, encore et encore. Ils avaient fini par retrouver Sukyi et les autres – Ivan se souvenait de leurs sourires goguenards – et à partir de là, les événements étaient de plus en plus flous. Avant ça, Yekatelina était encore avec eux. Dans quel état l'avait-elle vu ? Il pria Seojeog de l'avoir empêché de raconter trop de conneries et tourna un visage chafouin vers son ami qui l'observait, un sourire aux lèvres. Junsa avait l'air frais comme une truite. Pourtant, Ivan était certain de l'avoir vu lever le coude plus que de raison. Comment une si petite carcasse pouvait se tenir tranquillement sur ses pieds ?

— Je pensais que tu tenais un peu mieux l'alcool que ça, dit le mercenaire, ironique. Vous ne vous enfilez jamais de soju, chez les paysans, ou quoi ?

— Pas l'temps, grogna Ivan. On bosse, nous, pas comme vous, les courtisans.

— T'as pas entièrement tort. Disons que boire fait partie du boulot. Allez, crois-en ma longue expérience de « courtisan » : un plongeon dans une cuvette d'eau froide, un bon bol de riz, et tu seras sur pied en un instant.

Ivan remua sa langue sèche comme une algue salée.

— J'ai soif.

— T'excite pas trop là-dessus si tu veux pas jouer les barriques de flotte. Furieuse appréciera pas que tu lui dégobilles dans le cou.

— Franchement, je pourrais boire tout l'Aryang.

— Pauvre Furieuse, on t'a refilé un maître bien égoïste, soupira Junsa en levant les yeux au ciel d'un air dramatique.

Ivan ne put retenir un rire qui fit tanguer son cerveau à l'intérieur de son crâne.

— Puisque le sort de cette pauvre jument t'importe peu, assure au moins auprès du commandant.

Enfoiré de Junsa ! Sa pique lui fit l'effet d'un coup de fouet. Pas assez puissant pour dissiper l'étau qui lui fouaillait la cervelle, mais suffisamment pour le tirer hors du lit.

Une heure plus tard, les idées presque en place, Ivan serrait la sangle sur le ventre de Furieuse. Yekatelina et la quinzaine de mercenaires du convoi l'attendaient dans la rue poussiéreuse, déjà en selle. À l'exception d'Antae, toute son unité serait du voyage, ainsi que l'ensemble de l'unité de Yekatelina. Parmi les têtes qu'il connaissait bien, il y avait aussi Insoo et Daegi. Beaucoup de ceux avec qui il avait passé les cinq mois dans la forêt de Kastr, en fait. La sélection de Yekatelina s'était faite sur le volet, en fonction des compétences. Le commandant s'était préparé à la pire des éventualités. Si Radimov refusait de procéder à l'échange, elle avait sans doute l'intention de récupérer Elena par la force.

Ivan tirait sa jument hors du couvert de l'étable quand Kisang lui posa une main sur le bras.

— Ivan.

Le jeune homme dévisagea le capitaine. Il semblait aussi tendu que la veille. En début de soirée, il avait pris Ivan à part pour s'excuser de l'avoir menacé. Ivan l'avait déjà pardonné depuis belle lurette. Il comprenait trop bien l'élan qui avait poussé Kisang à réagir.

— Vous ne venez vraiment pas ?

— Non. Je ne peux pas.

Son mentor avait prononcé les mots avec difficulté, comme s'ils lui arrachaient la gorge.

— Tout se passera bien, capitaine. J'en fais le serment.

— Ne promets pas quelque chose que tu ne peux pas tenir. J'ai un mauvais pressentiment.

Kisang effrayé par une prémonition, cela confinait au ridicule. Mais l'anxiété qui comprimait sa mâchoire était tout sauf risible.

— Fais attention à toi, mon garçon. Surveille bien tes arrières.

— Oui.

— Et surveille les siens, ajouta-t-il en jetant un regard à Yekatelina. Ne la laisse pas...

Il s'interrompit, comme s'il cherchait ses mots.

— N'obéis pas aveuglément à ses ordres. Vos vies sont plus précieuses que tout le reste, Elena compris. C'est clair ?

Son ton trop grave mit Ivan mal à l'aise. Kisang avait de quoi avoir peur mais Ivan ferait tout pour que les choses n'en arrivent pas là.

— Oui, capitaine. Merci pour tout.

— Tu ne me dois rien. Prends-le comme une compensation pour les premiers jours. Tu as été un bon élève.

Tellement de choses avaient changé, depuis la nuit où Kisang et Baedung l'avaient enlevé. À l'époque, Ivan n'aurait jamais cru déceler une telle affection pour lui dans le regard de cet homme dur. Il sentit l'émotion monter dans ses yeux et se détourna.

Très peu des gars de la Horde étaient venus les saluer. Les insomniaques, sans doute. Les autres devaient cuver leur soju. Parmi les présents, Ivan adressa un signe de tête à Antae. Ils s'étaient fait leurs adieux la veille. Ce matin, ils n'étaient pas capables de plus. Il sauta sur le dos de Furieuse.

— Prêt ? demanda Yekatelina.

— Oui.

Le commandant balaya la petite assemblée du regard et jeta, dans un sourire mordant :

— Soyez sages.

— Bonne chance pour votre sœur, répondit l'un d'eux.

— À la prochaine, Rang. Le combat va te manquer, c'est sûr. Reviens nous voir.

Ivan acquiesça. Quelques instants plus tard, Yekatelina lançait sa monture, le convoi sur ses talons.

Une fois passée la lisière de la ville, ils ralentirent l'allure afin de préserver leurs chevaux. Ivan s'avança à la hauteur de Yekatelina et, jetant un coup d'œil sur le volumineux paquetage qui ballottait sur la croupe de son hongre, il demanda :

— Tu as pris ton couchage ?

— Mon couchage ?

Yekatelina suivit son regard avant de comprendre.

— Tu crois que je vais me présenter devant la société vastanyane habillée comme un ruffian ? C'est ma robe.

Soudain, Ivan imagina Yekatelina dans sa tenue de cour et eux, à ses côtés, dans leurs hanboks encrassés de poussière et de sueur. Il se sentit blêmir. Pourquoi n'avait-il pas pensé à quelque chose d'aussi évident ?

— Calme, Ivan. Tout est prévu. J'ai aussi une tenue pour toi.

La panique qui lui avait coupé le souffle se dissipa aussitôt. Ne restaient que les questions.

— Comment ça ?

— Qu'est-ce que tu ne comprends pas dans ma phrase ? mordit Yekatelina avec une pointe de suffisance.

— D'où… Quand ? C'est celle de Kisang ?

— Il fait une tête de moins que toi ! Et je ne parle que de la hauteur… Non, je l'ai commandée il y a quelques semaines, au jugé. Tu as un peu forci depuis, j'espère qu'elle ne sera pas trop serrée.

Ivan la jaugea un moment, admiratif.

— Tu as pensé à tout, hein ?

Elle soupira.

— J'ai remué ciel et terre pour te retrouver, mes agents ramassent la moindre des miettes de Radimov depuis cinq ans, j'ai fondé une compagnie de mercenaires pour me rapprocher de lui, et tu t'émerveilles devant ta tenue de cour ?

Ivan observa son visage, dégagé par sa chevelure rejetée en arrière, ses yeux d'un vert fauve qui le regardaient de côté, le pli de sa bouche, et il sourit de toutes ses dents. Quelques mois plus tôt, il aurait pu croire à son indignation.

Les inquiétudes de Kisang, exprimées lors de leur séparation, s'imposèrent soudain à son esprit, s'ajoutèrent aux questions qui tournaient sans cesse dans sa tête. Il avait besoin de savoir. Pour avancer, pour se concentrer sur ce qui venait, il devait percer l'abcès.

— Qu'est-ce que tu comptes faire, une fois que tu auras récupéré ta sœur ?

Voilà. La question était posée. Les doigts de Yekatelina se serrèrent sur les rênes de sa monture. Son visage se détourna.

— Je… Ce qu'elle voudra.

Yekatelina avait mis toutes ses forces dans l'atteinte de son objectif. La perspective de l'après devait être aussi étourdissante que de se retrouver au bord d'un aplomb. Elle n'avait peut-être jamais osé se projeter vers le lendemain. Parce que si elle échouait, tout ce qu'elle avait imaginé volerait en éclats. Ivan fit de son mieux pour la rassurer.

— Tu as le temps. Je ne suis pas sûr qu'elle se plaira au milieu de ces butors, dit-il en faisant un signe de tête vers leur escorte, mais tes poches sont pleines. Tu peux lui offrir l'avenir dont elle rêve.

Si celui-ci ne se trouvait pas à Jeoju. Elena devait avoir une vingtaine d'années, maintenant, une adulte. Elle ne devait garder presque aucun souvenir de son enfance à Laeju. Son univers, c'était le palais de Radimov. Et si elle refusait de partir avec sa sœur ? Et si elle souhaitait rester auprès du voievod ? Yekatelina serait-elle capable de l'accepter ?

La journée s'étira doucement. Le soleil d'été les écrasait de sa chaleur tandis qu'au nord s'amoncelaient les nuages noirs de la mousson. Les mercenaires avaient trop crapahuté dehors pour s'en émouvoir.

Ils rencontrèrent peu de voyageurs. Beaucoup allaient à pied, le dos plié sous leur charge ou guidant les troupeaux de bœufs d'un air absent. À une occasion, ils croisèrent une voiture noire tirée par deux chevaux, celle d'un noble vastanyan ou d'un bourgeois daesan. Ivan essaya d'apercevoir ses occupants à travers les vitres entrouvertes, mais il n'attrapa que l'éclat d'un rideau carmin.

La plupart du temps, ils étaient seuls sur la route cahoteuse qui perforait les vastes étendues des champs. À perte de vue, le riz en pleine croissance étalait ses verts dans les vallées, ses épis immobiles sous la chaleur étouffante. De-ci de-là, une silhouette recouverte du satgat, le chapeau conique en roseaux tressés, troublait l'eau tranquille des rizières et accrochait un sourire au visage d'Ivan. Puis, tandis que l'astre commençait à décliner, il nimba les champs de ses ors lourds. Sa poitrine se serra. Ce paysage, il l'avait vu toute son enfance. Dans quelques semaines, il aurait été là, parmi les siens, prêt à faucher les tiges chargées de grains. Comment avait-il pu oublier la beauté de cette vision ?

— Ça m'avait manqué, de ne plus voir ça.

Yekatelina tourna vers lui un visage incrédule.

— Les champs ? Tu les trouves beaux ?

— Pas toi ?

Yekatelina observa un instant le décor, avant de secouer la tête.

— Je n'arrive pas à voir autre chose qu'une ignominie. Ces cultures à perte de vue et rien d'autre, c'est complètement stupide. Il faut varier les semences pour laisser la terre riche. Et surtout, il faut laisser les champs se reposer. Radimov sème, récolte, laboure et sème encore, année après année. Avec ses machines, il prend toujours plus de terres sur les forêts et les marais, il lacère toujours plus profond. Tout ça pour exporter ses produits vers le Cham ou le Namla !

— Tout ça pour faire pencher la balance commerciale.

— Et quand les sols seront épuisés, vous ferez quoi ? Radimov vous versera une partie de l'or qu'il a soutiré au Cham et vous chierez des pièces ?

— Avec le labour profond, il n'y a plus de question d'épuisement des sols.

— On en reparlera dans dix ans.

Yekatelina détourna la tête, signifiant la fin de la conversation. Ivan retint un soupir. Pendant ce temps, le soleil avait continué sa course et l'état de grâce qui avait illuminé la masse chatoyante des épis s'était envolé.

— On s'arrête là pour ce soir, annonça Yekatelina après quelque temps. Inutile d'épuiser les chevaux.

Au loin, Ivan aperçut la silhouette ramassée d'un village. Il ne put s'empêcher d'y retrouver le profil familier du hameau où il avait grandi et le visage de Saejin s'imposa à lui. Il pria pour qu'elle aille bien. Si jamais… Quand son chemin se séparerait de celui de la Horde, il retournerait à Hewa lui offrir tout ce qu'il avait. Il lui devait au moins ça.

Ivan

La journée suivante fut tout aussi lourde de non-dits. Le regard que Yekatelina lui jeta quand il retrouva la troupe pour le petit déjeuner était distant, presque froid. Elle lui adressa à peine un « bonjour » et la situation ne s'améliora pas au cours de la matinée. Même les plaisanteries grossières de Sukyi ne parvenaient plus à détendre l'atmosphère. La fin était trop proche, trop pesante. Ivan ne pouvait empêcher sa poitrine de le serrer sans discontinuer : c'était son dernier jour avec elle. Il n'aurait rien voulu d'autre que graver son sourire dans son esprit, échanger sur tout et n'importe quoi et surtout, voir dans son regard qu'il était autre chose qu'un étranger vite oublié. Pourquoi fallait-il que cela se passe si mal ?

Le trafic entre Goyeun et Ankeo était bien plus dense que la veille : les petites routes convergeaient toutes vers la principale ville de la région. Nombre de transporteurs aux chariots lourds s'étaient ajoutés. Parfois, un cahot soulevait un pan de toile et Ivan apercevait rouleaux de soie, racines de lotus ou liasses de papier hanji. D'autres, plus modestes, allaient à pied et portaient attaché dans le dos leur baluchon de marchandises : herbes fraîches, pousses de soja ou feuilles de thé.

Plus ils avançaient, plus le brouhaha enflait et rejetait un peu le malaise qui persistait entre les membres de la compagnie. Puis, alors que le soleil se rapprochait de son zénith, les quelques maisons au toit de paille de riz se densifièrent, jusqu'à être remplacées par des hanok en briques, recouvertes de tuiles noires. Comme dans les faubourgs d'Hewa, les demeures se firent mitoyennes, regroupées autour de cours communes. Mais au contraire de la petite ville de province, plus ils avançaient, plus la hauteur des habitations augmentait. Des fenêtres s'ouvraient désormais trois mètres au-dessus du sol, quand elles n'étaient pas elles-mêmes coiffées par une deuxième série d'ouvertures. La quantité de passants qui se croisaient en tous sens se multiplia ; un florilège d'échoppes spécialisées apparut, identifié par l'idéogramme de la profession. Ivan faisait de son mieux pour avoir l'air blasé – les nouveaux venus étaient toujours les premiers à se faire détrousser –, pourtant il retenait difficilement sa curiosité. Il avait été en ville quelques fois mais Hewa n'avait rien à voir avec Ankeo. Comment tant de gens pouvaient vivre au même endroit ?

— On arrive, dit Yekatelina.

Bien sûr qu'ils étaient arrivés, depuis belle lurette déjà. Ivan balaya la ville du regard et presque cent mètres plus loin, aperçut une muraille jusqu'alors masquée par les immeubles avachis contre elle. À ses pieds, des dizaines, peut-être des centaines de personnes se massaient devant une vaste ouverture. Au milieu de la foule s'entremêlaient bétail, animaux de trait et chariots dans le plus parfait fatras. Un brouhaha inintelligible s'en élevait, parfois percé par les ordres rageurs de la garde. Le convoi de la Horde s'approcha. Sous la herse, les citoyens contrôlés gagnaient le droit de passer de l'autre côté. Soudain, la rumeur incessante se réduisit d'un seul coup. Ivan perçut un murmure, qui se répandit alors de bouche en bouche comme un feu de paille : « La Putain Blanche ! » Dans les yeux de ces hommes et de ces femmes, Ivan retrouva le même mélange de fascination et de dégoût que dans celui de ses voisins, à Hewa. Sauf qu'aujourd'hui, il en mesurait le poids. Ces gens, de quel droit se permettaient-ils de juger une personne qu'ils ne connaissaient pas ? Que savaient-ils de la force incroyable qui animait Yekatelina ? De la justesse avec laquelle elle traitait ses hommes ? Des épreuves qu'elle avait traversées ? Certains firent des gestes obscènes vers elle, elle qui osait porter ses cheveux lâches, elle que l'on accusait de se livrer à la luxure, et la colère l'embrasa tout entier. Il talonna Furieuse tandis que sa main glissait le long de sa tête de hache et se saisissait du manche. Soudain, sa monture fit un pas de côté, l'éloignant de la foule hostile. Ivan s'apprêtait à la tancer quand il vit la main de Yekatelina sur la bride de Furieuse. Le commandant vissa son regard vert dans le sien et murmura, du bout des lèvres :

— Laisse.

Alors, toute sa colère retomba. Tandis que son cœur martelait comme un forcené dans sa poitrine, il ramena sa main tremblante dans son giron. Que s'était-il apprêté à faire ? Il le savait. Dans le fond, il le savait, et cela lui fit peur.

— Allons nous reposer à l'auberge, continua Yekatelina.

Ivan acquiesça.

Malgré son trouble, il s'étonna de ne pas se ranger parmi la foule qui attendait le droit d'entrer. Yekatelina se présenta à une seconde arche, plus petite, et on la laissa passer d'un simple hochement de tête. Les mercenaires la suivirent mais tandis qu'ils s'approchaient de la porte, un soldat se plaça en travers.

— Ils sont avec moi, intervint Yekatelina.

Aussitôt, l'homme s'écarta. Yekatelina obtenait-elle des faveurs liées à sa notoriété ? Ou était-ce parce que Radimov l'avait invitée au bal de ce soir ? Ivan se retourna sur sa selle, guettant les expressions des gardes, et aperçut un attelage passer les portes juste derrière eux, escorté d'un Vastanyan richement vêtu. Un blason ornait les deux portières. Alors, Ivan comprit : ils avaient emprunté le passage réservé à l'élite du pays. Aux Vastanyans et à leurs serviteurs, à aucun autre. Pendant ce temps, le peuple se voyait contraint de patienter hors les murs. Un sentiment d'injustice s'infiltra en lui. Pourquoi Radimov continuait-il de permettre ce genre de traitement ? N'avait-il donc pas lu Toieski en entier ? Yekatelina avait-elle raison sur lui ?

Ivan ramena son regard vers l'avant et soudain, il fut pris d'un étourdissement. Lui qui s'était émerveillé quelques instants plus tôt de la taille enivrante de la ville, il comprit à quel point il s'était trompé. La ville, il y entrait à peine ; ce qu'ils avaient traversé n'avait été que son faubourg miteux. Devant lui, sur ses côtés, derrière, la cité tout entière le happa de ses immeubles échevelés hauts comme dix hommes. Entre les façades, qui semblaient pencher l'une vers l'autre et masquaient presque entièrement le ciel, étaient tirés des dizaines et des dizaines de fils sur lesquels pendaient des nippes crasseuses. Parfois, cassant la verticalité des murs comme si elles essayaient de jouer avec, fleurissaient des grappes de bulbes dorés, émaillés ou couverts des tuiles noires typiques du Daesan.

Étourdi par tant d'extravagances, le regard d'Ivan glissa jusqu'au sol. Là, aux pieds des géants de briques, évoluait une véritable fourmilière. Des coursiers, encore des enfants, se faufilaient à grands coups de « pardon » ou de « dégagez » au milieu d'une foule frémissante. Les visages noirs de suie des ouvriers côtoyaient ceux brunis des artisans. Ici, une femme agitait des clous et des rivets dans un charabia incompréhensible, dont Ivan n'attrapa que des « j'fais un prix » et des « quatre vastushkas ! » Là, une gamine transportait un panier chargé de fleurs fraîches sur sa tête. Un homme tendit un plateau à moitié rempli de brioches de viande en direction d'Ivan en lui gueulant un « deux vastushkas la brioche, jeune seigneur, bien chaude et juste sortie du four ! Deux vastushkas ! » L'odeur piquante des brioches blanches se mêlait à celles âcres de la sueur et de la pisse chauffée par le soleil, qui l'avaient saisi dès son entrée entre les murs de la cité. Ivan fit non de la tête. Si les passants regardaient toujours Yekatelina avec surprise ou mépris, les marchands savaient mettre leurs opinions de côté au profit de leur commerce.

— Toi, appela Yekatelina.

Elle fit signe à un gamin bien trop maigre d'approcher.

— Tu veux travailler ?

Le mioche parut hésiter un instant, puis il hocha faiblement la tête. Il avait l'air ailleurs.

— Je paie un vasta d'argent pour que tu nous guides jusqu'à une auberge des beaux quartiers. Si elle me convient, tu en auras un autre.

Soudain, le regard du petit se mit à briller. Ivan pouvait presque entendre son estomac se tordre. Ses mains se serrèrent sur la bride de Furieuse. La faim… il avait trop bien connu ça pour rester indifférent. Et encore, lui s'était affamé par choix, pour viser un but plus grand. Ce gamin n'avait sans doute pas cette chance.

Il les mena à travers le dédale de la cité. Il progressait sans mal, se faufilait dans la cohue comme un poisson dans les courants. Souvent, Ivan le perdait de vue, pour le retrouver quelques dizaines de mètres plus loin qui les attendait. Petit à petit, la foule sale et terne se fit de plus en plus aérée, de plus en plus colorée. Les hanboks usés et rapiécés laissèrent la place à ceux en soie ou en coton des marchands aisés. Ils passèrent devant des ateliers de confection, dont certains se spécialisaient dans les produits affectionnés par les Vastanyans : dentelles fines, bottines légères, boutons ciselés. Dans la rue progressaient des clercs chargés de leur matériel à écrire, parfois même d'un petit pupitre portatif. Les mets de rue, des friandises aux couleurs improbables, déployaient leurs fragrances alléchantes. Ivan vit leur guide arracher un regard plein d'envie à un confiseur en plein travail. Forgerons, tailleurs, orfèvres… La crème de l'artisanat semblait rassemblée dans ces quartiers. Les chalands étaient pour la plupart des serviteurs de maisons fortunées, d'après leurs uniformes à la coupe simple mais impeccable, mais de temps en temps apercevait-il un couple de la petite-bourgeoisie daesane. Femmes comme hommes avaient le visage poudré à l'excès, affichant le teint blafard des moribonds. Beaucoup s'éclaircissaient les cheveux à l'aide d'urine de cheval – Saejin s'en était moquée plus d'une fois – avant de les coiffer selon les standards daesans traditionnels – chignon haut pour les hommes, épaisse tresse roulée sur la nuque pour les femmes. Certains semblaient même s'être collé les paupières pour agrandir leurs yeux bridés. Ivan serra les lèvres face à leurs contradictions. N'avaient-ils pas le courage d'assumer leurs origines, ou bien de renoncer une fois pour toutes à leur héritage pour épouser les canons de l'élite vastanyane qu'ils convoitaient tant ?

Petit à petit, la brique fit place aux pierres taillées et les rues se vidèrent. À peine croisaient-ils parfois un attelage ou une chaise à porteurs aux rideaux tirés, une poignée de serviteurs empressés ou quelques Vastanyans montés sur des chevaux d'une finesse à faire pâlir Furieuse. Leur guide était visiblement mal à l'aise, et il y avait de quoi. Petite branche de hardes malodorantes au teint mat, il n'aurait pas pu dénoter davantage qu'ici. Enfin, il s'arrêta devant une porte, la tête enfoncée dans les épaules.

— Ici, nob' dame. Cette auberge c'la plus réputée d'la ville.

À peine acheva-t-il sa phrase qu'un homme en livrée sortit de l'établissement. Il eut une seconde d'arrêt – sans doute due aux cheveux lâchés de Yekatelina – puis inclina la tête. Discrètement, il adressa un regard étonné à son escorte mais son examen n'alla pas plus loin. Il était visiblement daesan mais il s'exprima dans un vastanyan qui ne souffrait pas du moindre accent :

— Ma Dame, soyez la bienvenue à *La Table de Mirensk*. Laissez-moi vous guider à l'intérieur. Et toi, cracha-t-il en daesan à l'attention de leur guide, déguerpis.

— Mais…

— Tu veux que je te rosse ?

Un deuxième homme, vêtu de la même livrée, émergea de la bâtisse. Le gamin se figea aussitôt et tourna les talons.

— Attends ! appela Ivan.

Le mioche se mit à courir. Ivan sauta de selle et le rattrapa en quelques foulées. Quand il enserra le bras de l'enfant dans sa poigne, il eut l'impression de pouvoir le briser d'une simple pression. Le regard que le gamin lui jeta était tremblant, ses yeux écarquillés par la terreur.

— Je ne vais rien te faire, souffla Ivan. Tu n'as pas reçu ton paiement.

Sans le lâcher – il avait trop peur que le gamin en profite pour détaler –, Ivan fouilla dans les plis de son hanbok, jusqu'à mettre la main sur sa bourse courante. Ses doigts tombèrent sur le vasta d'or que lui avait donné Yekatelina à son arrivée. Cette pièce qui devait revenir à Saejin. Bientôt, il en recevrait une dernière. Il n'avait pas besoin de plus. Il tira l'or et le tendit au garçon. Ce dernier ne bougea pas. Il ne tremblait même plus. Il avait les yeux rivés sur la pièce, pourtant il garda sa main libre crispée sur sa veste crasseuse.

— Allez, prends-la.

— Pour moi ?

— Oui. Tu nous as bien aidés.

— J'peux pas, seigneur. Si m'voient 'vec, vont m'tuer.

— Te tuer ? Mais qui ?

Alors, le gamin arracha son regard du vasta pour le visser dans celui d'Ivan.

— Tous.

La terreur profonde qui se terrait au fond de ses pupilles subjugua Ivan. Son monde… comment son monde pouvait être si différent de ce qu'il avait connu ? Ils étaient daesans tous les deux, du peuple tous les deux. Ivan avait connu la faim, les vols. Malgré tout, il n'avait jamais vu une telle pauvreté, une telle terreur. La ville semblait amplifier le fossé qui séparait les classes. Incrédule, Ivan rangea sa pièce d'or et tira de sa bourse le peu qu'il possédait en petite monnaie : trois vastas d'argent, un vasta de cuivre et quelques vastushkas. Il les glissa dans la main du mioche avant de lui libérer le bras. Les yeux du petit étaient écarquillés sur son poing, sa bouche ouverte comme celle d'une carpe.

— Prends-en soin.

Les mots d'Ivan parurent le ramener à la vie. Il lui jeta un regard reconnaissant puis déguerpit, les mains serrées sur son trésor. Ivan retourna vers l'auberge. Yekatelina l'attendait sur le pas de la porte en seule compagnie du serviteur, visiblement contrarié. Leurs montures et leurs camarades avaient disparu. Le commandant lui adressa un hochement de tête – sa façon bien à elle de le remercier – avant de s'engouffrer à l'intérieur. Ivan suivit, la bouche emplie de fiel.

Ivan

À l'intérieur, une dizaine de personnes déjeunaient sur des tables magnifiquement dressées. Pas de coussins à même le sol ici, pas de panneaux de bois, pas de murs tapissés de hanji. Les clients étaient tous assis sur des chaises ou des banquettes, à la façon de l'empire, leurs pieds encore chaussés posés sur un luxueux parquet marqueté. Le serviteur les conduisit dans un escalier en pierre blanche jusqu'au premier étage. Dans les couloirs, les cloisons étaient tendues de tissus richement décorés, dont les motifs répétitifs mêlaient l'aigle déployé de Mirensk et l'étoile de l'empire. Le ton était donné. Après quelques pas, il ouvrit une porte et laissa Yekatelina pénétrer dans une chambre fastueuse. Les murs arboraient un lambris clair et ciselé avec goût ; dans un coin de la pièce, un lit assez vaste pour accueillir trois personnes. Égaillés savamment dans le reste de l'espace au-dessus d'un beau tapis de soie, coiffeuse, secrétaire, coffres, table basse et fauteuils rembourrés. Enfin, l'un des panneaux s'ouvrait sur une petite cheminée éteinte.

— Est-ce que cela vous convient, ma dame ?

— C'est parfait. Vous nous ferez monter de l'eau chaude ?

— Oui, ma dame. Si vous avez besoin de quoi que ce soit, utilisez cette corde.

Il fit signe à Ivan de le suivre et le mena jusqu'à la porte voisine. Ivan entra dans ce qui, en comparaison du faste de la chambre de Yekatelina, ressemblait à un réduit. Un lit simple – qui toutefois valait cent fois son couchage de campagne –, un petit bureau et un coffre. Le serviteur quitta prestement le couloir et Ivan ferma derrière lui.

Dans sa chambre, une autre porte conduisait à l'appartement de Yekatelina. Il l'ouvrit.

— Où sont les autres ?

— Dans les quartiers réservés aux domestiques.

— Qu'est-ce que je fais là ?

Le commandant retint un sourire à grand-peine.

— Tu joues le rôle de mon valet de pied ?

— Pardon ?

— Tu es le seul à parler vastanyan ! Et je ne peux pas rester sans personnel, ça attirerait trop l'attention. Les plus discrets nous nous ferons, le mieux nous nous porterons.

Ivan soupira, un coup d'œil peu convaincu à la chevelure de Yekatelina. Pour la discrétion, autant oublier.

Après quelques instants, un jeune garçon monta leurs bagages, bientôt suivi de servantes chargées de seaux d'eau fumante. Elles les répartirent dans les cuvettes de faïence qui meublaient chacune de leurs chambres. Yekatelina défit son paquetage et en tira deux tenues : une robe d'un bleu céruléen pour elle, un ensemble pour lui. D'une boîte, elle sortit des bottines claires et des bottes noires.

— Tu sauras t'habiller ?

— Un pantalon et une chemise ? Oui, je devrais m'en sortir, bougonna Ivan.

Comme il allait les emporter dans sa remise, Yekatelina l'appela.

— Je t'avais fait une promesse.

Elle fouilla dans ses bagages puis s'approcha de lui, le poing fermé. Ivan tendit la main pour récupérer ce qu'elle voulait lui donner. Une pièce d'or tomba au creux de sa paume. Sa valeur avait beau être astronomique, une profonde déception s'empara de sa poitrine. Un marché. Tous ces mois ensemble n'avaient rien représenté de plus. Comment avait-il pu l'oublier ? Elle avait pourtant été claire dès le début.

— Notre accord, dit Yekatelina.

Les mots étaient lapidaires mais pas son ton. Surpris, Ivan releva la tête vers elle. Elle le regardait avec intensité, son corps tendu. Est-ce que pour elle aussi, cela représentait désormais plus ? Faisait-il fausse route, en pensant être un boulet pour elle ?

— Je n'en veux plus, dit-il en lui tendant la pièce.

— Garde-la. Tu l'as méritée. Si tu ne la veux pas pour toi, dépense-la dans un projet qui te semblera juste.

Elle se détourna sans lui laisser le temps de répondre et commença à détacher sa ceinture. Troublé, Ivan gagna son réduit le cœur battant. Il ferma la porte derrière lui et ouvrit en grand les rideaux de velours qui voilaient une partie de la fenêtre. La toilette lui fit le plus grand bien. L'eau chaude, malgré la moiteur de la mi-journée, calmait son rythme cardiaque et délassait ses muscles durcis par les jours de marche et de chevauchée qui s'étaient enchaînés depuis Kastr. Sa blessure à l'épaule gauche nécessitait encore des soins, mais le reste était à peu près fonctionnel.

À mesure qu'il passait la gaze ruisselante le long de ses bras et de son torse, la lassitude le gagna. Maintenant qu'ils se trouvaient si proches du but, il désirait en finir au plus vite. Plus le temps s'étirait, plus il se sentait déchiré.

Une fois savonné et rincé, il laissa l'eau s'évaporer sur sa peau pour profiter de la fraîcheur bienvenue. De l'autre côté de la porte, il entendait toujours le bruit du liquide qui ruisselait et retombait dans la cuvette. Il repoussa l'image de Yekatelina qui s'imposa à son esprit.

Rageur, il enfila le pantalon, le boutonna tant bien que mal, avant de passer la chemise dont il fourra les pans dans sa ceinture plate et de nouer la large écharpe écarlate autour de sa taille. Puis il attendit. Il tenta de tromper son ennui en regardant par la fenêtre, mais il n'y avait rien à voir d'autre que les immeubles richement décorés, quelques voitures attelées et des poignées de serviteurs. De temps à autre, un mouvement derrière un carreau faisait frémir les rideaux, mais rien de plus. Le quartier était aussi mort que son village un jour de moisson. Sauf qu'au contraire des siens, les aristocrates qui vivaient ici restaient chez eux, probablement à profiter de leur argent, oisifs. Ivan s'allongea sur son lit et observa la lumière décliner.

Soudain, un cri sauvage retentit à travers la cloison. Yek ! Ivan fit un tour sur lui-même, à la recherche de sa hache, quand il réalisa qu'elle était restée avec ses affaires de l'autre côté. Il hésita un court instant, avant d'enfoncer la poignée et de se précipiter dans la chambre de Yekatelina. En une seconde, son regard balaya la pièce, où il n'y avait… personne. Personne d'autre que le commandant, assise face au miroir de sa coiffeuse, les cheveux à moitié tressés dans une ébauche de chignon. Le cheopji, petit ornement de corne noué au sommet de la tête, trônait de travers.

— Tout va bien ? demanda Ivan, mal à l'aise.

Yekatelina se dressa, furieuse, faisant basculer la chaise. Ivan se sentit défaillir. Elle était d'une beauté à s'arracher les yeux. La robe en soie mettait sa taille fine en valeur et révélait sa gorge lisse. Mais surtout, le rouge qui lui était monté aux joues la montrait sous un jour plus vulnérable que jamais. Son cœur affolé se mit à tambouriner à ses oreilles.

— Non, tout ne va pas bien ! Ces putains de tresses ! Pourquoi faut-il que ces connasses d'aristocrates se fassent des tresses ? Elles n'ont jamais foutu les pieds à Mirensk ou quoi ?

Ivan ne put retenir un sourire.

— Il faut croire que le mélange des cultures existe plus qu'on le croit. Nos femmes se poudrent la figure pour avoir le teint clair, les vôtres se tressent les cheveux.

— Oh, épargne-moi ce ton paternaliste !

— C'est juste que… j'ai grandi avec une fille qui était comme ma sœur.

Oui, aujourd'hui cela lui semblait tellement évident…

— Où veux-tu en venir ?

— Je peux te guider. Tu n'as qu'à me dire ce que tu veux et je t'expliquerai.

Yekatelina le considéra longuement, au point de le mettre mal à l'aise. Était-il trop loin ? Finalement, elle ramassa la chaise et se réinstalla face au miroir.

— Tu connais la jojim-meori ?

Ivan lui adressa un froncement de sourcils. Ce type de coiffure était normalement réservé aux femmes mariées mais il avait remarqué depuis longtemps que les Vastanyans s'étaient approprié les codes daesans sans faire grand cas des traditions.

— Oui.

— Fais-la, alors. Assure-toi que ça tienne.

— Yek, je ne peux pas la faire sans… sans te toucher.

— Je sais.

Le cœur d'Ivan manqua un battement. Il l'avait bien prise dans ses bras, après la chute de Kastr, mais la situation était bien différente. Et il ne lui avait pas laissé le choix. Aujourd'hui, elle lui donnait d'elle-même sa permission. Pouvait-elle accorder une marque de confiance plus forte que celle-là ? Il ferma les yeux un instant, savoura les nœuds qui se formaient dans son ventre. Puis, lorsqu'il fut calmé, il approcha la main de la nuque de Yekatelina. Aussitôt, il la sentit se contracter de façon presque imperceptible. Elle avait beau faire la fière, elle était loin d'être à l'aise. Aussi doucement que possible, il commença par défaire le début de tresse qui tombait au creux de son dos. Puis, comme le commandant ne s'était pas tendue davantage, il s'attaqua à l'ébauche de chignon. Une fois l'ensemble de sa chevelure libérée, il la peigna délicatement avec ses doigts. Petit à petit, il sentit ses épaules redescendre. Il risqua un regard à travers le miroir et vit qu'elle avait fermé les yeux. Un sourire sur les lèvres, il entreprit de séparer la masse de ses cheveux.

Il n'avait plus aidé Saejin à se coiffer depuis des années mais ses mains, au début hésitantes, retrouvèrent facilement les gestes maintes fois répétés. Il fixa l'ornement de corne polie, qui figurait une grue, sur le sommet de la tête de Yekatelina puis commença la tresse. Une fois terminée, il la roula avec soin, jusqu'à former une masse harmonieuse qui descendait sur sa nuque. Il plaça alors à l'horizontale une pique à cheveux incrustée de corail, qui contrastait joliment avec sa robe.

Alors qu'il achevait son travail, il laissa ses doigts effleurer la nuque de Yekatelina, qui resta sereine. Ici, sa peau était plus claire qu'ailleurs, plus veloutée que la soie de son encolure. Il la contempla, elle qui ne ressemblait à nulle autre. Il aurait voulu que le temps s'arrête, que cet instant où ils étaient plus proches que jamais dure toujours. En vérité, il le pouvait, n'est-ce pas ? Il le ressentait au plus profond de lui : il ne lui était plus indifférent. Les regards qu'ils avaient échangés ces dernières semaines, les confidences qu'elle lui avait faites au creux de la nuit, même sa soudaine froideur, lors de cet ultime voyage... Tout cela avait une signification. Dans ce cas, pouvait-il se laisser aller à l'espoir fou qui l'avait saisi après le siège de Kastr ? Pouvait-il envisager un avenir près d'elle ? Tout ce qu'il avait à faire, c'était convaincre Radimov de lui rendre Elena. S'il était réellement son fils, si Lev avait été son plus proche confident, comme Yekatelina le pensait, il pouvait y parvenir. Il pouvait jouer sur la corde des sentiments. Sur celle des valeurs. Se livrer comme monnaie d'échange deviendrait alors son ultime carte.

Investi d'une détermination nouvelle, il grava dans sa mémoire les traits de Yekatelina reflétés par le miroir et rompit le contact.

— C'est terminé, murmura-t-il.

Lentement, elle ouvrit les paupières et le regarda par le biais de la glace. La tendresse qu'il lut dans ses yeux d'un vert sombre lui écrasa les entrailles et il se détourna, incapable d'affronter les sentiments qu'elle éveillait en lui.

— Tu veux partir quand ? bégaya-t-il.

Yekatelina laissa s'écouler quelques secondes, avant de répondre d'une voix plus aiguë qu'à l'accoutumée :

— Tu ne me trahiras pas, n'est-ce pas, Ivan ?

Son cœur manqua un battement. Il n'y avait qu'une réponse à lui apporter, qui n'était que pure vérité.

— Jamais.

— Quelle que soit la tournure des événements ?

— Je ferai tout pour toi, Yek. Tout.

Il sentit alors des doigts effleurer son dos. Il se retourna, surpris. Brutal, trop brutal. Yekatelina retira sa main et l'enfonça maladroitement dans les plis de sa robe, son regard fixé au mur.

— Allons voir où en sont les autres.

Ivan

Il faisait nuit quand ils arrivèrent jusqu'au lieu où se tenait le bal. Ivan laissa l'un des palefreniers emporter Furieuse, trop ahuri par ce qu'il voyait. Éclairé tel un phare dans la nuit, le palais d'Ankeo, demeure d'été des Radimov, s'élevait dans la plus pure tradition vastanyane. La devanture, longue de plusieurs dizaines de mètres, était percée sur ses trois niveaux par une multitude de fenêtres à arc en plein cintre, chacune surmontée par une moulure dorée représentant l'aigle enserrant un hibiscus de la famille dirigeante. De hautes colonnes en pierre blanche émaillaient la façade peinte en bleu clair. Une lumière d'or, chaleureuse, s'échappait de chaque ouverture. Ivan détesta immédiatement le bâtiment, bien trop clinquant, plein de l'ostentation et de la morgue que tous les voievods avant Ivan Radimov avaient affichées. Pourtant, il ne pouvait s'empêcher d'en admirer chaque détail.

— Attends, appela Junsa.

Ivan se retourna vers lui. Son ami, comme les autres mercenaires, avait revêtu un costume à la fois sobre et pratique : un pantalon noir enfoncé dans ses bottes – nettoyées et cirées – et au-dessus, une chemise blanche à la coupe simple surmontée par un gilet sombre et sans ornements. Il avait une élégance folle, bien plus à l'aise qu'Ivan, qui avait l'impression d'être déguisé. Le mercenaire réarrangea le nœud de sa lavallière avant de hocher la tête, satisfait.

— Il est loin, le paysan famélique.

— Pas assez loin à mon goût.

— Ça va le faire, t'inquiète.

— Prêts ? demanda Yekatelina.

Depuis quatre heures qu'Ivan l'avait découverte sous ce jour si différent, il aurait dû s'habituer. Son cœur continuait de s'emballer dès qu'il la voyait. Cependant, le regard du commandant avait cette implacabilité qu'il lui connaissait bien.

Son plan était clair, travaillé depuis des mois, rajusté selon les dernières informations livrées par ses agents. Radimov était venu avec l'ensemble de sa famille et de ses proches. Elena était bien de la partie. Il arriverait une heure après le début du bal, comme il le faisait toujours. Les mondanités l'ennuyaient profondément mais il avait besoin du soutien de l'oligarchie, alors il parlerait brièvement à tous. Ensuite, il rencontrerait tous ceux qui en avaient fait la demande. Une réception comme celle-ci, au-delà de la victoire qu'elle célébrait, était l'occasion pour les invités d'une discussion privée avec le voievod, en dehors du palais et de son étiquette. Yekatelina avait déposé une requête officielle. En général, celles-ci étaient traitées selon l'ordre de la Table des Rangs. Sans titre de noblesse, elle devrait attendre une heure avancée de la soirée. D'ici là, il faudrait jouer le jeu. Ivan resterait auprès d'elle – officiellement comme cavalier, étant le seul à parler vastanyan, officieusement en cas de danger. Les autres mercenaires avaient pour mission, alors qu'ils feraient mine de profiter de la fête, de repérer toutes les issues possibles et de rechercher une jeune fille de vingt ans aux cheveux châtains et aux yeux bleus, dont les traits ressemblaient probablement à ceux de leur commandant. Elena. Une fois identifiée, ils resteraient près d'elle. S'il le fallait, sur un signal de Yekatelina, elle serait exfiltrée de force.

Ivan hocha la tête.

— Allons affronter la cour.

Dès qu'ils avancèrent dans la lumière projetée par l'immense palais, les deux soldats postés à l'entrée se redressèrent. C'était discret mais Ivan repéra leur légère indolence. Leur supérieur avait sans doute autorisé une petite entorse au règlement côté boisson, pour fêter la victoire. Le visage professionnel qu'ils affichaient malgré tout fit sourire Ivan et le détendit un peu.

Passé le seuil du palais, l'éclat d'une nuée de chandelles, dont les flammes se reflétaient dans une multitude de miroirs et de dorures, lui brûla la rétine. Il faisait presque aussi clair qu'en plein jour. Il revit les soirées à dîner dans l'obscurité, les nuits à étudier à la lueur d'une bougie volée par Saejin, et il comprit à quel point elle avait eu raison de ne pas se priver. Ici, dans ce vestibule de vingt mètres de côté, ce n'était pas une mais trente, cinquante, soixante-dix chandelles qui se consumaient : certaines fixées au mur, d'autres dans un lustre monumental aux facettes aussi translucides que du cristal – non, il s'agissait bel et bien de cristal ! –, quelques-unes au milieu de la pièce sur des chandeliers à pied. Le tout éclairait un mobilier au luxe outrancier : porcelaine fine, probablement importée du Namla, gigantesque horloge dorée dont le mécanisme avait dû demander des semaines de travail, consoles couvertes de marbre et de marqueterie, tableaux à l'échelle.

Quelques personnes se tenaient là, en groupes de deux ou quatre. Certaines chuchotaient, d'autres riaient bruyamment. Yekatelina les ignora et se dirigea vers un homme posté derrière un pupitre.

— Yekatelina, commandante de la Horde Blanche.

L'homme l'examina un instant puis consulta son registre. Il tourna quelques pages, ses yeux parcourant prestement son document, puis releva un visage parfaitement neutre.

— Je vais vous annoncer.

Ils suivirent le héraut jusqu'à une porte, à quelques pas de là. Plus ils approchaient et plus le brouhaha qui émanait de la pièce voisine était assourdissant. Puis ils franchirent le seuil et Ivan eut l'impression d'être jeté avec violence dans un autre monde. Un mélange écœurant de parfums artificiels brûla son odorat jusqu'à lui couper le souffle. Les fragrances de fleurs et d'épices étaient intensifiées par la débauche de musc et d'alcool. Où que son regard se posât, il ne voyait que des cascades dégoulinantes de soie, de dentelles, de froufrous toutes plus extravagantes les unes que les autres, et bleu, or, rose, vert, indigo. Au milieu de ce maelström féminin de couleurs criardes, les hommes revêtaient tous le même ensemble que le sien, chemise blanche à lavallière et pantalon rouge. Des serviteurs naviguaient parmi la foule, portant à bout de bras des plateaux surchargés de coupes pleines et de mets minuscules dans lesquels les invités picoraient jusqu'à se gaver. Ivan se remémora les bouillons insipides qu'il cuisinait dans sa cour, les paniers chichement garnis de Saejin et ses poings se serrèrent.

Soudain, le héraut frappa trois fois son bâton contre le parquet. Les regards des courtisans effleurèrent les nouveaux venus mais ceux-ci n'attiraient visiblement pas assez l'attention pour interrompre leur caquetage. Pourtant, quand leur guide annonça d'une voix étonnamment puissante « Yekatelina de Laeju, commandante de la compagnie de la Horde Blanche, héroïne de la bataille de Kastr ! », les discussions cessèrent d'un seul coup. Des centaines de paires d'yeux rampèrent sur Yekatelina, l'examinant sous toutes les coutures. Dans certains, Ivan lut une simple curiosité. Dans d'autres, il retrouva le dégoût qui avait animé le peuple à la porte de la cité, le matin même. Mais ce qui lui fit dresser les poils, ce furent les regards concupiscents de quelques-uns. Il n'avait qu'une envie : tirer Yekatelina hors d'ici. Cependant, le commandant affichait une morgue imperturbable.

— La boïarine Yinovova porte une robe stanove turquin brochée d'or, murmura le héraut. Elle est la nièce du voievod et la Première à la succession. Le boïar est à son bras. À côté, je pense que vous connaissez le général Kirine et le commandant Stanvskyi.

Ivan n'avait pas saisi un traître mot mais Yekatelina hocha la tête avant de plonger dans le nid de vipères. Une partie des mercenaires s'égaya dans la salle, apparemment en quête du buffet. D'autres étaient restés dans le vestibule, tandis que certains étaient sans doute déjà dans les jardins. Ivan suivit Yekatelina, l'air aussi à l'aise que possible.

Devant elle, les gens s'écartaient, si bien qu'en quelques pas, elle se trouva face à la Première. La nièce de Radimov, à en croire le héraut. La cousine supposée d'Ivan. La jeune femme d'une vingtaine d'années – difficile à jauger derrière l'illusion de son maquillage – posa sur Yekatelina deux yeux d'un bleu azur, qui mangeaient une bonne partie de son visage en cœur. Sa gorge d'une blancheur d'ivoire se perdait dans un corsage bleu nuit, entièrement brodé d'or et de perles. Le satin de sa jupe volumineuse renvoyait la lumière des lustres, quand il n'était pas couvert des mêmes broderies fines. Alors qu'Ivan admirait l'ouvrage, il aperçut une petite main serrée sur le tissu de qualité. Un pas de côté lui révéla une tête d'un blond presque blanc, haute comme trois pommes. Un enfant de trois ou quatre ans se cachait là, vêtu de pied en cap comme un homme miniature. Ivan étouffa un sourire et se concentra sur la situation.

— Commandante, salua la boïarine en tendant une main.

Elle adressa un mince sourire à Yekatelina, pas tout à fait accueillant, pas hostile non plus. Le commandant serra la main tendue et fléchit le buste.

— Première, répondit-elle avant de se redresser et d'ajouter à l'attention d'un galant d'à peine une vingtaine d'années : Boïar Yinovov.

L'époux de la boïarine. Malgré son jeune âge, sa tunique de brocard se tendait sur un ventre légèrement proéminent. Il avait l'air affable, un peu évaporé. Au grand étonnement d'Ivan, Yekatelina saisit la main qu'il lui offrit, comme si entrer en contact avec un homme lui était indifférent. Si Ivan ne la connaissait pas aussi bien, il n'aurait pas remarqué le léger pli de sa bouche. Il brûlait d'envie de lui afficher son soutien mais il n'aurait fait qu'affaiblir sa position.

Yekatelina adressa le salut militaire aux deux autres invités :

— Général, commandant.

Le général Kirine revêtait un beau manteau à brandebourgs, semblable comme deux gouttes d'eau à celui qu'il portait en campagne. L'autre était visiblement un vétéran. S'il avait été à Kastr, Ivan ne l'avait pas remarqué.

— Vos hommes ont-ils eu le temps de se remettre, commandante ? s'enquit Kirine.

— Pour la plupart. Nos cendres ont été mises en terre il y a deux jours.

— Des héros à qui nous devons notre salut, dit le boïar d'une voix douce.

— Notre salut ? intervint son épouse. Était-il indispensable à notre salut que nous retrouvions la mainmise sur Kastr ?

Ivan tourna un regard étonné vers elle. N'hériterait-elle pas du Jeonam et de la tutelle du Laenam après Radimov ? Il n'était pas familier des usages de la cour, mais il était presque certain que celui qui portait le titre de Premier était contraint, du moins en public, d'aller dans le sens du voievod. Un garde se tenait contre le mur, à quelques mètres de là, mais la boïarine ne semblait pas s'en soucier. Il n'était visiblement pas posté pour faire de la répression politique. D'ailleurs, il ne semblait pas posté pour grand-chose, les paupières un peu trop lourdes. En un sens, cela rassurait Ivan : le débat avait de beaux jours devant lui. Cependant, cela le mit également mal à l'aise. Si Radimov ne pouvait même pas s'appuyer sur sa famille, en qui pouvait-il avoir réellement confiance ? Quelqu'un avait-il repris la place cruciale de Lev, à supposer qu'ils aient vraiment été amis ? La cour ressemblait bel et bien à un nid de vipères.

— Première, répondit Kirine, le voievod Radimov se devait de répondre au massacre de la Veillée perpétré par le Kalium. Et s'il y avait eu un Veilikii Voievod au Daesan, c'est tout l'oblast qui se serait insurgé.

Depuis la mort du précédent Veilikii Voievod, quatre ans plus tôt, plus personne ne siégeait officiellement à la tête du Daesan. Le Veilikii Voievod, représentant de l'oblast auprès de Mirensk, artisan de l'unité et de l'équité entre les voievodats, devait être élu par l'assemblée des voievods à la double majorité. Personne n'avait remporté suffisamment d'adhésion depuis pour prendre l'avantage et le développement économique et politique du Daesan en était grandement affecté.

— Je note, cher général, que vous avez presque réussi à placer « Radimov » et « Veilikii Voievod » dans la même phrase. Votre dévouement vous honore, bien que cela ne m'éclaire guère sur le lien entre ce massacre et le plateau de Kastr. Sauf si, bien entendu, on prête l'oreille aux rumeurs sur le minerai qu'il abrite. Enfin, ce n'est pas le sujet de la soirée. Commandante, vous avez toute la gratitude de ma maison pour avoir repris le fort de mon oncle. Le voievod ne tarit pas d'éloges devant les exploits de votre compagnie, et notre bon général Kirine en fait tout autant.

Ivan risqua un regard discret vers le général, à la recherche d'un signe quelconque qui montrerait son amertume de ne pas avoir mené la charge, mais Kirine était parfaitement maître de lui-même.

Yekatelina s'inclina modestement devant les compliments de l'héritière avant de répondre :

— Espérons que Shatag sera ouvert à une négociation de paix.

— C'est fort probable, rebondit la boïarine. Il paraît que ses forces ont été grandement réduites par le conflit avec le Namla. Kastr a beau être stratégique pour l'avenir, il a aujourd'hui bien d'autres priorités. Enfin, je suppose que cela ne fait guère vos affaires. Le conflit terminé, vous vous retrouvez sans employeur.

— Malheureusement, il y a toujours du travail pour une compagnie comme la mienne. J'aime mon pays et je préfère largement combattre pour lui, mais si la paix doit nous mener vers d'autres contrées, remercions Bor.

— Vous parlez d'or, com...

Soudain, le héraut frappa trois coups de son bâton et pour la seconde fois, l'ensemble des discussions s'éteignit.

— Ivan Borisevitch Radimov, voievod du Jeonam, tuteur du Laenam, maire du palais de Jeoju !

Le cœur d'Ivan s'arrêta. Il allait voir l'homme qu'il avait admiré durant toute sa jeunesse. Le possible compagnon de décades de Lev. Son prétendu père.

L'assassin des Kaetnev.

Lentement, il se tourna vers l'entrée.

Ivan

Radimov se tenait deux pas devant le héraut, seul. Il était immense – le héraut mesurait deux têtes de moins –, les épaules larges, le cou fort. Au contraire de la plupart des invités, bedonnants, sa silhouette épaisse mais équilibrée remplissait avec élégance sa tenue étonnamment simple. Mais ce qui frappa le plus Ivan, ce fut son visage. À l'exception de sa barbe bien fournie, de ses cheveux châtains striés de gris et de son hâle léger, il lui ressemblait énormément. Ivan ne s'était jamais longtemps détaillé dans le petit miroir que possédait Saejin mais il reconnut les pommettes hautes, les yeux enfoncés sous les épais sourcils, la ligne du front. Une petite boule de joie rua au fond de ses entrailles. Il avait un père. Il ne l'avait jamais vraiment cherché mais à cet instant, il prit conscience qu'il avait toujours rêvé le rencontrer.

Quand il était encore enfant, chaque fois qu'ils s'étaient rendus en ville, il avait scruté le visage des Vastanyans. Aujourd'hui, il comprenait pourquoi. Yekatelina avait eu raison dès le début : son père était Ivan Radimov, cet homme tant admiré par Lev. Lev… pendant toutes ces années où tous deux avaient souffert des origines mixtes d'Ivan, l'érudit avait su. Pourquoi lui avoir caché la vérité, lui qui avait toujours affirmé que l'honnêteté et la transparence étaient les seules vertus à pouvoir éclairer les cœurs ? Cependant, malgré le mensonge, Ivan était incapable d'en vouloir à celui qui lui avait tout donné. Lev avait forcément agi pour de bonnes raisons.

Confus, il se tourna vers le commandant et sa joie comme ses questions éclatèrent en morceaux. Les yeux de la jeune femme appelaient le meurtre avec une férocité terrifiante. Le long de son corps, ses poings s'étaient serrés si fort que ses phalanges en étaient livides. Une goutte de sang perlait de son index. Il avait un père. Et son père était un assassin. En la voyant à ce point chamboulée, il n'eut plus aucun doute sur la véracité de son histoire.

— Yek, calme-toi, chuchota-t-il pour ne pas être entendu. Yek ! dit-il plus fort, comme la jeune femme ne réagissait pas.

Il répéta son nom plusieurs fois, essaya de faire écran entre elle et Radimov, en vain. Désespéré, voyant le sang continuer de tomber goutte après goutte dans les plis de sa robe, il se résolut à lui attraper le poignet. Yekatelina sursauta et darda sur lui le regard d'un animal traqué. D'instinct, il fit un pas en arrière mais ne la lâcha pas.

— Sortons d'ici.

Yekatelina continua à le foudroyer du regard, son visage ulcéré. Que voyait-elle, à quoi pensait-elle ? Avait-elle noté, elle aussi, leurs similitudes criantes ? Finalement, elle articula entre ses lèvres soudées :

— Allons-y.

Ivan la conduisit vers la porte tandis que Radimov était déjà parmi la foule. Il ne lâcha pas son poignet de peur de la perdre à nouveau mais elle le suivit sans résister. Du coin de l'œil, il repéra les silhouettes de leurs camarades se tendre vers eux. D'un signe de la tête, il leur signala que tout allait bien. Qu'ils continuent à jouer leur rôle. Si Radimov avait paru, Elena n'était peut-être pas loin.

Une fois à l'extérieur, il desserra son étreinte.

— Marchons un peu, d'accord ?

L'air plus frais et surtout non saturé de parfums âcres lui donna l'impression de revivre. Il s'éloigna de la bâtisse avec lenteur, jetant un coup d'œil par-dessus son épaule. Yekatelina le suivait d'un pas raide mais si son regard fixait une autre réalité, la haine viscérale qui l'avait consumée ne s'y trouvait plus. Ivan progressa jusqu'à un bassin dont les eaux immobiles renvoyaient faiblement les lueurs du palais et ils s'assirent sur un banc de marbre tout proche. Ivan ne laissa pas le silence s'installer, trop inquiet de voir Yekatelina s'enfoncer dans la tourmente.

— Je lui ressemble, n'est-ce pas ?

Le commandant le regarda un instant, avant de répondre en daesan :

— Je ne trouve pas.

Ivan sourit. Visiblement, elle qui s'était tant languie de sa culture ces dix dernières années venait d'en prendre une bouffée écœurante. Il poursuivit dans sa langue maternelle :

— Tu essaies de me rassurer ?

— Je ne fais jamais ce genre de chose. Je pensais que tu l'avais remarqué, ajouta-t-elle avec un léger mordant qui rassura Ivan. Oui, vous avez des points communs. Mais ton visage porte aussi la rondeur des Daesans. Ton chignon en dit long sur laquelle des deux cultures prédomine chez toi. Tes yeux… je parie que les gosses se sont moqués de toi parce qu'ils étaient trop clairs mais pour moi, ils sont d'un brun bien plus chaleureux que le bleu ou le vert des vieilles familles vastanyanes.

Ivan sentit le rouge lui monter aux joues et il réalisa que c'était la première fois qu'ils parlaient de lui. Pas de ses lectures ou de ses opinions, mais de *lui*. Il garda la bouche close tandis que son esprit ruait pour que Yekatelina lui en dise plus.

— Et surtout, dans ta façon de voir les autres, de respecter les esprits, de considérer le travail, ton avenir, je peux te garantir que tu n'as rien d'un rejeton vastanyan.

Ivan sentit l'amertume percer dans la voix de la jeune femme et il préféra intervenir. Le moment était passé.

— Ici, c'est ton monde, non ?

— Le monde dans lequel j'ai grandi, oui. J'y retrouve tout : les commentaires frivoles, les faux-semblants, les petites phrases qui visent à montrer sa supériorité. Pendant dix ans, j'ai rêvé de retourner chez moi, de retrouver mes parents, mes amis. Mais il n'y aura jamais de retour possible. J'ai trop changé.

— Pour le mieux. Tu n'as plus à vivre dans ce jeu politique permanent, à mesurer chacune de tes paroles, à sourire à des gens qui t'indiffèrent. Même si tu ne t'en rends pas encore compte, même si tu crois qu'Elena et ton passé te retiennent, tu es libre. Et aimée.

Sa dernière phrase lui enflamma le visage mais Ivan continua. Yekatelina avait besoin de lui.

— Tu n'as qu'à parler pour que la Horde se mette en marche.

Yekatelina plongea son regard dans le sien. Elle avait l'air chamboulée. Elle ouvrit la bouche puis la referma. Finalement, elle baissa les yeux.

— Tu sais, Ivan, les gars de la Horde, moi… Nous ne sommes pas…

Soudain, une ombre se rapprocha d'eux, faisant crisser les gravillons qui parsemaient le sol. Yekatelina releva la tête, aux abois. Qu'allait-elle dire ? Qu'est-ce qui pouvait la bouleverser à ce point ?

— Yekatelina de Laeju ? demanda un page d'une voix mal assurée.

— Elle-même.

L'enfant soupira de soulagement, avant de se reprendre :

— Le voievod souhaite vous faire part de sa reconnaissance et vous invite à le rejoindre.

Le cœur d'Ivan bondit dans sa poitrine. Si vite ? Et l'ordre de la Table des Rangs ? Il s'était imaginé devoir attendre toute la soirée ! Ses mots… il avait préparé ses arguments pour convaincre le voievod de libérer Elena. Comment voulait-il commencer, déjà ?

— Si vous voulez bien me suivre, invita le page.

Yekatelina se tourna un instant vers Ivan avant de partir à la suite de l'enfant. Elle avait l'air plus déterminée que jamais. Elle qui arrivait à la conclusion de dix années de travail, elle n'hésitait plus. Ivan inspira un grand coup et se leva à son tour. Il tiendrait sa promesse : il ferait tout pour que son père accepte l'échange.

Ivan

Ils repassèrent par le vestibule. Ivan croisa le regard de Junsa et lui fit un signe de la main : le plan s'accélérait. « Elena ? » demanda-t-il du bout des lèvres. Le mercenaire fit non de la tête. Ils n'avaient pas encore repéré la jeune femme. Plus que jamais, les négociations qui allaient s'ouvrir seraient cruciales. Le page leur fit prendre un grand escalier qui menait du vestibule jusqu'à une galerie ouverte au premier étage, longeant la salle de bal. Les oligarques et leurs caquetages, si loin, si petits, semblaient dérisoires. Tout était une question de perspective, en fin de compte. Dans la foule, Ivan repéra Sukyi et Dekseon qui observaient les invités tout en s'empiffrant de mignardises.

Ils s'enfoncèrent dans un couloir attenant, passèrent devant une multitude de portes toutes identiques. Les lieux étaient déserts, à peine éclairés par quelques chandelles. Enfin, le page s'arrêta devant l'une des portes. Il frappa quatre fois et ouvrit le battant, qu'il referma derrière Yekatelina et Ivan.

Le voievod les attendait dans une pièce réduite, si on la comparait aux autres qu'avait vues Ivan. Il se tenait derrière un bureau couvert de liasses de papiers, indifférent aux tentations du banquet et visiblement en rupture avec l'étiquette. Son regard s'attarda un instant sur Ivan, dont le cœur jouait désormais la sarabande, avant de se fixer sur Yekatelina. Puis il se leva et effectua le salut militaire, la main en coupe sous la poitrine. Malgré lui, Ivan apprécia.

— Commandante, commença Radimov d'une voix grave, un peu rocailleuse, j'ai enfin l'honneur de vous rencontrer.

— L'honneur est pour moi, voievod, répondit Yekatelina, faussement obséquieuse.

— Je vous en prie, laissons de côté les politesses, j'en soupe déjà bien assez avec la cour. Allons nous asseoir.

— Si cela ne vous dérange pas, je préfère rester debout. L'habitude des champs de bataille, probablement.

Malgré son air affable, Yekatelina était tendue comme une corde prête à céder. Radimov hocha la tête et s'assit à demi sur son bureau. Il dépassait encore Yekatelina d'une demi-tête.

— Je tenais à vous remercier personnellement. Au cours des neuf années de conflit ouvert contre le Kalium, l'action de votre compagnie a été déterminante.

— J'ai fait ce que j'avais à faire, répondit Yekatelina froidement.

— Peut-être, mais vous l'avez fait avec brio. Tout comme la charge que vous avez menée lors de la reprise de Kastr.

Yekatelina parut vouloir répondre mais elle se ravisa. Elle fit un pas de côté et se tourna légèrement vers Ivan. Si c'était possible, le cœur de celui-ci accéléra encore. Il palpitait, frénétique, assourdissant. Ivan déglutit. Elle allait le faire... Putain, elle allait le faire.

— Les pertes n'auraient pas été aussi minimes sans le coup d'éclat de mon compagnon. Voievod, laissez-moi vous présenter Ivan Otolski, héros de la bataille de Kastr.

Radimov braqua aussitôt son regard sur lui. Ses yeux s'écarquillèrent à mesure qu'il parcourait Ivan de la tête aux pieds. Son corps massif se tendit vers lui jusqu'à se redresser. Tandis qu'ici, le silence s'éternisait, le vacarme de la fête, pourtant atténué par la porte et les tapisseries, sembla enfler, s'intensifier. Des cris leur parvenaient, aigus, presque stridents. Et le cœur d'Ivan battait toujours plus fort, toujours plus vite.

— Qu'avez-vous dit ? demanda enfin Radimov.

— Je vous présente Ivan Otolski, compagnon de la Horde Blanche et héros de la bataille de Kastr.

Petit à petit, la stupéfaction se transforma en certitude. La poitrine d'Ivan se serra. C'était lui. Ivan Radimov était son père, et il l'avait reconnu. Malgré le choc, une part d'Ivan s'agaça de la cacophonie qui continuait de leur parvenir, de plus en plus assourdissante. Ces aristocrates ne savaient donc pas se taire ?

— Où l'avez-vous trouvé ?

— Ivan nous a rejoints il y a quelques mois. Il est l'un de mes meilleurs hommes. Quelque chose ne va pas, voievod ?

Le regard de Radimov, d'un bleu plus lumineux que le ciel d'été, s'arracha du sien pour transpercer Yekatelina.

— Cessez cette comédie. J'ignore comment, mais vous l'avez trouvé. Que voulez-vous ?

— Rien que je ne puisse obtenir par mes propres moyens.

Que voulait-elle dire ? Tandis qu'Ivan l'observait, le silence s'abattit soudain dans le palais. À peine quelques instants plus tôt, le tumulte de la foule, percé d'éclats de voix, envahissait tout. Les invités n'avaient pas pu partir si vite. D'ailleurs, à bien y réfléchir, leurs cris avaient-ils semblé si joyeux ?

Quelque chose clochait. Ce silence, le calme satisfait de Yekatelina... Assailli par un mauvais pressentiment, Ivan sortit du cabinet et se précipita dans le couloir. Cette puanteur... Comme si les parfums entêtants avaient été pervertis, tordus, pour se rapprocher de quelque chose de beaucoup trop familier. Il atteignit enfin la coursive en hauteur depuis laquelle il avait observé la salle de bal, quelques instants plus tôt. Une bile acide lui remonta la gorge. Il se pencha par-dessus la balustrade et vomit.

À Kastr, il pensait avoir vu le pire : le sang qui engorge la terre ; les membres mêlés dans une charpie suintante ; les visages fendus, piétinés, défoncés, qui ne montrent plus rien d'humain ; les boyaux qui se répandent, parfois sur plusieurs pas ; et surtout, de toute part, l'odeur étouffante de la merde. Il s'était trompé. Car à Kastr, il n'y avait eu que des soldats.

Le salon de réception était jonché de cadavres mutilés. Mais cette fois, en plus des gardes, des hommes, des femmes, des enfants qui, quelques instants plus tôt à peine, se gaussaient et se pavanaient. Beaucoup s'amoncelaient devant l'estrade de la porte d'accès au vestibule, dans une vaine tentative de fuite. Le sang avait tellement coulé qu'une flaque écarlate grandissait au pied de l'escalier, centimètre par centimètre. Soudain, un cri transperça le silence poisseux. Pas un cri d'agonie. Ce cri, c'était celui d'un homme qui a perdu la raison. Ivan trouva l'homme à l'origine du cri à genoux. Près de lui, Daegi accroupi. Son rire s'entendait à peine sous les braillements déchirés de la victime, tandis qu'il maintenait son poignet plaqué au sol. Un index gisait, à quelques centimètres de là.

— Je crois qu'il est perdu, c'ui-là, ricana le mercenaire.

Ce sourire goguenard, ce rire léger… Pourquoi personne n'intervenait ? Où était Junsa ? Sukyi ? Chulhei ? Alors qu'Ivan fouillait la salle, son regard accrocha une silhouette familière à l'angle d'une table. Dekseon ! Il ouvrit la bouche, prêt à l'appeler, quand sa voix se figea dans sa gorge. Le pantalon du mercenaire flottait sur ses chevilles tandis que son bassin enchaînait des va-et-vient brutaux. Deux jambes nues, dont il avait calé les cuisses contre ses flancs, tressautaient mollement à chacun de ses assauts. À côté de lui, Sukyi observait la scène de l'air gouailleur qu'Ivan lui connaissait bien.

— Putain, t'es en train d'suriner un cadavre. J'savais qu't'étais un gros dégueu !

— L'est pas morte, abruti, ahana Dekseon. Et ça t'empêche pas d'bander, sale cochon.

Malgré lui, les yeux d'Ivan se détachèrent de la danse infâme des jambes pour se poser sur le bas-ventre de Sukyi. Une bosse déformait le pli de son vêtement.

— Non ! souffla Ivan.

Il y avait forcément une explication ! Il était en train de faire un cauchemar. Ça ne pouvait être que ça ! Son cœur martelant comme un damné contre son crâne, il scruta chaque coin de la pièce et l'entièreté de la situation le prit à la gorge.

Éparpillés dans le salon, quelques mercenaires arrachaient bagues et colliers aux cadavres, indifférents à ce qui se jouait. De l'autre côté de l'espace, Sanghoon agrippait la tête d'un homme par les cheveux. L'aristocrate ne pouvait détourner le regard. Il se débattait comme un diable mais une clé de bras l'immobilisait complètement. Ses cris cessèrent quand Taejun égorgea un gamin devant lui. Le sang s'écoula par intermittence de la déchirure béante qui ouvrait son cou, puis le petit s'effondra dans la flaque formée par ses humeurs et ses déjections.

Soudain, les entrailles d'Ivan se nouèrent. Non, il avait forcément mal vu. Pas lui. Lui, les femmes l'adoraient, non ? Il n'avait pas besoin de faire ça. Manipulés par la main de Seojeog, les yeux d'Ivan le trouvèrent et les doutes se brisèrent en mille morceaux. Junsa était là, étendu au sol, son beau visage rayonnant de tendresse. En dessous de lui reposait la boïarine, les pans de sa jupe brodée écartés de sa peau blanche, ses poignets cordés au-dessus de sa tête et attachés au pied d'un meuble. À quelques pas, appuyés contre le mur, gisaient son époux et l'enfant qui s'était caché dans ses jupes, leurs têtes penchées l'une vers l'autre. Sans leurs yeux vides et le filet de sang qui noircissait le menton du petit, on aurait pu les croire vivants. L'héritière avait le visage tourné du côté opposé, vers le reste de la salle, mais son regard était aussi vide que celui de sa famille. Sa bouche seule remuait, et les mots formés par ses lèvres s'insinuèrent dans les os d'Ivan : « Aidez-moi. »

Ivan recula. L'expression de Junsa, pleine de douceur tandis qu'il commettait le pire, ne cessait de le hanter. Junsa, qui l'avait soigné quand les autres l'avaient rossé comme un chien. Junsa, à qui il avait confié tous ses doutes, toutes ses peines. Junsa, à qui il avait sauvé la vie et qui avait sauvé la sienne. Pourquoi ? Ils étaient juste ici pour récupérer une gamine !

Soudain, Radimov déboula du corridor, poussé par Yekatelina. La jupe du commandant avait disparu, révélant en dessous son pantalon de monte. Une gaine vide était sanglée à sa cuisse. Elle plaqua le voievod contre la balustrade, la pointe de son coutelas enfoncée d'une phalange dans les reins de Radimov. L'homme devint plus blanc qu'un linge. Yekatelina resserra sa clé de bras.

— Regarde ! cria-t-elle en le bousculant. Regarde bien ! Quel effet ça fait, de voir sa famille massacrée ? Hein ? Quel effet ça fait ?

Radimov riva son regard à la scène macabre, tremblant de la tête aux pieds. Finalement, il s'arrêta sur ce qu'Ivan avait fui.

— Natalia ! Arrêtez ça ! Ce n'est qu'une enfant !

— Une enfant ? Oh, non. À quinze ans, quand chacun de tes hommes m'est passé dessus, oui, j'étais une enfant. Mais elle ? Elle a presque de la chance, Junsa est un gentilhomme. Tu devrais me remercier.

Au-delà du choc qui le paralysait, de la bile qui emplissait sa gorge, des cris d'agonie qui continuaient de se répercuter contre les murs, Ivan prit la mesure de ce que Yekatelina venait de dire. L'étendue de la vérité se révélait encore pire que ce qu'il avait imaginé. Il sut d'instinct qu'elle en parlait à voix haute pour la première fois depuis dix ans. Dix ans de souffrances, dix ans de déni, dix ans d'attente.

— J'ignore qui vous êtes, répondit Radimov, mais...

— Réfléchis !

Yekatelina le retourna brusquement et enfonça la pointe de son coutelas tout contre sa jugulaire.

— Je lui ressemble, pourtant. J'ai les mêmes yeux qu'elle.

Radimov la considéra un long moment puis la lumière sembla se faire sur son visage.

— Kaetneva. C'est impossible.

— Oh que si. Tu aurais dû mieux choisir tes sicaires.

Ivan tressaillit. Quelque chose ne tournait pas rond. Yekatelina voulait se venger du meurtre de sa famille, du viol qu'elle avait subi. Mais son objectif, c'était avant tout de récupérer Elena. Alors pourquoi affichait-elle le visage de quelqu'un qui a tout perdu ? Pourquoi n'abordait-elle pas tout de suite le sujet auprès de Radimov ? Et d'abord...

— Où est-elle ? demanda-t-il d'une voix blanche. Où est Elena ?

La bouche de Yekatelina se tordit en un sourire mauvais qu'il détesta aussitôt.

— Mais oui, voievod ! Explique donc à ton fils ce que tu as fait de ma sœur.

Radimov garda ses yeux rivés à ceux, déments, de la jeune femme. Ivan avait peur d'avoir compris. S'il ne se trompait pas, ce que cela impliquait... Yekatelina secoua violemment le voievod.

— EXPLIQUE-LUI !

Celui-ci l'observa encore, puis son regard glissa vers Ivan tandis que sa tête restait immobile, à la merci de la lame.

— Elle est morte.

Le monde s'effondra sous les pieds d'Ivan. Elena était morte ? Quand ?

— Elle est morte ! répéta Yekatelina. Tu me l'as enlevée et tu l'as laissée crever.

— Je n'ai rien pu faire ! Le Châtiment...

— Je me fiche du Châtiment !

Le Châtiment de Muwi ? Elena avait été victime de la même épidémie que Lev ? Elle était morte depuis trois ans, et Yekatelina le savait ? Elle le savait, depuis tout ce temps ! Mais alors... Son enlèvement, son plan pour l'échanger contre sa sœur, pour acheter sa collaboration ? La tactique de la passe d'Orghul Khan se rappela soudain à lui. La double embuscade, les mercenaires cachés dans les montagnes pendant des mois... Si elle avait été capable d'un tel plan pour une seule bataille, jusqu'où avait-elle pu aller pour une vengeance qu'elle préparait depuis trois ans ?

Sa demande de l'aider sur les comptes, leurs discussions nocturnes, ses sourires complices, toutes ces fois où elle s'était ouverte à lui... Le lendemain de la prise du fort, quand elle avait pleuré dans ses bras, le jour où elle lui avait révélé sa véritable identité, allongée tout près de lui. Jusqu'au voyage pour venir ici et cet instant privilégié, dans sa chambre... Tout ça n'avait-il été qu'un tissu de mensonges ? De manipulations ?

— Tu étais responsable d'elle ! continua Yekatelina.

— Et j'ai tout fait pour la sauver ! Je l'aimais comme ma propre fille !

Mais dans quel but ? Pourquoi avoir fait tout ça ? Pour se venger, pour massacrer la famille de Radimov, pour tuer le voievod, Yekatelina n'avait pas besoin de lui. Pourquoi être allée le chercher ? Pourquoi avoir menti, joué la comédie jusqu'à lui faire croire qu'il comptait pour elle, pour la Horde ? Pourquoi ?

— Tu mens ! cria Yekatelina. Mais tout ça sera bientôt de l'histoire ancienne.

Elle saisit Radimov par le col, le mit face à Ivan et le fit tomber à genoux.

— Tu sais tout, Ivan, dit-elle d'une voix douce, fiévreuse. Toute mon histoire, tout ce que cet homme m'a fait. Cet homme qui t'a abandonné sans l'ombre d'un remords, cet homme qui a profité des fastes de la cour pendant que tu trimais comme un chien. Cet homme qui a laissé crever une petite fille.

La lumière se fit soudain dans l'esprit d'Ivan. Tout devint si clair...

— Tu veux que je le tue.

Ce n'était pas une question. Yekatelina avait tout fait, tout mis en œuvre pour en arriver là. Pour qu'il la choisisse elle plutôt que son père. Et il l'aurait fait, si elle ne lui avait pas menti sur toute la ligne. Sans hésiter une seule seconde.

— Je voulais que tu participes. Que toi, son fils, massacres ses proches sous ses yeux comme lui a assassiné ma famille sous les yeux de mes parents. Mais tout a changé ! Je veux tourner la page, Ivan. Je veux quitter la Horde, laisser tout ça derrière moi, recommencer ma vie. Et toi... toi, tu pourrais m'accompagner ? On pourrait tout faire ! Acheter un hospodar, transformer sa politique, gouverner de façon éclairée. Tu pourrais suivre les idées de Toieski, comme tu l'as toujours rêvé !

Yekatelina souriait, les yeux brillants, les joues rouges. Ivan aurait tout donné pour la voir un jour ainsi, sans masque, offerte. À lui. Rien qu'à lui. Elle lui demandait juste une preuve de son engagement envers elle. Une invitation à la rejoindre dans l'Abysse. Pour cela, il n'avait qu'à tuer un homme qui n'avait pas hésité à massacrer toute une famille, à égorger des enfants. Mais le cri de terreur d'une femme s'éleva de la salle de bal.

— Les gens viendraient de tout le pays pour se construire une vie, continua Yekatelina. Ils...

— Arrête.

Sa voix fit l'effet d'une gifle. Yekatelina s'interrompit aussitôt, la bouche entrouverte.

— Si tu veux le tuer, libre à toi. Il est coupable. Mais eux ? demanda-t-il en pointant la salle de bal du doigt. Ils sont comme toi !

Sans lui laisser le temps de répondre, il s'élança vers l'escalier.

— Ne me trahis pas, Ivan ! Tu as juré ! Tu as juré !

La voix de Yekatelina faiblissait comme il s'éloignait d'elle. Oui, il lui avait juré et il avait été sincère. Il avait cru être capable de tout pour la sauvegarder de ses souvenirs, pour la tirer hors de ses cauchemars. Pour lui faire voir la lumière. Il n'avait pas compris alors qu'il était trop tard pour elle. Yekatelina était perdue, enfoncée dans les ténèbres jusqu'aux tréfonds de son âme. À vif. Tordue. Cela lui faisait mal à en crever mais il avait pris conscience de la réalité : il ne pourrait jamais rien pour elle.

Ivan

Ivan dévala l'escalier et surgit dans le vestibule. Les dorures, les lustres, les peintures, quelques instants auparavant si éclatants, étaient désormais éclaboussés de sang. La grande porte qui donnait sur l'extérieur était fermée. Devant gisaient les corps de ceux qui avaient tenté de fuir, les traits déformés par la peur. Un mercenaire, que tout le monde appelait Putois, était penché sur la mer de cadavres, les mains pleines de perles et de pierreries. Il se redressa et adressa à Ivan un sourire satisfait.

— Tu t'joins à nous ? Le commandant a pas menti, y a de quoi faire !

L'air goguenard, il leva les poings, exhibant son butin. La rage d'Ivan explosa. Poussant un cri de colère, il se jeta sur Putois et le renversa au sol. L'autre fut trop surpris pour se défendre. Sans lui laisser le temps de souffler, Ivan le cogna en pleine face une fois, deux fois, six fois. L'impact de ses phalanges contre les os et les dents lui fit un mal de chien, sur lequel il concentra toute sa haine. Bientôt, le mercenaire ne réagit plus, ramolli sous les coups. Vivant ou mort, Ivan l'abandonna sur l'une de ses victimes. Il repéra alors le coutelas glissé dans la ceinture de Putois. Celui-ci l'avait caché pour venir, comme les autres. Ivan s'était imaginé que les armes serviraient au cas où il aurait fallu emmener Elena par la force. Lui seul avait été floué sur l'objectif réel de ce voyage. Lui seul avait été assez con pour y croire. Pire : tous avaient su pour quelle raison ils étaient là.

Il attrapa la lame et se redressa. Devant lui, les poignées de la double porte avaient été nouées ensemble par une cordelette. Un mécanisme aussi simple avait suffi à condamner des dizaines de personnes. Ivan trancha le chanvre et poussa les battants vitrés. Il ignorait combien d'innocents en vie restaient dans le palais. À ceux-là, il offrait une sortie. Dehors, les deux gardes gisaient dans leur sang, affalés contre le mur. Ivan resserra sa prise sur son arme et fit demi-tour vers la salle de bal.

La porte couverte de dorures avait été fatale à la foule prise de panique. Les cadavres s'amoncelaient devant, les bras tendus vers la seule issue. On ne voyait plus trace du parquet sous les soieries déchiquetées et les cheveux empoissés de sang. L'estomac d'Ivan se serra, la bile menaça à nouveau de le submerger. Il déglutit. S'il voulait atteindre sa cible, il n'avait pas le choix. Il marcha sur les corps encore flasques, ignora le bruissement des étoffes, le sirupeux des flaques noires, le crissement des tresses sous ses bottes, les regards vides. Comme le parquet retrouvé craquait sous son poids, Daegi, accroupi, se tourna vers lui. Insoo l'avait rejoint. Le poignet de sa victime était toujours plaqué au sol. L'homme, le visage cireux, avait le regard fiévreux, absent. Un seul doigt était encore accroché à sa main. Les quatre autres gisaient plus loin, recroquevillés.

— Ah, Rang ! T'as raté quelque chose. Un cri différent pour chaque doigt, on aurait pu composer une symphonie ! Écoute-moi ça.

Le coutelas s'enfonça dans la chair de l'auriculaire. L'aristocrate rua, gémit comme un porc que l'on égorge. Daegi appuya davantage et le dernier doigt se décolla. Ivan bondit vers lui. Sans prévenir, il saisit le menton du mercenaire et fit glisser sa lame en travers de la jugulaire, déchira la gorge. Le sang se mit à pisser sur la victime prostrée à terre. Ivan rejeta le cadavre de son ancien compagnon en arrière.

— Rang, fit Insoo, qu'est-ce que tu…

Ivan plongea son coutelas droit dans le ventre et tira vers le haut de toutes ses forces. Un bruit de succion perla quand les fluides digestifs se répandirent au sol. L'homme fit un pas en avant. Ivan le poussa violemment.

— Aux armes ! cria quelqu'un.

Une partie des mercenaires s'interrompit pour se tourner vers lui. Un coup d'œil vers les cadavres de leurs camarades et ils comprirent. En quelques secondes, les poignards étaient dans les mains et les hommes progressaient vers lui.

— C'est bon, les gars, dit Dekseon en renouant son pantalon autour de sa taille, c'est Rang.

— Ton Rang, il vient d'trouer Pied pourri et la Paire !

Le regard de Dekseon se posa sur le visage d'Ivan, descendit jusqu'à la lame dégouttante et glissa vers les cadavres des mercenaires. Son ancien compagnon sourit mais le doute froissait son front.

— Ils ont dû lui sauter dessus, ces abrutis, intervint Sukyi. C'est ça, hein, Rang ? Tu t'es juste défendu.

— Ne me parle pas, avec ta sale bouche ! Tu t'es bien branlé, c'est bon ? Alors dégage. Dégagez tous. Le premier qui touche à un cheveu des survivants, je le plante.

Chulhei fit un pas vers lui, l'air menaçant.

— Tu le plantes ? Pour qui tu te prends ?

— Pas pour quelqu'un qui a besoin d'un cadavre pour prendre son pied.

— J'ai pas de leçon à recevoir d'un puceau !

Le mercenaire fondit sur lui. Ivan se jeta sur le côté et évita de justesse. Il attrapa une aiguière renversée à terre et la lança dans la direction de Chulhei. Le mercenaire l'esquiva d'une torsion du buste. Un sourire fleurit sur ses lèvres.

— Enfin un peu de résistance...

Ivan ramassa toute sa hargne. Parmi ceux qui lui faisaient face, il en avait côtoyé la plupart pendant des mois. Chulhei, Sanghoon, Taejun, Boram. Sukyi, Dekseon, Junsa... Il les avait respectés, ils avaient bu et joué ensemble, ils l'avaient traité comme l'un des leurs, il les avait aimés comme une famille. Mensonge, sur mensonge, sur mensonge ! Son cœur tambourinait à sa gorge, à ses tempes, le sang commençait à brouiller sa vision. Sauf qu'aujourd'hui, plus que jamais, il devait garder l'esprit clair. Se battre, tuer. Ne pas se faire tuer. Il récupéra un plateau d'argent et se redressa. Chulhei était l'un des mercenaires de l'unité de Yekatelina. L'une des plus fines lames de la Horde. Grand et plutôt musculeux, il se montrait agile. Et féroce. Ivan ne s'en tirerait pas facilement. Son adversaire se jeta sur lui, prêt à lui perforer le ventre. Ivan ramena le plateau devant lui et balaya l'attaque. Le coutelas se rangea le long de l'avant-bras et glissa vers son visage. Il se déroba en catastrophe et l'acier lui mordit la pommette et l'oreille. Le sang ruissela sur sa joue, étouffa une partie de son ouïe. Il balança son arme droit devant mais ne rencontra que l'air. Déjà, Chulhei avait reculé et se précipitait sur lui. Ivan n'était pas assez rapide pour affronter un tel adversaire. Il devait trouver un moyen d'employer sa force. Il recula pour repousser le moment du choc et jeta un coup d'œil dans la salle. Il devait coincer Chulhei et l'empêcher d'utiliser sa vitesse. Ce dernier arriva au contact. Ivan para comme il put. La lame attaqua son avant-bras et aussitôt, il poussa sur ses jambes pour se retrouver au plus près de Chulhei. Le poignard ennemi continua son chemin, trancha à vif dans ses chairs, brûlant. Ivan projeta son genou de toutes ses forces. Surpris, son adversaire eut à peine le temps de resserrer les jambes. Le coup lui laboura la cuisse et il vacilla. Ivan s'enfonça dans la brèche : il envoya le tranchant du plateau droit dans l'estomac de l'autre, qui se plia en deux. Une seconde après, il planta son coutelas dans la nuque et le tourna. Un craquement sinistre et Chulhei s'affala sur ses bottes.

Ivan se dégagea et regarda autour de lui. En haut, sur la coursive où il s'était tenu quelques instants plus tôt, Yekatelina et Radimov avaient disparu. Où était-elle ? Que manigançait-elle, encore ?

Près de lui, les mercenaires s'étaient regroupés en un cercle plus ou moins régulier et avaient observé le combat. Junsa gardait ses yeux noirs braqués sur lui. Son visage était lisse, comme s'il ne ressentait rien, comme si tout ce qui se jouait ici lui était extérieur. Quand les autres se resserrèrent autour de lui, son ancien ami ne bougea pas. La rage d'Ivan bouillonna. Le mouvement de ses adversaires lui fit détourner le regard. Junsa paierait. Mais avant, Ivan devait survivre.

Le doute avait été balayé du visage de Dekseon et de Sukyi. Ses compagnons d'hier étaient devenus ses ennemis et désormais, il était le leur. Les mercenaires étaient neuf. Ivan recula. Il ne pouvait pas se laisser encercler. Il avisa une table de banquet derrière lui, la nappe maculée de vin ou de sang. S'il pouvait la mettre entre lui et ses assaillants... Dekseon bondit vers lui. Ivan le cueillit d'un coup de pied brutal dans le ventre et le projeta au loin. L'homme percuta Sukyi. Ivan profita de la confusion pour faire volte-face et se précipiter derrière la table. Il se trouvait maintenant entre celle-ci et une vaste cheminée à linteau. Il fouilla le coin rapidement, à la recherche de n'importe quoi qui pourrait lui servir. Il avisa alors un trépied en fonte auquel pendaient un tison, un balai et une petite pelle. Il jeta les accessoires à la hâte, changea son coutelas de bras et se saisit du support. La tige, trop fine, ne tenait pas bien en main mais les trois pieds pesaient agréablement. Il se redressa juste à temps pour recevoir un second assaillant. De la main gauche, il écarta la lame qui fusait vers ses cotes et enfonça les pieds du support en fonte dans le crâne. Les coutures de sa chemise trop ajustée craquèrent sous la violence du mouvement. Il repoussa le cadavre d'un coup de pied, arrachant par la même occasion son arme de fortune. Des humeurs rosâtres s'épandirent sur la nappe plus vraiment blanche. Soudain, l'éclat du métal attira son attention. Ivan se baissa aussitôt et il sentit la pointe d'une lance racler contre le haut de son crâne. Aveuglé par la douleur cuisante, il éructa un cri de bête et jeta son arme improvisée à la figure de son assaillant. Il profita de ce que l'homme se protégeait pour s'emparer de sa lance et la lui planter dans l'œil.

— Maîtrise-le !

Derrière ! On essayait de le prendre à revers ! D'un geste moins vif, son profil droit aveuglé sous les bouillons de sang qui ruisselaient de son crâne, Ivan retira la lance et la balança derrière lui. Sukyi fit un pas de côté et évita le trait, qui alla s'éclater contre le mur. Ivan se tourna pour récupérer son trépied en fonte. Trop lent : le bras de Sanghoon fusa par-dessus la table, droit vers sa poitrine. Il eut tout juste le temps de pivoter. La pointe acérée lui transperça le triceps et ripa sur l'os. La souffrance le submergea. Il hurla à s'en déchirer la gorge, puis il tournoya sur la droite pour se défaire de la morsure de l'acier. Au lieu de le soulager, le coutelas, en se retirant, lui lacéra les chairs. Il ne pouvait pas perdre. Pas aujourd'hui, pas maintenant. Pas face à ces hommes qui l'avaient trahi et planté. Pas alors qu'elle l'avait manipulé sans l'ombre d'un regret. Aveuglé, asphyxié mais la rage au corps, il resserra ses doigts sur son arme de fortune et frappa.

Il sentit des os céder sous son attaque, il vit un bras se plier dans un angle étrange, il entendit beugler.

Soudain, une main se referma sur son poignet gauche et le tira violemment dans son dos à lui tordre l'épaule. Les douleurs qu'il traînait depuis Kastr explosèrent et il s'effondra sur les genoux. Le choc remonta dans chacun de ses os, fit pulser ses blessures à vif dans son triceps, son bras, sa pommette, son crâne. Une lame se posa sous son menton, le forçant à lever la tête, et une bouche s'approcha de son oreille :

— C'est fini, Ivan.

Junsa. Ivan ricana. La boucle était bouclée. Le mercenaire qui lui avait sauvé la vie allait maintenant la lui reprendre. Dans le fond, le temps retrouvait simplement son cours.

— Allez, lève-toi.

Junsa tira sur son poignet. C'était obéir ou se déboîter l'épaule. Pour crever de la même façon. Ivan mit un pied à terre et se redressa en vacillant. Junsa le poussa hors du recoin où il s'était battu. Il enjamba les cadavres de ses anciens camarades. Soudain, il la vit. Yekatelina l'attendait, droite. Elle lui adressa un regard plus froid que des congères. Il n'y avait plus rien de ce qui les avait liés, plus de respect, plus d'attachement. Elle lui était étrangère.

— « Je ferai tout pour toi. » C'est toi qui m'as tenu ces paroles, non ? Toi qui disais ne jamais me trahir. Que des mots !

— Comment tu as pu faire ça, Yek ? Après ce que les hommes de Radimov t'ont...

— La ferme !

Le manche du coutelas de Yekatelina s'écrasa sur le visage d'Ivan, faisant éclater sa lèvre et son nez. Il chancela.

— J'ai été stupide de croire que tu tiendrais parole. J'aurais dû savoir que, comme un chien, tu ne faisais qu'aboyer et que tu te tirerais la queue entre les jambes dès que j'aurais besoin de toi.

Dans le fond, c'était vrai : il n'était qu'un chien. Un putain de clébard qui avait agité la queue dès qu'il avait cru trouver un maître. Elle l'avait nourri, caressé dans le sens du poil, lui avait gardé une place au chaud près du feu. Lui avait tué pour la satisfaire, pour entretenir l'illusion qu'elle avait besoin de lui. En fin de compte, il méritait son sort.

— Tue-moi, qu'on en finisse.

— Te tuer ? Oh, mais ce serait beaucoup trop facile, Ivan. Tu m'as trahie et ça, je ne suis pas près de l'oublier.

Ses mots étaient pleins de fiel, cruels, mauvais. Cette femme n'était qu'un boucher, un bourreau. Alors pourquoi une pointe de tristesse continuait-elle de filtrer à travers ses yeux verts ? Pourquoi cette impression de solitude ? Un mercenaire déboula soudain dans la salle de bal.

— Les renforts arrivent.

— Combien ?

— Une quarantaine. Kirine à leur tête.

— Vous l'avez laissé fuir ?

— Il était pas là quand on a attaqué.

— Enfoiré ! jura Yekatelina. Allez, on se casse.

Elle jeta à Ivan un dernier regard plein de colère puis fit un signe du menton. La lame de Junsa se détacha de sa gorge et un coup de pommeau s'enfonça dans sa nuque. La silhouette de Yekatelina glissa sur son champ de vision tandis qu'il s'écroulait à terre et sombrait.

Ivan

Des cheveux blonds empoissés de sang, des membres tranchés sur le parquet marqueté, des soieries en lambeaux. Le visage de ses frères d'armes, le pantalon sur les chevilles de Dekseon, le sourire tendre de Junsa. Des montagnes de cadavres, ses pieds qui trébuchent sur la chair molle, le sang sur ses mains. Le regard vide de la boïarine, une lame écarlate sur la gorge d'un gamin, des projections roses sur une nappe blanche. Des jambes nues qui se balancent, Junsa qui le toise, une flaque de sang qui grandit sans s'arrêter. *Elle*. Son visage plissé de haine. Son regard glacial. Sa silhouette qui lui tourne le dos.

Et du sang. Toujours plus de sang. Sur les murs, sous ses pieds, sur les robes, les chemises, les peaux blanches. Du sang qui étouffe les sons, du sang qui recouvre sa vision. Du sang qui envahit sa bouche, son palais, ses poumons.

Le goût métallique submergea ses sens tandis qu'un liquide épais coulait dans sa gorge. La flaque écarlate continuait de s'étendre, s'accrochait à ses bottes, enserrait ses cuisses. Il allait étouffer ! La bile remonta de son estomac et il se tordit sur le côté, régurgita le liquide mêlé de vomissures. Écarlates. Aussitôt, la douleur explosa.

— Va prévenir le seigneur.

Un bruit de vaisselle, un froissement d'étoffe, le claquement métallique d'une porte qui s'ouvre et se referme. Où était-il ? Ce plafond, aux moulures complexes, pourquoi était-il si clair ? Et pourquoi se sentait-il si faible ? Péniblement, Ivan tourna la tête.

Un homme se tenait à côté de son lit. Un médecin, d'après sa coiffe et son kwaeja, sa veste sans manches, immaculés.

— Vous devez rester tranquille. La fièvre est enfin tombée mais vous avez perdu beaucoup de sang. Heureusement, Minjeong a pu vous faire boire de la soupe de sang de bœuf.

L'homme continua à lui parler mais déjà, Ivan ne l'écoutait plus. Son regard, comme submergé d'étoiles, papillonnait sans réussir à se fixer. Il était allongé dans un vaste lit moelleux, bordé dans un édredon épais. Son bras droit avait été pansé, tout comme son avant-bras gauche et son crâne. Pendant ce temps, les souvenirs continuaient de l'écraser comme une masse, les mêmes qui l'avaient assailli dans sa fièvre. Yekatelina, le massacre, les gars, leur combat.

La porte s'ouvrit à nouveau. Une large et haute silhouette s'encadra dans l'ouverture. Radimov. Vivant. Ivan tourna son regard vers le plafond.

— Merci, Byeonghyo.

Le médecin se retira en silence.

— Tu te réveilles enfin, continua le voievod.

— Et vous, vous vous en êtes tiré.

— Grâce à toi.

Ivan ricana. La réaction tira douloureusement sur ses contusions, emplit son crâne encore embrumé.

— Je crois que vous n'avez pas bien compris l'intention. J'ai laissé Ye… Kaetneva disposer de vous. Vous auriez mérité votre mort.

Les talons de Radimov résonnèrent sur le parquet. Il attrapa un fauteuil et s'installa au chevet d'Ivan.

— Si, j'ai bien compris. Ta… défection l'a perturbée, je crois. Elle s'est contentée de m'entailler et de me laisser sur place.

Ce faisant, il ouvrit sa tunique pour révéler le bandage qui faisait le tour de sa poitrine.

— J'ignore si elle espérait encore te convaincre de me tuer ou si, dans le fond, ma mort ne lui importait plus tant que ça. Quand les renforts sont arrivés, elle s'était envolée et toi, tu gisais parmi les cadavres.

— On est toujours à Ankeo ?

— Oui.

— Est-ce qu'il y a des survivants ?

— Plus que ce que j'espérais. Les invités qui ne se trouvaient pas dans la salle de réception ont réussi à rester cachés. Pour les autres…

— La boïarine ?

Le visage de Radimov, jusqu'alors grave, se fit plus sombre encore.

— Elle vit. Mais elle ne s'alimente plus.

Ivan fixa obstinément le plafond. La culpabilité le dévorait. S'il avait refusé d'aider Yekatelina, s'il avait compris dès le début la teneur de son projet, aurait-il pu l'arrêter ? Les dernières paroles de Kisang tournèrent dans sa tête. « Fais attention à toi. N'obéis pas aveuglément à ses ordres. »

Kisang savait-il, lui aussi ? Avait-il essayé de le prévenir ? Ivan n'avait rien écouté. Il avait suivi Yekatelina pleinement. Maintenant, une autre jeune femme devait affronter la réalité et enterrer le cadavre d'un mari et d'un enfant. Sans parler des autres victimes.

Mais Ivan ne pouvait rien pour elles. Le mieux qu'il pouvait faire, c'était disparaître et les laisser se reconstruire. Il n'y avait qu'un seul endroit où il pouvait aller désormais. Où il pouvait retourner.

— À combien de jours de marche sommes-nous d'Hewa ?

Son âme était trop sale pour rester auprès de Saejin. Il avait tué sans remords, pour des illusions, des mensonges, et il en avait été heureux. Mais il lui devait au moins des excuses. Il l'avait abandonnée car il avait cru trouver sa place dans une compagnie d'assassins. Comment avait-il pu être aussi stupide ? Tout ce qu'il espérait, c'était que la petite fille vivait encore à Hewa et qu'elle accepterait de lui parler. Sinon, il lui laisserait simplement ses vastas d'or. Son bonheur était aujourd'hui l'unique chose qui comptait à ses yeux.

— Ivan…, dit Radimov.

— Otolski, corrigea Ivan. Ne faites pas comme si vous me connaissiez.

— Je ne voulais pas t'abandonner. Lev m'a raisonné. À l'époque, je venais à peine de succéder à mon père. Moi, le cadet de tous ses enfants. Moi, le vagabond que personne ne pensait revoir au palais. Avouer la naissance d'un enfant hors mariage, c'était nous condamner tous les deux. Tu portes mon prénom. Toi seul.

— Vous avez laissé tomber Lev. Vous savez ce qu'il a enduré, sans soutien politique, sans crédibilité ? Vous savez comment il est mort ? Est-ce que vous savez seulement quand ?

— Non ! Non, je ne sais rien et ça me tue un peu chaque jour ! Mais il ne m'a pas laissé le choix, il ne m'a jamais laissé le choix.

La douleur passa sur le visage de Radimov comme une vague.

— Je vous aidais, les premières années. Puis mon second fils, Alyosha, a été assassiné quand il a eu trois ans. Lev a fait en sorte que personne ne puisse vous retrouver. Pas même moi. Je lui en ai voulu, si tu savais à quel point ! Mais il a pris la bonne décision. Depuis la cour, je n'aurais pas pu assurer ta sécurité. Quand je t'ai vu… je t'ai reconnu tout de suite. Tu es presque aussi grand que moi, mais tu as les yeux en amande de ta mère. Elle serait…

— Cessez ça.

La voix d'Ivan s'était élevée, cassante, sèche. Radimov se figea.

— Je ne suis pas votre fils, je ne le serai jamais. C'est Lev qui m'a élevé, Lev qui m'a appris ce que je sais, Lev qui a fait de moi celui que je suis devenu. Vous n'avez aucune place là-dedans, encore moins avec le sang que vous avez sur les mains.

Radimov allait répliquer mais Ivan lui coupa la parole. Yekatelina l'avait manipulé sans la moindre hésitation, mais Ivan savait que sur ce point, elle avait dit la vérité. Ses yeux dévorés par la terreur n'avaient jamais menti.

— Ne niez pas. Ce qu'a fait Kaetneva est innommable, mais rien de tout ceci ne serait arrivé si vous n'aviez pas exécuté sa famille. Sans parler de ce que vous avez fait à une petite fille innocente.

— Je suis coupable de bien des méfaits, mais j'ai traité Elena comme ma propre fille.

Ivan claqua sa langue contre son palais.

— Ne me faites pas croire que tout cela est le fait d'un père en manque de descendance. Pourquoi ? Pourquoi avoir perpétré de tels massacres quand vous auriez pu conclure une alliance avec les Kaetnev ? Pourquoi avoir gardé une enfant en otage ?

Radimov s'enfonça dans sa chaise.

— J'ai bien tenté une alliance. Pour assurer un niveau de vie décent à mes sujets, j'ai besoin d'un accès à la mer. Les Kaetnev m'ont extorqué pendant des années. Ils prenaient n'importe quel prétexte pour augmenter les taxes portuaires : une inondation, un typhon, une canicule… S'ils avaient au moins utilisé l'argent qu'ils me prenaient pour leurs sujets, j'aurais continué à payer. Mais mes gens m'ont rapporté la misère, les sévices, les exécutions gratuites, les emprisonnements des opposants politiques.

— Et cela justifie des meurtres ? Des viols ?

Radimov s'apprêtait à répondre mais il referma la bouche. Il eut l'air soudain épuisé.

— J'y ai pensé chaque jour que Bor a fait, chaque fois que je voyais le visage d'Elena. Quand j'ai appris la façon dont les événements se sont déroulés, ce que Sofiya Miloslavovna avait subi, je suis entré dans une rage noire. Mais il était trop tard… Elena n'en a jamais rien su. À l'origine, elle devait épouser mon neveu pour assurer la fidélité de mes clients au Laenam, mais après avoir découvert la vérité, j'y ai renoncé. Elle méritait d'être heureuse.

Il marqua une pause, plongé dans ses pensées. La colère d'Ivan ruait dans sa poitrine, menaçait de le submerger, d'engloutir la fatigue qui le clouait au lit.

— La culpabilité me rongera jusqu'à la fin, lâcha enfin Radimov avant de se redresser. Pour autant, je ne regrette rien : les gens du Laenam et du Jeonam étaient à l'agonie. Je ne pouvais pas fermer les yeux ! Et grâce à la manne rapportée par le port de Laeju, j'ai enfin les moyens de réaliser l'utopie que Lev et moi avions imaginée.

C'était le mot de trop. La colère d'Ivan déferla.

— Ne mêlez pas Lev à ça ! Il n'aurait jamais approuvé. Jamais !

Une tristesse profonde glissa sur le visage de Radimov.

— Non, je le sais bien…

Ivan ne voulait plus l'écouter, ne voulait plus chercher à comprendre ses raisons, ses excuses. Cela l'effrayait trop. À sa place, jusqu'où serait-il allé pour atteindre son objectif ? Jusqu'où avait-il déjà été, pour Yekatelina ? À quel point ressemblait-il à ce père honni ? Il refusait d'y réfléchir.

— À combien de jours de marche sommes-nous d'Hewa ?

— Pourquoi Hewa ?

Si cela était possible, son visage s'était défait davantage.

— Répondez simplement à ma question.

— C'est que… Hewa n'est plus.

Pardon ? Ivan observa Radimov, son visage livide, son expression consternée, et il ricana. Le voievod n'avait rien trouvé de mieux pour le retenir ? Les Vastanyans étaient tous les mêmes. Tricheurs, manipulateurs, fourbes. Menteurs.

— Vous ne me retiendrez pas.

— Tu te trompes sur mes intentions. Hewa a été attaquée il y a quatre jours. La fièvre t'a terrassé pendant près d'une semaine. Ankeo n'était que la première cible de la Horde Blanche. Kaetneva veut détruire tout ce qui compte pour moi, comme j'ai détruit tout ce qui comptait pour elle.

Un homme pouvait-il mentir aussi bien ? Oui, il avait eu la preuve que oui. Pourtant…

— Hewa… attaquée ? Quels quartiers ?

— Je ne sais pas. Les hommes que j'avais envoyés ne sont pas revenus. Je prépare…

Malgré l'épuisement qui faisait comme une chape au-dessus de son corps, Ivan mobilisa toutes ses forces et rejeta l'édredon de plumes. La douleur explosa dans son bras d'arme, vive comme au premier jour. Près d'une semaine… Hewa dévastée… Saejin… Il se leva. Ses genoux se dérobèrent et il se rattrapa au montant du lit. Sa tête pesait une tonne, la chambre tournoyait autour de lui.

— Iv… Otolski !

— Un cheval, grogna-t-il. Vous me devez bien ça !

— Tu dois garder le lit ! Le médecin…

— Je me fiche de votre médecin. Menez-moi à un cheval.

— Avale au moins quelque chose. Tu n'as bu que de la soupe. Tu dois manger du foie, du chou, quelque chose de consistant.

— Non !

Ivan écarta le bras de Radimov d'un geste rageur. Il sortit de la chambre en vacillant, émergea dans un couloir percé de fenêtres, se tint au mur. La servante qui attendait dehors cria de panique en le voyant débouler presque nu.

— Trouvez-lui des vêtements et emmenez-le aux écuries, fit la voix de Radimov par-dessus son épaule. Et prévenez Byeonghyo.

La servante acquiesça malgré sa terreur.

Une éternité plus tard, Ivan était affalé sur Furieuse, le palais d'Ankeo, ses cadavres et son père derrière lui.

Ivan

Chaque cahot de sa monture ravivait les douleurs dans ses bras et dans son crâne. Ivan avait l'impression d'être un sac de riz brinquebalé de tous les côtés. Il n'avait plus assez de force pour amortir les chocs en serrant les genoux, tout juste arrivait-il à se maintenir en selle. Les tranches de sang coagulé et les parts de foie sauté qu'on avait fourrées dans ses fontes apaisaient à peine sa fin. Il avait envie de dormir. Tellement envie… Une décharge d'adrénaline le ramena à lui alors qu'il piquait dangereusement du nez. Il frissonna. Il pleuvait sans discontinuer depuis son départ. Par-dessus son pantalon de cour et sa chemise à jabot lavés et reprisés, il portait un manteau de soie fourni par la servante. Malgré son col relevé, l'eau de pluie dégoulinait le long de son échine, poisseuse. Furieuse, aussi épuisée que lui, avait ralenti l'allure. Il la talonna jusqu'à ce qu'elle accélère.

Les premiers temps, il avait traversé les collines escarpées de l'ouest du Jeonam. Sur son passage, les paysans se recroquevillaient en frissonnant. Il avait pris conscience de son aspect, ses bandages maculés de sang sec, son nez et sa lèvre tuméfiés, ses cheveux défaits, trempés et sales. Il s'était arrêté parfois devant des tavernes et avait attendu jusqu'à ce qu'on lui indique la direction du lac Aryang d'un doigt tremblant. Hewa se trouvait sur le chemin. Ivan repartait alors sans demander son reste. Il lui semblait que désormais, le fossé entre lui et les gens du commun était impossible à combler.

Alors que Furieuse allait d'un pas irrégulier, il perçut soudain une agitation inhabituelle. Les voix qui ponctuaient la route s'entrecoupaient de cris brefs, de pleurs retenus, de pas traînants. Ivan se tendit autant qu'il le put, ses sens en alerte, et il les vit. Quelques personnes étaient recroquevillées sur le côté de la route. Un homme portait un petit baluchon noué autour du cou, certains se serraient les uns contre les autres. Une femme, les bras refermés sur ses genoux, se balançait d'avant en arrière. Ces regards emplis de terreur, Ivan les connaissait bien. Il les avait vus chez les victimes des brigands qui avaient pillé son village, dix années auparavant. Il les avait vus chez les rares survivants d'Ankeo, quelques jours plus tôt. La colère brûla à nouveau en lui, aussi ardente qu'en cette nuit d'horreur malgré la fatigue. Il avala la distance qui le séparait du petit groupe.

— Que vous est-il arrivé ?

L'homme ne réagit pas, le regard mort. Les trois personnes qui se tenaient les unes contre les autres se mirent à trembler de plus belle, leurs gorges s'emplissant de nouveaux cris. La femme cessa ses balancements et rampa vers l'arrière de façon frénétique, les yeux écarquillés par la terreur.

— Je ne vais rien vous faire ! Que s'est-il passé ? Vous venez d'Hewa ? Répondez-moi ! gronda-t-il.

Déjà, le souffle lui manquait, comme s'il venait de fournir un effort immense.

— Laissez ces pauvres gens, fit une voix dans son dos.

Ivan se tourna vers l'inopportun. Un petit groupe d'hommes armés et montés s'était arrêté sur la route. Ils n'appartenaient pas à l'armée régulière – ils n'en avaient pas l'uniforme. Probablement des soldats au service d'un noble local. Les jambes de leurs chevaux étaient maculées de boue noire jusqu'aux genoux.

— Vous savez quelque chose ? demanda Ivan aux nouveaux venus.

— Les champs ont été brûlés sur plusieurs hectares, Gunwi et Hangwon pillées. Une boucherie. Ces pauvres gens ont dû voir l'Abysse.

— Qui a fait ça ?

— On ne sait pas. Certains disent avoir vu la Putain Blanche mais à mon avis, ce sont des fadaises de paysans. La Putain travaille pour le voievod.

Plus maintenant. Sans prendre la peine de répondre, Ivan adressa un hochement de tête au cavalier et talonna sa jument. Le spectacle qui s'offrit à ses yeux quand il atteignit le sommet du talus lui écrasa les tripes. Aussi loin que portait sa vue, la pluie crépitait sur une mer de cendres. Les champs, dorés quelques jours plus tôt, étaient plus sombres que du charbon, éventrés par un ruisseau de fange noire.

La route descendait jusqu'aux ruines fumantes d'un hameau. De là où il se tenait, il devinait les formes des corps, le hâle d'un bras, la blancheur d'une jambe. Au loin, derrière les collines qui enveloppaient le village dévasté, montaient trois colonnes de fumée d'un noir funeste. La pluie rabattait les volutes grasses vers les cadavres qui jonchaient probablement le sol.

Soudain, le sang d'Ivan se glaça. Cette colonne épaisse, au nord… Étant donné sa position, ça ne pouvait venir que d'un endroit… Il enfonça ses talons dans les flancs de Furieuse, frappa sa croupe. Peu lui importait que lui ou la jument soient épuisés. Il devait savoir.

Ivan

Ivan plaqua le pan de sa manche sur son nez. La puanteur était insoutenable, mélange âcre de paille et de bois carbonisés, de chairs brûlées, de tripes répandues et de pourriture. Parmi les cadavres, nombre de soldats en uniforme jonchaient les rues. La garde d'Hewa avait tenté de défendre les quartiers assaillis, en vain. Les marques des ravages entachaient tout le faubourg nord et est ainsi que le centre. Quelques rescapés hagards erraient entre les murs calcinés, peut-être à la recherche d'un proche ou de leurs derniers biens. Si d'autres avaient survécu, ils se terraient dans les parties préservées de la ville ou avaient fui : les charpentes noires étaient froides, la cendre s'était amalgamée sous la pluie qui tombait en continu depuis des jours, les asticots s'agitaient sous les dépouilles raides. Au milieu de ce spectacle morbide, des hommes et des femmes, parfois quelques enfants, allaient furtivement de maison en maison, de cadavre en cadavre. Un couteau ou un marteau en main, ils fourraient leur misérable butin dans leurs sacs : les bijoux et objets de valeur avaient disparu depuis longtemps. Les pilleurs trop lâches ou trop faibles pour venir plus tôt se contentaient des vivres laissés par les autres, des ceintures et des bottes, des fourrures mitées.

Ivan serra les dents devant ce tableau immonde et continua son trot. Le pillage avait eu lieu trois jours après les événements d'Ankeo. Étant donné la distance, la Horde avait dû foncer jusqu'ici. Les autres mises à sac n'étaient qu'une suite. Pour quelle raison ? Ivan craignait de connaître la réponse. L'angoisse lui écrasait la poitrine, son esprit hurlait au point de l'assourdir. En nage, le cœur tambourinant dans ses veines, il déboula dans sa rue. Même s'il s'y était attendu, l'état dans lequel il la trouva lui liquéfia les entrailles. Les portes béaient hors de leurs rails, les flammes avaient léché certains murs en brique, l'eau ruisselait à l'intérieur de demeures vides.

Et surtout, la porte de Saejin était éventrée. Il se laissa tomber au bas de Furieuse et se traîna vers la maison défigurée.

L'intérieur était dévasté. Le coffre avait été ouvert et vidé, son contenu répandu à même le sol. Sans même y prêter attention, Ivan nota qu'il ne restait presque rien de ses vêtements et de son matériel de couture. Sa table basse avait été renversée près du mur du fond. Seul l'autel aux ancêtres était resté intact. Dans tout ce fatras, nulle trace de Saejin.

— Tu es chez ta maîtresse, hein ? Oui, forcément.

Tandis que la panique montait en lui, ses yeux balayèrent à nouveau la pièce. Le coffre, les quelques sous-vêtements froissés, le lit défait, la table posée sur la tranche. Quelque chose clochait… Rien n'était à sa place et pourtant, le désordre semblait organisé. Le coffre qui se trouvait normalement sur la gauche, pourquoi un pillard se serait-il embêté à le déplacer vers le fond de la pièce ? Et la table, n'était-elle pas parfaitement alignée avec le coffre ? Son regard glissa vers le sol et soudain, il ne vit plus que ça. Une tache d'un brun sombre perlait sur le plancher de hanji huilé. Les traînées noires formaient une flaque qui semblait partir de sous la table. Ivan fit un pas à l'intérieur et l'odeur malsaine de miasmes lui sauta au nez. Médusé, il fit un nouveau pas en direction de ce qui ne pouvait être autre chose qu'une tache de sang séché. Il se jeta soudain vers le fond de la pièce et arracha la table, le souffle court.

Elle était là.

Étendue comme une poupée, sa tresse au-dessus de son épaule, ses paupières closes. Elle aurait pu être endormie, sans les veines sombres qui striaient la peau de son visage et de ses mains, sans les mouches qui s'accrochaient à ses yeux, aux coins de sa bouche. Ivan rejeta le coffre et s'agenouilla dans une flaque de sang sec. Saejin… Il passa son bras sous les épaules de la petite fille et le retira aussitôt. Le cadavre s'affala mollement sur le sol. Dérangées, les larves échappées du corps s'enroulèrent sur elles-mêmes. Non ! Ce n'était pas réel. Il était en train de faire un cauchemar. Il hallucinait encore dans le palais d'Ankeo, terrassé par la fièvre. Il dormait et il allait se réveiller. Forcément ! Saejin était bien en vie, ailleurs, loin d'ici. Et pourtant… ces stries noires sur ce visage… C'était réel, n'est-ce pas ? Un sentiment d'impuissance broya ses tripes, écrasa son estomac, fit remonter la bile dans son œsophage. Il se redressa, fit un pas en arrière. Son pied écrasa alors un objet mou et son sang se figea. Cette sensation… s'il y avait eu des morceaux de cadavre ici, il les aurait forcément vus. Ça ne pouvait être ça. Comme si son corps lui refusait la vérité, il força sur sa nuque pour baisser le regard. Des cheveux bruns dépassaient de sous sa semelle. Des cheveux… de soie. Ivan recula aussitôt : un reste du norigae de Saejin gisait au sol. Tout l'ornement d'argent et de corail avait été arraché, ne laissant que le gland de fil rouge, maculé de sang. Il tomba à genoux et ramassa le bijou. Malgré lui, des larmes affluèrent. Des larmes de colère. Contre Yekatelina, contre Radimov, contre le monde entier, contre lui. Qu'avait-il fait ? Pourquoi n'était-il pas revenu avant ? Pourquoi avait-il suivi la Horde, abandonné celle qui lui avait été plus chère qu'une sœur ? Pourquoi n'avait-il pas pu retenir les mercenaires, dans le palais d'Ankeo ? Pourquoi n'avait-il pas obéi à Yekatelina ? Pourquoi avait-il commis tant d'erreurs, tant de mauvais choix ? Il aurait suffi d'une seule bonne décision et Saejin serait encore en vie !

Ivan resserra son poing sur le norigae. Pourquoi n'avait-il pas tué Yekatelina quand il en avait eu l'occasion ? Il avait eu tant de possibilités : dans sa tente, dans sa chambre d'auberge, le soir du massacre… « Cesse d'être lâche ! » Les mots de Saejin, la dernière fois qu'il l'avait vue en vie, lui firent l'effet d'une gifle. Un lâche… Il n'avait jamais cessé de l'être, malgré les illusions dans lesquelles il s'était immergé. Un lâche et un abruti. Par Bor et tous les esprits, s'il avait eu ne serait-ce qu'une once d'intelligence, il aurait pu tout éviter. La mort de Saejin, le massacre d'Ankeo, les tueries qui continuaient.

Instinctivement, sa main alla chercher son pendentif à l'effigie de Seojeog. Au lieu de l'objet en argile, ses doigts se refermèrent sur la tête taillée avec finesse dans le bois. Le cadeau de Junsa. Un feu profond naquit dans ses entrailles.

Il attacha le norigae au lien de sa tête de Seojeog et glissa le tout à l'intérieur de sa chemise, contre sa peau. Avant toute chose, il ne pouvait pas laisser Saejin dans cet état. Il fouilla ce qui restait de la demeure et dénicha une réserve d'alcool de riz et un briquet. Il retourna alors auprès du corps de son amie d'enfance et tourna avec douceur ses paumes vers le ciel. Il fouilla sa bourse pour payer les grues de Muwi et ses doigts tombèrent sur l'un des deux vastas d'or donnés par Yekatelina. Par cette pièce, Ivan avait commencé à entrer dans le jeu de cette femme. Par cette pièce, il s'était détourné de Saejin. Il ne voulait pas payer le passage de l'âme de Saejin avec ça. Il obtiendrait un autre paiement. Il rangea le vasta et versa l'alcool sur le corps de son amie. Un coup sur la pierre à feu et les flammes commencèrent à lécher le chanvre, à en dévorer les broderies.

Ivan observa le feu engloutir la chair de la petite fille puis, avide, gagner les poutres et les parois de papier. Oui. Que tout brûle. Que tout disparaisse. Ivan Otolski ne serait bientôt plus, parti en fumée avec son passé.

Il n'était qu'un chien, ne l'avait-elle pas dit ? Un chien qui poursuivait une proie. La Horde paierait le passage de Saejin. Il en faisait le serment.

Le Chien

— Laissez-moi entrer, répéta le Chien.

— Tu t'es pris pour qui, bouseux ? Tu crois qu'il suffit de débarquer devant les portes et de demander à voir le voievod pour qu'il apparaisse devant toi ? Si tu as des doléances, attends que les séances journalières reprennent.

Le Chien leva la tête. Au-dessus de lui se dressait la façade monumentale du château de Jeoju. Aucun ornement ne venait l'égayer : la demeure des Radimov avait tous les attributs de la forteresse. Des murs épais et lisses de presque vingt mètres de haut, taillés dans la pierre grise et bon marché que l'on trouvait dans la région ; un fossé, jonché de déchets et de ronces, qui deviendrait un vrai bourbier en cas d'assaut ; deux grilles en fonte pour barrer l'unique entrée, qui pouvaient être abaissées en un clin d'œil. Le parfait abri pour se terrer comme un lâche.

Car que faisait Radimov, depuis dix jours que le pays était à feu et à sang ? Rien. Le soir du carnage, il était resté à genoux. Cet homme, qu'Ivan avait si longtemps admiré, était de cette trempe-là. Un lâche. À croire que c'était un trait de famille…

Est-ce que lui ou l'un de ses conseillers était en train de l'observer par l'une des petites ouvertures percées dans la façade ? Le Chien ramena son regard sur l'un des quatre gardes qui lui barraient la route.

— Otolski. Dites-lui simplement ça et il viendra. C'est pas trop compliqué pour vous ?

— Baisse d'un ton ! répondit le garde en posant une main sur le manche de sa matraque.

— Je n'ai pas de temps à perdre avec vous.

La colère toujours bouillonnante dans ses entrailles, le Chien dégagea le merlin qu'il avait récupéré des décombres de son logis. En temps normal, quatre gardes armés de gourdin ne feraient pas le poids. Combien d'hommes avait-il abattus, lors de la bataille de Kastr ? Combien, dans le palais d'Ankeo ? Mais en dépit des jours écoulés et des aliments riches fournis par le médecin, la fatigue continuait de le harasser. Il évita le premier coup d'un pivot sur sa jambe d'appui et se servit de ce recul pour prendre de la vitesse. Du bras gauche, le moins amoché des deux, il envoya le manche de son arme droit vers le ventre de son agresseur. Le bois enfonça la cuirasse de papier hanji. L'homme s'effondra, les yeux écarquillés, un cri silencieux au bord de ses lèvres grandes ouvertes, pas près de se relever. Faisant de son mieux pour masquer l'essoufflement qui le diminuait déjà, le Chien se tourna vers les autres, immobiles, les yeux rivés sur leur camarade.

— Menez-moi auprès de Radimov !

— Allez, les gars ! beugla soudain l'un des hommes. Il ne peut pas nous tuer sans être condamné à mort, et il le sait ! Encerclement et attaque simultanée !

Le Chien serra les dents. Il n'avait pas de temps à perdre. Ces hommes n'étaient rien de plus qu'une merde collée à sa semelle. S'il voulait vraiment entrer, il allait devoir franchir la grille avant que l'alarme soit donnée. Il contrôla la position de ses adversaires et fonça sur celui resté droit devant. D'un revers de son merlin, il l'envoya valdinguer et continua sa course. Soudain, il s'arrêta net : un trait passa juste devant son visage et vint s'éclater sur les pavés. Il leva les yeux au ciel et vit un soldat penché à la fenêtre, un arc à double courbure dans les mains. Il rechargeait. Le Chien s'appuya de toutes ses forces sur ses jambes, prêt à bondir pour reprendre sa course vers la grille, quand une douleur vive le faucha au creux des genoux. Il tomba net, s'explosa les rotules sur le parvis et se mordit la langue sous le choc. Il clignait des yeux pour en chasser les larmes lorsqu'un coup de matraque le cueillit en plein sur la nuque. La violence le projeta au sol et il s'effondra, la vue emplie de taches sombres, les oreilles sifflantes, le sang palpitant dans son crâne et la plaie dans son biceps rouverte. Au milieu de la douleur, du vacarme assourdissant, il entendait comme à travers une gaze de lin.

— Sergent, ce type, je l'ai déjà vu. C'est lui qui a été mis sous la protection du voievod, après le massacre du banquet !

Les poignets liés et les chevilles entravées, on le laissa reprendre ses esprits sous la surveillance des deux gardes encore sur pied. Celui inconscient fut emmené sur une civière. Après quelques instants, le sergent revint avec quatre soldats, qui escortèrent le Chien à l'intérieur. Celui-ci ne prêta aucune attention au décor du palais. Dans une autre vie, il avait caressé chaque jour le rêve de se faire une place ici, de parcourir ces couloirs, un rapport ou une étude en main. Aujourd'hui, il n'avait plus qu'un seul objectif et pour cela, il avait besoin d'équipement. L'idée de contracter une dette envers cet homme le répugnait, mais il devait agir vite. Et il avait de quoi payer.

On le fit entrer dans une nouvelle salle et la lumière aveuglante le força à s'arrêter. Après quelques secondes, ses pupilles s'accommodèrent et il se sentit écrasé par l'immensité de la pièce. Des colonnes monumentales, dorées à la feuille, s'échelonnaient sur tout le pourtour. Sur l'un des côtés de la salle, chacune était flanquée de hautes fenêtres dont les carreaux de verre, les plus grands que le Chien ait jamais vus, laissaient pénétrer à l'envi la lumière pluvieuse du matin. De l'autre, d'immenses miroirs renvoyaient la clarté grise. Du plafond pendait une douzaine de lustres majestueux, dont les chandelles avaient été mouchées. Mis à part quelques banquettes placées devant les fenêtres, il n'y avait aucun autre ameublement. Dans cette salle glacée, l'attention ne pouvait être attirée que par un seul point : le trône du voievod. Posé sur une estrade drapée d'un tapis écarlate, abrité sous un dais mêlant l'or et le sang impériaux, il se dressait devant une immense tapisserie représentant un aigle enserrant un hibiscus. Dessus siégeait Ivan Radimov, l'air impassible.

Sa voix s'éleva, grave, distante :

— Otolski.

Le Chien grimaça un rictus.

— Ivan Otolski a brûlé en même temps qu'Hewa.

— Comment dois-je t'appeler, cette fois ?

— Le Chien.

Radimov le considéra un long moment. Ses yeux bleus laissaient filtrer une certaine tristesse. Peut-être de la pitié.

— Tu n'es pas forcé de suivre cette voie.

— Si.

Après un instant, Radimov se ressaisit, l'air neutre.

— Pourquoi es-tu venu ?

— La Horde Blanche doit être arrêtée.

— J'y travaille. Mais Kaetneva est insaisissable. Les unités que j'ai envoyées à sa poursuite n'ont fait que battre la campagne pour revenir bredouilles.

L'image de Saejin, son corps inerte strié de noir, s'imposa à lui. Comme celle de tous les cadavres et des miséreux qui les fouillaient. La rage rongea sa poitrine, sa gorge.

— Et donc ? Vous arrêtez ? Vous la laissez tuer des innocents ?

— Donc je commence une guerre d'usure. Chaque hospodar a pour consigne de faire évacuer les villages pour mettre le peuple à l'abri et de cacher les vivres. Kaetneva n'a pas assez d'hommes pour mettre tout le pays à genoux. Elle finira par faiblir et à ce moment-là, elle ne pourra que chuter.

— Vous demandez l'évacuation en pleine saison des typhons ? Aucun paysan ne viendra ! Ils doivent protéger les champs, repailler chaque jour les toits, huiler les hanji, tenir les pillards éloignés ! S'ils partent, ils perdront tout !

— Je sais ! Je sais tout ça mais je ne peux pas protéger un voievodat entier, pas quand le Kalium continue de presser les côtes du Laenam !

— Ce ne sont que des excuses !

Radimov ne ferait rien ! Son père ne ferait rien ! Comme il n'avait rien fait pour le retrouver. Comme jusqu'alors, le Chien avancerait sans lui.

— Je connais Kaetneva. Je connais son bras droit, l'organisation de sa troupe, son fonctionnement hiérarchique, ses tactiques, ses filières d'approvisionnement, le montage de ses finances. Fournissez-moi seulement ce dont j'ai besoin.

— Tu comptes la poursuivre ? Dans ton état ?

Radimov n'était pas dupe. Même lui, qui le connaissait à peine, voyait à quel point il était diminué.

— Et même sans ça, continua-t-il, même si tu es bon combattant, tu es seul. La Horde te fera tourner en rond. À quoi bon ?

— Parce que ce sera difficile, je devrais vous imiter et attendre ? Jusqu'à ce que combien d'innocents soient tués ? Avez-vous défini un critère ? Cent, mille, dix mille ?

Radimov se rembrunit.

— De quoi as-tu besoin ?

— D'un équipement complet et d'un laissez-passer signé de votre main.

— Pourquoi le laissez-passer ?

Le Chien s'était attendu à cette question, qui montrait le peu de foi que le voievod lui accordait. Avec un tel document, il pourrait agir comme bon lui semblait, briser chacune des lois du voievodat sans jamais être inquiété. Si cela s'apprenait, la place de Radimov pouvait être compromise.

— Avec ou sans votre laissez-passer, je vais me mettre en chasse et je tuerai tous ceux qui se dresseront sur ma route. Mercenaires ou soldats.

Radimov l'observa à nouveau. À quoi pensait-il ? Le Chien était incapable de le déterminer. Radimov était son père mais il ne le connaissait pas. Il ne le connaîtrait jamais.

— Tu auras ce que tu souhaites. Conduisez-le à l'arsenal. Carte blanche.

Le Chien hocha la tête et se retourna.

— Le Chien !

Il s'arrêta et regarda par-dessus son épaule.

— Tu as beau la connaître, tu ne pourras pas vaincre la Horde Blanche seul. Quand tu l'auras trouvée, contacte-moi.

L'arsenal était un vaste espace en sous-sol, aux murs nus. Plus long encore que la salle du trône, assez large pour aligner cinq ou six soldats.

Des râteliers remplis de hallebardes, de sabres, d'arcs, plus rarement de haches et de masses d'armes, occupaient toute la longueur d'un mur, du sol jusqu'au plafond. En face, des étagères débordaient d'équipements : quelques plastrons en papier et paires de bottes, mais surtout casques et uniformes. Tout ce qui devait être remplacé fréquemment. Dans un coin reposait un mannequin sans tête, revêtu d'une cotte de mailles. Le Chien s'approcha, irrésistiblement attiré par l'ouvrage. Les milliers d'anneaux rutilaient dans la lumière orangée des torchères. À côté de cette œuvre d'art, la brigandine qu'il avait perdue ne valait pas mieux qu'une paire de bas troués.

— Je la prends.

— Ce genre d'article est réservé à l'usage exclusif du haut commandement, répondit le magasinier. Choisis autre chose. J'ai des plastrons en hanji de première qualité, de belles broignes, des…

— Radimov m'a donné carte blanche.

— Le voievod n'a probablement pas pensé que…

— Tu mettrais en doute la décision du voievod ?

Le magasinier jeta un regard implorant aux soldats, sa main droite triturant le bas de sa veste.

— Il dit vrai, confirma l'un d'eux.

Le magasinier se tourna à nouveau vers le Chien, visiblement nerveux, mais il finit par hocher la tête. Le Chien ôta la cotte de mailles de son support. La chemise pesait lourd entre ses doigts, mais répartie sur tout son corps, elle lui semblerait légère.

— Tu as des gambisons, je suppose ?

Le magasinier confirma et partit à l'une des extrémités de l'arsenal. Quelques instants plus tard, il revint avec une veste matelassée de grande taille. Le Chien ôta sa chemise sale et son pantalon. L'odeur qui se dégagea lui fit froncer le museau. Il ne s'était plus lavé depuis… Il chassa les images qui affluaient. Il enfila le gambison, plaça la cotte de mailles au-dessus et recouvrit le tout d'un hanbok propre. En dépit de la mine d'or qui lui couvrait le corps, il avait l'air toujours aussi pouilleux. Pour ce qu'il avait à faire, il n'avait pas besoin de plus. Il s'approcha des râteliers et se saisit d'une hache à double tranchant, au manche métallique. Il n'y aurait pas de coup pour assommer, avec une telle arme. Ce serait la mort ou rien.

— Tu as de quoi les entretenir ?

— Dans la remise, à côté.

— Allons-y.

Aux écuries, il récupéra Furieuse. Une cage avait été attachée à la selle, dans laquelle un corbeau attendait placidement. Un messager, pour contacter Radimov. Ses fontes avaient de nouveau été garnies de vivres. Un garçon patientait à côté.

— De la part du voievod, dit-il en tendant une bourse pansue et un pli.

Le Chien l'ouvrit et déchiffra rapidement les caractères à la lumière des torchères.

Jeoju, le 28 Avgusta 717 après la Fondation de Mirensk

Le porteur de ce message, répondant au nom du Chien, a tout droit de passage, sans limitation dans le temps. Quiconque entravera sa progression fera l'objet d'un procès en cour martiale.

Ivan Borisevitch Radimov, voievod du Jeonam, tuteur du Laenam, Maire du palais de Jeoju

Son sceau, l'aigle impérial enserrant une fleur d'hibiscus, s'écrasait sous sa signature. Sans limitation dans le temps… C'était très risqué pour Radimov. Essayait-il par là de lui donner sa bénédiction ? De lui dire qu'il lui faisait confiance ? Qu'il l'aimait ?

Trop tard. Le Chien glissa le laissez-passer à l'intérieur de son gambison et attrapa les rênes de sa jument. Il quitta le palais et émergea au-dehors, sous l'œil vigilant de la garde. Aussitôt, la pluie se déversa sur ses épaules. Il se hissa sur sa monture et la talonna.

Le Chien

Le Chien relâcha sa prise sur sa hache. Il avait endossé cette identité depuis maintenant huit semaines, comme une seconde peau. Au fil des jours, comme lavées par la pluie, ses blessures et l'immense fatigue qui l'avait accablé s'étaient diluées pour finalement disparaître sans préavis. Ne restait de cette nuit de cauchemar qu'une série de cicatrices et une douleur sourde dans son triceps droit. Ainsi qu'une détermination dévorante. Sans accorder de repos à sa monture, il avait pisté les traces laissées par la Horde. Puis il l'avait rattrapée. Unité par unité.

L'organisation de la compagnie s'était modifiée depuis son départ. Peut-être pour mieux affronter les milices locales, peut-être pour tromper Kirine, les unités s'étaient mélangées et évoluaient par groupes de cinq à dix mercenaires. Le Chien en avait abattu neuf. Dix, avec celle-là.

Huit hommes d'armes, en plus d'une dizaine de paysans, gisaient dans la boue. Seuls deux vivaient encore : Junsa, plié contre un mur, le visage défoncé, respirait tant bien que mal. Aux pieds du Chien, Antae rampait pour s'éloigner. Sur un bras : l'autre venait d'être brisé et traînait mollement à terre.

— Les autres unités… celles qui ne répondaient plus… c'est toi ? demanda le gros mercenaire d'une voix tremblante. Tu les as tous tués ? Papa, Jacasse… Tu sais qu'ils étaient avec eux ? Oui, évidemment que tu le sais. Tu les as saignés, hein ? Putain, Rang ! Pourquoi ? Ils t'avaient rien fait, à toi. Ils t'avaient rien fait !

Le Chien couvrit d'un pas la distance qu'Antae s'échinait à mettre entre eux depuis plusieurs secondes, sans répondre. Il n'y arrivait pas.

Antae n'avait pas fait partie de l'équipe présente pendant la tuerie d'Ankeo. Parce qu'il n'aurait pas pu participer à une telle boucherie, ou simplement parce que l'escorte était déjà au complet ? La colère froide qui bouillonnait en lui menaçait de l'engloutir dans ses eaux noires.

— Tu vas me trouer aussi, c'est ça ? demanda le mercenaire. Par la merde de Geom, j'ai jamais tué d'innocents, moi ! Tu le sais !

— Déguerpis d'ici, lâcha le Chien entre ses dents. Préviens-la que je viens.

Antae s'arrêta, frémissant.

— Tu me laisses partir ?

— Dépêche-toi.

— Et Poète ?

— Il reste avec moi.

— Laisse-moi l'emmener, Rang. Il est pas parfait, je sais bien, mais au fond de toi, tu l'aimes. Je sais que tu l'aimes. Tu peux pas le tuer...

Le Chien releva la tête de sa hache.

— Dégage.

Sans demander son reste, Antae roula sur son bras valide et se mit debout. Quelques instants plus tard, il se hissait sur l'un des chevaux et disparaissait derrière une colline. Le Chien glissa son arme dans son baudrier et s'avança vers Junsa.

Probablement alerté par les cliquetis de la cotte de mailles et par les bruits de succion de ses pas, le mercenaire ouvrit une de ses paupières sur un œil à moitié éteint. Un sourire en coin – pâle réminiscence de ce sourire qui n'appartenait qu'à lui – tira ses lèvres fendues.

— Alors c'est toi, le Chien ?

Un court instant, Ivan ferma les yeux. Antae avait tort. S'il avait aimé Junsa par le passé, aujourd'hui son cœur était plus froid que l'Abysse. Il ne restait rien. Rien que le sentiment d'avoir été trahi et le désir d'en finir. Junsa parlerait. Une nouvelle fois, il trahirait. Après ça, tout serait terminé. Sa détermination ravivée, Ivan rouvrit les yeux et redevint le Chien.

*

Le Chien ramassa un bout de tissu qui traînait dans la boue et essuya son couteau de chasse maculé de sang. Puis il arracha le second poignard du mur et Junsa glissa mollement au sol. D'une caresse, le bourreau ferma les paupières du mercenaire et se détourna.

Deux jours. S'il maintenait une allure soutenue, il ferait face à Yekatelina dans deux jours. Radimov avait eu raison. La Putain était entourée d'une cinquantaine d'hommes, tout ce qu'il restait de la Horde. S'il les attaquait seul, elle fuirait. Encore. Il avait besoin de l'acculer. Il tira un petit bout de papier de ses fontes et, d'une tige de charbon taillée en pointe, rédigea un message à l'attention de Radimov. Puis il ouvrit la cage qui pendait de sa selle, fixa le hanji à la patte du corbeau et siffla. L'oiseau noir tourna la tête vers lui, le regarda un instant de ses yeux sinistres, avant d'enjamber l'espace qui le séparait des parois de la cage et de s'envoler.

Le Chien

Le Chien tira sur les rênes de sa jument. La vallée était encore plongée dans le noir, la ligne de la colline proche se détachant à peine sur le ciel d'encre. Les deux jours de chevauchée depuis qu'il avait envoyé le corbeau à Radimov lui avaient semblé durer une éternité. Tandis qu'il démontait, une ombre glissa devant lui.

— On ne passe pas, chuchota-t-elle.

— On m'attend.

— C'est toi, le Chien ?

— Oui.

L'ombre s'écarta légèrement, le temps de souffler un « Va le chercher ». Quelques instants plus tard, une silhouette émergea de derrière les rochers.

— Je pensais que tu ne viendrais pas, fit la voix de Kirine.

— On a passé un marché.

— Que je m'engage à honorer. J'attaquerai à l'aube.

— Vous avez ce que j'ai demandé ?

Le Chien attrapa le paquet que lui tendait un troisième homme et attacha les rênes de Furieuse à une branche. Il se débarrassa de sa cotte de mailles et de son hanbok crasseux, les remplaça par une tenue entièrement noire. Une cagoule masquait les dernières parties de peau encore visibles dans l'obscurité et il enveloppa le métal de sa hache de tissu noir.

— Vos hommes ont noté la disposition des tentes ?

— Tout est là, répondit Kirine en tendant un hanji plié. Ils sont une cinquantaine. Kaetneva est bien présente.

Sur un papier de mauvaise qualité, le Chien distingua le tracé d'une encre noire. Un homme s'approcha, une lampe à la main. Elle était recouverte sur quatre de ses faces, si bien que seul un mince faisceau s'en échappait. Dirigée avec prudence, sa lumière était indétectable. Sur le plan, les tentes étaient figurées par une trentaine de carrés vides.

— Trente tentes pour cinquante mercenaires ?

Kirine confirma avant d'ajouter :

— Ils veulent donner l'impression de forces plus importantes.

La ruse ne prenait pas, pas avec un officier aussi expérimenté. Yekatelina aurait dû le savoir. Pour commettre une telle erreur, elle devait se sentir acculée. Le Chien reporta son attention sur le plan. Au centre se distinguait un carré barré : la tente de commandement. Il fit son choix, puis mémorisa la configuration et nota la position des sentinelles, représentées par des cercles. Huit, seulement. À l'époque où la Horde comptait deux cent cinquante membres, elle s'appuyait sur presque une vingtaine de guetteurs. La compagnie avait sérieusement souffert, et tout n'était pas du fait du Chien. Il y avait eu des défections.

Sans un mot ni un regard en arrière, il se dirigea vers la colline.

— Otolski, chuchota Kirine. Un accord est un accord. Si on ne retrouve pas sa dépouille, je le considérerai comme nul et non avenu.

Le Chien avait encore quelqu'un à protéger, parmi la Horde. Il respecterait sa part du marché. Il s'enfonça dans la nuit, en direction du camp ennemi. À chacun de ses pas, il inspirait profondément, calmait les battements de son cœur. Une fois dans l'ombre de la colline, il ralentit l'allure et progressa sans un bruit. Un soupir fendit soudain le silence. Le Chien se tapit au sol, aux aguets. Quelques battements de cœur plus tard, le frottement d'une étoffe, l'herbe que l'on écrase. À un jet de pierre, la sentinelle faisait quelques pas. Le Chien s'enfonça plus avant.

Il pénétra dans l'enchevêtrement familier du camp. L'agencement était identique au plan. La plupart des tentes ne devaient guère accueillir plus de deux ou trois hommes. Yekatelina s'était-elle doutée que cela lui faciliterait la tâche ? Peu importait. Il se faufila jusqu'à celle qu'il avait choisie : suffisamment proche de la tente de commandement, suffisamment loin pour que le bruit de ce qu'il allait faire n'éveille pas les soupçons de sa proie. Elle, il l'attaquerait de jour.

Arrivé à destination, il dévoila son arme et se coula sous la toile. Patiemment, il attendit que sa vision s'adapte à l'obscurité, écoutant les respirations de ses anciens compagnons. Puis, quand il put distinguer les ombres dans la nuit, il se mit en mouvement. Il fit glisser sa hache sur la gorge du premier mercenaire, sectionnant artères et cordes vocales. Le corps se mit à convulser et le Chien s'allongea dessus pour le contenir. L'un des deux autres remua dans sa couche et se retourna en grognant. Le Chien resta immobile, couché au-dessus du cadavre, jusqu'à ce que les respirations redeviennent régulières. Il se releva et avança vers sa deuxième victime. Tandis qu'il se baissait, le mercenaire se retourna soudain et projeta un coutelas vers le visage du Chien. Ce dernier se déroba face à l'attaque et le fil de la lame glissa contre son oreille. D'une main, il emprisonna le bras d'arme de son adversaire tandis que de l'autre, il interrompit le cri d'alarme d'un coup de hache dans la gueule. Trop tard : la troisième silhouette avait jailli de sa couche et se précipitait vers le mur de toile, sabre en main. Le Chien lâcha hache et victime pour fondre sur elle et la plaquer au sol. Le mercenaire se mit à crier et le Chien passa son bras autour de son cou. Il serra de toutes ses forces. L'alerte devint gargouillis. Sous lui, le corps se débattit mais le Chien s'accrocha. Une éternité plus tard, le calme revint. L'assassin se releva et récupéra son arme. Si les brefs hurlements avaient été entendus, il était perdu. Le souffle court, le cœur tambourinant, il tendit l'oreille, prêt à vendre sa peau.

Personne ne vint.

Alors le Chien s'accroupit dans un coin, recouvert de la puanteur de la mort, arracha sa cagoule et attendit.

Le Chien

La petite fille le regardait de ses yeux sombres. Depuis quand n'avait-elle plus souri ? Il fit un pas vers elle. Tout allait s'améliorer désormais. Son passage serait bientôt payé. Elle retrouverait sa mère et son père, ainsi que Lev. Alors pourquoi ne souriait-elle pas ? Il fit un nouveau pas.

Les tambours de guerre et les tremblements du sol le réveillèrent en sursaut. Aussitôt, l'odeur du sang et des tripes lui sauta au museau et il retroussa les lèvres. Dans la lumière blême de l'aube, les trois cadavres offraient un spectacle grossier. Des cris s'élevèrent du camp tout autour de lui, bientôt suivis du tintement clair du métal et du martèlement des pas.

— L'armée !

— On nous attaque !

— Tous à vos postes !

— Plus vite que ça !

Les cris s'éloignèrent, remplacés par les éclats sévères des trompettes de signal et les aboiements excités des chiens de guerre. Soudain, le choc du métal contre le métal, les cris rauques des hommes.

Le Chien déplia sa carcasse et émergea de la tente. En contrebas, des centaines de guerriers pataugeaient dans la boue. Les soldats aux couleurs de Radimov s'échouaient au pied de la colline où s'était retranchée la Horde. De dos, le Chien reconnut des silhouettes familières : la Flèche, Kisuu, Antae et son bras en écharpe, Boram, Sanghoon, l'Anguille, une joue grêlée, tant d'autres. Il fouilla le champ de bataille des yeux, à la recherche d'une chevelure blanche ou d'un chignon poivre et sel. Junsa lui avait-il menti ? Yekatelina se terrait-elle ailleurs ? Non. Kirine affirmait l'avoir repérée. Elle était là, forcément. Et si elle ne participait pas en personne au massacre, c'était qu'elle le contemplait de haut, comme la nuit où la Horde avait assassiné tant d'innocents.

Le Chien se dirigea vers la tente de commandement. Kisang émergea alors d'entre deux toiles et se posta face à lui. Il était seul à assurer la protection de Yekatelina. Parce qu'elle l'avait voulu, ou parce qu'elle n'avait plus le choix ?

— Alors tu es venu, lâcha-t-il.

— Pas pour me battre contre vous. Vous aurez l'immunité.

— Tu penses réellement que je vais te laisser passer ? Alors que tu as assassiné tes compagnons les uns après les autres ?

— Ils n'étaient pas mes compagnons !

— Tu en es sûr ? Personne ne t'avait obligé à fraterniser avec eux. Sofiya t'avait juste demandé de coopérer. Le reste, tu l'as choisi. Alors, assume !

La colère palpitait en lui. Cet homme, pour qui il avait tant de respect... Comment pouvait-il être aussi aveugle ?

— Ils m'ont floué. Ils ont joué un rôle, tout ce temps.

— Eux ? Sukyi, Dekseon ? Songseung ?

L'évocation du chef d'unité fouailla dans les entrailles du Chien. Il le revit à genoux, les yeux ouverts sur l'Abysse, sa longue queue-de-cheval flottant sur sa brigandine. Il avait sauvé sa vie en échange de la sienne.

— Tu crois vraiment qu'ils en auraient été capables ? continua le capitaine. N'est-ce pas plutôt toi qui as entendu ce que tu voulais entendre ?

Bien sûr que non. Ces récits graveleux n'avaient rien été d'autre que des anecdotes destinées à les faire rire. Dekseon qui avait mis enceinte une fille de son village. Sukyi et ses multiples histoires de baise. Junsa et son métier. Il n'y avait jamais rien eu qui aurait pu lui mettre la puce à l'oreille... Jamais. N'est-ce pas ? Il n'avait jamais rien vu des rumeurs qui fleurissaient dans le sillage de la Horde.

— Tout est fini, à présent, continua Kisang. Quoi qu'il arrive, la Horde va tomber, et *elle* avec. Alors fous-lui la paix. Pour une fois dans sa vie, laisse-lui un moment de tranquillité.

— Je ne peux pas, souffla le Chien. Pas après ce qu'elle a fait à Saejin.

Le visage de Kisang se rembrunit. Le cœur d'Ivan manqua un battement.

— Vous y étiez, lâcha-t-il. Vous l'avez laissée faire...

— Je suis désolé, mon garçon. Cette petite ne méritait pas une fin comme ça. J'ai fait ce que j'ai pu pour lui offrir une sépulture décente...

— Pourquoi vous ne l'avez pas arrêtée ? Elle vous écoute, par Bor ! Vous en aviez le pouvoir ! Vous auriez pu...

— Non ! Non, je n'aurais pas pu ! Sofiya vit dans l'Abysse de Muwi depuis qu'elle a quinze ans. Chaque jour qui passe, elle s'y enfonce un peu plus et je ne peux rien faire pour la retenir ! Je me doutais qu'elle préparait quelque chose de terrible à Ankeo et j'ai choisi de rester en arrière ! Si j'avais été là, si j'avais vraiment su, j'aurais dû choisir entre elle et ce que je crois juste. Et je ne ferai jamais rien contre elle ! Elle n'a plus que moi, tu comprends ? Tous ceux qu'elle a aimés sont morts, elle a été trahie par sa meilleure amie, violée à plusieurs reprises ! Alors même si ça signifie le pire, je la soutiendrai toujours.

— Vous avez laissé perpétrer des massacres, tuer une enfant, parce que vous êtes trop lâche pour vous opposer à elle ?

— Ne fais pas comme si tu ne comprenais pas ! Tu as tué pour elle, et plus d'une fois. Tes mains sont aussi rouges que les miennes !

Le Chien revit la gamine qu'il avait tuée par erreur, sa hache enfoncée dans son ventre, son corps entre ses bras, ses yeux écarquillés de terreur.

— Non !

Il se précipita sur Kisang. Le capitaine évita d'une simple torsion du buste et profita de l'élan du Chien pour placer un coup vers l'arrière. Sa lame trancha la laine du hanbok et glissa sur le gambison, tout comme l'épée d'entraînement avait plusieurs fois glissé contre les côtes d'Ivan. Cet homme, le Chien le connaissait bien. Il l'avait combattu encore et encore, il avait essuyé coup après coup, botte après botte. Il pouvait le battre. Il fit volte-face, juste à temps pour parer une nouvelle attaque. Le fil du sabre ripa le long du manche de la hache dans un grincement strident. Le Chien rompit le contact et pressa pour s'approcher au maximum de Kisang. Le talent du capitaine avait besoin de place : si le Chien passait sous sa garde, il pourrait le toucher. Oui ! Voilà ! Son cœur tambourinait comme un forcené, sa poitrine était prête à exploser, mais ses efforts payaient : à mesure qu'il grappillait du terrain, les mouvements du capitaine se faisaient moins précis, plus lents. Encore un peu… là ! Le sabre de Kisang s'éloigna de son flanc, laissant une ouverture. Le Chien jeta le manche de son arme dans la fenêtre. Avec ça, le capitaine allait vomir ses tripes, sans doute accuser une ou deux côtes cassées. Tandis que la hache fusait, Kisang s'écarta avec une vitesse qu'Ivan ne lui avait jamais vue. L'argent de sa lame balaya l'air dans sa direction, précis, trop précis. Le Chien se jeta au sol dans l'unique espoir de dévier l'attaque. L'acier lui mordit la chair et sa cuisse se mit à irradier comme un feu de forge, tandis que son épaule s'écrasait en plein sur la tête de sa hache. Il sentit l'os rouler hors de sa cavité, lui arrachant un cri de douleur pathétique. Malgré tout, sa survie tenait du miracle : Kisang avait visé l'aine. Si son coup avait porté, le Chien serait cloué au sol, à jamais incapable de se servir de sa jambe – et probablement en train de se vider de son sang.

— Tu croyais vraiment pouvoir me battre ? siffla Kisang.

Oui, il l'avait cru. Il avait cru pouvoir prendre le dessus sans avoir à le tuer. C'était pour lui laisser la vie sauve, qu'il avait promis à Kirine de lui livrer la dépouille de la Putain Blanche. Mais le capitaine était loin d'être un vieux loup fatigué : ses crocs avaient toujours le tranchant du chef de meute. Et il se battait sérieusement. Le Chien roula sur le dos et ce faisant, son épaule retrouva sa place. La douleur explosa, envoyant sa conscience valser avec les nuages. Il inspira de petites lampées d'air et se releva tant bien que mal.

— Pourquoi continuer à la défendre ? demanda-t-il entre deux ahans pour gagner du temps. Elle est perdue, vous le savez. Vous ne lui avez pas assez donné ? Dix ans de votre vie ! Rejoignez votre famille, capitaine. Ne mourez pas pour rien.

Kisang le toisa un instant. Malgré la passe d'armes qu'ils venaient d'échanger, son souffle était à peine plus court qu'à l'habitude.

— Et toi, lança-t-il enfin, pourquoi la suivre ?

— Pour l'arrêter ! Oui, elle a souffert et c'est injuste. Mais aucun innocent ne mérite d'être massacré comme elle l'a fait.

— Arrête de te mentir. Que ce soit ta gamine ou tes idéaux, tu les as oubliés dès que Sofiya est entrée dans ta vie. C'est ça la vérité, mon garçon ! Tu as Sofiya dans la peau et tu ne peux pas renoncer à elle.

Les paroles de Kisang lui firent l'effet d'un coup de poing. Il avait raison. Toutes ces semaines, le Chien s'était accroché à ses souvenirs de Saejin, à son norigae, à l'idée de payer son passage vers l'Abysse. Et pendant tout ce temps, il avait pensé à *elle*. Malgré ses mensonges, malgré sa trahison, malgré la déception qu'il avait lue dans son regard, il voulait la revoir, elle, son visage expressif, ses épais cheveux blancs qui ondulaient comme des chutes de soie, ses yeux parfois aussi tendres que l'herbe de printemps. Elle, qui s'était ouverte à lui la nuit où elle lui avait avoué sa véritable identité. Elle, qui s'était abandonnée dans ses bras au lendemain de la prise de Kastr. Elle, qui lui avait proposé de tout recommencer ensemble. Il expira longuement. Il crevait d'envie de la revoir. Et pourtant, la personne qu'elle avait été, toutes ces fois où elle avait laissé tomber le masque, avait disparu, étouffée par une haine dévorante.

Il n'y avait plus de retour en arrière possible.

— Je dois la tuer, répondit-il à Kisang.

— Alors, passe-moi. Si tu le peux.

Le regard du capitaine était déterminé. Pour le vaincre, le Chien devrait redoubler d'efforts et la jouer fine. Il se mit en garde et attendit. Son bras gauche était inutile, engourdi par la douleur, sa jambe empoissée de sang palpitait de douleur, mais le Chien serra les dents et fit comme si de rien n'était. La salive abonda dans sa bouche tandis que la bile menaçait. Comme il restait immobile, Kisang le tança :

— Tu me crois assez stupide pour atta…

Le Chien fondit sur lui, laissant son bras mort béer contre son flanc. Il ravala le supplice qui irradia dans sa cuisse. Au moment où Kisang leva son sabre pour parer, le Chien imprima une rotation à sa hache. Au lieu de heurter la longue lame du tranchant de son arme, qui ne ferait que glisser et dévier vers le sol, il utiliserait toute la largeur de la tête double pour écraser la garde du capitaine. Une fois au corps-à-corps, il n'aurait qu'à envoyer son arme plus en avant pour atteindre le visage. Kisang ne lui avait pas laissé le choix, c'était un combat à mort. Soudain, tandis que la tête entamait sa rotation, le sabre se défaussa, ne laissant que le vide. Un éclair passa dans le champ de vision du Chien, une légère résistance freina à peine l'élan de sa hache et d'un seul coup, le poids supporté par son bras droit s'évapora. Il ne tenait plus qu'un moignon de métal, coupé net par la lame de Kisang. Coupé… ! Alors que le capitaine rompait, le Chien projeta son bras valide. Kisang le vit mais ne réagit pas. Le tube taillé en biseau s'enfonça dans sa gorge, déchirant chair, tendons et veines. Le sang se mit à pulser, coula le long du manche, recouvrit le bras du Chien jusqu'au coude. Avant de s'effondrer, Kisang se tourna autant qu'il le put vers la tente de commandement. Vers Yekatelina. Son corps s'affala, poupée sans vie aux yeux fixes. Ivan le rattrapa avant qu'il ne heurte le sol. Sa main gorgée de pourpre tremblait tandis qu'il l'approchait du visage de son mentor. Si vite… Il aurait souhaité lui parler, demander son pardon, se justifier. Il était trop tard. Trop tard pour les regrets, trop tard pour les hésitations. Le capitaine n'en aurait probablement pas voulu. Ce dernier coup, il aurait pu l'éviter. Il n'avait pas bougé.

Le Chien essuya sa main couverte du sang de Kisang dans l'herbe boueuse. Comme il se baissait, des dizaines de lames transpercèrent de nouveau sa cuisse. Dents serrées, il allongea le capitaine pour accueillir Muwi, les paumes, le cœur et le visage tournés vers le Vaste Ciel. Il masqua tant bien que mal la plaie béante à son cou sous la collerette de son casque et tira une pièce d'or. Il n'avait pas envie de payer les grues avec du cuivre ou de l'argent, pas pour cet homme. Il boitilla jusqu'à la tête de sa hache tranchée qui gisait dans la fange et la déposa au-dessus de la dépouille de Kisang, là où aurait dû reposer son sabre. À ses pieds, il plaça le manche biseauté qui lui avait arraché la vie.

— Muwi a pénétré nos demeures,
Elle a contemplé ta gloire et accueilli ta chute.
Ton âme naît à nouveau.
La séparation éternelle vient avec la mort.
Désolé est mon cœur, récita-t-il lentement, à mi-voix.

Puis le Chien ramassa le sabre du capitaine, essuya le sang qui maculait la lame et se dirigea vers la tente de commandement.

Le Chien

La lumière éclatante du matin traversait les parois de la tente et nimbait l'intérieur d'un halo d'argent. Le mobilier avait réduit drastiquement depuis l'arrivée d'Ivan, des mois plus tôt : plus de table de travail, plus de coffre, plus de chaises. Rien qu'un couchage et un grand tapis. Au sol, gambison, cuirasse, brassards, casque et cuissots gisaient comme des déchets devenus inutiles. Yekatelina était assise, adossée à l'un des poteaux de la tente, et lisait. Le Chien reconnut sans peine le cuir usé de la couverture : c'était son exemplaire *Du nouvel ordre agricole*. Il fit un pas à l'intérieur, laissant l'étoffe de la porte retomber dans un chuchotement familier. Le fracas de la bataille s'assourdit aussitôt. La Putain leva alors la tête vers lui. Le cœur du Chien s'arrêta. Ce visage fier, combien de fois l'avait-il admiré ? Ces yeux d'un vert sombre, combien de fois avait-il rêvé de les faire briller par une belle phrase ? Ces lèvres, combien de fois avait-il imaginé y déposer les siennes ? Il aimait cette femme, il l'aimait à en crever.

— C'était le sabre de son père, dit-elle en regardant la lame qu'il avait prise à Kisang, offert par mon grand-père. Prends-en soin.

Elle était vêtue comme au jour de leur rencontre, sa chemise trop légère pour la saison enfoncée dans son pantalon d'homme. Quand elle se leva, le bout de ses seins, durci par le froid, pointa sous la toile fine. Le Chien sentit son désir affluer, faire bouillir le sang à ses joues. Cette fois, il ne détourna pas les yeux.

— Tu avais raison, continua-t-elle. J'ai relu Toieski : tout ce qu'il prédisait pour l'agriculture et pour le progrès de la société est en train d'arriver. Ici, au Laenam, à Mirensk. Mon époque est révolue.

— Qu'est-ce que tu fais là ?

Le commandant le regarda longuement, puis haussa les épaules.

— Je t'attendais. C'est pour ça que tu m'as envoyé Antae, non ?

— Pourquoi tu n'es pas sur le champ de bataille ? Tes hommes se font massacrer pendant que tu *lis* ?

Le visage de Yekatelina se froissa.

— Je leur ai laissé le choix, tout comme à toi. Eux m'ont suivie.

— Ne joue pas à ce petit jeu avec moi, Yek. Tu ne m'as laissé aucun choix et tu le sais. Tu espérais quoi ? Que je fermerais les yeux ? Que je laisserais ces gens se faire torturer ? Que je participerais ?

— Tu t'étais engagé ! cria-t-elle.

Yekatelina baissa un instant les yeux. Quand elle releva le visage, sa colère semblait avoir reflué. D'une voix plus basse, elle continua :

— Oui, je t'ai menti ! Oui, je t'ai caché mon véritable projet. Au début de mes recherches, je voulais vraiment t'échanger. Mais quand j'ai appris la mort de Lena... je ne pouvais pas le laisser s'en tirer. Si je t'avais avoué mon véritable objectif, tu n'aurais pas essayé de m'en empêcher ?

— Évidemment !

— C'était hors de question. Je me suis battue pendant des années pour grimper l'échelle sociale, pour revenir à un niveau où j'aurais été capable d'atteindre Elena. Des dizaines de gens sont morts pour ça, dans les Couteaux, dans la Horde. Tu aurais voulu que je les oublie ?

Le Chien se rappela les noms inscrits dans le journal de bord. Si aujourd'hui, Yekatelina semblait ne plus s'arrêter sur la perte de ses compagnons, il n'en avait pas toujours été ainsi. Mais cela n'excusait pas tout.

— Elena est morte. Depuis trois ans !

— Justement ! Ma sœur réclamait justice. Comment j'aurais pu l'ignorer ? Comment j'aurais pu laisser son âme errer hors de l'Abysse ?

Le Chien ferma un instant les yeux. Elena avait grandi dans l'entourage de Radimov. Son père avait des torts mais Ivan ne doutait pas que l'affection qu'il lui avait portée était sincère. Parmi les victimes de cette nuit-là, combien avaient été des amis chers à Elena ? Yekatelina avait-elle été incapable d'imaginer sa sœur refaire sa vie loin d'elle, ou avait-elle préféré fermer les yeux et se concentrer sur sa haine ?

Dans tous les cas, il était trop tard. Bien trop tard. Les images des charniers à répétition étaient trop imprimées sur sa rétine.

— Et les autres ? Les centaines d'innocents que tu as fait massacrer, violer, torturer ? Qu'est-ce qu'ils t'avaient fait ?

— Les « innocents » ? Après ma fuite de Laeju, j'ai été battue, humiliée, insultée, enfoncée dans la boue par ces « innocents ». Simplement parce que j'étais différente, parce que je venais d'ailleurs, parce que mes cheveux ras repoussaient blancs ! Tu devrais le savoir mieux que quiconque, toi, le bâtard : il n'y a pas d'innocents.

La pique le percuta de plein fouet. Se faire traiter de bâtard, il en avait l'habitude. Mais dans sa bouche à elle, l'insulte avait une tout autre portée. En même temps, apprendre que le meurtre de sa famille n'avait été que le début de son calvaire lui serra la poitrine.

— Tant que tu viens de leur monde, que tu agis comme ils l'entendent, ils sont tout sourire hypocrite. Mais pour quiconque sort de leur norme, il n'y a rien d'autre que mépris et souffrance. Que ce soit dans les antichambres des palais ou dans les rues crasseuses des campagnes, c'est la même laideur.

Elle disait vrai. Malgré toute la culpabilité que cela faisait naître en lui, elle disait vrai. Lui aussi avait été battu plus d'une fois, simplement pour la couleur de sa peau. Mais les choses n'étaient pas si monochromes. Au milieu de la laideur se trouvait toujours une part de beauté. Pour Ivan, elle avait revêtu une longue tresse noire et des yeux pétillants. D'un geste rageur, le Chien arracha le reste de norigae de son cou et le jeta au visage de Yekatelina.

— Et elle ?

Yekatelina contempla l'ornement tombé à ses pieds. Quand elle releva la tête, ses yeux avaient la même dureté que le jour où elle l'avait trahi puis épargné.

— Kisang lui a fait une jolie tombe. Après que Junsa...

Le sang du Chien se figea. Alors elle savait. Stupidement, il avait encore l'espoir que le meurtre de Saejin ait été un hasard, l'initiative d'un mercenaire quelconque. Qu'elle ait été en dehors de ça. Mais elle savait. L'avait-elle appris après ? L'avait-elle autorisé ? L'avait-elle ordonné ?

L'avait-elle fait ?

Sa main valide se crispa autour du sabre tandis que la colère affluait.

— Quel rapport avec Junsa ?

— On m'a dit que tu torturais tous les membres de ton unité avant de les assassiner. Dekseon, Sukyi... je sais ce que tu leur as fait subir. Tu nous craches à la gueule pour ce que nous avons fait mais tu es comme nous. Tu as bien choisi ton nom. Un chien, c'est tout ce que tu es. Un bâtard qui mord ce que lui désigne la main de son maître.

— Ne parle pas de ce que tu ne sais pas ! s'écria Ivan. C'est toi ! Toi qui as fait ça de moi !

— Cesse de te cacher derrière les autres !

— Cesse de te cacher derrière tes mots !

Le Chien attrapa Yekatelina par le col de sa chemise. La douleur dans son épaule déboîtée explosa comme la poudre de Kirine, pourtant il serra encore. Le commandant frémit mais ne se déroba pas.

— Quel rapport avec Junsa ?

— Il ne t'a rien dit ? Brave Junsa, fidèle jusqu'au bout, dit-elle dans un sourire méprisant. Ce n'est pas pour rien que vous vous entendiez si bien. Est-ce qu'il t'a dit que c'est moi qui lui avais ordonné de jouer les gentils, après t'avoir fait tabasser ? Au fait, Baedung et les autres sont revenus. Tu te souviens ? Ceux que j'avais « punis ».

La douleur pulsait dans l'épaule du Chien, dans son crâne, sa poitrine, son cœur. Elle ne mentait pas. Il lui avait bien semblé voir un visage grêlé, tandis qu'il la cherchait sur le front. Baedung était là. Il savait qu'elle disait vrai pour Junsa, il savait. Pourquoi était-ce si cuisant à entendre ?

— Mais ne t'inquiète pas pour la gamine, Junsa s'est occupé d'elle. Le meilleur coup de sa vie, d'après lui.

— Tais-toi !

Il ne voulait pas écouter, il voulait la faire taire. Sa langue répandait tant de fiel...

— Il paraît qu'elle se réservait pour toi, mais comme tu ne revenais pas...

— Tais-toi !

Pas Saejin. Pas sa petite sœur. Elle n'avait pas le droit d'y toucher, pas le droit de salir ses souvenirs.

— Elle était tellement serrée qu'il a joui presque tout de suite, la première fois. Elle, elle a gémi comme une cha...

— Ta gueule !

Submergé par la haine, le dégoût, la colère, le Chien frappa. Il enfonça le sabre dans les entrailles de Yekatelina, lui tirant un regard perplexe, puis un sourire. Ses jambes se dérobèrent sous son poids et elle s'écroula. Il la rattrapa de justesse, la serrant contre lui.

— Non, non, non !

Le commandant n'était plus qu'un poids mort entre ses bras. Aussi doucement que possible, il l'allongea à terre. Ses yeux étaient braqués sur lui, elle haletait par saccades. Ivan se précipita vers la blessure. Le sabre l'avait traversée et sa chemise blanche s'imbibait à une vitesse phénoménale. Il fallait refermer la plaie. Enlever la lame, recoudre. Ivan approcha sa main tremblante du pommeau.

— Non, souffla Yekatelina.

Elle était livide, le front emperlé de sueur.

— Laisse. Je veux...

Une onde de douleur passa sur son visage, plia ses lèvres, son front.

— Je veux te parler encore un peu.

— Je ne voulais pas. Yek, je ne voulais pas.

— Je sais. Je t'ai... encore forcé la main. Saejin, personne... ne l'a touchée.

— Pourquoi tu as menti ? Pourquoi ? Je voulais...

La vérité le frappa de plein fouet. Une fois encore, Kisang avait compris bien avant lui : il ne pouvait pas renoncer à elle. Il ne l'avait jamais voulu.

— Malgré tout ce qui s'est passé, je voulais t'emmener. Recommencer. Pardonner.

— Non, souffla-t-elle. Tu n'aurais jamais pu... pardonner. Mais tu serais resté. Alors... je t'ai libéré.

Ivan saisit sa main et la pressa contre ses lèvres. Sa peau était glaciale.

— C'est stupide. Je ne veux pas être libre. Je veux...

— Shhhh...

Yekatelina posa un doigt tremblant sur ses lèvres, lui intimant le silence. Soudain, elle haleta, ses yeux vacillèrent, sa bouche se tordit. La douleur passée, son visage se fit plus blanc.

— Pardon pour Saejin. Je... voulais que tu me suives. Je ne voulais pas... lui faire de mal mais elle était trop droite, trop... courageuse. Si différente...

Ivan ferma un instant les yeux pour chasser les larmes qui menaçaient. Saejin possédait tout ce que Yekatelina désirait : la liberté, la force d'avancer sans regarder en arrière, la sérénité. S'il avait pu les présenter, la petite fille l'aurait aidé à tirer Yekatelina vers le haut, à lui faire tourner la page. Pourquoi n'avait-il pas su rester auprès de celle qu'il aimait ? La détourner de ses démons avant que tout dégénère ?

— Je t'ai suivie, répondit-il doucement. Je t'ai suivie, Yek.

Les yeux fiévreux de la jeune femme se fixèrent sur lui, avides de ses paroles.

— C'était... pour moi ? demanda-t-elle d'une façon presque enfantine.

— Oui. Pour toi.

Les plis sur son front s'effacèrent, comme si les mots d'Ivan l'avaient apaisée. Comme si elle était déjà... Cette fois, Ivan ne put retenir ses larmes.

— Ne pleure pas, chuchota Yekatelina d'une voix affaiblie, lointaine. Je suis morte... il y a dix ans.

Morte, elle que tous regardaient, admiraient, suivaient... et aimaient ?

— Ne laisse pas... Radimov... me...

— Il ne te touchera pas. Ni lui ni aucun de ses hommes.

Les lèvres de Yekatelina remuèrent, formant le mot « merci ». Elle n'avait plus la force de parler, plus la force de bouger. Sa respiration se fit de plus en plus courte tandis que son sang se répandait sur le tapis de soie.

Ivan

Combien de temps ils restèrent ainsi, main dans la main, les doigts calleux passant dans la chevelure blanche, Ivan l'ignora. Petit à petit, la lueur dans les yeux verts s'atténua, jusqu'à disparaître complètement. Ivan caressa le visage de celle qu'il avait aimée et lui ferma les paupières. Puis il ôta la lame qui traversait son corps. Le sang avait commencé à coaguler sur le métal froid. Ivan le considéra un moment avant de passer le sabre tel quel à sa ceinture. Il ramassa le norigae et la tête de Seojeog maculés de sang et les glissa à l'intérieur de son hanbok.

Puis il se releva tant bien que mal – la jambe entaillée par Kisang refusait de bouger correctement – et souleva le corps de Yekatelina. Dès qu'il força, son bras gauche lui donna l'impression de s'arracher. Tendon après tendon, muscle après muscle. Son corps n'était qu'un champ de ruines mais Ivan serra les dents. Si sa carcasse refusait d'obéir aujourd'hui, à quoi lui servirait-elle ? Il devait bouger pour elle. Il bougerait pour elle.

Dans ses bras, le cadavre ne pesait presque rien, comme si Yekatelina n'avait jamais réellement appartenu à ce monde. Elle allait se désagréger, et tout ce qu'elle avait bâti puis détruit s'étiolerait avec elle. Ivan resserra sa prise.

Au-dehors, le matin était lumineux. Le soleil rasant baignait la dépouille de Kisang et le champ de bataille de rayons aveuglants. Le fracas des combats cessa presque aussitôt, remplacé par des cris et des murmures :

— C'est la Putain ?

— Il a la Putain !

— Commandant !

— Elle est clamsée ?

Ivan les ignora. Cela ne le regardait plus, à présent. Il descendit le talus. Quelques dizaines de mètres et il retrouverait sa monture.

— Rang ? Pourquoi ? Le commandant…

La voix était familière, amicale. Ivan continua son chemin.

— Tu l'as tuée, hein ? gronda un autre. Salaud ! Elle te f'sait confiance !

— Fermez-la ! cracha un soldat du voievod. Et rendez-vous. La bataille est terminée.

Le silence suivit l'injonction, ponctué de grognements et du bruit des crachats, mais bientôt la plaine fut emplie de l'éclat des armes que l'on jette à terre. Ivan avança sans un regard et la foule s'écarta sur son passage, mercenaires comme soldats. Du coin de l'œil, il pouvait lire l'incompréhension ou la haine sur le visage de beaucoup de ceux qui avaient été ses compagnons. Ils ne savaient pas, ils ne savaient rien, ni d'elle ni de lui. C'était une histoire qui n'appartenait plus qu'à eux. Tous ceux qui avaient su étaient morts, à l'exception de Radimov.

— Vanya ! appela Antae.

Ivan s'arrêta. Il mourait d'envie de se retourner, de contempler le visage débonnaire, de se reposer sur l'un des rares qui ne l'avaient pas trahi, qui n'avait pas violé, massacré. Et alors, il ferait quoi ? Il s'excuserait ? Il pleurerait sur les innocents qui étaient tombés sous sa hache tandis qu'il pourchassait la Horde comme le mâtin qu'il était devenu ? Malgré tout ce qu'ils avaient partagé, Antae et lui n'avaient plus rien à se dire. Il reprit sa marche claudicante.

— Prends soin d'elle.

Oui, cela, il pouvait le promettre.

Pas après pas, tandis que la douleur anesthésiait toujours un peu plus son corps, Ivan laissa le champ de bataille derrière lui. Dans son dos, il entendait l'armée mettre les lambeaux de la Horde sous les fers. Les râles de ceux qui étaient achevés, trop mal en point pour espérer survivre, se faisaient de plus en plus faibles. Laborieusement, il remonta la petite colline au sommet de laquelle Furieuse l'attendait.

Cinq silhouettes se tenaient en travers de sa route, l'une plus grande et plus large que toutes les autres. Son père s'était déplacé. Pour constater la ruine totale des Kaetnev ? Pour lui montrer sa supériorité ?

Kirine était là aussi, ainsi que trois hommes qu'Ivan voyait pour la première fois.

— Merci, Ivan, dit Radimov.

— J'ai tenu ma part du marché, dit Ivan, amer, à Kirine. L'homme que vous deviez épargner est tombé devant la tente de commandement. Ramenez son corps et l'offrande à sa famille et nous serons quittes.

Le général hocha la tête et le Chien reprit sa route. L'un des soldats, un vétéran au regard fin, s'approcha d'Ivan.

— Je vais la prendre, dit-il d'une voix étonnamment claire pour un homme de son âge.

— Non.

— Au nom du voievod.

— Qu'il aille se faire foutre.

— Otolski ! s'exclama Kirine, menaçant.

Radimov retint son général d'une main sur l'épaule, puis fit deux pas en direction de son fils.

— Le voievodat est instable depuis que la Horde ravage nos terres. La noblesse vastanyane accuse ma politique d'être à l'origine de ce fiasco et elle commence à trouver des échos parmi le peuple. Chaque jour, des réfugiés affluent à Jeoju et chaque jour, la faction de mes opposants gagne du terrain. J'ai besoin d'elle pour museler les contestations et réunifier le voievodat. Ivan ! appela-t-il comme Ivan ne s'arrêtait pas. Si je tombe, le Jeonam et le Laenam retourneront aux mains des impérialistes. Tous les progrès sociaux, tous les ponts entre Daesans et Vastanyans, tout ce dont Lev et moi avons rêvé sera balayé. Tous mes actes deviendront inutiles. C'est vraiment ça que tu veux ?

— Bien sûr que non ! s'insurgea Ivan. Je t'admire depuis que je suis gamin. Toi, le héros du peuple qui s'est dressé face à ta caste. Mais à quel prix ? Tu l'as déjà souillée une fois au nom de tes projets ! cria-t-il en secouant le corps de Yekatelina entre ses bras. Et tu voudrais recommencer ?

— Tu vas trop loin, gamin !

Kirine tira son épée au clair et fondit sur Ivan. Ce dernier ne se défendit pas : pour cela, il aurait dû abandonner Yekatelina. Briser sa promesse. Il ne le ferait plus.

— Grisha ! Fais couler une seule goutte de son sang et je le prendrai comme un affront personnel.

— Seigneur, vous ne pouvez pas le laisser partir ! L'assemblée des Quinze Familles a exigé…

— Qui est le Maire du palais, Grisha ? Toi, ou moi ?

— Vous, Seigneur.

— Alors tiens ta place, et laisse-moi assumer la mienne. Les Quinze Familles sont *mon* problème.

— Oui, Seigneur.

— Pour m'approcher de mon idéal, reprit Radimov d'une voix plus douce à l'attention d'Ivan, j'ai pris des décisions qui me hantent chaque jour de mon existence. Mais je ne regrette rien. Aujourd'hui ne sera pas différent.

Radimov dévisagea Ivan de son regard plus clair que le ciel, puis il se détourna.

— Allez, dépêchons. Jeoju et ses vautours nous attendent.

Tandis qu'il partait, suivi par ses hommes, il tourna la tête par-dessus son épaule.

— Fais en sorte de n'avoir pas de regrets, Ivan. Tu es de mon sang, tu me le dois.

Ivan contempla la dépouille de Yekatelina, lovée au creux de ses bras. Plus proche qu'elle ne l'avait jamais été. Plus apaisée, aussi.

— Je n'en ai pas, murmura-t-il. Je n'en ai plus.

LES PERSONNAGES

Les personnages sont entrés par le nom le plus souvent utilisé au cours du roman. Certains seront donc répertoriés selon leur prénom, d'autres selon leur nom de famille ou selon leur surnom.

Mercenaires de la Horde Blanche

- **Aiguiseur :** chef d'unité de la Horde Blanche
- **Anguille, l' (Heungmin) :** chef d'unité de la Horde Blanche
- **Antae (Face de Lune) :** mercenaire de l'unité de Songseung
- **Baedung :** mercenaire de la Horde Blanche au visage grêlé
- **Boram :** mercenaire de l'unité de Yekatelina
- **Chulhei :** mercenaire de l'unité de Yekatelina
- **Daegi (la Paire) :** mercenaire de l'unité de l'Anguille
- **Dekseon (Papa) :** mercenaire de l'unité de Songseung
- **Flèche, la :** chef d'unité de la Horde Blanche
- **Gimbap :** chef d'unité de la Horde Blanche
- **Hongho :** ancien mercenaire de l'unité de Songseung
- **Insoo (Pied Pourri) :** mercenaire de l'unité de l'Anguille
- **Junsa (Poète) :** mercenaire de l'unité de Songseung
- **Keoye :** mercenaire de l'unité de Kisang
- **Kisang :** capitaine de la Horde Blanche, bras droit de Yekatelina
- **Kisuu :** mercenaire de la Horde Blanche
- **Mi-ok :** prostituée qui suit la Horde Blanche
- **Sanghoon :** mercenaire de l'unité de Yekatelina
- **Sedol :** mercenaire de la Horde Blanche
- **Songseung :** chef d'unité de la Horde Blanche

- **Sukyi (Jacasse) :** mercenaire de l'unité de Songseung
- **Taejun :** mercenaire de l'unité de Yekatelina
- **Yekatelina (la Putain Blanche) :** commandant de la Horde Blanche

Autres personnages

- **Alyosha Ivanovitch Radimov :** fils aîné de Radimov, assassiné à l'âge de trois ans
- **Dvorev :** famille du Laenam rivale des Kaetnev, responsable de l'assassinat de ces derniers
- **Elena (Lena) :** petite sœur de Yekatelina
- **Kaetnev :** ancienne famille régnante du Laenam, assassinée par les Dvorev
- **Kirine, Grisha :** Premier Général du Jeonam et du Laenam, au service de Radimov
- **Lev Pietrovitch Otolski :** père adoptif d'Ivan et célèbre lettré
- **Natalia Alekseievna Yinovova :** boïarine d'Ankeo, Première à la succession du Jeonam, nièce d'Ivan Radimov
- **Niteski, Viktor :** philosophe vastanyan, auteur de *Traité de droits fondamentaux* et *Éléments d'économie*
- **Odae Yeowang :** ancienne reine du Daesan. Ayant unifié les différents clans du pays au IIIe siècle après la fondation de Mirensk, elle repoussa les premières tentatives d'invasion des tribus nomades du Sigertei
- **Orghul Khan :** khan de la Horde du Sigertei ayant régné au IVe siècle après la fondation de Mirensk
- **Radimov, Ivan Borisevitch :** voievod du Jeonam et du Laenam
- **Saejin :** amie d'enfance d'Ivan
- **Shatag :** actuel roi du Kalium
- **Taebaek :** héros daesan du IVe siècle après la fondation de Mirensk, ayant repoussé par deux fois les invasions de la Horde du Sigertei menée par Orghul Khan

- **Toieski, Pyotr :** philosophe vastanyan, auteur de *Du nouvel ordre agricole* et du *Pacte social*

Déités

- **Bor :** dieu suprême, amené par les Vastanyans
- **Geom :** esprit de la guerre, souvent représenté par un cœur
- **Kateu :** esprit des routes, souvent représenté par une roue de chariot
- **Muwi :** esprit gardien de l'Abysse et des morts, souvent représentée par une main
- **Seojeog :** esprit du savoir, souvent représentée par un visage de femme
- **Vaste Ciel :** dieu et royaume divin pour les anciens clans du Sigertei, dont une partie du culte s'est intégré aux croyances daesanes

Organisation politique

Division administrative de l'empire

- **Boïarat :** sous-division d'un voievodat
- **Hospodar :** sous-division d'un boïarat
- **Oblast :** ancien royaume ou pays indépendant ayant été intégré à l'empire vastanyan. Aujourd'hui, plus grande unité administrative de l'empire, doté d'une autonomie totale
- **Voievodat :** équivalent d'une région. Plus grande unité administrative au sein d'un oblast

Charges au sein de l'empire

- **Assemblée des Familles :** chambre haute au sein de chaque voievodat, ayant le pouvoir de s'opposer aux décisions du voievod. Composée d'un représentant de chaque ancienne famille vastanyane

- **Kanstler :** chancelier au service du Velikii Kniaz, son pouvoir se limite à administrer Mirensk
- **Velikii Kniaz :** empereur du Vastanya. Initialement doté d'un pouvoir absolu, il n'a plus qu'un rôle de représentation et est élu par l'assemblée des Velikii Voievods.
- **Velikii Voievod :** représentant d'un oblast auprès de Mirensk, élu par les voievods. Sans avoir le pouvoir d'un monarque, il dispose toutefois des ressources de l'oblast et peut en orienter les lois
- **Voievod :** dirigeant d'un voievodat. Charge héréditaire, se transmettant au sein d'une Famille initialement choisie par Mirensk

Lieux notables de l'empire

- **Daesan :** oblast le plus à l'est du Vastanya
- **Mirensk :** capitale du Vastanya et siège de l'Église borienne, à l'origine cité-État
- **Vastanya :** ancien empire ayant dominé la moitié du monde connu

Remerciements

Un énorme merci à mes bêta-lectrices qui m'ont aidée à améliorer ce texte version après version :

– Notre trio d'autrice ravageuses et ravagées, comme dit Aurélie : Elena Natrochvili et Aurélie Wellenstein. Déjà, merci de vous être retournées sur ce roman et de m'avoir fait confiance. Yek était déjà bien tordue à la base mais grâce à vous, elle est devenue encore plus retorse ! Aurélie, merci de ~~me botter le popotin~~ me montrer l'exemple, chaque fois que ma flemme légendaire essaie de me faire procrastiner. Ton énergie est une source de motivation incroyable. Elena, j'attends de pied ferme tes romans peuplés de personnages brisés. Ne lâche rien, tout le monde doit te lire. La dark fantasy vaincra !

– Nankin et Karine : je savais que vos yeux de lynx ne me feraient pas de cadeau ! Merci pour tout le temps passé à tout regarder à la loupe, chapitre après chapitre (et Bor sait qu'il y en a, des chapitres !). Et Nankin… envoie !

– Marine Sivan : merci pour ton enthousiasme constant, roman après roman, et pour tous tes encouragements. Ça me booste tellement ! Ça m'a pris le temps mais au final, j'ai adressé tous les points que tu m'avais remontés et sur lesquels j'avais d'abord fermé les yeux !

– Marie Tétart : ma Yek et ton Aniélis ont tellement de points communs qu'elles doivent bien s'amuser là où elles sont. Merci pour nos sessions d'écriture matinales, notre passion de JPJ, et pour tes romans qui n'ont de cesse de m'émerveiller et de m'enchanter.

– Cristina : merci pour tes retours qui m'ont bien fait cogiter, mais aussi pour ta sagesse, ton immense résilience et pour ton amitié.

Un grand merci aussi à mes chères Zoulettes à roulettes. Notre « rencontre » est postérieure à l'écriture de ce roman mais depuis, grandir et créer des histoires parmi vos énergies est une source de joie (et de productivité) immense.

Merci également à toutes les personnes du forum CoCyclics qui m'ont encouragée, soutenue et m'ont fait progresser. En particulier, merci à toi, Dirga, pour ta présence et ta bienveillance tout au long de l'écriture de ce roman.

Merci à Agnès Marot et à Floria Guihéneuf, ainsi qu'à toute l'équipe de Scrineo, pour votre confiance. Vos conseils et vos questions m'ont permis d'amener ce texte encore plus loin et j'ai adoré le voir évoluer et s'équilibrer jusqu'à atteindre sa forme finale.

Bien sûr, un immense merci à ma famille. Merci à ma moitié, qui me supporte à l'année et qui arrive toujours à me débloquer quand je suis dans l'impasse. Pardon de ne pas être plus concentrée ! Merci à ma mère, qui m'a transmis depuis toujours l'amour des livres. Merci à mon père et à mes frères et sœurs pour votre bienveillance, vos encouragements et votre soutien sans faille. Merci à toi, Mifan, pour ton accueil chaleureux, ta tendresse, pour avoir toujours cru en nous. Je suis heureuse d'avoir pu te rencontrer.

Et enfin, merci à vous, lectrices et lecteurs ! Merci de vous être laissé tenter et d'avoir été jusqu'au bout de cette aventure. J'espère de tout cœur qu'Ivan et Yek resteront encore un peu avec vous.

Imprimé en France par Aubin Imprimeur

Cet ouvrage a été imprimé sur un papier issu de forêts gérées durablement, de sources contrôlées.

PEFC
10-31-1601
Certifié PEFC
pefc-france.org